LA VOIX DES VAGUES

Jackie Copleton

LA VOIX DES VAGUES

Traduit de l'anglais par Freddy Michalski

LES ESCALES

Titre original : *A Dictionary of mutual understanding*

Édition française publiée par :
© Éditions Les Escales, un département d'Édi8, 2016
12, avenue d'Italie
75013 Paris – France
Courriel : contact@lesescales.fr
Internet : www.lesescales.fr

ISBN : 978-2-36569-165-9
Dépôt légal : octobre 2016
Imprimé en France

Couverture : Hokus Pokus créations

À Robert Brooks et William Copleton

Comme j'avais très soif, je cherchais de l'eau.
J'ai vu un peu d'huile à la surface de l'eau.
Je voulais vraiment boire.
Finalement, j'ai bu de cette eau-là.

Fillette de neuf ans blessée
lors de l'explosion de la bombe A
sur Nagasaki le 9 août 1945

La voix des vagues
Qui se dressent devant moi
N'est pas aussi forte
Que mes sanglots,
D'avoir été abandonné.

Poème japonais vieux de mille ans

Endurance

Yasegaman : *la combinaison de* yaseru *(se décharner) et de* gaman-suru *(endurer) signifie littéralement endurer jusqu'à en devenir émacié, ou l'endurance par seul orgueil. L'anthropologue Ruth Benedict a un jour déclaré que le fondement de la culture japonaise est la honte et celui de la culture américaine, un certain sens du péché ou de la culpabilité. Dans une société dont la honte est la pierre d'achoppement, perdre la face équivaut à avoir son ego détruit. Par exemple, jadis, les guerriers samouraïs étaient des hommes fiers. Lorsqu'ils étaient trop pauvres pour se payer un repas, ils gardaient un cure-dent aux lèvres pour montrer aux yeux du monde qu'ils venaient de manger.*

Même la douceur de la pénombre ne parvenait pas à déguiser ses cicatrices. L'homme planté sur mon perron enfonçait la tête entre ses épaules arrondies pour se protéger de la froidure de ce matin d'hiver. En dépit de ses cicatrices, je vis qu'il était japonais, entre quarante et cinquante ans. Des séquelles de brûlures comme celles-là, j'en avais déjà vu par le passé, dans une autre vie, en versions plus carbonisées. Il portait un costume, sans manteau, et tenait une mallette entre ses doigts soudés les uns aux autres. Il inclina bas sa tête chauve, s'éclaircit la gorge et me pria de l'excuser pour son intrusion. Je n'avais plus entendu ce dialecte du sud de Kyushu depuis de nombreuses années mais il n'y avait pas à se tromper. Il me demanda si je m'appelais Amaterasu Takahashi et, malgré mon appréhension, j'acquiesçai. Les muscles de son visage frémirent, peut-être en un sourire.

— En ce cas, je vous apporte de bonnes nouvelles.

Rares étaient les visiteurs à se présenter à ma porte hormis des hommes de passage qui me proposaient leurs brochures évangélistes ou des assurances santé dont je n'avais strictement rien à faire. Malgré la mallette qu'il déposa à ses pieds, l'inconnu qui me faisait face ne ressemblait pas à un représentant. Il jeta un œil vers le sol, inspira comme pour se donner du courage. Le soleil d'argent creva les nuages et je pus constater l'étendue de ses blessures. L'expression de son visage était impossible à lire, perdue dans ses chairs en ruines, mais sa voix était heureuse quand il dit :

— Il y a longtemps que je rêve de cette journée. C'est vraiment extraordinaire quand on y pense.

Il rit presque.

— Miraculeux, même... mais c'est aussi un choc, poursuivit-il.

Il inclina une nouvelle fois la tête avant de se redresser de toute sa hauteur, ses bras raides collés à ses flancs.

— S'il vous plaît, n'ayez pas d'inquiétude. Je m'appelle Hideo Watanabe.

Qui sait combien de temps je suis restée là... avant de comprendre : il me demandait si j'avais besoin de m'asseoir. Je regardai une fois encore ce qui passait pour une figure humaine. Hideo, sept ans, en uniforme d'écolier, porte ses cheveux coiffés en avant sur le front et nous descendons l'allée du jardin. Il me tient la main. Nous repérons une mante religieuse sur la mangeoire. Il me demande s'il a le droit de garder un insecte comme animal domestique. Je lui dis non. Nous marchons jusqu'à l'école et il me fait au revoir de la main depuis les grilles. Ça, c'est Hideo Watanabe. C'est ainsi que j'ai choisi de le garder dans ma mémoire. L'homme debout devant moi était une aberration. J'avais pleuré Hideo pendant trop d'années pour le croire ressuscité.

— Hideo est mort. Vous ne pouvez pas être lui. Je suis désolée.

— Ça doit être un choc pour vous. Il vous faudra peut-être un peu de temps.

— Allez-vous-en, je vous en prie. Je veux que vous partiez.

L'homme acquiesça, glissa la main dans une poche de son costume et en sortit une carte professionnelle en me disant qu'il séjournait au Penn's View Hotel. Son vol de retour au pays était prévu dans quelques jours. Il m'offrit la carte mais je refusai de la prendre. Il remit la main dans sa poche et en sortit cette fois une lettre, chiffonnée par les années ou le voyage.

— Ceci vous aidera à comprendre pourquoi je me trouve ici aujourd'hui, pourquoi il m'a fallu si longtemps pour vous trouver.

Je ne bougeai pas. L'enveloppe et la carte tremblèrent dans sa main.

— Je vous en prie, le contenu vous paraîtra difficile mais il vous aidera.

Quelques secondes s'écoulèrent avant que je ne lui prenne l'une et l'autre. Je regardai mon nom calligraphié dans le coin supérieur gauche. Il reprit sa mallette et se préparait à repartir quand je lui dis :

— Si vous êtes Hideo Watanabe, vous saurez ce que nous avons vu dans le jardin ce dernier matin ?

À leur sortie de sa bouche, ses mots furent aussi légers et délicats qu'une toile d'araignée sous un souffle de brise estivale.

— Je vous demande de lire cette lettre. Ce sera un bon début pour nous deux. C'est bon de vous voir, grand-mère. C'est vraiment bon.

La main qu'il leva pour me saluer ressemblait à une serre griffue et il commença à s'éloigner. À ses mots, je dois avouer que j'avais reconnu dans sa voix comme un écho du passé. L'espace d'un instant, j'imaginai que ma fille, Yuko, me parlait, sur ce rythme saccadé mais précautionneux qui était sa marque, mais je ne le rappelai pas pour autant.

Sentiments humains

Ninjo : *les Japonais estiment que les sentiments les plus importants sont l'amour, l'affection, la compassion et la sympathie et que tous les êtres humains devraient les cultiver. Ce présupposé tire son origine du fait que la société japonaise met l'accent sur une vertu cardinale : la coopération entre ses membres.*
Dans la vie quotidienne, les Japonais sont liés par le code du ninjo *dans leurs comportements à l'égard des autres. Supposez qu'un parent vous envoie beaucoup de pommes. En ce cas, vous en donnerez spontanément quelques-unes à vos voisins.*
Cette attitude d'échanges et de concessions réciproques est fondée sur la conviction d'une sagesse inhérente à toute confiance mutuelle.

J'essaie d'imaginer quelle allure aurait Yuko si elle était en vie aujourd'hui mais c'est en pure perte : je ne la vois qu'amaigrie à cause des privations et des soucis de la guerre, la tête basse sous le poids du fardeau qu'elle doit porter. Elle est assise sur un banc dans la cathédrale d'Urakami et me tourne le dos, sa chevelure coupée court au ras des épaules illuminée par la lumière d'ouest. Je veux l'appeler, la prévenir de rentrer à la maison. Il faut qu'elle s'éloigne au plus vite d'Urakami, elle doit partir immédiatement. Mais les mots refusent de sortir de ma bouche et je la vois se retourner lentement jusqu'à ce que je m'oblige à fermer les yeux avant qu'ils ne croisent son regard. Chère fille, la vie que j'ai voulu te donner n'a pas été si mauvaise, si ? As-tu réussi à comprendre pourquoi j'avais agi de la sorte ? À te persuader que je n'avais pas le choix ? Mon seul et unique enfant, m'auras-tu pardonné à tes tout derniers instants ? T'es-tu pardonné à toi-même ?

J'essaie de me persuader qu'elle était en paix lorsque les nuages se sont écartés au-dessus de Nagasaki et que le B-29 a largué son chargement. Je n'arrive pas à supporter l'idée qu'elle ait vécu ses derniers moments dans le tourment. Je veux absolument me convaincre qu'elle est morte, sinon satisfaite, du moins peut-être réconciliée avec les décisions qu'elle avait prises en priant son dieu. Mon mari et moi nous répétions à satiété qu'au moment où Pikadon était tombé sur le nord de la ville, son corps se serait évaporé : ses os, ses organes, jusqu'à ses cendres, tout aurait disparu instantanément. Nous étions catégoriques, elle n'avait rien senti, ce qui nous offrait une sorte de consolation. L'absence de son corps à enterrer ou à incinérer nous aidait à soutenir cette version de sa disparition : elle n'avait pas souffert le 9 août 1945 à onze heures deux.

Non, je ne suis pas hantée par la façon dont elle est morte, je suis hantée par les raisons de sa mort. Si je dois être la seule survivante à narrer ce récit, que devrais-je – et jusqu'à quelles limites – avouer à moi-même et aux autres ? Devrais-je commencer par cet aveu : ma fille serait peut-être encore en vie aujourd'hui si je n'avais pas été là ? Je me dis et me répète que j'ai agi par amour et abnégation maternelle mais quel poids peut bien avoir une motivation dès lors qu'on en envisage la conséquence ? La vérité plus sombre, la voici : si je ne lui avais pas demandé avec insistance de m'y rejoindre, elle ne se serait pas trouvée dans la cathédrale ce jour-là. Une réalité que je porte en moi depuis toutes ces longues années. Même Kenzo l'ignorait. Quel aveu impossible à confier à un mari et à un père. Avec le temps, j'ai appris à porter cette culpabilité avec légèreté de manière à ce que personne ne découvre le monstre vivant parmi eux, mais parfois, lorsque je baissais ma garde, je disais à Kenzo que je regrettais que la bombe ne m'ait pas réclamée, moi, au lieu d'elle. Il me serrait alors entre ses bras en disant à son tour qu'il aurait volontiers pris la place de Yuko et de Hideo s'il l'avait pu. Il me rassurait en répétant que rien ne pourrait jamais modifier ce qui était arrivé, des forces au-delà de notre pouvoir les avaient pris tous les deux. Nous étions tous victimes, seuls lui et moi étions restés en vie, et voilà tout. Il ne comprenait pas ce que je voulais lui faire entendre : la plus grande cruauté de la mort est de réclamer les mauvaises victimes. Parfois, ce sont les plus faibles qui survivent.

Je parvins à me convaincre qu'une version expurgée de mon passé m'était nécessaire pour supporter la vie. Je me disais que je ne devais pas m'attarder trop longuement sur les erreurs que j'avais commises, celles qui avaient conduit Yuko dans la zone de mort de la ville. Sinon, me raisonnais-je, comment trouverais-je la force de me lever le matin et d'affronter une nouvelle journée ? Sinon, comment saurais-je supporter les années qui s'écoulaient comme au goutte à goutte, l'une après l'autre, bien trop lentement ? Moi, la dernière qui restait, c'était en tout cas ma conviction, jusqu'à ce matin d'hiver. J'avais cru que notre départ du Japon nous garderait tous deux, Kenzo et moi, à l'abri du passé. Lorsqu'on me posait des questions sur mon ancienne vie d'avant l'Amérique, je modifiais les détails qui ne me plaisaient pas, minimisais ou effaçais complètement des années entières au gré de mes humeurs ou en fonction de mon public. Il arrivait parfois que mes inquisiteurs fassent le lien entre mon âge, Nagasaki et la guerre. Trop curieux peut-être pour ravaler leur question et s'abstenir, ils me demandaient du ton gêné des vainqueurs : « Étiez-vous présente ce jour-là ? » Je ne pouvais pas mentir sur ce détail précis mais, au moins, mon mauvais anglais m'était une aide précieuse. Il me permettait de réduire mon récit à quelques noms, des adjectifs sans intensité, un verbe au mauvais temps. « Petit-fils et fille tuent, disparus. Trop triste. Gros problème pour moi. » J'écoutais les gens qui s'efforçaient de répondre en cherchant de leur mieux les mots les plus adaptés afin de ne pas embrouiller mon vocabulaire limité : comme c'est affreux, c'est simplement horrible, vous êtes très courageuse. Je détestais ce mot, « courageuse ». Il impliquait un choix. D'autres se cachaient derrière ma faible compréhension de l'anglais pour exprimer le fond de leur pensée et je devinais ce qu'ils laissaient entendre : ces bombes avaient mis un terme à la guerre, songez aux milliers de vies humaines sauvées par la mort de votre fille ; au moins votre mari et vous êtes toujours là l'un pour l'autre. La perte, balayée, de façon aussi banale et commode. C'était ça, le chagrin du survivant : on attendait de vous de faire montre de reconnaissance. Je n'ai pas expurgé mon passé par désir de sympathie ou par volonté de persuasion ; si je l'ai fait, c'est uniquement pour alléger la culpabilité, juste assez pour être capable de fonctionner. Ces mensonges ou ces omissions me donnaient la force de me regarder dans le miroir et de pouvoir supporter la femme que j'y voyais. Et pourtant, si l'on me demandait d'observer mon passé à la loupe, comment faire la part des faits et celle de la fiction ? Ma mémoire les a toutes deux enchevêtrées de façon inextricable, à l'image d'un entrelacs de capucines sauvages sur un treillis pourrissant, l'une dépendant de l'autre. L'homme qui s'était présenté sur mon perron voudrait, lui, connaître la vérité. Et d'abord, quelle sorte de requête serait-ce là ? Revenir sur le passé ne m'apporterait ni oubli ni libération.

J'ai emporté la lettre qu'il m'avait donnée dans la cuisine où je me suis assise, à la table près de la fenêtre. Le formica rouge brillait d'eau de Javel, les pots en plastique près du fourneau étaient soigneusement alignés et seul le bourdonnement du réfrigérateur venait rompre le silence. Nous l'avions acheté peu de temps avant que Kenzo ne tombe malade. Il avait insisté pour prendre une marque américaine, Frigidaire, qui proposait un distributeur de glaçons. Il adorait presser un gobelet en plastique contre le poussoir et regarder les morceaux de glace dégringoler.

— Amérique, avait-il déclaré cette toute première fois en secouant la tête, presque sidéré. Ce sera quoi ta prochaine idée ?

J'avais l'intention de le nourrir de bonne viande rouge et de légumes frais mais au cours de ces dernières semaines, il n'avait voulu manger que des plats industriels en conserve. Macaroni au fromage, anneaux de spaghettis à la sauce tomate et corned-beef avaient été ses derniers délices. Juste avant qu'il ne parte à l'hôpital, son dernier repas avait été une glace à la vanille accompagnée de crème au chocolat. Il me regardait depuis la table de la cuisine, appuyé lourdement contre son dossier, tandis que je faisais gicler de la crème en bombe Reddi-wip dans un bol avant de lui apporter son dessert. Nous étions assis face à face et nous nous tenions les mains pendant qu'il en prenait quelques cuillerées. Une goutte de crème tomba sur son menton pas rasé.

— C'est bon ? lui demandai-je.

— C'est bon, répondit-il.

Ce fut plus fort que moi, je me penchai et j'essuyai le flocon blanc de mon pouce.

— Laisse-moi te raser, tu ressembles à un homme des bois.

— Ma peau me fait mal, avait-il répondu en faisant non de la tête.

« Je vous apporte de bonnes nouvelles. »

Tels étaient les mots que cet homme avait utilisés. Je contemplai l'enveloppe blanche devant moi, le papier épais, *Amaterasu Takahashi* inscrit en beaux logogrammes à l'encre noire. La dernière fois que j'avais vu mon nom écrit en kanji remontait à huit années après notre départ du Japon, sur une lettre que m'avait envoyée mon ancienne bonne, Misaki Goto. Sa fille se mariait, nous étions invités, elle serait si heureuse si nous pouvions faire le voyage jusqu'à Nagasaki. J'étais ravie pour elle mais je lui avais adressé mes excuses le plus sincères, avec l'espoir qu'elle comprendrait pourquoi je ne pouvais retourner au pays. Je me contentai de lui envoyer une peinture des montagnes Rocheuses, alors même que Kenzo et moi n'y étions jamais allés. Nous avions déménagé de Californie en Pennsylvanie peu de temps après la réception de cette invitation et Misaki et moi nous sommes perdues de vue. C'était la seule personne avec laquelle j'étais restée en contact, ce qui m'obligea à me poser cette question : qui pouvait donc m'écrire ?

Je relevai une seconde les yeux vers une photographie au mur encadrée de bois noir. Le soleil en avait blanchi les silhouettes mais on distinguait toujours Hideo en uniforme d'écolier, debout entre ses parents, Yuko et Shige. Le 9 août, chaque année, Kenzo sortait son meilleur pur malt importé d'Écosse, en préparation de cette journée.

À mesure qu'elle s'écoulait, nous faisions un sort à la bouteille, son goût tourbé persistant sur nos langues, pendant que mon mari créait de nouvelles destinées à notre petit-fils. Certaines années, il en faisait un marin, d'autres un homme de loi, parfois même un poète vivant dans les montagnes. Il était beau, gentil, plein d'esprit. Il avait un bataillon d'enfants solides ou une maîtresse en France. Sa vie était joyeuse, exotique, pleine d'aventures. L'homme à ma porte ne cadrait guère avec cette image de film familial. Ce n'était pas la fin que je voulais pour aucun d'entre nous. Ce n'était rien d'autre qu'un monstre, un de plus, sorti des décombres de Nagasaki. Je ne le croyais pas. Cette enveloppe ne pouvait contenir de bonnes nouvelles mais malgré tout, j'allai jusqu'à la porte du placard à couverts, en sortis un petit couteau et je retournai m'asseoir. La lame trancha trop facilement le papier. Je sortis le mot qu'elle contenait, le posai à plat sur la table et lus la signature. Deux mots qui jaillirent comme deux fusées me prenant pour cible, deux mots seulement, mais quels mots : Natsu Sato. L'épouse du docteur. Je sentis la sueur me piquer dans tout le corps. J'allai jusqu'à la fenêtre et, malgré une rue complètement vide, je tirai les stores. J'aurais pu jeter la lettre de Natsu à la poubelle ou encore allumer la télévision en mettant le son trop fort pour noyer les possibilités de son contenu. Au lieu de quoi je me rassis sur la chaise de cuisine et me mis à lire.

À Amaterasu Takahashi,

Tout d'abord, je dois vous présenter mes excuses pour le choc de cette révélation. L'homme que vous avez sans doute rencontré est votre petit-fils, Hideo Watanabe. Je peux vous le confirmer. Il est bien possible que vous n'ayez guère de raisons de me croire mais je peux seulement dire que je ne mens pas. Hideo n'est pas mort ce jour-là, il a survécu. N'est-ce pas une chose merveilleuse à savoir ? Mais ainsi que vous l'aurez constaté de vos yeux, il a été très grièvement blessé lors de Pikadon. Si gravement en fait que les autorités ont été dans l'incapacité de l'identifier. Un an après la fin de la guerre, on l'a envoyé dans un orphelinat pour enfants victimes à l'extérieur de la ville. C'est là que mon mari l'a trouvé et c'est là que nous avons découvert par la suite qui il était. À ce moment-là, vous deviez déjà être partie en Amérique. Il nous a fallu bien des années pour vous retrouver. La chance a voulu qu'une de vos anciennes employées, Mme Goto, ait lu un article sur notre organisation pacifiste qui mentionnait le nom de naissance de Hideo. Elle m'a contactée et fourni une adresse vous concernant, vous et votre mari, une ancienne adresse, ainsi qu'il s'est avéré. Au moment même où je vous écris, nous essayons toujours de localiser votre lieu d'existence actuel. Acceptez mes excuses pour ce retard. Je ne peux qu'imaginer la confusion dans laquelle cette nouvelle vous plonge.

Mon mari et moi avons décidé d'adopter Hideo. Nous l'avons ramené à Nagasaki et il a grandi et est devenu un homme accompli. Mais je le laisserai vous raconter sa propre histoire. Nous sommes fiers de lui et je sais que vous le serez vous aussi. Hideo a un paquet pour vous. Ce paquet vous aidera à comprendre ce qui s'est passé il y a tant d'années, si toutefois vous voulez le savoir. Je n'en ai pas dévoilé le contenu à Hideo. C'est à vous que revient la décision de le lui montrer ou pas, et je la laisse entièrement à votre discrétion, mais je vous demande d'abord d'en lire le contenu. Je suis sûre qu'une fois votre lecture terminée, vous saurez faire ce qui sera pour le mieux. Je vous retourne aujourd'hui votre petit-fils non seulement parce que je le peux mais aussi parce que je le veux. Cet acte final est le moins que je puisse faire après tant d'années de séparation forcée. J'espère qu'il vous apportera autant de joie qu'il a apporté de bonheur à notre petite famille.

Vôtre, en toute sincérité, Natsu Sako.

Il n'y avait pas de date. Un message pris dans la vacuité du temps. Je repliai la lettre et me rendis à la cuisine, en empruntant le couloir sans fenêtre qui conduisait à notre chambre. Kenzo m'avait emmenée voir notre maison de Chestnut Hill pour la première fois en 1956.

— J'ai trouvé l'endroit parfait pour nous, m'avait-il dit. J'aurai un long trajet pour rejoindre mon lieu de travail mais c'est beau, très traditionnel.

La maison victorienne peinte en vert et située en retrait d'une rue paisible bordée de hêtres offrait une terrasse aux boiseries blanches. Lors de la visite guidée par l'agent immobilier, je murmurai à mon mari que l'endroit manquait de lumière. Il s'était préparé à mon objection.

— Nous peindrons tout en couleurs puissantes et, avec des boiseries pâles, nous ferons entrer le soleil à l'intérieur.

Ingénieur de son métier, il voyait des potentialités lumineuses parmi les ombres.

Il engagea des ouvriers pour qu'ils vident la chambre du mobilier en chêne et remplacent les penderies, en chêne elles aussi, par de l'érable.

— Ça me rappelle le merisier, déclara Kenzo en laissant courir la main sur un panneau.

Des décorateurs peignirent les murs en jaune. Au Japon, le jaune avait été la couleur de l'amour perdu, ici, il devenait la lumière du soleil. J'achetai un dessus-de-lit imprimé de roses, des peintures de montagnes mauves à mettre aux murs et des rideaux en coton lilas si transparents qu'on voyait ses mains au travers. Une fois que nous eûmes terminé, je me postai avec lui sur le seuil pour juger de notre version à nous d'une vie américaine.

— Ça te plaît ? C'est plus lumineux, non ? demanda Kenzo.

J'avais acquiescé. Il ne s'en était jamais rendu compte mais, après le Japon, c'était lui ma seule lumière.

Nous sommes restés seize ans dans cette maison. À la mort de Kenzo en 1972, j'avais envisagé de déménager, mais pour aller où ? Au moins ici, j'avais mes petites habitudes si l'on peut dire, le territoire était connu, l'ennui familier. J'emplissais le silence du bruit des documentaires sur la vie sauvage, des défilés de bulletins d'informations, des mélos. Sans lui, les matinées pouvaient s'écouler sans que je me bouge de mon canapé. Le soir, je commençais à boire du whisky sec en doses de plus en plus substantielles, les rideaux tirés. Vivez avec la solitude assez longtemps et elle devient une sorte de compagne. En plus de quoi, ces murs épais et ces parquets cirés contenaient tout ce qui me restait de ma famille. Je voyais toujours Kenzo assis sur le canapé, lisant le journal, remplissant des formulaires ou criant ses réponses à un jeu télévisé, fier d'avoir suffisamment maîtrisé cette langue étrangère pour la faire presque sienne. Ma résistance à l'apprentissage de l'anglais avait donné lieu à des disputes, mais que pouvait-il y faire ? M'obliger à lire des manuels scolaires, me conduire *manu militari* à des cours ?

— Contrariante, obstinée, délibérément ignorante ! disait-il à nos tout débuts avant Chestnut Hill, lorsque nous vivions au nord de San Francisco près de Mare Island, non loin du chantier naval.

Il le disait d'abord en japonais puis traduisait les mots dans sa langue adoptive.

Ce à quoi je répondais :

— Laids les mots, laide la langue, en anglais, en essayant au passage d'imiter l'accent local pour prouver ce que j'avançais.

Kenzo secouait la tête alors et retournait à ses mots croisés, dont je notais avec une satisfaction cruelle qu'il n'était pas capable de les finir.

Un Noël, au bout de quelques années de vie américaine, il m'avait donné un livre enveloppé de papier doré. La jaquette avait la couleur rouge d'un coquelicot d'automne et une texture évoquant le givre sur une vitre de fenêtre. Le kanji était traduit par *Dictionnaire anglais de culture japonaise*. Kenzo me sourit.

— J'ai pensé que ceci pourrait être un compromis. Tu vois, le japonais est ici et l'anglais est en vis-à-vis.

Je feuilletai les pages, dont certaines étaient grossièrement décorées de croquis en noir et blanc. Je lus l'une des entrées :

> Wabi : *un type de beauté austère et simple. Le mot dérive du verbe* wabu *(perdre de la force) et de l'adjectif* wabishi *(seul). À l'origine, il signifiait le malheur de vivre seul à l'écart de la société. Par la suite, il a gagné un sens esthétique positif : la jouissance d'une vie tranquille, sans travail obligé ni soucis.*

Je réenveloppai le cadeau sous ses ors délicats et demandai à Kenzo où il avait trouvé le livre. Il saisit un autre paquet.

— Tu peux tout trouver aux États-Unis. Il suffit de savoir à qui demander.

En guise de réponse, il eut droit à un regard sceptique.

— Honnêtement, Ama, le sushi, le teppanyaki, même le shabu-shabu, on les trouve tous ici. L'Amérique, c'est le monde.

Je doute fort qu'il ait jamais compris mes raisons pour ne pas apprendre la langue. Ce pays était un refuge à l'abri de Pikadon mais ce n'était pas le mien, ce peuple n'était pas mon peuple. Je ne tenais pas à être proche de ces gens.

Dans la chambre à coucher, j'allai jusqu'au côté de la penderie réservé à Kenzo, ouvris la porte et je me laissai glisser doucement à genoux. Lorsque Kenzo et moi avions quitté le Japon en 1946, j'avais quarante-quatre ans et lui, cinquante et un, trop âgés l'un et l'autre pour une nouvelle vie mais trop brisés pour rester dans celle que nous avions connue. Nous avions emporté deux malles bourrées de photographies et de documents et les haillons que nous appelions vêtements, la plupart teints en couleur kaki, la couleur de la Défense nationale. Mais j'avais glissé en douce à l'intérieur de ces malles d'autres objets de souvenir que j'avais soigneusement conservés, sans que Kenzo ne le sache. À sa mort, je les avais rangés dans la section de la penderie qui lui était réservée de sorte qu'enfin il puisse les partager avec moi. Sous ses vêtements, ses cravates et ses chandails, je glissai la main au plus profond et j'en sortis une boîte à chaussures où je plaçai la lettre de Natsu avant de repousser la boîte contre le mur. J'en sortis une autre, je me relevai doucement et m'assis sur le bord du lit. Elle pesait sur mes cuisses. Je passai les mains sur le couvercle que les années avaient rendu gluant et le soulevai. Une pensée me martelait l'esprit : pourquoi irais-je faire confiance à l'épouse de Jomei Sato, l'homme que je rendais responsable de la mort de ma fille ?

Une relation

En : *le terme dérive d'une croyance bouddhiste,*
à savoir qu'il existe une cause pour toutes choses.
Le médium au travers duquel une cause
fait naître un effet est en. *Toute relation sociale*
commence par en *et change avec lui. C'est le* en
qui accomplit la relation entre l'homme et la femme,
et aussi qui s'établit entre voisins ou associés en affaires.
En conséquence, en *crée les circonstances*
et les occasions nécessaires à la formation de relations.
Il permet très souvent aux gens
de mener leurs entreprises à bien sans heurt.

Nagasaki continue à me sembler plus réelle que cette vieille demeure victorienne. Les nuits passées en solitaire dans mon lit me ramènent à notre maison sur la colline avec sa vue sur la ville qui grandissait vers l'intérieur des terres au départ du goulet étroit ouvrant sur le port. Elle était entourée d'un jardin garni de lilas de Perse, d'érables pourpres et de charmes bleus. Deux niveaux de bois noir se dressaient jusqu'à un toit triangulaire couvert d'ardoises. Une corniche sculptée courait tout le long des avant-toits, dont chaque chevron était décoré de métal ouvragé en forme de dragons et de navires couverts de vert-de-gris. Le dieu de la guerre chevauchait un sanglier au-dessus de l'entrée principale. À l'intérieur de la maison, la pièce familiale était la première sur la gauche, garnie de tatamis en paille de riz tissée, gansée de soie vert et or. Des coffres de laque noire s'alignaient sur un côté de la pièce avec, en leur milieu, une table carrée et quatre coussins. Des rouleaux de calligraphie étaient accrochés aux murs avec, sur la gauche, la longue fenêtre donnant sur le jardin et, sur la droite, l'alcôve contenant l'autel familial : un petit Bouddha, un bougeoir, un brûleur à encens, une cloche et un maillet. Typique, bien sûr, mais c'était à nous.

Lorsque je pense à notre maison, j'y vois Yuko assise, dans cette même pièce, baignant dans les reflets des myrtes de crêpe, des lauriers et des cannas. Elle ressemble à un mirage optique, une chimère créée par un soleil discret sur les panneaux de bois. Je la vois qui saisit un bol à thé beige pâle de sa main droite avant de le tourner dans le sens des aiguilles d'une montre dans sa paume étirée. Ensuite, elle verse l'eau chaude de la théière sur le thé vert en poudre, prend le fouet en bambou et bat le liquide qui écume et bouillonne comme les bulles de cercope sur l'herbe avant de me tendre le bol. Elle est vêtue d'un kimono couleur de jeunes cerises d'hiver ou de camélias, mais toujours rouge, la couleur du bonheur et de la vie, la couleur de la matrice.

Tout ce qui me restait d'elle s'était réduit au contenu de quelques boîtes à chaussures. Assise que j'étais sur le lit, l'humidité du carton assaillit mes narines. Je tenais son carnet à la main. Sa reliure de cuir vert usagé s'était désintégrée et des miettes de poussière de papier scintillaient sur mes doigts. Au dos de la couverture, elle avait écrit son nom en grands caractères soignés. *Yuko Takahashi*. Par la suite son nom de famille serait remplacé par Watanabe. Les journaux intimes de ma fille. Je la voyais assise à son bureau, en train d'écrire. Je voyais le creux dans son majeur, là où s'appuyait sa plume, ses kanji délicats sur la page. Lorsque nous sommes allés chez elle les jours qui avaient suivi la bombe, Kenzo avait pleuré, abattu et défait, en trouvant une liste de courses qu'elle avait laissée sur sa table de cuisine. *Farine, nouilles, savon.* Trois mots. Qui laissaient en imaginer des milliers. Je refermai le journal intime, plaquai un instant sa forme solide et concrète contre ma poitrine et le remis dans la boîte. Nous n'étions pas prêtes, ni l'une ni l'autre, pour cette intrusion.

Ensuite, j'ouvris un carré de papier plié. Les lignes de fusain avaient passé, encore assez claires pour être discernables. La perspective était belle malgré une composition un peu gauche, à croire que l'artiste avait tenté à toute force d'entasser trop de détails dans cet espace. En bas à droite de l'esquisse, Yuko avait noté le lieu et la date : *Iwo Jima, 22 août, 1936.*

L'été de cette année-là avait été féroce. L'humidité tachait les vêtements comme une méchante pluie, l'air brûlait les poumons au plus profond. Je sentais cette chaleur en suivant les contours du visage que j'avais devant les yeux, les pommettes hautes, la moustache bien taillée, le grain de beauté. Je voyais le fusain estompé entre les doigts de Yuko, je me représentais la pellicule de sueur sur sa peau à mesure qu'elle travaillait. Je sentais son manque et ses espoirs. Lui, son expression était aussi insondable qu'elle l'avait toujours été. Je reposai l'esquisse à l'envers, visage caché. Je ne voulais pas penser à Jomei Sato. Je ne voulais pas me souvenir de lui, de cet été brutal ni de ce dernier matin des années plus tard.

De nouvelles frayeurs sans réponses m'ont saisie. Comment Hideo avait-il survécu ? Kenzo et moi l'avions cherché, nous étions sûrs qu'il avait été emporté. Comment faire face à cette éventualité, l'hypothèse qu'il ait pu rester en vie toutes ces années ? Et si c'était la vérité, comment le docteur et son épouse avaient-ils réussi à l'adopter ? Ce ne pouvait être une simple coïncidence. Peut-être que l'homme sur mon perron était lui aussi une autre des victimes du docteur, sinon un complice. Je trouvai pathétique que Sato ait attendu si longtemps pour se venger. Aucune punition ne pourrait se comparer à toutes ces années vécues depuis, après cet été-là, ce matin-là, cette minute-là.

Les enfants-trésors

Kodakara : *comme le dit un poète japonais du* VIIIe *siècle, il n'est pas de trésors plus précieux que les enfants. Selon les croyances populaires japonaises, les enfants sont des cadeaux du paradis, et ceux qui sont âgés de moins de sept ans méritent une attention particulière. Ces croyances ont une profonde influence sur leur éducation, avec pour résultat une relation étroite entre mère et enfant.*

Ce dernier matin-là, la brume s'accrochait bas au-dessus des deux vallées et un éperon montagneux traversait les nuages. Kenzo était passé prendre Hideo à l'école l'après-midi de la veille pour ainsi permettre à Yuko de faire une garde à l'hôpital à la première heure. Elle avait accepté de me retrouver à la cathédrale d'Urakami pendant sa pause. Je savais ce que cela signifiait : elle avait pris sa décision et je m'inquiétais, ignorant ce que je risquais d'être obligée de faire pour m'assurer qu'elle avait pris la bonne.

J'allai dans la chambre où elle avait dormi enfant. Hideo était allongé sous les dessins qu'elle avait faits au mur alors qu'elle n'était pas beaucoup plus vieille que lui, un vol de papillons jaunes depuis le sol jusqu'à la fenêtre. Son fils dormait bouche ouverte et bras écartés, comme un crucifié. À ces instants d'avant l'éveil, il semblait tellement en paix, tous ses soucis contenus à bonne distance, l'absence de son père, les raids aériens, la faim, la proximité de la guerre. Une boîte en bambou ouverte à côté de son matelas contenait sa carte d'identité, son adresse et son groupe sanguin, un couteau, une loupe et des pansements en coton. Je m'agenouillai près de son futon et lui caressai les cheveux comme je le faisais jadis quand Yuko était enfant, jusqu'à ce qu'il s'éveille, un sourire inquiet aux lèvres. Je l'embrassai sur le front, submergée par une vague de pur amour pour ce garçonnet, si petit, si précieux, si vulnérable. Une fois debout, il avait la même allure timide et hésitante que son père. Je le regardai enfiler l'uniforme de son école, élimé et passé. Yuko avait insisté, elle voulait conserver ses bons de rationnement de vêtements pour une urgence. Je lui préparai son petit-déjeuner de riz et de thé recyclé à partir de feuilles séchées et nous quittâmes la maison. Des cigales crissaient dans les massifs du jardin. À côté d'une pousse de margousier, des figues dodues commençaient à bleuir et l'air se chargeait de leur parfum d'été. Nous approchions de la grille quand Hideo remarqua une mante religieuse sur une mangeoire et nous la regardâmes manger un papillon de nuit blanc pris au piège de ses pattes en épieux. Hideo se tourna vers moi.

— Est-ce que le papillon souffre ? Pouvons-nous le sauver ?

Je lui répondis que c'était la nature qui voulait ça. Il existait des chasseurs et des proies mais nous étions au sommet de la chaîne alimentaire donc inutile qu'il se tracasse. Je me rappelai alors une chose qu'on m'avait dite :

— Sais-tu que la mante religieuse femelle mange parfois le mâle après l'accouplement ?

— Que veut dire accouplement ? me demanda-t-il, l'air de ne pas comprendre.

J'ai rougi.

— Peu importe, nous devons y aller. Tu ne veux pas être en retard à l'école, n'est-ce pas ?

Hideo sourit, plein d'espoir.

— Est-ce qu'on peut la garder ? Comme animal de compagnie ?

— Elle est mieux là où elle est, en liberté, tu ne crois pas ?

Il réfléchit un instant et prit ma main dans la sienne.

Notre trajet ne fut pas différent des autres, tous ceux que nous avions faits pendant ces journées d'urgence en temps de guerre. Nous passâmes devant le magasin de soba dont le propriétaire installait ses maigres réserves de la journée sur des présentoirs en bambou. La boutique de tempura voisine avait été transformée en point collecte pour tous les métaux que nous parviendrions encore à dénicher dans nos maisons. Depuis longtemps déjà, Kenzo avait vendu le peu d'or que nous possédions au gouvernement et fait don de ses outils de jardinage ainsi que des sabres de cérémonie, marmites en cuivre, boutons de vêtements, et même de la grille de la cheminée. À l'extérieur de la boutique, l'association de femmes avait laissé une boîte pleine de bandes de tissu brodées du mot « force » un millier de fois qui seraient ensuite envoyées à nos soldats à l'étranger. Le soir, me regardant occupée à y apporter ma contribution, Kenzo secouait la tête.

— Fais-moi confiance, ces choses-là ne serviront à rien.

Jamais il ne l'aurait reconnu en dehors de notre maison mais il avait la conviction que la guerre était perdue. Il continuait néanmoins à aller à son travail et moi je continuais à fabriquer mes *senninriki*, toujours confiante d'une certaine façon dans le fait que notre famille s'en sortirait sans dommage.

Hideo et moi attendîmes le tramway avant de nous frayer un passage dans la rame bondée jusqu'à un groupe de jeunes femmes vêtues de pantalons *monpe* très amples et de chemises blanches. Elles devaient certainement se rendre dans les dépôts de locomotives, les gares de chemin de fer, les compagnies de transport maritime et les usines de munitions. Kenzo avait admiré leur dur travail mais quand on avait commencé à recruter les écoliers en dernière année de primaire pour qu'ils aillent travailler dans des lieux similaires, il avait demandé avec désespoir :

— Quand cela va-t-il s'arrêter ?

La paume de mon petit-fils était serrée dans la mienne et sa chemise d'uniforme moite de sueur. La journée serait encore chaude et humide. Je lui montrai la fenêtre et nous regardâmes le défilé des membres de l'Unité de défense de la forteresse de Nagasaki, en uniformes trop grands pour leur taille et marchant au pas le long des voies du tramway. Nombre d'entre eux s'entraînaient désormais avec des tiges de bambou en lieu et place de fusils. Leurs armes avaient été envoyées aux soldats sur les lignes de front. L'avant-veille, mon association de femmes avait organisé une soirée « défense nationale » au cours de laquelle avaient été distribuées des lances en bambou similaires. Après avoir enfilé des écharpes sur nos poitrines et noué des hachimaki autour de nos têtes, nous avions empoigné nos armes pour nous ruer à l'assaut d'effigies taille réelle de Roosevelt et de Churchill en criant :

« Réduisez l'Amérique à néant ! Réduisez l'Angleterre à néant. » Le spectacle était d'un ridicule achevé mais je ne pouvais me permettre d'énoncer une telle traîtrise. Il fallait absolument nous montrer loyales parmi tous ceux qui l'étaient encore. Quelques jours auparavant, un homme avait été arrêté au théâtre pour n'avoir pas ôté son chapeau quand l'Empereur était apparu sur l'écran. Mieux valait se montrer obéissant et prudent.

Nous descendîmes du tram, direction l'école Yamazato. Au bord de la rivière, des enfants plus âgés que Hideo se pliaient en deux à la recherche d'anguilles dans les hauts-fonds dont ils délogeaient les pierres pour dénicher leurs proies. Quelques mètres plus loin, là où la rivière était plus profonde, un garçon torse nu monta sur une pierre et jeta un caillou noué d'une ficelle dans l'eau. Deux de ses amis plongèrent avant de remonter à bout de souffle et l'un d'eux leva le caillou qu'il tenait dans sa main. Nous arrivâmes aux grilles de l'école et je tendis à Heido sa boîte de déjeuner, blé noir et okra que j'avais réussi à faire pousser dans mon jardin. Il adorait mordre à pleines dents dans ces légumes verts jusqu'au cœur de leur chair blanche et les tenait ensuite en l'air en disant : « Regarde, une étoile. » Il leva la main et pressa ses doigts chauds contre ma joue.

— Travaille bien, Hideo-chan, lui dis-je.

Je mis ma main sur la sienne, nos deux visages barrés d'un sourire, penchés l'un vers l'autre, nos fronts en contact.

— Je te le promets, grand-mère.

Notre rituel matinal.

— Je passerai te chercher. Morue séchée ce soir.

Il fit la grimace.

— Ou peut-être un peu de jambon de baleine si je parviens à en trouver.

À ces mots, il sourit. Je le regardai franchir les grilles de l'école. Je ne lui dis pas au revoir. Je ne lui dis pas que je l'aimais mais j'espère qu'il savait combien il l'avait toujours été. C'est lui, Hideo Watanabe. C'est lui, mon petit-fils.

J'approchais de l'arrêt du tram quand retentirent les sirènes annonçant une attaque aérienne. La ville avait eu la chance de ne pas connaître le sort de Tokyo où les bombes incendiaires avaient été si denses que les rivières elles aussi s'étaient embrasées, même si, la semaine précédente, cinquante bombardiers avaient pris pour cibles le chantier naval Mitsubishi, les aciéries et l'hôpital de la faculté de médecine. Heureusement, Yuko ne travaillait pas à ce moment-là et Kenzo s'était ri du danger encouru à son lieu de travail. Une femme portant un bébé sanglé dans son dos leva les yeux vers le ciel. Je fis de même mais nous ne vîmes pas d'avions.

— Qu'est-ce que vous en pensez ? me demanda-t-elle.

Je songeai l'espace d'un bref instant à aller récupérer Hideo mais je me fis le raisonnement que les enseignants conduiraient les enfants dans un abri si les sirènes continuaient.

— Je crois que tout ira bien, et elle me répondit par un hochement de tête.

Je montai dans un tram remontant la colline quand le signal de fin d'alerte résonna au-dessus des toits de la cité. Il était prévu que j'aille aider à collecter des sacs à charbon de bois vides qui seraient ensuite remis à l'hôtel de ville pour le recyclage. Je calculai que si je travaillais deux heures, j'aurais largement le temps de prendre un tram pour rejoindre Urakami et retrouver Yuko.

Deux incidents me mirent en retard pour mon rendez-vous avec ma fille. Peut-être était-ce écrit, c'est la question que je me pose aujourd'hui. Terrifiée à l'idée de ce qu'elle risquait de me dire autant que par la façon dont j'allais réagir, j'étais restée distraite par mes réflexions pendant que j'accomplissais mon devoir en compagnie d'une jeune veuve du nom de Tukiko. Elle tirait une petite charrette en bois et moi, je frappais aux portes en demandant les sacs. Nous avions préparé notre itinéraire de manière à terminer non loin de chez moi et Tukiko était ensuite chargée de déposer notre cargaison à notre association de quartier. Nos deux heures de travail terminées, je remarquai mes mains et ma chemise salies de suie et donc, à dix heures trente, courus jusque chez moi me changer et me laver. Il devait être dix heures quarante-cinq quand je refermai la grille de notre jardin. Je m'engageai dans la grande rue quand je vis le tram s'immobiliser cinquante mètres devant moi. Lorsque j'arrivai à l'arrêt, il se trouvait déjà à mi-chemin de la descente de la colline. Je consultai ma montre. Il était dix heures cinquante et Yuko était peut-être déjà en train de prier dans la cathédrale car elle avait choisi de s'engager dans la foi catholique de son époux et s'y rendait souvent pendant ses pauses. Le tram suivant serait là dans un quart d'heure. J'étais sûre d'arriver en retard mais je savais aussi qu'elle m'attendrait. Je me rappelle qu'en me retournant j'avais vu un panneau vantant des fruits en conserve dans la vitrine de l'épicerie derrière moi. Avant d'y entrer, je vérifiai mon carnet de rationnement car je voulais en acheter une boîte pour Hideo. J'étais en train de régler l'achat de mandarines en conserve lorsqu'une lumière nouvelle inonda notre monde. Ceux qui osent me demander comment j'ai survécu à Pikadon ont toujours droit à la même réponse, mon goût pour les sucreries. Mon humour les agace mais la vérité est moins désinvolte. C'est Nagasaki qui m'a sauvée car sa géographie a contenu la puissance de l'explosion sur un tiers de la ville, essentiellement le district d'Urakami et une partie du centre. Le port, le quartier historique et le centre proprement dit étaient abrités par les collines entourant la rivière. Mais dans le même temps, ces belles collines touffues, pleines de hameaux dispersés et d'arbres verts où nichaient les milans, avaient canalisé la portée de la bombe, intensifiant ses destructions en comprimant sa force. Malgré la distance, ma position sur les hauteurs et la pénombre à l'intérieur de l'épicerie où je me trouvais, j'étais suffisamment près pour savoir qu'il s'agissait du bruit qui accompagne la fin de toute existence.

Jamais encore je n'en avais entendu de semblable. J'eus l'impression que le cœur du monde venait d'exploser. Certains allaient le décrire par la suite comme un bang mais il ressemblait plus au fracas d'une porte se rabattant violemment sur ses gonds ou à la collision de plein fouet d'un camion-citerne et d'une voiture. Il n'existe pas de mot pour ce que nous avons entendu ce jour-là. Il ne doit jamais y en avoir. Donner un nom à ce son risquerait de signifier qu'il pourrait se reproduire. Quel terme serait à même de capturer les rugissements de tous les orages jamais entendus, tous les volcans, tsunamis et avalanches jamais vus en train de déchirer la terre et d'engloutir toutes les villes sous les flammes, les vagues, les vents ? Ne trouvez jamais les termes adéquats capables de décrire une telle horreur de bruit ni le silence qui s'était ensuivi.

Je fus projetée en arrière contre une pile de cageots, une petite fenêtre au-dessus de la porte vola en morceaux, projetant ses éclats dans la boutique, des fissures déchirèrent les murs comme un bloc de glace à l'impact d'un coup de marteau. L'épicier réapparut derrière son comptoir, du sang coulant d'une plaie ouverte au-dessus de son œil, son regard rivé au mien, l'un et l'autre trop effrayés quelques secondes durant pour oser abandonner le sanctuaire de la boutique. Il me tendit sa main, je la pris et nous nous frayâmes prudemment un passage parmi les étagères, les cageots renversés et les boîtes de fruits en conserve. À notre sortie, clignant des yeux contre la poussière qui avait tout envahi, nous attendait un nuage de brume et de chaleur rouges. C'était ça, Pikadon : un éclair et un bang, un nouveau mot pour le monde nouveau qui nous accueillait. Le ciel semblait en feu. Voyant un groupe de personnes rassemblées dans un espace vide à côté de la blanchisserie, nous allâmes les rejoindre en essayant de distinguer ce qui était visible de la cité en contrebas à ces tout premiers moments, trop abasourdis pour parler. Nous avons dû comprendre qu'il s'agissait d'une bombe ou de plusieurs, mais comment l'homme à lui seul avait-il pu faire pareille chose ? Comment était-ce possible ? Un brouillard noir s'accrochait à la surface du sol mais au travers de ses interstices le panorama qui s'offrit à nos yeux dépassait l'entendement. À l'est de la rivière, Urakami semblait avoir été écrasé à multiples reprises sous les pieds de quelque dieu géant avant qu'il n'en chasse les débris dans les airs et ne poursuive son chemin.

Les récits de ce qu'ils avaient vu diffèrent selon les survivants. Pour certains, l'explosion évoquait un chrysanthème géant pulsant de vie, le bouillonnement de mille millions de nuages mauves, crème et roses, ou alors c'était un arbre géant changé en brasier fusant haut dans le ciel, ou encore, effectivement, un champignon avant qu'il ne s'effondre sur lui-même et se relève plus loin. Je ne peux pas expliquer ce que j'ai vu. Je regardais l'emplacement où devait se dresser la cathédrale et ne vis que les collines en terrasses au-delà, là où les fermiers avaient taillé la terre. Rien d'autre. Quand ai-je décidé que Yuko était morte ? À cet instant-là. À onze heures trois ou onze heures quatre.

Je cherchai l'école de Hideo, à moins de deux kilomètres de la cathédrale, en essayant de distinguer sa forme en fer à cheval. Je me tournai vers l'épicier.

— Ma fille et mon petit-fils sont là-bas en bas.

Son silence me fit l'effet de la lame d'un bourreau encore sanglante après l'exécution. Il finit par me dire :

— Vous devriez rentrer chez vous et les attendre.

Comment pouvais-je rentrer chez moi ? Comment pouvais-je attendre qu'ils ne reviennent plus ? Je me trouvais à mille cinq cents mètres de distance du rayon d'action de la bombe.

— À pied, je peux être à l'école en moins d'une heure.

L'épicier me regarda d'un œil soupçonneux.

— Il n'y a rien que vous ne puissiez faire, n'y allez pas.

Je secouai la tête, refusant d'accepter son jugement et choisis de descendre la colline au pas de course en direction d'Urakami. Au début, le monde parut toujours aussi normal, des bâtiments, des banques, des étals dans les rues, autant de repères familiers. Avant que je ne pénètre dans un paysage si étranger à cette terre que mes cauchemars les plus fous n'auraient su rêver pareille terreur.

Dois-je parler des horreurs que j'ai vues ? Encore aujourd'hui, elles me semblent toujours si irréelles. Les tombes du cimetière de la ville avaient été éventrées par l'explosion et les morts marchaient parmi nous. Le sol était tapissé d'éclats de verre au milieu desquels se traînaient des enfants sans chaussures, leurs pieds ensanglantés réduits en charpie. Certains avaient d'étranges motifs gravés sur leur peau exposée. Un homme à la mâchoire fracassée était figé en un hurlement silencieux. Je passai à côté d'une femme assise par terre qui essayait de nourrir son bébé. Elle leva vers moi les haillons sanglants :

— Aidez mon fils, il ne veut pas manger.

Il n'y avait plus d'espoir pour l'enfant. La pluie se mit à tomber, chargée et noire. Beaucoup plus tard, je compris que c'était elle qui avait fait saigner mes gencives et tomber mes cheveux par touffes entières lors des jours qui avaient suivi. Un vieillard sortit d'une maison d'un pas chancelant en levant un balai.

— Écrasez l'ennemi, criait-il comme une litanie.

Plus j'approchais de l'école, moins les créatures encore vivantes que je croisais en chemin ressemblaient à des humains, leur chair noire ou rouge écarlate comme la peau d'une grenade mûre, leurs pieds nus. Les chaussures s'étaient fondues à l'asphalte encore chaud. Une femme passa en courant, nue jusqu'à la taille, sa peau étirée derrière elle comme une cape. Les visages étaient horriblement gonflés par les brûlures, l'odeur de chairs brûlées et de charbon de bois étouffait mes narines. D'autres blessés gisaient là où ils étaient tombés. Une fillette de cinq ans était assise par terre, il lui manquait le pied gauche.

— De l'eau, me cria-t-elle, mais à ma grande honte, je ne m'arrêtai pas.

Tout semblait se consumer ou était déjà brûlé. Les plantations de chanvre étaient en flammes et un corps calciné pendait à un poteau électrique. La chaleur dégagée par certains de ces brasiers était si forte que j'étais obligée de changer d'itinéraire et de revenir sur mes pas pour tenter de franchir les murs de flammes. Que dire du tramway cuit comme par un four géant, les rails de ses voies tordus vers le ciel et ses statues de charbon noir dans l'habitacle ? La carcasse d'un cheval gisait au sol, aussi grêle qu'une bûche consumée. Des cadavres flottaient à la surface de la rivière où ils avaient dû se jeter pour rafraîchir leur peau ébouillantée. J'avais l'impression que le monde s'était retourné comme un gant à l'envers.

C'était ça, l'enfer, ça ne pouvait être que ça. Finalement, j'atteignis la grille de l'école.

Le souffle de l'explosion avait perforé les murs du bâtiment principal et le feu s'était chargé de ce qui restait. Il ne subsistait plus grand-chose des cabinets fracassés. La cour de récréation était jonchée d'enfants, tombés là où ils jouaient. Je contemplai ces formes noircies et me dis que Hideo était mort lui aussi, il n'avait pas pu survivre. D'autres personnes, des parents probablement, cherchaient en même temps que moi. Aucun des corps ne semblait vivant mais peut-être m'étais-je trompée ? Je ne me souviens d'aucun garçonnet au visage brûlé, ça, j'en suis sûre. Je criai le nom de Hideo en songeant qu'il avait peut-être couru dans un des abris que les enseignants construisaient. Je longeai les rizières et tombai encore sur des restes calcinés qui avaient été chair jadis, avec, tout à côté, une loupe tordue par la chaleur et ce qui ressemblait à un collier trempé dans les flammes. Des plaques d'identité. J'en frottai la crasse toute noire. Son nom. Hideo Watanabe. Mon petit-fils. C'était bien arrivé. Je ne l'ai pas imaginé. Un bref instant, l'esprit dérangé par l'espoir, je crus que lui aussi avait survécu. Je hurlai son nom à l'intérieur des abris antiaériens où s'entassaient tous ceux qui y avaient rampé pour mourir mais personne ne répondit à mes appels. Je retournai en courant jusqu'à la cour de l'école et compris que je ne pouvais plus m'en aller. Partir signifierait qu'il avait disparu. Un garçon en uniforme du Corps patriotique des étudiants me demanda si j'avais besoin d'aide. Que peut faire une grand-mère quand elle sait que son petit-fils est mort ? Elle fait ce qu'elle doit faire : elle se convainc qu'il est toujours en vie.

— Je ne trouve pas mon petit-fils.

Il sortit un calepin.

— Comment s'appelle-t-il ? Je vais le mettre sur la liste. Nous cherchons les survivants.

— Hideo, Hideo Watanabe. Il a sept ans.

Je regardai le garçon inscrire le nom sur une feuille maculée de poussière et de sang. Comment à lui tout seul allait-il pouvoir retrouver mon petit garçon ? Quand allait-on partir à la recherche de Hideo ? Où avait-il pu aller ? Mon accablement était tel que j'espérai une seconde que Yuko avait décidé de ne pas venir à notre rendez-vous et était restée à son travail.

— L'hôpital de la faculté de médecine ?

— Disparu, répondit-il. Essayez la gare de Michinoo. C'est là qu'ils emmènent les blessés.

Je partis aussitôt.

— Mitsubishi ?

Le garçon n'était pas au courant. Je savais que plusieurs des usines possédaient des tunnels et si Kenzo avait réussi à en rejoindre un, peut-être s'en était-il sorti. Et je savais que, s'il avait survécu, lui aussi allait chercher.

Dans les rues en ruines qui conduisaient à la gare, d'autres blessés encore, si nombreux, avançaient le long des voies vers le bureau de la gare. Certains avaient enveloppé de bandages grossiers leurs plaies, leurs brûlures, leurs membres brisés. Les blessés plus graves étaient transportés sur des draps, des planches, des charrettes. En dépit de toutes ces foules en mouvement, après le rugissement de la bombe et les hurlements des victimes, tout était silencieux, Les pas, les roues de charrette, les bébés ne faisaient pas le moindre bruit. Le ciel avait viré à une couleur impossible, lumière de matin ou ombres du crépuscule, j'étais incapable de le dire. Je cherchai les oiseaux qui planent haut au-dessus de la ville mais n'en vis aucun. Où étaient-ils tous passés ? Puis je compris que le ciel avait dû les engloutir. Un peu plus tard, j'aperçus un milan noir encore vivant sur le sol, ses plumes consumées, ses ailes brûlées battant l'air comme s'il essayait de prendre son envol.

À la gare, le bruit refit son apparition : les ingénieurs criaient aux employés, les commandants hurlaient leurs ordres aux troupes du corps de défense, les gens suppliaient les passants :

— Prenez mon fils, aidez mon épouse, sauvez-moi.

Ils essayaient d'agripper au passage les trop rares médecins qui tentaient de soigner les blessés. Les infirmières déchiraient des bandelettes de tissu et pommadaient les brûlures exposées à l'huile de ricin. Une jeune femme, son uniforme trempé de sang, se leva, détourna la tête et s'évanouit. Je souhaitais que la mort prît certaines personnes que je voyais pour mettre un terme à leurs souffrances. J'étais incapable de savoir s'il s'agissait d'hommes ou de femmes, de distinguer les yeux des oreilles ou de la bouche. Ils étaient si nombreux à demander de l'eau jusqu'à ce que leurs gémissements de douleur se changent en plaintes étouffées suivies de silence. À un moment donné, résonna le crissement métallique d'un train à l'arrivée, les portes de ses wagons béantes. Les médecins désignaient les personnes qui devaient y monter en priorité, vraisemblablement celles qui avaient encore des chances de survivre. Je ne sais combien de temps j'ai cherché parmi ces morts et ces agonisants mais lorsque je me sentis incapable d'affronter plus avant l'étalage de tous ces corps, je repartis au fil des rues, au milieu des personnes trop gravement blessées pour pouvoir s'éloigner des feux qui gagnaient et finis par rejoindre ma maison. Je m'assis dans ma cuisine et j'attendis, espérant que quelqu'un, n'importe qui, franchisse le seuil de ma porte.

La nuit était tombée quand j'entendis le crissement du gravier de l'allée du jardin. J'attendis, le sang battant à mes tempes et un spectre apparut à la porte. Kenzo était blanc de la tête aux pieds, ses cheveux et son costume couverts de poussière de plâtre, les yeux meurtris, les ongles ensanglantés comme s'il avait creusé les murs de ses mains. Je courus jusqu'à lui.

— C'est bien toi ?

Il acquiesça, me tint à bout de bras et me détailla de pied en cap.

— Tu es blessée ? Tu vas bien ?

Je lui répondis que je n'avais rien. Il se tourna vers la maison qui n'était qu'ombres noires.

— Ils dorment ? me demanda-t-il.

Il me fut impossible de lui répondre, les mots refusaient de sortir de mes lèvres. Il s'appuya à l'évier en pierre en me tournant le dos, les épaules voûtées, ses mains agrippées au rebord.

Je touchai son épaule, sentis sa chaleur.

— Es-tu allé à l'école ?

Il ne répondit pas.

— Yuko était à la cathédrale. Je partais la retrouver.

Il agrippa l'évier plus fort.

— Que faisons-nous maintenant ? lui demandai-je.

Il ferma les yeux, défait par ma question.

— Il faut nous reposer. Nous reprenons nos recherches quand il fera jour.

— Je suis désolée, Kenzo.

— Pourquoi ? voulut-il savoir, en tournant la tête pour me faire face.

— J'aurais dû retourner à l'école pour le prendre avec moi, dis-je en secouant la tête. L'alerte aérienne. J'ai pensé que c'était une fausse alerte et j'ai décidé qu'il serait en sûreté avec ses enseignants.

Il me tira contre lui.

— Ce qui est arrivé n'est pas ta faute, Ama.

J'essayai bien de les contenir mais mes larmes commencèrent à couler. Je sentais mon cœur se rompre sous la tendresse de ses paroles.

— Dis-moi qu'il est en sécurité quelque part, Kenzo. À l'abri de tout danger. Dis-moi qu'il n'a pas peur, dis-moi qu'il est toujours en vie.

Kenzo prit mon visage entre ses mains, m'obligea à le regarder dans les yeux.

— Il est vivant tant que nous ne saurons pas qu'il est mort. Ils le sont tous les deux. D'accord ?

Comment aurais-je pu lui soutenir le contraire ? Il prit mon silence pour un assentiment.

— Nous irons vérifier au matin. Je retournerai à la fac de médecine, Amaterasu, je referai la tournée des abris. Il est trop tard ce soir. Les incendies continuent. Mais je te promets une chose, Amaterasu, je n'abandonnerai pas tant que je ne les aurai pas trouvés. Cela, je t'en fais la promesse.

Il me prit par la main, me conduisit jusqu'au salon où nous nous assîmes par terre pour écouter la radio. Un journaliste parla de l'invasion de la Mandchourie par les Russes. L'URSS nous avait frappés à peine quelques heures avant que la bombe ne soit lancée. Le Japon était en guerre contre un nouvel ennemi.

— Éteins, lui dis-je

La voix crachota et s'interrompit.

— Pourquoi Urakami ? demandai-je alors que Kenzo ôtait son veston. Et toutes ces écoles, ces maisons ?

— Les usines. Les fabriques d'artillerie ont disparu, les aciéries et les fabriques d'armement sont très endommagées.

— Mais tu as survécu ?

Un hochement de tête bref fut sa réponse avant qu'il ne prenne sa tête entre ses mains, tout honteux quand il se mit à pleurer. J'allai auprès de lui et nous nous serrâmes l'un contre l'autre un long moment, mais mon corps était trop petit pour amortir les sanglots qui le déchiraient tout entier. Le fabricant de munitions et son épouse étaient sauvés, les enfants de la ville et leurs mères n'étaient plus de ce monde.

À notre réveil avant l'aube, après un petit-déjeuner de millet aigre, nous cherchâmes des photos de Hideo et Yuko à emporter avec nous à l'hôpital Dai-Ichi d'Urakami. Les survivants avaient peut-être été conduits là-bas. Je nouai des draps dans mon dos et nous nous frayâmes un chemin parmi des rues semées de briques éclatées, de poutres métalliques et de morceaux de plâtre. Des vestiges d'immeubles toujours fumants ponctuaient le paysage plat, des squelettes de poutrelles en acier et une grande cheminée incongrue se tordaient vers le ciel. Les gens fouillaient les décombres, certains à quatre pattes, et lorsqu'une femme âgée ramassa un crâne noirci, je compris qu'ils cherchaient des ossements. Les incinérations avaient déjà commencé pour les dépouilles que les flammes n'avaient pas dévorées. Des volontaires chargeaient les cadavres sur les charrettes ou des piles de bois. À côté d'eux, une femme récupérait des cendres dans ses mains avant de les verser dans une boîte vide de lait en poudre.

À notre arrivée à l'hôpital en briques rouges, seul son mur extérieur restait debout mais les médecins avaient installé un quartier de secours dans la cour. Des abris en toile avaient été érigés afin de protéger les patients du soleil mais certains d'entre eux gisaient sur des couvertures souillées ou à même le sol alors que commençait à s'installer la chaleur du matin. Je tendis mes draps à une infirmière trop pâle à cause du manque de sommeil et lui demandai si nous pouvions chercher nos disparus parmi les patients. Elle prit ma main et me dit gentiment :

— Certains parmi eux sont très gravement blessés, vous comprenez ?

J'acquiesçai et elle se tourna vers Kenzo.

— Je crains que nous ne soyons obligés de nous débarrasser des corps dans les meilleurs délais.

Elle tapota les draps qu'elle tenait dans les bras.

— C'est très gentil à vous.

Nous fîmes notre tournée des blessés de notre mieux avant d'aller inscrire les noms de Hideo et de Yuko sur une liste punaisée au panneau à l'entrée de l'hôpital. D'autres personnes y avaient déjà laissé des messages :

Avez-vous vu mes parents, Aito et Nana Narita ? Vus pour la dernière fois à Urakami.

Si Goro Saito voit ceci, s'il te plaît va chez ton oncle à Shimabara.

Perdus : deux enfants de huit et six ans, prénommés Yoshi et Akatsuki Yamada. Contactez s'il vous plaît Shinzo Yamada à l'Hôpital naval d'Omura.

Nous quittâmes l'hôpital pour retourner à Urakami et y contempler le moignon de la cathédrale. Mon mari pressa mes doigts dans sa main.

— Faut-il aller vérifier ?

L'entrée en pierre avait survécu à la déflagration ainsi que quelques fenêtres circulaires en façade mais le reste n'était que débris. Je me détournai.

— C'est inutile.

Nous marchâmes alors des heures durant le long d'abris de premiers secours improvisés, de poches de feu qui persistaient encore, jusque tard dans l'après-midi, lorsque Kenzo s'immobilisa soudain à côté du corps d'un enfant, une fillette peut-être : il se couvrit les yeux d'une main et se mit à pleurer. Je me haussai sur la pointe des pieds et collai ma joue à la mienne.

— Viens, on rentre à la maison. Nous sommes fatigués. Nous devons manger.

Il fit non de la tête.

— Je dois aller à l'usine. Repose-toi. Je vais continuer à chercher.

Ce qu'il fit. Ce que nous fîmes tous les deux. D'abord dans les postes de premiers secours, avec leurs files d'attente interminables, afin d'enregistrer nos disparus et d'inspecter les tas de cadavres empilés comme des sacs de sable en attente d'être incinérés. Qui sait combien de temps nous les avons traqués ? Des heures, des jours, des semaines ? Le temps était aussi brisé que la terre. À chaque corps sur notre chemin, à chaque patient brûlé ou ensanglanté que nous voyions, nous espérions toujours que ce serait peut-être Yuko ou Hideo, mais il ne nous fut jamais donné de revoir leurs visages.

L'esprit combatif

Konjo : *il s'agit d'un mot-clé pour comprendre le stoïcisme japonais que pratique la population masculine depuis l'époque féodale. Un homme qui possède* konjo *est hautement valorisé : rien ne saurait l'arrêter dans l'accomplissement de son devoir car, quoi qu'il arrive, il acceptera délibérément d'endurer des conditions insupportables. Ainsi* konjo *est le symbole de l'esprit masculin.*

Bien avant Pikadon, j'étais arrivée sans prévenir au domicile de Yuko en la prenant totalement au dépourvu : elle écrivait dans son grand carnet, tellement concentrée qu'elle ne m'avait pas m'entendue passer la porte. Lorsque je l'appelai, elle referma brutalement son bloc avant de lever les yeux pour me saluer. Je lus sur son visage un mélange de culpabilité et de frustration d'avoir été interrompue.

— J'envoyais un petit mot à Shige, m'expliqua-t-elle.

Je ne sais pas bien si je la crus mais au cours des premiers soirs qui avaient suivi le 9 août, je m'attardai longuement sur le souvenir d'elle assise à son bureau.

Qu'avait-elle écrit et pourquoi ? Et si elle avait avoué à Shige des secrets qu'il était désormais inutile de révéler ? Peut-être n'avait-elle pas envoyé sa lettre, peut-être était-il encore possible de la récupérer et d'en effacer le contenu s'il lui était préjudiciable ? J'étais à même d'offrir cet acte de bienveillance à ma fille et à mon gendre.

Deux soirs après la bombe, alors que Kenzo poursuivait ses recherches, je me rendis chez Yuko et m'attardai un instant dans le jardin. Les fleurs d'azalée semblaient trop orange, le frêne trop grand, l'herbe trop verte pour cette ville en morceaux. J'ouvris la porte, qui n'était pas verrouillée, et entrai dans la maison. Je traversai les pièces vides et silencieuses jadis pleines de rires, de larmes, de crises de colère. Il faut bien peu de temps pour qu'un foyer se transforme en mausolée. Un bâtonnet d'encens consumé traînait sur la table du salon et, dans la cuisine, je vis un vase d'œillets rouges fanés. La chemise de Hideo était suspendue à une patère près du fourneau. À l'étage, dans la chambre de Yuko, je soulevai la moustiquaire qui drapait le lit et m'allongeai sur le futon encore défait. Je fermai les yeux et sentis son doux parfum sur les draps, un soupçon de lavande et une odeur plus âcre, l'humidité de l'été qui imprégnait leur maison. Je m'assis et regardai alentour, le placard en noyer et sa commode à tiroirs assortie, la malle sous la fenêtre et le meuble de rangement à côté de la porte. Où donc Yuko irait-elle cacher un secret ? Je commençai à ouvrir les tiroirs. Je soulevai les piles de maillots en coton, de chandails fins et d'habits en soie grise soigneusement rangés. Je regardai à l'intérieur du placard et laissai glisser ma main sur ses uniformes d'infirmière. Je soulevai le couvercle de la malle et passai les doigts sous les couvertures d'hiver jusqu'à sentir un objet dur. Un livre. Un journal intime. *Yuko Watanabe*. Sous celui-là, j'en trouvai plusieurs autres qui remontaient jusqu'à *Yuko Takahashi*. Moi qui m'étais attendue à trouver une lettre, je mettais au jour une vie. Je les ramassai, les emportai chez moi et leur dénichai une nouvelle cachette.

Je croyais savoir pourquoi Yuko tenait un journal. Elle était comme une photographe essayant de capturer le coucher du soleil avant que ses derniers rayons ne disparaissent. Nous avons tous besoin des preuves que certaines choses sont bien arrivées tel que nous les imaginions mais ces carnets étaient une complaisance dangereuse. Ne jamais laisser derrière soi les témoignages de ses transgressions ou de ses secrets mais les garder uniquement dans son esprit : j'avais appris cette leçon très jeune. Il est des récits qu'il est préférable d'emporter dans la tombe. Yuko n'avait pas rédigé ces journaux intimes pour le public mais pour son seul réconfort. Elle avait écrit ces mots pour elle, et personne d'autre. Personne ne lirait les confessions de ma fille. Pas moi, pas Kenzo et moins encore, comme je le craignais à l'époque, Shige à son retour. Nous n'avions aucun moyen de le contacter. Nous pensions qu'il était stationné quelque part dans le Pacifique, à Saipan peut-être, ou en Birmanie, ou encore en Nouvelle-Guinée. Mais même si nous avions eu son adresse, nous ne lui aurions rien dit de Hideo et de Yuko. Nous partagions la conviction que ces nouvelles-là ne devaient pas être lues mais entendues de vive voix.

Kenzo avait la certitude que le Japon ne pourrait plus durer bien longtemps, maintenant que les Russes fauchaient nos troupes en Mandchourie et que les Américains occupaient Okinawa, maintenant que de jeunes garçons juste assez âgés pour avoir une petite amie s'efforçaient délibérément de diriger leurs avions sur les navires ennemis. En contrecoup de Pikadon, ma propre colère faisait bouillonner mon sang mais je ne pouvais exprimer à voix haute les pensées sombres que je portais en moi. Kenzo avait aidé à la construction de ces navires qui avaient emporté nos hommes si loin. C'était ces usines en bordure du port qui avaient précipité la bombe sur notre ville. Certes, lui n'avait fait que son devoir, comme nous tous, mais à quel prix aujourd'hui. La nation n'avait qu'une alternative : se rendre ou se suicider, disait Kenzo. La guerre était perdue mais sa fin ultime n'avait pour moi aucun sens.

Six jours après Pikadon, Misaki prenait le thé en ma compagnie dans le salon après que j'eus passé la matinée à Urakami. Je m'étais retrouvée attirée presque malgré moi vers cette plaine dévastée comme si, un jour, je tomberais à l'improviste sur Yuko assise près d'une ruine. Je l'imaginais qui m'appelait : « Enfin, te voilà ! Je t'attendais. » La famille de Misaki avait été épargnée. Sa fille avait été envoyée dans une conserverie d'un village proche où elle travaillait, son mari était de nuit et dormait tranquillement dans son lit à son domicile, son fils était en poste dans une mine de charbon aux abords de la ville. Je percevais bien sa gêne d'avoir été aussi bien protégée de la bombe alors que nous-mêmes y avions été si cruellement exposés. Mais j'étais heureuse pour elle. Comment aurait-il pu en être autrement ? Elle était plus une amie qu'une bonne, c'était peut-être même ma seule amie. Elle était déjà au service de Kenzo avant notre mariage. Plus de vingt-cinq années s'étaient écoulées depuis notre première rencontre. Misaki était un peu plus âgée que moi, ses cheveux se marbraient déjà de gris qui détonnait sur son chignon. Je regardai ses mains posées dans son giron, ses ongles rongés, sa peau rouge et enflammée, le léger tremblement de ses doigts. Je voulais lui dire que cette honte si particulière n'était pas de mise, je voulais lui dire que sa compagnie affectueuse m'était d'un grand secours, au lieu de quoi je saisis sa main, moite au creux de la mienne. Kenzo avait téléphoné un peu plus tôt pour me dire de mettre la radio à midi avant d'ajouter, d'une voix incrédule, que l'Empereur Showa allait s'adresser à la nation. Nous écoutâmes le présentateur annoncer le message enregistré.

Misaki me regarda, complètement stupéfaite.

— Je n'ai jamais entendu sa voix.

Il s'adressa au pays dans un japonais classique, son discours entrecoupé de couinements et de parasites.

> « À nos bons et loyaux sujets, après avoir mûrement réfléchi aux tendances générales du monde et aux conditions qui régissent désormais notre empire, nous avons décidé d'effectuer un règlement de la situation présente... »

— Je ne comprends rien, me dit Misaki tournée vers moi. Qu'est-ce qu'il dit ?

Je lui fis signe de se taire.

> « L'ennemi a commencé à employer une bombe nouvelle des plus cruelle, dont la puissance à infliger des dégâts est, en vérité, incalculable, et beaucoup de victimes innocentes l'ont payé du prix de leur vie. Poursuivrions-nous la lutte qu'elle aurait pour résultat final un effondrement absolu et l'anéantissement de la nation japonaise mais conduirait également à l'extinction totale de toute civilisation humaine... »

— Il parle de nous là ?

J'acquiesçai, sans en être tout à fait sûre.

> « Cela étant, comment allons-nous sauver les millions de nos sujets ou expier nous-même aux yeux des esprits sanctifiés de nos ancêtres impériaux ? C'est la raison pour laquelle nous avons ordonné l'acceptation des termes de la Déclaration commune des puissances. »

Il parla de temps difficiles et de souffrances, il parla d'ouvrir la voie à une paix grandiose en supportant l'insupportable. Misaki soupira :

— Pourquoi ne peut-il pas dire les choses simplement ?

> « Veillez avec la plus grande sévérité à ne pas afficher vos éclats d'émotion... Unifiez toutes vos forces... Cultivez les voies de la rectitude, nourrissez la noblesse d'esprit et travaillez avec résolution... de manière que vous puissiez ranimer et grandir la gloire innée de l'État impérial tout en restant à l'unisson des progrès du monde. »

Nous attendîmes que le présentateur nous explique ce que nous n'avions pas compris : le Japon avait capitulé. Ne s'ensuivit entre nous aucune accolade de congratulation, de joie ou de soulagement, il n'y eut pas de larmes, nous n'étions pas sûres de savoir comment accueillir la nouvelle.

— Qu'allons-nous devenir ? demanda Misaki.

Je pensai immédiatement à Shige. Il allait rentrer à la maison, maintenant, bien sûr ? Quelle joie et quelle tristesse aussi.

À son retour un peu plus tard du chantier naval, j'allai rejoindre Kenzo sous notre ginkgo dans le jardin pour y contempler les étoiles. Je pris une gorgée du saké que nous avions gardé pour marquer la fin de la guerre.

— Pourquoi maintenant ? Pourquoi aujourd'hui ? C'est notre ville qui en est la raison ? lui demandai-je.

Il leva son verre au clair de lune.

— Ne pose pas cette question, femme.

— Yuko et Hideo sont-ils morts pour une raison, pour que la guerre puisse se terminer ? insistai-je.

— Ils sont morts parce que nos ennemis disposaient de plus grosses bombes, ils sont morts parce que l'Amérique a voulu donner une leçon au monde, ils sont morts parce qu'ils n'ont aucune importance.

— Pour nous, ils étaient importants.

Il sécha son verre en faisant la grimace.

— Nous non plus, nous n'avons pas d'importance, Ama, tu ne comprends donc pas ?

Nous attendîmes un mois avant d'organiser un service de souvenir à la mémoire de nos morts. Nous aurions volontiers retardé l'échéance mais nous n'avions reçu aucune nouvelle de Shige. Les informations en provenance d'outre-mer parlaient du chaos qui avait suivi la reddition du Japon. Mais je me raccrochais malgré tout à la conviction qu'il était toujours en vie, sans trop savoir pourquoi ni comment. Il le fallait. Nous ne pouvions pas les perdre tous les trois.

Ses parents vinrent en ville pour notre réunion à l'église de Oura, notre cérémonie du souvenir à la mémoire de nos enfants et de notre petit-fils, tous trop engourdis par la douleur pour absorber l'ampleur et la profondeur de nos chagrins. Nous n'étions qu'une parmi des milliers de familles à pleurer des êtres chers, mais ceux-là étaient nos morts. Après le service, nous invitâmes des gens chez nous pour partager le peu de nourriture que nous avions pu trouver, un repas servi par une Misaki en pleurs. Parmi nos invités, quelques-uns avaient eux aussi perdu des membres de leurs familles. Une des épouses me dit qu'ils pensaient constituer un groupe de survivants endeuillés de manière à trouver réconfort et soutien les uns auprès des autres. La simple pensée de me trouver assise dans une salle mal chauffée ou au domicile d'une inconnue me révulsait, et pour une fois, il est bien possible que mon visage ait trahi mes véritables sentiments. Le mari de cette femme me prit à l'écart dans un coin de notre salon et me tint le coude tout en m'expliquant :

— Cette vie est souvent au-delà de toute logique. Nous n'en trouverons jamais le moindre sens mais pour autant, nous ne devons jamais la laisser nous vaincre. Nous nous devons de garder cette fortitude envers ceux qui ne sont plus avec nous.

J'inclinai la tête de côté comme si j'entendais le sens de ses mots mais jamais aucune parole gentille n'aurait su apaiser les blessures que je portais en moi.

Le lendemain de la cérémonie, en compagnie de Kenzo, j'accompagnai les parents de Shige au domicile de nos enfants Shige et Yuko pour commencer à faire le tri parmi leurs vêtements. Avec tant de monde dans le besoin, nous avions décidé de donner les habits aux sans-abri, la majeure partie du mobilier et des ustensiles de cuisine à des refuges. Kenzo fit mine de s'occuper dans le jardin et le père de Shige s'installa dans le séjour pour terminer ce qui restait de saké tandis que son épouse et moi commencions à emballer les effets. Les preuves de leurs existences allaient disparaître trop rapidement pour n'être plus réduites qu'à des albums de photographies, des objets de souvenir et des chimères de nos mémoires. La mère de Shige et moi-même nous trouvions dans la chambre de Hideo, les rideaux noirs obligatoires en cas de raid aérien ouverts en grand, le soleil brûlant nos visages. J'étais occupée à plier ses rares habits, agenouillée à côté de son futon. Sonoko avait ouvert un coffre en bois sous la fenêtre. Des albums de coloriage, des sacs de haricots, un chapeau de paille avec un pli dans le rebord étaient posés à côté d'elle. Quand elle interrompit son ouvrage, je relevai les yeux et vis, posée sur ses genoux, une tasse en bois attachée à une balle par une ficelle. Le jouet était rayé rouge et noir, un peu grossier et mal fini. Elle s'assit sur les talons, et en voyant ses lèvres crispées, je compris qu'elle luttait pour ne pas pleurer. Pas ici. Pas encore.

— C'est moi qui le lui ai donné, il y a deux étés, quand il est venu à Iwo Jima. C'est mon voisin, Toshi, qui l'a fabriqué. Je crois que Hideo trouvait ce jouet agaçant car il n'arrivait jamais à mettre la balle dans la tasse.

Elle enveloppa la ficelle autour de l'anse.

— Cela vous dérange que je le prenne ?

— Je vous en prie. Prenez ce que vous voulez.

Elle me remercia puis sortit un morceau de papier et sourit.

— Tenez, je crois que ceci est pour vous.

Elle me tendit le dessin qui se limitait à quelques cercles pour les têtes et les corps et des bâtons pour les bras. Dessous, il avait écrit : *Grand-mère et grand-père.*

— Cela pourrait être vous ou moi, dis-je, un peu gênée.

— Vous avez eu la chance de passer plus de temps avec lui, répondit-elle en inspectant le contenu de la malle.

Je rougis en entendant cette vérité.

— Nous continuerons à les chercher.

— Ils ont disparu, Amaterasu. Je crois que nous devons l'accepter. Je crois aussi que nous le savons, vous comme moi.

— Qu'allez-vous faire ? demandai-je, en faisant un gros effort pour la regarder en face.

Elle se saisit d'un chandail que j'avais plié et le porta à son visage pour en respirer le souvenir.

— Continuer, endurer, vivre, que faire d'autre ? dit-elle en caressant la laine brune. Et vous ?

Les mots sonnèrent encore plus creux quand je les répétai.

— Continuer, endurer, vivre.

Et c'est ce que j'avais fait, pendant presque quarante ans, j'avais continué, j'avais accepté qu'Hideo ne fût plus.

Et maintenant, l'idée de lui m'était revenue, non plus garçonnet mais homme adulte et chaque fois que je le regardais ou pensais à lui, je voyais Pikadon, cette maison vide et cette image *Grand-mère et grand-père*. Je retournai à la boîte à chaussures dans la chambre et j'en sortis le dessin, l'inscription aujourd'hui quasiment illisible même si le soleil n'avait pas blanchi l'encre. Je repartis dans la cuisine et posai le dessin à côté du journal intime de Yuko.

J'avais respecté ma promesse, je n'avais jamais lu les journaux de Yuko. J'avais beau me répéter que je faisais un acte noble en préservant son intimité, en réalité je savais que ce n'était que lâcheté de ma part. Je m'étais détournée de ce à quoi j'avais été incapable de faire face. Mais Yuko saurait faire la part de vérité et de mensonge. Elle seule pourrait réellement ramener Hideo à la vie. Seule ma fille parviendrait à me convaincre que cet homme mutilé était son fils.

Un présage

Engi : *dans la philosophie bouddhiste,*
engi *est la loi absolue qui gouverne*
la mutation du monde phénoménal dans lequel
toutes les créatures vivantes doivent mourir,
là où rien n'est permanent. Dans son emploi séculier,
engi *signifie présage ou chance. On dit d'un rêve*
de serpent qu'il est de bon augure et d'un rêve
de poisson qu'il présage de mauvaises choses.
Les talismans porteurs de chance
ont la faveur des boutiquiers qui les arborent
dans leurs vitrines. Parmi eux, les flèches d'exorcisme
*(*hamaya*), le râteau en bambou décoré (*kumade*)*
*et la silhouette d'un chat séducteur (*maneki-neko*).*

J'ouvris le premier des journaux intimes de Yuko et je passai les mains sur le papier jauni. L'encre semblait presque trop fraîche, comme si l'écriture remontait à quelques semaines et non des années. Ma fille n'était pas sur cette page mais ces mots étaient tout ce que j'avais. Je commençai par le jour où tout avait commencé entre eux : le 16 juillet 1936. Ils s'étaient rencontrés dans son cabinet, un rendez-vous de routine, une jeune fille envoyée chez le médecin par son père, un médecin qui était également un ami de la famille. À lire sa description de la journée, tout s'en trouvait intensifié : le chant des cigales, le soleil sur les courbes en pierre de Spectacles Bridge, l'odeur des fruits de mer à son passage en taxi devant Sinchi, la masse de béton gris de l'hôpital, tout devenait lumineux et intense, même le silence du cabinet. Dont elle avait aussi remarqué les détails : les photographies en uniforme du frère de Sato décédé, les craquelures du cuir de la table d'examen et la plaque bouddhiste au mur :

Nous mangeons, excrétons, dormons et nous levons, c'est là notre monde. Tout ce qu'il nous reste à faire ensuite – c'est mourir.

Si je ferme les yeux, je vois tout, verrouillé à l'intérieur d'elle. Un tout qui semblait se charger de signification et de devenir.

Il s'est présenté et m'a demandé des nouvelles de père. Il m'a appris qu'ils se connaissaient depuis plus longtemps que je n'étais sur cette Terre. Je trouvais étrange de n'avoir jamais entendu prononcer son nom. Il semble plus jeune que père mais c'est peut-être parce qu'il est plus grand et plus mince avec plus de cheveux. Sa beauté m'intimidait. Je me suis sentie dans mes petits souliers quand il m'a regardée, comme s'il pouvait voir à l'intérieur de mon être une part de moi-même que je voulais cacher. Je rougis en écrivant ces mots et des heures ont passé depuis notre rencontre.

Il lui demanda ce qui n'allait pas et elle répondit qu'elle ne dormait guère plus de deux heures par nuit. Son estomac se nouait, elle avait perdu son appétit. Elle lui dit :

— Je crois que mes parents s'inquiètent trop pour moi. C'est l'été, c'est probablement la chaleur, sans plus.

Il lui dit d'ôter son kimono mais elle pouvait garder son kimono de dessous. Elle monta sur la table d'examen. *J'ai senti mon visage s'empourprer quand il a glissé le stéthoscope sous le coton et le contact du métal froid sur ma poitrine m'a fait tressaillir. Le cabinet était si silencieux que j'entendais le chant des oiseaux au-dehors.* Il voulut alors qu'elle s'allonge.

Ses doigts ont sondé mes chairs, doucement mais avec fermeté. J'ai senti mes veines et ma peau, mes muscles et mes os. J'étais vivante au sens le plus pur du terme.

Il voulut connaître son âge et elle lui répondit qu'elle avait seize ans. Il se lava les mains et sécha ses paumes dans une serviette en papier pendant qu'elle se rhabillait. Ils s'assirent face à face.

— Qu'avez-vous l'intention de choisir comme profession ?

Mère m'avait dit qu'il suffisait à une fille de ma classe de se contenter d'être une épouse gracieuse et attentive mais ce n'est pas la réponse que je lui ai faite. J'ai répondu que je n'en savais rien.

Il lui demanda ce qu'elle aimait faire et elle dit qu'elle dessinait. Il lui fit alors remarquer que le Japon comptait beaucoup d'artistes et aussi de ménagères. Alors que notre nouveau Japon, lui, avait besoin d'ingénieurs, d'enseignants et d'infirmières, non pas de poètes ou de faiseurs d'estampes et il serait peut-être bon que nos aspirations personnelles coïncident avec les ambitions de notre pays.

Je lui ai dit que je croyais entendre mon père et il a souri. « Que lui diriez-vous donc s'il se trouvait ici en ce moment ? » J'ai réfléchi un instant. « Je lui dirais, les scientifiques n'ont-ils pas besoin d'un peu de beauté dans leurs existences ? »

Il éclata de rire et se dirigea vers la porte.

— Venez, il y a quelque chose que vous devez voir.

Ils descendirent au rez-de-chaussée jusqu'au service pédiatrique situé au bout d'un long couloir. Les portes étaient ouvertes et un courant d'air gonflait les rideaux de gaze blanche devant les fenêtres. L'air sentait le désinfectant. À leur gauche, un gamin dormait et, à côté de lui, était allongé un garçon plus âgé qui lisait un livre. Dans la salle, une infirmière donnait à boire au verre à une fillette. Il se tourna vers Yuko et dit :

— Je suis sûr que vous dessinez bien, Yuko, mais vos doigts possèdent peut-être d'autres talents. Vous pouvez jouer un rôle dans cette nation qui est la nôtre et pas uniquement en faisant des fils.

À ces mots, les joues de Yuko s'étaient empourprées puis ils retournèrent à la réception et sortirent de l'hôpital. Sato alluma une cigarette et consulta sa montre. Il lui déclara qu'il n'avait rien trouvé qui clochait, hormis un léger épuisement. Peut-être était-ce un passage difficile pour une fille de son âge, peut-être était-elle préoccupée par quelque souci ? Comme l'école avait occupé la majeure part de son existence, l'avenir lui semblait plus incertain, peut-être se tracassait-elle pour les mois ou les années à venir ?

Je l'ai écouté parler. J'aimais sa voix grave, son débit régulier. J'aimais la façon dont le grain de beauté qu'il avait au menton bougeait au rythme de ses paroles. J'aimais la façon dont il abritait ses yeux du soleil.

Il lui prescrivit de faire de l'exercice, nage ou promenades à bicyclette au quotidien, mais elle lui répondit qu'elle ne savait pas nager et que « mère lui interdisait le vélo ». Il lui demanda :

— Vous ne nagez pas ? Nous sommes une nation insulaire. La mer est partout.

Yuko lui expliqua qu'elle n'en avait jamais éprouvé le besoin, ce qui l'amusa.

— Pourquoi votre mère ne vous autorise-t-elle pas à faire du vélo ?

Elle hésita avant de se pencher en avant et d'ouvrir les pans de ses kimonos pour lui montrer une cicatrice blanche le long de son tibia.

— J'avais huit ans, ma première bicyclette et ma dernière.

Ils échangèrent un sourire.

— Eh bien, ce sera donc la natation.

Un temps de silence.

— J'ai peut-être une solution.

Il se trouvait qu'il connaissait quelqu'un qui était excellent dans l'eau, un professeur très patient... Qu'en pensait-elle ? Yuko lui demanda qui était cette personne. Nouveau sourire.

— Moi.

C'est ainsi que tout avait commencé : par des leçons de natation.

Ils convinrent de se retrouver la semaine suivante et, alors qu'elle quittait l'hôpital, une femme mince et élancée en kimono vert olive passa à côté d'elle, une ombrelle dans une main et une petite boîte en bambou dans l'autre. Yuko écrivait qu'elle n'avait encore jamais vu pareil visage. Exactement comme si le soleil avait brûlé ses traits pour n'en plus rien laisser que les lignes nettes de son front, de ses joues et de son menton, une beauté parfaite. Yuko se dirigea vers la grande rue et attendit d'être au bord du sentier pour se retourner : elle vit la femme passer les doigts sur la poitrine de Sato et lisser le revers de son veston puis replier son ombrelle qu'il lui prit de la main et, sous le soleil qui se glissait derrière un nuage, il pénétra avec elle à l'intérieur sombre et frais de l'hôpital.

Je suis repartie chez moi mais j'avais compris, à cet instant, en ce lieu précis, que le monde venait de changer pour moi de façon irrévocable. J'ai éprouvé une sensation nouvelle, comme une pique de joie enfoncée dans mon cœur. Cet homme, métal froid sur ma chair, mains sur ma peau. Que dire ? Je le perçois comme un secret. Le monde s'est rétréci en même temps qu'il se mettait en expansion. Je n'en comprends pas la raison mais cela me rend euphorique. Dans mon esprit n'existent plus désormais que lui et moi. Je commence à décompter les heures jusqu'à notre prochaine rencontre.

Un talisman

Omamori : *nombreux sont les Japonais qui continuent à porter une amulette religieuse achetée dans un sanctuaire ou un temple. Elle consiste en une bandelette de papier, de plastique ou de bois, sur laquelle sont inscrites une bénédiction ou une prière. On la place dans un joli petit sachet en tissu que l'on porte autour du cou ou dans un portefeuille, ou encore suspendu dans une voiture. Les gens portent* omamori, *croyant ou espérant avec conviction qu'il les protégera de la malchance ou leur apportera l'aide des divinités dans l'accomplissement de leurs vœux.*

Yuko et Sato avaient convenu de se retrouver près du bureau du terminal sur la jetée. Elle disait qu'il n'avait pas été bien difficile à repérer parmi les pêcheurs et les vieilles femmes attendant que le bateau accoste. Debout et coiffé d'un panama, il lui tournait le dos, en pantalon de lin crème et chemise blanche aux manches retroussées. Avant qu'elle n'arrive jusqu'à lui, il s'était retourné et la brusquerie de sa propre réaction lui coupa le souffle. Elle avait vu des histoires romanesques au cinéma, dans des films importés d'Hollywood, mais au spectacle de ces actrices sur l'écran, elle ne reconnaissait rien de sa vie personnelle. Elle n'était pas reine égyptienne, star de Broadway ou épouse d'aristocrate russe, juste une jeune fille confrontée à sa toute première expérience du désir et elle se sentait ivre, la tête lui tournait. En lui tendant un billet, Sato lui révéla qu'ils se rendaient sur Iwo Jima, une minuscule île à trente minutes de la ville, et ils montèrent à bord du ferry à quai. En ce milieu de semaine, la plupart des sièges du pont inférieur étaient libres mais ils gravirent une volée de marches jusqu'au pont supérieur en plein air. Le moteur reprit vie et le navire quitta son appontement, grondant de toutes ses machines pour rejoindre la haute mer. Sato disparut dans l'escalier et Yuko se retourna face à Nagasaki qui s'amenuisait petit à petit au loin, les usines en bordure du port rétrécissant à vue d'œil avant de se fondre aux collines de plus en plus sombres sous le ciel qui gagnait en lumière. Elle n'avait jamais vu son lieu d'existence sous cette perspective, se réduisant à mesure à des proportions aussi insignifiantes.

Le docteur revint avec deux boissons. Il lui offrit un verre d'infusion d'orge et elle but une gorgée de liquide glacé.

Il s'assit suffisamment près de moi pour que je puisse sentir la lame d'air qui nous séparait. Sa seule présence magnifiait tout ce qui l'entourait : les couleurs, le bruit, les perceptions.

Elle le regarda reposer son verre et allumer une cigarette, appuyé contre le dossier de son siège, son chapeau rejeté en arrière, son visage offert au soleil.

Je déteste l'odeur de tabac, mais aujourd'hui, cette odeur, mêlée aux embruns salés de la mer, me procure un plaisir entêtant. Il a fermé les yeux pour se protéger des rayons et j'ai étudié son profil. Jamais je ne m'étais encore trouvée seule avec un homme et dans une telle intimité. Mon regard est passé de ses lèvres entrouvertes à son cou et au triangle de peau découvert par son col de chemise ouvert puis le long du tissu blanc repassé, jusqu'à sa taille et plus bas encore. Je me suis absorbée tout entière en lui. Lorsque j'ai relevé les yeux, je me suis aperçue qu'il m'observait, une expression indicible sur le visage.

Gênée, Yuko gagna l'arrière du bateau mais Sato la suivit et posa les coudes sur la rambarde. En contrebas, les hélices laissaient un sillage d'écume blanche derrière elles.

Ils restèrent là un moment, silencieux, sans pour autant en être gênés. Avant qu'il ne se redresse pour lui demander : « Je suis curieux. Avez-vous dit à vos parents que vous étiez ici avec moi ? » Elle songea un instant à mentir en pivotant face à lui. Quand le vent souffla des mèches de ses cheveux sur sa bouche, il leva la main, dégagea son visage et glissa la mèche rebelle derrière son oreille.

J'ai senti ce premier émoi à cet instant, un plaisir douloureux quelque part dans mon ventre. Je lui ai répondu non. Je n'en avais parlé à personne. Il a souri et s'est rapproché plus près, baissant son visage tout contre ma joue pour me murmurer : « Notre petit secret. » Sa bouche a frôlé le côté de ma figure quand il a relevé la tête. J'aimerais pouvoir trouver les mots pour décrire la sensation de ce bref contact. Ce mot-là n'existe peut-être pas mais sans lui, comment me souviendrais-je de ma réaction sinon en répétant à satiété cette pique de désir, encore et encore, jusqu'à ce que mon corps devienne son propre dictionnaire ?

L'île d'Iwo Jima apparut, guère plus que deux monticules tapissés d'arbres verts. Le ferry vibra en s'engageant dans le port, et quelques minutes plus tard, elle descendait la passerelle. Son regard s'attarda sur un pêcheur en barque au travail avec son cormoran noir. L'oiseau s'envola du long bâton de son maître et plongea sous la surface. Elle eut l'impression qu'il nageait bien longtemps sous l'eau au point qu'elle s'immobilisa, craignant qu'il ne revienne plus, quand elle le vit soudain remonter des profondeurs, une brème prise au piège de son bec, et regagner son poste sur le bâton en laissant tomber le poisson aux pieds de son maître.

J'ai le sentiment que Sato est le pêcheur et moi le poisson.

Ils empruntèrent un chemin qui disparaissait derrière le côté sud de l'île puis suivait une enfilade de postes défensifs en béton. Des barricades avaient été installées pour empêcher les vagues de dévorer la terre. Des poux de mer filaient sous leurs pieds entre les fissures tandis que le soleil chaud et blanc au-dessus de leurs têtes rendait l'air si épais qu'il leur brûlait les narines. Ils longèrent un champ au-dessus duquel voletaient des centaines de libellules dont le bourdonnement des ailes résonnait en écho sur le sol brun et l'herbe jaunissante. Un lieu qui pulsait tout entier d'une chaleur battante au point de faire ressembler la terre au produit d'une imagination enfiévrée. Deux gamins, garçon et fille, étaient accroupis au milieu du champ à côté d'un tas d'insectes morts. Le garçon se releva et lança en l'air deux coquilles de clam liées par un fil de coton. Une libellule, prise à ce piège improvisé, tomba dans l'herbe, tressauta en se tortillant et s'immobilisa. La fille courut jusqu'à elle et ramassa sa dépouille inerte qu'elle ajouta à la pile. Ils se mirent tous deux à compter leurs prises et relevèrent la tête en suivant des yeux le docteur et Yuko à leur passage.

À un embranchement, ils empruntèrent un autre sentier et virent, perché haut sur une plage de galets jonchée de filets de pêche, un petit bateau blanchi par le soleil et deux poteaux à proximité portant suspendus une rangée de poissons aplatis et salés. Ils arrivèrent à une cabane en bois, une simple cahute. Debout dans l'entrée, un homme prit un seau et s'avança vers eux. À son passage, Yuko baissa la tête et jeta un œil à son chargement : des oursins, accrochés aux parois, leurs piquants noirs entremêlés, qu'il devait certainement livrer aux restaurants de sushis de Nagasaki. Après un dernier virage, ils arrivèrent à un demi-cercle de sable blanc et de rochers gris veinés de quartz jaune et rose. À une centaine de mètres du rivage, un ponton de plongée flottait sur la mer. Sato ôta chaussures et chaussettes et Yuko le suivit, leurs pieds s'enfonçant dans le sable brûlant, jusqu'à une ligne de cycas. Sato enleva chemise et pantalon, ne gardant que son caleçon de bain, et s'élança au pas de course pour plonger dans la mer et rejoindre d'un crawl puissant la plateforme dansant sur l'eau.

Yuko enleva son yukata et se sentit toute timide dans le maillot de bain rouge qu'elle avait acheté pour l'occasion. Le tissu moulait ses cuisses comme une seconde peau et l'échancrure descendait très bas dans son dos. Dans une revue, elle avait vu des photos de jeunes femmes japonaises modernes coiffées de chapeaux à large bord qui marchaient dans les rues de Tokyo en pyjamas de plage rayés. Elle leur avait envié leur assurance et leur témérité. Comment osaient-elles défier le monde et afficher une telle liberté ? Debout au bord de la plateforme, Sato la salua de la main et plongea, disparaissant suffisamment longtemps pour qu'elle commence à s'inquiéter tout comme pour le cormoran, juste avant qu'il n'explose à la surface dans une gerbe d'eau et regagne le rivage à la nage. Elle descendit la plage jusqu'à toucher la mer du bout de ses orteils. Des bébés flets de couleur beige, leurs écailles pointillées d'orange à moitié enterrées dans le sable, prirent la fuite comme une troupe en déroute, leurs nageoires sillonnant la surface. Des vaguelettes clapotaient contre ses cuisses à mesure qu'elle s'avançait dans la mer. Sato arriva jusqu'à elle et se releva. Des gouttelettes glissèrent sur sa poitrine imberbe quand il s'essuya le visage.

— Vous n'avez jamais nagé ?

Il démarrerait lentement, lui expliqua-t-il. Il lui demanda de se pencher en arrière et de se laisser flotter.

— Ayez confiance en moi. Je vous rattraperai. N'ayez crainte.

Elle se baissa, chassa ses pieds devant elle et s'étendit en planche, les mains de Sato lui soutenant le dos et le haut de ses cuisses.

— Un *kappa* comme je les aime. Nous ferons de vous un esprit des eaux, rien n'est encore perdu.

Quand elle leva les yeux, le soleil brillait au-dessus d'une épaule du docteur et elle ne vit qu'un nuage de forme masculine. Elle se laissa flotter et écouta les crépitements de récifs de corail invisibles, le sang battant dans ses veines.

Jomei a bougé ses mains et les a placées en coupe sur mes flancs et mes cuisses pour me rapprocher de lui jusqu'à ce que mon torse presse son ventre. Quelque part sur cette île, je savais qu'il existait des vies autres que le docteur : un pêcheur avec son seau d'oursins, un gamin et une gamine à côté d'un tas de libellules mortes mais en cet instant, il n'y avait que moi et Jomei, la mer et une plateforme de plongée, et sa peau contre la mienne.

Ils s'assirent ensuite sur les rochers pour contempler la mer.

— Vous avez bien travaillé aujourd'hui, vous deviendrez une excellente nageuse.

Elle le remercia et chercha quelque chose à dire.

— C'est gentil à vous de me consacrer un peu de votre temps.

Il répondit qu'il était heureux d'avoir cette excuse pour revenir sur l'île. Il y était venu souvent quand il était étudiant. Yuko se leva et alla regarder de plus près une flaque d'eau de mer contenue par des rochers, soulevant les pierres à la recherche de signes de vie au milieu des algues. Quand elle releva la tête, elle constata que Sato ne la quittait pas des yeux.

J'ai eu l'impression qu'il me jaugeait comme un maquignon. Je me demande ce qu'il voit. Une enfant ? Je dois lui paraître à moitié formée.

Il la rejoignit et se pencha à son tour, les bras en appui sur ses genoux.

— Alors qu'est-ce que nous avons là ?

Scrutant les hauts-fonds, ils virent un crabe fuir de côté, des bigorneaux jaune et noir, des anémones rouges luisantes comme des globes oculaires, des crevettes et même une minuscule étoile de mer.

— On dirait une vision d'enfance, dit-il.

Yuko voulut le taquiner.

— Je croyais que le Japon n'avait pas besoin de poètes ?

Il sourit et elle le surprit qui contemplait la cicatrice qu'elle portait au tibia.

— C'est laid, non ?

Il ne fut pas de cet avis.

— Traitez-la comme une géographie de votre vie. Vous savez, vous devriez faire de la bicyclette. Un accident ne devrait pas vous arrêter. Votre mère a toujours été d'une telle prudence.

Elle fut surprise par ces mots.

— Vous avez connu mère ?

— Pas vraiment, répondit-il.

La curiosité poussa Yuko à poser une nouvelle question.

Je lui ai demandé pourquoi mes parents n'avaient jamais cité son nom avant que père n'arrange mon rendez-vous à l'hôpital. Il m'a répondu que mère ne l'appréciait guère. J'ai voulu savoir pour quelle raison. Elle estimait qu'il avait eu une influence néfaste sur père quand ils étaient plus jeunes. Vraiment ? Il a confirmé d'un signe de la tête mais sans rire comme je m'y étais attendue. Ensuite, il m'a posé une question. Pourquoi ne pas avoir parlé à mes parents des leçons de natation ? J'ai passé la main le long de ma cicatrice et je lui ai dit la vérité. Je ne voulais pas qu'ils me disent non.

Ils se retrouvèrent la semaine suivante au terminal du ferry, où Sato l'attendait avec deux bicyclettes. Elle porta la main à la bouche pour étouffer un éclat de rire.

— Je ne sais pas faire du vélo.

Il secoua la tête.

— Je ne vous crois pas. Tenez, prenez celle-ci, nous essaierons quand nous serons sur Iwo Jima.

Les premières tentatives de Yuko la firent crier de terreur et de délice tout à la fois mais, très vite, elle parvint à se tenir sur les pédales, les bras raidis, l'air chaud sur son visage, le soleil sur ses cheveux. Ils gardèrent les bicyclettes sur l'île, abandonnées sous un arbre de la plage ou enchaînées à un pilier de la jetée. Elle emporta son carnet de croquis lors de plusieurs visites mais ne le sortit qu'une fois, le 22 août, et ce uniquement parce qu'il était trop fatigué pour protester. Il avait passé la nuit au bloc opératoire, une méningite, l'enfant avait survécu mais il avait perdu ses membres. Il somnolait quand elle sortit son carnet et son crayon de son sac. Elle voyait sa poitrine se soulever et retomber tandis qu'elle esquissait ses contours avant de les détailler plus avant.

La chaleur miroitait juste au-delà de lui et sa peau brillait, dorée comme le miel au soleil. Le nectar de lui.

À son réveil, il jeta un œil attristé au carnet à dessin. Elle lui montra ses tentatives créatrices, intimidée par le désir impérieux de ce que ces lignes de fusain lui révélaient. Il hocha la tête et le lui rendit.

— Vous n'aimez pas ?

Il lui répondit qu'il avait l'air vieux. Elle trouva son explication comique et ressentit une nouvelle fois ce besoin de le taquiner, comme si elle le titillait d'une tige souple de bambou.

— Quel âge avez-vous ?

Il haussa les sourcils et s'assit.

— Votre père, lui, il a quel âge ?

Elle réfléchit une seconde.

– Il est tellement vieux, plus vieux que la plus vieille tortue du monde.

Il baissa la tête, vaincu.

— En ce cas, je le suis plus encore, de deux mois.

Yuko laissa sa curiosité prendre le dessus et osa la question suivante.

— Alors êtes-vous marié depuis aussi longtemps que lui ? C'est votre épouse, je crois, que j'ai vue à l'hôpital, le jour où nous nous sommes rencontrés. Elle est belle.

Il acquiesça.

Une nouvelle fois, je le vis qui me jaugeait comme pour m'évaluer, exactement de la même façon que devant la flaque d'eau de mer au milieu des rochers. « Elle est belle, c'est vrai. Elle est enviée des femmes et moi, je fais l'envie des hommes. » Je n'appréciais pas beaucoup sa façon de dire les choses. Ses paroles me rendaient jalouse et je me sentais ridicule. Une fille sotte sous le coup d'un engouement stupide, mais je voulais absolument en savoir plus. « Comment vous êtes-vous rencontrés ? » Il me raconta leur histoire. Elle s'appelle Natsu, elle a cinq ans de plus que lui, c'est la fille d'un collègue. Il était impossible de lui résister pour bien des raisons, expliqua-t-il. « Nous étions jeunes, elle semblait la perfection même, ainsi qu'il en va à cet âge-là. Ensuite, nous avons grandi. » Il s'interrompit comme s'il cherchait les mots adéquats. « Mon épouse est comme une sœur pour moi, comprenez-vous ? » Ce n'était pas le cas et il s'en rendit compte. « Peut-être est-il bon que vous ne compreniez pas. »

Il contempla la mer.

— Je pense que vous êtes prête désormais.

Elle ne savait pas ce qu'il voulait dire.

— Aujourd'hui, vous allez nager jusqu'à la plateforme de plongée.

Le grand carré de bois dansait doucement la gigue sous l'effet de la marée.

— C'est trop loin, je n'y arriverai jamais.

— Bien sûr que si, la gronda-t-il. Je serai juste derrière vous. Ne venez pas me dire que vous avez peur ?

Une parole qui agaça Yuko au plus haut point. Elle ne dit rien et courut dans la mer. La marée descendante lui était favorable et elle était déterminée à faire ses preuves, en dépit de sa brasse maladroite ou des quantités d'eau qu'elle risquait d'ingurgiter au passage. À quelques mètres de la plateforme, il la dépassa, d'un crawl élégant, un peu prétentieux, mais elle s'en fichait, elle avait réussi. Elle agrippa la rambarde rouillée et se hissa sur le plongeoir, sa panique d'avoir affronté les éléments à la nage disparaissant peu à peu. Il s'était assis et lui tournait le dos. Elle le rejoignit, la mer clapotant contre le bois, des silhouettes de poisson filant dans les profondeurs.

Nous avons contemplé l'eau, sans rien dire, mais heureux du silence d'Iwò Jima.

Quand ils se mirent à parler, il lui parla de son enfance à Kumamoto, des jeux guerriers que son frère Tenri et lui pratiquaient dans le champ aux abords de leur maison, du jour où Tenri les avait quittés pour rejoindre les rangs de l'armée en 1917, de la nuit où le télégramme était arrivé annonçant sa mort à Shanghai trois ans plus tard, du matin où ses affaires étaient arrivées dans une boîte carrée, avec un coffret en bois de glycine contenant les lettres écrites par Sato nouées d'un lacet de chaussure.

Il contemplait les eaux, les yeux dans le vague, et je voulais le réconforter. Je lui ai dit : « Mais il est mort en héros, en se battant pour son pays. » Il a pris tout son temps pour répondre. « Il est mort en se battant, c'est un fait, mais pas sur le champ de bataille : dans une fumerie d'opium de Blood Alley, c'est le nom de la rue, un endroit où un enfant était compris dans le prix d'une bière. » J'ai été effrayée par sa révélation en me rendant compte que j'ignorais tout de la vie. Mes parents m'ont gardée à l'abri dans un tel cocon que je veux absolument en savoir plus, non pas sur les fumeries d'opium mais sur les autres expériences que la vie peut offrir. Jomei s'est étendu à plat dos sur le sable marbré de sel et je me suis demandé comment on pouvait vivre avec la perte d'un être si proche de soi. « Vous gardez une photographie de lui sur votre bureau. Vous devez être fier de lui. » Il s'est tourné pour me faire face. « Peu importe la façon dont il est mort, c'était toujours mon frère. Nous resterons à jamais deux jeunes garçons jouant dans la boue et non pas les hommes que nous sommes devenus avec le temps. » À cet instant, j'aurais voulu le toucher. Tenir sa main. Poser ma tête sur sa poitrine. Connaître les mots justes. Au lieu de quoi j'ai senti s'insinuer en moi l'effroi, sachant combien le temps passé ensemble était précieux, combien il était limité. Ces journées en compagnie de Jomei sont des rubis de joie. Je sais nager, j'en sais suffisamment. Je n'ai plus besoin de leçons. Je lui ai demandé combien de temps encore dureraient nos escapades dans l'île. Il s'est redressé sur les coudes. « Les visites se termineront lorsque les criquets se mettront à chanter. » J'ai souri à ses mots, lui aussi. « J'ai vraiment l'impression d'être poète, Yuko. » Nous avons éclaté de rire l'un et l'autre. Non, je ne peux pas imaginer la vie sans Iwo Jima, sans lui. Allais-je oser le lui avouer ? Je n'ai pas pu. Je lui ai dit simplement : « Cette île va me manquer. Je suis heureuse ici. » Mes paroles l'ont peut-être embarrassé. Il s'est levé et m'a tirée par la main. « Venez, on sprinte, premier arrivé sur la plage. » Quand il a plongé dans l'eau, je lui ai crié : « C'est pas juste, tricheur, attendez ! » Lorsque j'ai fini par regagner le rivage, je l'ai trouvé debout à côté de nos sacs, applaudissant des deux mains tandis que je m'extrayais des flots tant bien que mal. Et je me rappelle avoir ri malgré mes poumons en feu, avec un goût de sel sur mes lèvres et mon état d'euphorie m'a rendue imprudente. J'étais trop près des rochers, trop distraite par Jomei en le regardant prendre une serviette. Je me suis avancée d'un pas et un éclair de feu a embrasé mon pied. La douleur a été telle que je l'ai appelé par son nom avant de tomber à genoux. Il s'est précipité vers moi.

Le chant des criquets

Mushi-no-ne : *à l'automne,* suzumushi
(une variété de grillons), matsumushi
(une variété de criquets) et korogi *(criquet commun)*
se mettent à chanter. Ce chant d'insectes touche
une corde sensible au cœur des Japonais.
Ils y perçoivent un mélange de tristesse et de solitude
car leurs crissements évoquent tout à la fois
la fin d'un été brûlant, l'arrivée d'un hiver rigoureux,
la courte durée de vie de ces insectes et,
par association, la mutation de la vie.

Elle s'était assise au bord du rivage et il courut vers elle.

— Je crois que c'est une méduse, dit-elle en se tenant la jambe.

Il s'agenouilla et examina la plante du pied.

— Un oursin. Il va falloir sortir les piquants. Ne vous en faites pas, tout ira bien, je vous le promets. Pouvez-vous marcher ?

Elle ne pouvait pas. Il lui dit de passer ses bras autour de son cou et la prit dans ses bras.

— Je suis trop lourde.

Il sourit.

— Non, c'est faux. Accrochez-vous.

Yuko sentait son pied palpiter à mesure que le poison se propageait.

— Jomei, ça fait mal.

Il soulagerait sa douleur, la rassura-t-il, tandis qu'ils se dirigeaient vers la porte d'entrée de la maisonnette la plus proche. Il appela et dans l'embrasure apparut une femme vêtue d'un pantalon et d'une blouse ample.

— Pouvons-nous avoir du vinaigre, de l'eau bouillante et un rasoir, si vous en avez un ?

Elle leur fit signe d'entrer et Sato déposa Yuko au sol, prit son pied et commença à retirer les piquants noirs des chairs. Il stérilisa le rasoir et le passa sur le carré de peau enflammée avant de masser son pied au vinaigre. Une fois le traitement terminé, la femme leur proposa du thé. Sato la remercia mais déclina son offre en expliquant qu'ils devaient regagner le continent. Il aida Yuko à s'habiller pendant que la femme rangeait une des bicyclettes sous un auvent.

J'ai gagné la porte en sautillant et je me suis assise sur la selle de l'autre vélo, mes bras autour de la taille de Sato quand il s'est mis à pédaler. Je me suis retournée pour saluer la femme du geste mais elle était déjà rentrée. Sato devait avoir les muscles douloureux sous l'effort qu'il s'imposait mais il ne s'est arrêté qu'à notre arrivée sur la jetée. Une fois sur le bateau, il m'a fabriqué un repose-pied et a vérifié l'enflure avant de me rassurer, je me remettrais. J'ai repensé à l'instant où il m'avait prise dans ses bras, à son air préoccupé, à la gentillesse de sa voix. Je comprends si peu de chose de la vie mais ses actions semblaient conforter l'espoir que j'entretenais. Jomei se souciait de moi, je ne lui étais pas indifférente.

Au terminal du ferry en ville, nous sommes restés au bord de la mer, réticents l'un et l'autre à mettre un terme à l'après-midi. Ces quelques heures nous avaient changés, elles avaient créé une intimité différente de celle que nous avions partagée sur le sable et la plateforme de plongée. En compagnie l'un de l'autre, nous n'étions plus les mêmes, exposés à une lumière nouvelle, une façon nouvelle d'être ensemble. Il m'a demandé si je désirais rentrer chez moi. Je lui ai dit que non. Je voulais rester auprès de lui un peu plus longtemps. Il a réfléchi à ma réponse. « Vos parents n'attendent-ils pas votre retour ? » Pas avant quelques heures. Nous nous sommes regardés dans les yeux. Aucune parole n'a été échangée mais elles étaient inutiles. Il connaissait un endroit où nous pouvions aller. Est-ce que je voulais y aller avec lui ? J'ai senti comme un courant électrique courir dans mes veines. Je ne voulais pas penser à son épouse, à mon âge, à nos familles. Je ne voyais que lui. « Oui !, ai-je répondu. Je veux rester avec vous. »

J'interrompis ma lecture et je me levai de la table. Je ne voulais pas continuer. Je savais ce qui devait arriver, je connaissais l'inévitabilité de ce qu'elle allait révéler ensuite. Je fis le tour de la cuisine, réalignai d'un doigt des pots de riz, de café et de sachets de thé, suspendis une tasse posée sur l'évier à sa place sur l'égouttoir parmi les autres. Je me retournai vers le journal intime de Yuko et revis une fois encore ma fille penchée sur ces feuillets, écrivant parce que c'était plus fort qu'elle. Je m'obligeai à poursuivre ma lecture.

Leur taxi s'engagea dans un labyrinthe de rues jusqu'à Chinatown où ils franchirent une porte rouge ornée d'une rangée de lanternes en papier et gagnèrent un immeuble dont la façade noire était délabrée. Du linge séchait sur les balcons au-dessus de leurs têtes, des colporteurs vendaient des légumes à même des couvertures étendues sur les pavés et des enfants tout juste vêtus de haillons dépenaillés couraient à toutes jambes. Tandis que Sato payait le taxi, une vieille femme sortit et se posta à l'entrée du bâtiment. Son sourire édenté n'était qu'une grimace quand elle s'écria :

— C'est bon de vous voir, monsieur. Vous nous avez manqué.

Elle portait un kimono moutarde trop petit pour sa corpulence.

— Une jolie nouvelle amie pour une visite.

Hochant la tête à l'adresse de Yuko, elle lui offrit un nouveau rictus de gencives roses.

— Quelle jolie petite chose vous faites, n'est-il pas vrai ?

Yuko vit Sato déposer une liasse de billets dans la main parcheminée de la femme et marmonner ses remerciements.

C'est peut-être à ce moment-là seulement, sous le regard de la femme aux commissures de lèvres blanchies par la salive qui me dévisageait sans baisser les yeux, que j'ai vraiment compris ce qui allait arriver.

Sato écarta le rideau de l'entrée pour la laisser passer. Yuko scruta l'obscurité au-delà du seuil et le vit hausser les sourcils quand elle se tourna vers lui.

— Veux-tu entrer ?

J'étais venue jusque-là, et malgré ma nervosité, il m'était impossible de faire demi-tour.

Elle se plia en deux sous son bras étendu et pénétra dans un antique couloir, gris et humide.

— Fait chaud aujourd'hui, hein ? fit la femme en les voyant gravir l'escalier jusqu'au dernier étage.

Sato la conduisit jusqu'à la dernière chambre sur la gauche, sortit une clé de la poche de son pantalon, ouvrit la porte et lui fit signe d'entrer. L'appartement se réduisait à une cuisine avec une table et une baignoire carrée surélevée derrière un paravent en bois. Sur la gauche, on avait fermé les portes coulissantes en papier ouvrant sur la seule autre pièce. Un léger parfum de muguet persistait dans l'air.

Jomei a tiré une chaise et je me suis assise. Il s'est agenouillé et a demandé à examiner ma piqûre. Je ne voulais pas le voir se comporter en médecin en ce lieu. « Mon pied va bien, Jomei. » Il a relevé les yeux, le front plissé non par la colère mais bien peut-être sous le coup d'une violente émotion. Ç'a été plus fort que moi, j'ai touché son visage du bout de mes doigts, laissé glisser ma main sur sa joue. Il est resté sur son quant-à-soi, pas moi. Ma bouche s'est posée sur la sienne et la douceur de ce contact m'a stupéfiée. Il s'est écarté en baissant la tête. « Tu es sûre ? » J'ai contemplé la pièce, les taches de moisissure, une toile d'araignée brisée tournoyant sous l'effet d'une brise invisible, puis je l'ai regardé. Il m'a demandé : « C'est ce que tu veux ? » « Oui, Jomei. Oui, c'est toi que je veux. » Sur ces paroles, il m'a portée, longeant un évier en pierre pour gagner l'autre pièce. Des rayons de soleil filtraient au travers des déchirures du store baissé. Un futon était étendu sous la fenêtre fermée et une commode à tiroirs avec, sur le dessus, une cruche et une cuvette, occupait un coin tout à côté d'un grand miroir givré par les années. Il m'a appelé Cio-cio-san, son papillon. J'ai souri. « Mon poète », ai-je dit. Il a ri gentiment. « Ton poète », a-t-il répondu. Puis il m'a déposée sur le futon et a commencé à défaire mon yukata.

Il était inutile que je lise ce qu'il lui avait montré dans cette chambre. Pour une aussi jeune fille, je savais combien le contrat physique qu'ils avaient entériné ce jour-là avait dû paraître enivrant. Elle conclut sa page du 22 août sur cette question et cette réponse :

L'amour, c'est donc cela ? Que serait-ce sinon ?

L'amour, un mot si facile et si mièvre, surtout quand on a seize ans. Jeune, moi aussi, j'avais connu l'acuité de ce sentiment et, au fil de la lecture de son journal toutes ces années plus tard, je me rendis compte que j'enviais cet instant à Yuko. C'était parfaitement méprisable de jalouser ma fille décédée et je me haïssais d'éprouver pareil sentiment mais je méprisais Sato plus encore pour avoir accompli un acte aussi égoïste. Son sentiment de droit et de propriété sur elle me mit en furie. Il ne regardait jamais au-delà de l'instant présent, du moins à cette époque. Il ne pensait qu'à son plaisir immédiat et n'aurait certainement jamais envisagé les répercussions de cette première après-midi à Chinatown. J'étais convaincue que la découverte de Hideo n'avait été pour Sato qu'un énième acte de possession totalement insouciant dont la seule finalité était de satisfaire ses besoins, et rien de plus.

La honte

Haji : *dans son livre* Le Chrysanthème et le Sabre, *Ruth Benedict dit que les Japonais vivent dans une culture de la honte emblématique, qui exige l'approbation extérieure de la bonne conduite d'un individu. Certains insistent cependant sur le fait que les Japonais intègrent individuellement des principes de comportement et ont une conscience profonde de leur conduite personnelle, qu'ils soient ou non exposés aux regards extérieurs.*

Je repensai à l'invitation que m'avait faite cet homme d'aller lui rendre visite à son hôtel. À quoi bon aller voir cet inconnu ? À quoi servirait de reparler de Pikadon ? Qui voudrait repenser à ce que la ville avait été et ce qu'elle était devenue ensuite ? Tous ces cabanons remplis de sans-abri silencieux, les soldats américains qui offraient des chewing-gums aux enfants, le carré de gingembre sauvage apparu un matin, une fois la brume levée, dans un champ de terre brûlée. Pour dire la vérité, je n'étais pas sûre de même vouloir un petit-fils revenu d'entre les morts. Il me restait si peu de temps. Toutes ces années perdues au cours desquelles une vraie relation humaine aurait pu s'établir étaient passées depuis longtemps. La simple pensée de retrouvailles, toutes ces questions, toutes ces attentes m'épuisaient. Comment pourrions-nous ne pas nous décevoir l'un l'autre ? Si cet homme était bien Hideo, il serait pour moi le rappel vivant et permanent de tout ce que je m'étais efforcé d'oublier en allant vivre en Amérique, en trouvant mon réconfort dans l'engourdissement bienvenu de l'alcool. Mon penchant pour les boissons fortes avait toujours gêné Kenzo, même si nous parvenions la plupart du temps à cacher mes faiblesses au reste du monde. Souvent, il m'arrivait de ne garder aucun souvenir de ce qu'il appelait mes « épisodes malheureux ». Lorsque je me réveillais dans mon lit sans trop savoir comment j'avais fini par atterrir là, j'attendais ses remontrances toujours trop délicates quand il m'apportait mon thé. « Pourquoi te fais-tu du mal comme ça, Ama ? » Ou une autre question, dont la réponse était plus difficile : « Mon amour ne suffit donc pas ? » Les épisodes avaient empiré au cours des deux années qui avaient suivi son décès, en dépit des promesses que je lui avais faites à l'hôpital de « veiller sur ma santé ». Je me rendis dans la cuisine et me versai un whiskey avec un peu d'eau.

Je gagnai la chambre, j'ouvris le tiroir de la commode et en sortis deux albums de photographies que j'emportai dans la cuisine. Je pris celui du dessus, sa couverture en soie crème tachée de ronds d'humidité marron. Notre vie en images commençait le jour de notre mariage. Kenzo était impeccable dans son kimono de cérémonie sombre, la robe haori noire ornée du blason familial, la chasuble de dessous ceinturée d'un nœud blanc, son hakama blanc à rayures qui ressemblait à un pantalon, avec ses sept plis bien marqués, et finalement, ses zori en bois qui enchâssaient ses pieds en chaussettes blanches avec gros orteil indépendant. Mon kimono de mariage était en soie blanche damassée ornée de paons tissés. Le blanc représentait ma mort comme fille de la maison, ma renaissance comme épouse : je pouvais être peinte de la couleur que choisirait ma nouvelle famille. Les longues manches du kimono seraient les dernières que je porterais comme femme célibataire. Ma chevelure, bouclée en vagues sombres de part et d'autre de mon visage, était couverte du large capuchon blanc qui cachait les cornes de jalousie que je pourrais encore avoir avant d'entamer avec obéissance cette nouvelle vie d'un cœur ouvert. Mon visage était surchargé de poudre, mes lèvres teintées de safran. Sur la photo en noir et blanc, Kenzo est distrait par quelque chose mais mon regard est en plein centre de l'objectif. La cérémonie avait été des plus intime, la liste des invités ne comprenait que sa mère, sa sœur célibataire, deux de ses collègues avec leurs épouses et trois amis de l'université. À mon nouveau mari, les invités avaient offert leurs bénédictions avec effusion mais à mon égard, ils s'étaient montrés poliment réservés. Personne ne comprenait vraiment d'où je venais. Tandis qu'ils dégustaient des plateaux de gâteaux de riz blanc et rouge, j'entendais les chuchotis, je remarquais les petits regards en douce. Réticent à mentir sur l'absence d'invités de mon côté, Kenzo avait cependant accepté de leur offrir une explication, l'histoire d'une vieille tante qui m'avait élevée mais était trop malade pour faire le voyage. Un seul autre visage manquait à cette cérémonie. Les amis du marié ne comprenaient pas pourquoi Jomei Sato n'avait pas été convié à la noce.

À mesure que je tournais les pages en faisant défiler les années, je sirotais mon verre. Des photos de notre maison que nous avions acquise grâce au poste de Kenzo chez Mitsubishi ; Yoko bébé puis enfant puis, plus tard, en robe de mariée à son tour. Extraordinaire de voir combien nous étions semblables toutes les deux. Kenzo nous appelait ses fleurs de cerisier, mais la beauté de Yuko était plus douce que la mienne. Je me levai, déjà vacillante à cause du whiskey, j'allai dans le couloir et allumai la lampe à côté du téléphone. Le miroir au-dessus de la table ovale me renvoya le reflet d'une vieille femme, la peau trop lâche autour du cou, des cheveux gris coupés en carré parfait, des marques d'expression en lieu et place de mes fossettes.

Je n'arborais plus ces cheveux lisses et luisants que je coiffais haut sur la tête dans ma jeunesse en nœuds et chignons divers. Après mon déménagement aux États-Unis, mes styles de coiffure extravagants comme mon maquillage trop chargé ou mes sourcils soulignés au khôl m'avaient paru trop affectés, autant de parodies d'une vie qui n'existait plus. Dans la rue, les regards des gens se fixaient sur moi avec insistance alors que je ne demandais qu'une chose, être invisible. Je commençai par me débarrasser de tout ornement, d'abord les bijoux puis la poudre sur mon visage, ensuite je choisis pour me vêtir les vêtements occidentaux les plus banals, jusqu'à un certain matin – Kenzo était au travail – quand j'attrapai une paire de ciseaux et je sectionnai de gros morceaux de ma chevelure avec une exultation que je ne comprenais pas. Mon pauvre mari avait fait de son mieux pour masquer son inquiétude à son retour à la maison.

— Qu'est-ce que tu as fait ?

Je lui répondis que j'étais trop âgée pour ce genre de vanité, il me fallait une coupe plus pratique. Je tapotai un côté de ma nouvelle coupe et demandai en anglais :

— Tu crois que ça m'enlaidit ?

Il s'avança vers moi et me serra contre lui.

— Jamais de la vie. C'est juste tellement inattendu... mais c'est moderne, très à la mode, j'en suis sûr. Tu ressembles à une vraie Américaine.

Pas tout à fait. Moins de gens se sont mis à me regarder mais je ne suis jamais vraiment parvenue à me fondre dans la foule.

Le second album était rempli de photos de Hideo dont certaines prises par nous mais la plupart avaient été sauvées du domicile de ses parents. Mon petit-fils au parc, à la plage en caleçon de bain, vêtu d'un déguisement de dragon, assis sur les genoux de Yoko et partageant avec elle un sourire capturé par l'objectif. Je m'arrêtai sur une image de lui devant l'école Yamazoto, les joues si rondes malgré la rareté de la nourriture, sa tignasse, sa boîte bento dans une main et, dans l'autre, un cerf-volant. J'ôtai la photo des quatre triangles qui en maintenaient les coins et je lus la légende rédigée par Yuko : *Hideo insiste pour prendre son cerf-volant à l'école. 11 avril 1945.* Le reste de l'album était vide. Nous avions d'autres photos prises aux États-Unis mais elles étaient conservées dans un album séparé qui prenait également la poussière. Kenzo et moi souriions dans ces instantanés de vacances – New York, les chutes du Niagara, des chalets en bordure de lacs – mais ces velléités d'allégresse semblaient par trop forcées. La toile était trop vaste, ses personnages trop peu nombreux.

Des ombres bleues envahirent doucement la chambre et je me rendis compte que c'était la fin de l'après-midi. Je n'avais pas mangé de la journée, encore une promesse faite à mon mari à laquelle j'avais failli. Kenzo, allongé sur son lit d'hôpital, son bras meurtri violacé et gonflé à cause d'une infection lors d'une dialyse, m'avait dit :

— N'oublie pas de manger. Quand je ne serai plus là…

Je l'avais interrompu, furieuse de le voir accepter si calmement ce qui devait advenir.

— Tu ne vas nulle part, tu es ici et bientôt, tu seras de retour à la maison.

Il m'avait regardé lisser sa courtepointe.

— L'heure est venue d'être réaliste, d'affronter les vraies possibilités.

Je l'avais supplié de cesser de dire des choses pareilles et, de son bras valide, il m'avait pris la main.

— Juste promets-moi, Ama, que tu ne vas pas te couper du monde en t'enfermant à double tour. Je reste étendu ici la nuit et je me fais du souci pour toi.

Le sourcil froncé, je lui rappelai que c'est de lui que nous devions nous préoccuper.

— Promets-moi, Ama, que tu vas essayer de faire tout ton possible.

Ses yeux s'emplirent de larmes.

— Je ne veux pas que tu restes assise dans cet appartement, à simplement fixer les murs.

Je le regardai qui essuyait ses larmes, allongé dans son lit.

— Je te le promets, Kenzo.

J'embrassai sa joue, sa peau molle mais lisse en dépit des années, je passai les doigts dans ses cheveux blancs toujours aussi drus.

— Je t'aime, mari.

Il ferma les yeux, épuisé.

— Je le sais, Ama.

Après sa mort, une succession de femmes avait défilé à ma porte, des mots gentils plein la bouche et les mains chargées de repas dans des Tupperware. Kenzo connaissait tout le monde, il était charmeur et s'impliquait dans sa communauté. Ces femmes m'invitèrent à des sorties shopping et à des cours d'aérobic. J'avais essayé de tenir ma promesse. Je les accompagnais à des concours de gâteaux maison mais le seul goût qui me venait à la bouche était celui des génoises à la portugaise que Hideo avait adorées à Nagasaki. Je m'asseyais à leur côté dans le sauna du centre de loisirs en faisant un effort pour suivre leurs bavardages mais je n'avais à l'esprit que les maisons de bains que j'avais adorées au Japon. Je savais comment feindre la satisfaction et parvenais à sourire lorsque les gens me disaient bonjour et me demandaient comment j'allais. Je me raccrochais au mot « bien » comme à une ancre en faisant mine d'être toujours très occupée. Un temps je suis restée leur projet à toutes, une curiosité, mais quand je déclinais une invitation, il n'y avait pas à se tromper sur le soulagement que je lisais sur leurs visages. J'étais un fardeau et, au bout d'un certain nombre de mois, s'installa entre nous une sorte d'accord mutuel tacite de mettre enfin un terme à cette mascarade d'amitié. Je me sentis déloyale à l'égard de Kenzo, mais pour autant, je ne l'imaginais pas dans un quelconque paradis secouant la tête de frustration. Dans mon monde, il n'y avait pas d'après-vie.

Mais toutes les journées passées depuis en solitaire avaient affûté mes perceptions en me rendant plus sensible au moindre changement dans mon environnement, et donc, quand la lumière de sécurité à l'extérieur de mon appartement s'alluma avec un déclic, je sus qu'aucun chat ou promeneur de chien n'avait déclenché la cellule photoélectrique. J'attendis et la sonnette retentit, deux coups stridents dans le couloir.

Déviation culturelle

Kiza : *des modèles particuliers de déviation*
par rapport à la norme de comportement dominante
irritent parfois certaines catégories de personnes.
On les appelle kiza *(qui dérangent l'esprit).*
C'est tout particulièrement vrai
d'un acte de déviation dont on estime
qu'il résulte d'un effort délibéré visant
à imiter certains modèles d'une autre culture
considérée comme supérieure à celle de la communauté.
Ce jugement semble s'appliquer de la façon
la plus ostensible aux individus qui paraissent
suivre obséquieusement les modèles
de comportement occidentaux.

— Je vous prie à nouveau de m'excuser. Deux visites la même journée, je comprends, c'est…

Il secoua la tête.

— Je n'ai pas vraiment été à la hauteur de la situation un peu plus tôt. Je ne suis pas sûr de connaître la manière dont on doit présenter une telle nouvelle, pas vous ?

Il frissonna dans le froid.

— Je ne me suis pas rendu compte qu'il ferait aussi frisquet, c'est stupide de ma part, vraiment, de venir aussi peu préparé.

Il souffla dans ses mains.

— Je vous promets que je n'ai pas de mauvaises intentions, mais puis-je entrer ? Rien qu'un instant.

Le whiskey rendait mon haleine aigre et je me demandai s'il sentirait les relents d'alcool. Peut-être trouverait-il très naturel que j'émousse le choc reçu par un verre ? Je devais faire attention, mon courage s'en trouvait renforcé mais mon jugement faussé. Il pointa le doigt vers la mallette à ses pieds.

— J'ai là un colis que j'ai promis de vous remettre. Ensuite je m'en vais.

Sa voix me parut plutôt gentille, avec des intonations chaleureuses en dépit de la raideur de son débit.

— De la part de Natsu Sato ?

Il acquiesça.

— Elle vous a adopté, dit-elle dans une lettre.

— Effectivement. Elle a été une bonne mère.

Je regardai par-dessus son épaule la chaussée goudronnée ponctuée par les auréoles jaunes des lampadaires. Je ne vis pas de taxi en attente ni de voiture de location. Curiosité et solitude vont de pair, comme d'affreux complices.

— Je vous en prie, entrez.

J'avais préparé un petit mensonge.

— J'ai des projets un peu plus tard aussi je crains que nous ne puissions bavarder bien longtemps.

Je ne voulais pas avoir la bouche pâteuse et veillai à articuler clairement. Il entra dans le couloir, vit la lumière dans la cuisine et se dirigea vers la lueur de la lampe. Paniquée, je me rendis compte qu'il allait voir la bouteille abandonnée sur la table.

— Non, pas par là, dis-je. Allons au salon.

Je refermai la porte et j'indiquai le rectangle noir qui marquait l'entrée de la pièce.

— L'interrupteur est à gauche. Je reviens dans une minute.

J'allai dans ma chambre, mes hanches raides m'obligeant à la démarche chaloupée d'un pistolero. J'ouvris le tiroir de la commode où je gardais un peigne et des pastilles à la menthe, me redonnai bonne figure et retournai au salon. Il était debout, son costume sombre illuminé par l'éclat du plafonnier, verre givré et branches en laiton. Il me tournait le dos et examinait le contenu des douze cadres noirs identiques divisés en trois rangées sur le mur opposé. Kenzo avait passé des heures à mesurer les intervalles entre les photos, à l'aide d'une règle et d'un crayon, l'esprit tout entier à son ouvrage. Encore des images de Nagasaki, de la famille que nous avions été. Les photographies étaient notre seul hommage au Japon au milieu de tout ce mobilier occidental. Lorsqu'il se retourna, cet homme me parut trop grand pour notre pièce, ses murs vert mousse, ses rideaux crème, son canapé beige et sa table basse en pin.

— Ces photos sont magnifiques.

Je m'avançai à son côté et lui en indiquai une.

— Les jardins botaniques à Nomozaki.

Il hocha la tête en regardant Kenzo, moi-même, Yuko et Hideo en yukata, le kimono d'été, debout devant une mare ridée par le passage des carpes koï, un pique-nique préparé sur l'herbe.

— Et voici Shige, peu de temps avant son départ outre-mer.

— Il est beau en uniforme.

Je ne répondis rien. Shige avait été très réticent à servir pendant la guerre mais le devoir exigeait qu'il s'y plie.

— Asseyez-vous, je vous prie.

Je lui montrai le canapé sous les photos, j'allumai une lampe à côté de lui et éteignis le plafonnier, dont la lumière crue donnait trop de relief à ses crêtes de chair décolorées et ses chéloïdes.

— Puis-je vous offrir à boire ? Du thé ? Autre chose ?

— Peut-être dans une minute. Je craignais que ma visite ne soit importune. J'aurais dû appeler avant. Mais je suis simplement heureux d'être ici. Vous devez avoir tant de questions.

Un temps de silence avant que je ne réponde.

— Et vous aussi ?

À ces mots, il parut se ratatiner encore plus sur lui-même, son enthousiasme rabattu, et je reçus comme un coup de poignard dans le ventre, mais pour quelle raison ? Quelque souvenir indistinct d'une émotion que je ne voulus pas identifier. Je dois reconnaître que son geste m'avait évoqué mon Hideo, si timide et emprunté, mais je n'allais pas changer d'opinion aussi aisément. En dépit de mes résolutions, j'eus du mal à articuler ma phrase suivante, que je prononçai presque à mi-voix :

— Il y a une chose que je me dois de vous dire : ce matin-là, je suis allée à l'école de mon petit-fils. J'ai vu les corps.

Il baissa la tête, ainsi que font les timides, et cette attitude aussi, c'était Hideo, peut-être, un soupçon de l'homme qu'il avait pu devenir.

— Je connais les statistiques, dit-il.

— Nous avons cherché si longtemps. Si nous avions pensé une seule minute que Hideo avait survécu, nous n'aurions jamais cessé de chercher.

— Je comprends. Je suis sûr que vous avez fait tout ce que vous pouviez. Vos doutes sont naturels. Puis-je vous montrer quelque chose ?

Il glissa la main dans sa poche intérieure de veston et en sortit son passeport. J'ouvris le document à la page de l'état civil du titulaire : Hideo Sato, enseignant, né le 22 février 1938. La date de naissance correspondait, ce qui n'en faisait pas pour autant une vérité absolue. Je passai le doigt sur la photo, les cicatrices mises en évidence par le flash du Photomaton. Cet homme voulait savoir qui il était, peut-être imaginait-il que sa requête était aisée.

Je lui rendis le passeport.

— Hideo est mort. Je suis désolée.

Il resta un moment silencieux mais j'étais incapable de savoir s'il était en colère ou non. Puis il tendit la main vers sa mallette qu'il posa sur le coussin de canapé à côté de lui et en sortit un paquet marron. L'enveloppe A4 avait été manipulée avec soin, ses plis lissés, son sceau intact. Il la posa sur la table basse.

— Elle m'a demandé que ce paquet vous soit remis en mains propres. Je n'ai pas vu son contenu. Je suis intrigué, naturellement, mais les instructions étaient que vous soyez la première à lire ça. J'imagine que ce sont peut-être les documents que père a récupérés, les papiers d'adoption, je ne sais pas.

— Père ?

— Jomei. Kenzo et Jomei étaient bons amis, je crois ?

Était-ce là ce que le docteur lui avait raconté ? Ce n'était pas si loin de la vérité.

— Quand ils étaient jeunes, oui.

Qu'est-ce que Sato avait bien pu trafiquer toutes ces années, quels faux souvenirs avait-il créés, comment avait-il trouvé cet Hideo dans un orphelinat ? Mais ce que je voulais savoir par-dessus tout tenait en une simple question : est-ce que ce salopard vivait toujours ?

Je ne la posai pas mais proposai à mon visiteur quelque chose à boire.

— Aimeriez-vous votre thé maintenant ? Sinon j'ai plus fort.

— En fait, puisque vous le proposez, je prendrais bien quelque chose de plus fort.

— Avez-vous fait tout ce chemin jusqu'en Amérique rien que pour me voir ?

Il répondit oui.

— Comment m'avez-vous trouvée ?

— J'ai utilisé les services d'un détective privé. Vous seriez surprise de savoir combien de gens disparaissent, il existe des agences qui vous aident à les retrouver.

— Je vois. Et donc, quand m'avez-vous trouvée ?

— L'année dernière.

Il me vit digérer cette information.

— Comment se fait-il que vous ayez attendu si longtemps ?

Il se laissa retomber lourdement contre le dossier du canapé.

— Pour être honnête, j'avais un peu peur de ce que j'allais trouver, de votre attitude comme de ma réaction. On s'imagine ce moment dans sa tête, sachant pertinemment que la réalité ne pourra jamais être à la hauteur de ses attentes, bonnes ou mauvaises.

— Et suis-je à la mesure de vos espérances ?

Il répondit par un rire des plus étouffé.

— Je ne pense pas que nous le soyons ni l'un ni l'autre.

Je ne pus que sourire.

— Donc qu'est-ce qui vous a finalement incité à prendre l'avion ?

— Une coïncidence. J'appartiens à une organisation pacifiste, nous parlons un peu partout dans le monde, des conférences, dans les écoles, au cours de sommets sur la non-prolifération des armes nucléaires. Nous levons des fonds et nous éveillons les consciences, notre groupe de pression défend les victimes et revendique la reconnaissance de leurs droits. Il y a justement une conférence qui se tient ici et mon groupe a été invité à y envoyer son représentant. Je me suis porté volontaire.

Il inclina la tête de côté.

— Il arrive parfois que l'univers vous adresse un signe que vous ne pouvez ignorer, vous ne croyez pas ?

— Seriez-vous venu sinon ?

Il relâcha son souffle.

— Le temps passant, j'en suis sûr.

Ses propres réticences me furent un soulagement. Nous partageâmes cette prudence mutuelle un moment avant que je ne me redresse péniblement.

— Je vais nous chercher du whiskey. Le préféré de Kenzo. Attendez ici. Je vous laisse réfléchir à votre toast.

— C'est facile, me répondit-il en se retournant vers le mur derrière lui. À ma famille.

D'une certaine façon, nous savions l'un et l'autre qu'il était préférable de ne pas parler de Nagasaki, pas encore. Il choisit de me poser des questions sur l'Amérique. Notre départ pour l'Ouest ne méritait guère de cachotteries. Je lui expliquai pourquoi il nous était impossible, à Kenzo et à moi, de rester et de vivre dans cette ville avec nos morts. Il nous fallait partir en un lieu si contraire au nôtre et tellement différent que toute notre énergie serait consacrée à l'étrangeté de nos nouvelles existences. Une autre région du Japon ne suffisait pas. Il nous fallait un terrain inconnu, un défi culturel, une langue qui n'avait pas inventé de mots comme Pikadon. Au début de leur occupation militaire, des officiers de la marine américaine étaient arrivés sur le lieu de travail de Kenzo. C'est lui qu'on avait choisi pour leur faire visiter les installations du fait de son ancienneté et de ses connaissances élémentaires en anglais. Pendant ses études universitaires, il avait séjourné un temps en

Écosse, au Glasgow Nautical College. L'accent avait failli le désemparer complètement mais le vocabulaire qui lui restait était suffisant pour lui permettre de communiquer. Lorsque nous décidâmes de quitter le Japon, il avait discuté avec un de ces militaires qui, reconnaissant de l'aide qu'il leur avait apportée, lui avait proposé, grâce à ses contacts, un poste en Californie. Nous étudiâmes une carte. Vallejo, où le chantier naval de Mare Island était installé, se trouvait à trente ou quarante kilomètres de San Francisco. L'Américain lui avait dit qu'il existait d'autres chantiers navals privés au cas où l'emploi proposé ne marcherait pas. Les papiers à remplir posaient quelques problèmes mais les compétences de Kenzo étaient très demandées. Nous n'organisâmes aucune soirée d'adieu, nous ne fîmes aucun pèlerinage nulle part, seule Misaki était là pour saluer notre départ à la gare le 19 juillet 1946.

Dès notre accostage à San Francisco, je me sentis submergée par la taille de tout ce qui nous environnait : les routes, les voitures, les restaurants au toit plat, les foules, mais j'étais heureuse de cette agression impitoyable de tous mes sens, le tintamarre des avertisseurs, les cris des vendeurs de journaux, les beuglements des radios. Les patrons du chantier naval nous avaient trouvé un logement et nous avions reçu la photo d'une maison blanche en bois avec deux chambres et un carré de verdure en façade. Après avoir loué une Chevrolet noire, direction Vallejo, nous nous arrêtâmes pour contempler les abords du terminal du ferry, son toit bleu en forme de chapiteau de cirque, et je compris que nous avions commis une erreur terrible. Même sur ce nouveau continent, le passé nous avait suivis. Les maisons jaunes et bleues bâties sur la colline surplombant les eaux me rappelaient celles qui se perchaient sur les pentes de Nagasaki. Une chose que je ne pouvais dire à Kenzo, mais à mesure que les jours se changeaient en semaines puis en mois, je me trouvai incapable de masquer ma détresse. Il crut que je me battais au quotidien contre cette nouvelle culture. C'est un fait qu'un simple trajet jusqu'aux magasins m'était une épreuve. Je passais des minutes entières à fixer les rayons de shampooings ou de boîtes de conserve et à m'interroger sur la nature de leur contenu si la photo ne me fournissait pas d'indice. Je décomptais les pièces dans mon porte-monnaie tout en essayant de comprendre le prix énoncé par la caissière. Ce n'était pas ces aléas, ces gênes et ces embarras qui me dérangeaient, ils remplissaient mon esprit et mes journées. Mais bien Vallejo, la ville elle-même. Lorsque je lui avouai finalement cette vraie raison, il secoua la tête, exaspéré.

— Les collines et le Pacifique ? C'est ça, tes objections ? As-tu seulement la moindre idée de l'immensité de cet océan ?

Quel fardeau je faisais, mais je ne pouvais supporter l'idée de ce lien, cette ville et Nagasaki raccordées l'une à l'autre par cette étendue d'eau. Le Pacifique aurait pu aussi bien n'être qu'une petite flaque.

Kenzo se mit en quête d'un autre emploi et entendit parler d'un poste libre au chantier naval de Philadelphie. Les réticences relatives à sa nationalité ne faisaient pas le poids devant sa réputation et son talent. Il apporta une nouvelle carte, trouva la Pennsylvanie et suivit du doigt la confluence des rivières Delaware et Schuylkill.

— Regarde, l'Atlantique.

Je souris.

— Merci. Je crois que cet endroit me plaît bien.

Il éclata de rire.

— Quoi ? Uniquement grâce à la carte ?

J'acquiesçai d'un signe de tête.

— Nous y serons bien.

Sauf que Pikadon nous suivit partout où nous allâmes. Des années plus tard, j'appris que les laboratoires du chantier naval avaient servi à mettre la bombe au point. Heureusement, Kenzo était décédé et cette raillerie du destin lui fut épargnée – à moins qu'il n'ait été au courant et ait choisi de ne rien m'en dire. Nous trouvâmes une petite maison de ville toute proche et, arrivés en décembre 1947, nous avions entamé le chapitre suivant de notre histoire américaine. Si l'on oubliait un instant notre pays de naissance, nous étions devenus des Américains typiques comme en témoignaient la Buick que nous conduisions, les appareils ménagers que nous achetions, les heures de cocktail auxquelles nous sacrifiions avec complaisance. Mais pour certains de nos voisins, nous resterions à jamais l'ennemi, en particulier pour ceux dont les fils, les oncles, les camarades de travail n'étaient pas revenus des jungles asiatiques, des villages français ou de l'océan que nous nous partagions. Kenzo ignorait les commentaires à mi-voix, le racisme affiché. L'Amérique nous avait donné une seconde chance et il lui en était reconnaissant.

— C'est une méritocratie, Ama, déclara-t-il. Les récompenses échoient à ceux qui travaillent dur, nous pouvons vivre la vie que nous méritons.

Je souris à ce souvenir et à mon invité.

— Le choc des cultures s'est-il amélioré avec le temps ? demanda-t-il.

Je remplis mon verre, l'alcool libérant mes réticences.

— Pour être honnête, nous avons appris la manière de nous comporter grâce au cinéma. Nous y allions toutes les semaines, les matinées du samedi surtout. Kenzo adorait ces séances, il regardait tout : les comédies musicales, les westerns, les films sentimentaux. Doris Day, Hitchcock,

Bob Hope. Il espérait qu'en les voyant j'améliorerais mon anglais.

Je m'interrompis, un bref instant, car malgré les circonstances, je me rendais compte combien c'était bon de reparler japonais.

— Un jour, nous sommes allés voir *L'Invasion des profanateurs de sépultures*. Vous l'avez vu ?

Il fit non de la tête.

— C'est ridicule. Une petite ville, où des aliens grandissent à partir de graines à l'image de répliques exactes des résidents. Ces imposteurs ressemblent à l'identique aux habitants de la ville mais ils n'ont plus d'émotions, vous comprenez ?

Il rit en disant que l'intrigue lui plaisait bien.

— Kenzo avait été emballé par ce film. Il avait l'impression que nous devions faire comme les aliens, nous devions nous assimiler à notre nouveau monde.

Je ris, en me forçant un peu.

— Disons simplement que nous avons appris à nous comporter en Américains, même si nos émotions restaient toujours un peu décalées.

— Je ne vous ai pas présenté mes condoléances pour votre deuil. J'espère qu'il n'a pas souffert.

Je regardai la photo de Kenzo dans le parc. Comment expliquer une mort après l'événement ? Comment condenser des mois de souffrance en quelques minutes ? Il avait toujours été un homme tellement actif, toujours partant pour tout. Je pense qu'il avait peut-être caché à quel point il n'était pas bien depuis longtemps, mais quand nous avons emménagé dans notre nouvelle maison, il était devenu impossible d'ignorer son mal. Douleurs dans le dos, vomissements, fièvre. Ses reins le lâchaient. Il passa trois mois à l'hôpital lorsque les médecins, au départ assurés qu'il allait se remettre, commencèrent à parler de choix de fin de vie. Les derniers jours, son corps bataillait avec furie tant il se mourait de soif. Après quoi la peur s'empara de lui et ses idées devinrent de plus en plus confuses avant qu'il ne se mette à délirer, s'adressant à moi comme si j'étais sa mère et non plus son épouse. Finalement son bavardage s'apaisa, il prit une goulée d'air si brève et ses yeux se fermèrent, comme pour un petit somme agréable l'après-midi. Je pensais qu'il allait doucement se laisser aller, mais à la toute fin, il réussit malgré tout à revenir à la vie, pour un dernier regard. Que je sentis se poser sur moi, assise à son côté. Nos yeux se croisèrent mais j'ignore s'il m'a vue. Il ne dit rien et je reconnus à la noirceur de ses pupilles que quelque autre présence ou pensée avait attiré son attention. J'eus l'impression qu'il savait que la mort était là, dans la chambre, et qu'il était impuissant face à son ombre. Je criai son nom, qu'il sache qu'il n'était pas seul mais il ne réagit pas. Il prit une dernière bouffée d'air brève puis plus rien.

Je regardai mon invité.

— Votre détective privé vous a-t-il donné la date de son décès ?

Il confirma d'un hochement de tête. Trois jours avant le 9 août. Le calendrier cruel de la vie. Nous restâmes assis en silence, le niveau du whiskey bien bas dans la bouteille, jusqu'à ce que mon visiteur retrouve son allant.

— Vous avez dit que vous aviez des projets ? Il faut que j'y aille.

Il montra le paquet.

— J'espère que vous ne trouverez pas son contenu trop pénible.

Il posa son verre sur la table et se leva. Je l'imitai.

— Je suis désolée de douter autant. Vous m'avez l'air si convaincu.

— Je n'ai pas de preuve absolue, non, mais voici ce que l'on m'a dit et que je crois : je m'appelle Hideo Sato, nom de naissance Watanabe. J'ai 46 ans. Je suis votre petit-fils. J'espère simplement que ce paquet le confirmera.

— Sinon ?

— Sinon vous ne serez plus jamais obligée de me voir ou de penser à moi.

Résolution de problème

Haragei : *le terme est composé à partir*
de hara *(ventre) et de* gei *(art).*
La plupart des dictionnaires le définissent comme l'acte,
verbal ou non verbal, mis en œuvre pour influencer
d'autres individus en faisant appel
à son expérience personnelle ajoutée
à l'intention de résoudre un problème mutuel.
Haragei *permettra aux gens d'atteindre*
à une compréhension mutuelle sans confrontation.

Ma fille avait montré un don pour le dessin dès son plus jeune âge. Peut-être avait-elle reçu en héritage des talents techniques de Kenzo et de moi, qui sait, l'amour de la forme et de la couleur. Qui peut savoir comment le talent se forme ? Peut-être était-elle douée simplement parce qu'elle pratiquait beaucoup. Déjà à l'âge de cinq ou six ans, guère plus, elle s'asseyait à notre table devant une feuille de papier et me demandait de lui faire un dessin qu'elle tentait de recopier. Malgré tous mes efforts pour bien faire, je me montrais maladroite quand j'essayais de recréer un cheval, une grue, une carpe. Elle se frottait le nez ou se mettait à chantonner en choisissant un crayon de couleur pour en tracer le contour. Bien vite, elle n'eut plus besoin de mes tentatives grossières censées l'inspirer. À l'ombre de notre camphrier, je fabriquais des fleurs artificielles en soie brute pour mes cheveux tandis que Yuko dessinait sur des feuilles vierges de papier de mûrier. Au fil des années, elle était passée aux huiles épaisses et aux encres fines achetées dans une boutique d'art non loin de la maison. Elle travaillait avec des couleurs crues, des verts, des rouges, des jaunes, qu'elle transformait en scènes de Nagasaki, où apparaissaient notre maison et moi dans mes kimonos les plus éclatants. Peu de temps après son quinzième anniversaire, nous étions passées devant un magasin d'estampes avec, en vitrine, d'anciennes gravures à l'eau-forte du port de Nagasaki où des marins étrangers déchargeaient des cargaisons et des geishas se promenaient abritées sous des ombrelles. Yuko me confia qu'elle regrettait de ne pas avoir ce même talent mais je lui assurai qu'elle le possédait bien. Dans un accès de timidité, elle ajouta que Himura, son professeur d'art, lui avait déclaré qu'elle tirerait grand profit d'une vraie formation classique, un apprentissage peut-être. « Est-ce que ce serait possible ? » Elle semblait pleine d'espoir, les joues empourprées à cette pensée. Après en avoir discuté, Kenzo et moi décidâmes d'attendre encore un an pour voir si elle allait persister dans ses intentions. Constatant qu'elle ne dessinait plus autant que par le passé, je présumai que son apprentissage n'avait été qu'une lubie passagère. Je ne me rendis pas compte qu'elle continuait à dessiner, sauf que ces images-là, elle ne pouvait se permettre de me les montrer. Je découvris le pot aux roses le 16 octobre 1936.

Les cloches de l'église avaient sonné sept fois quand Yuko était rentrée en courant dans la maison. Elle me dit qu'elle avait pris le thé chez son amie Miho et n'avait pas vu le temps passer. Je la regardai bondir à l'étage en m'expliquant qu'elle allait se changer. Comme elle avait laissé son sac près de la porte d'entrée, je remarquai son carnet à dessin qui en ressortait d'un centimètre ou deux. J'en fus heureuse et je le sortis de son sac d'un geste automatique, sans réfléchir. Elle m'avait toujours montré son travail, soucieuse d'avoir mon approbation ou quelques gentilles critiques, et je n'avais aucune raison de penser que j'empiétais sur sa vie privée. Lorsque je tournai les pages, du sable échappé des plis tomba par terre. Je vis la mer et une plateforme de plongée, des rochers près d'un boqueteau, un homme chargé d'un seau qui marchait sur un sentier en bord de plage, deux enfants jouant dans un champ, plusieurs libellules dessinées en détail et finis par arriver à l'image d'un homme en caleçon de bain qui dormait allongé sur une serviette. *Iwo Jima, 22 août 1936.*

Je n'oublierai jamais ma souffrance à cette découverte, cette nausée au creux de mon estomac, ma furie, mes idées qui s'emmêlaient. Comment se connaissaient-ils ? Comment s'étaient-ils rencontrés ? Et plus je fixais ce visage, ce corps, ma colère se changeait en effroi à mesure qu'une question plus affreuse se faisait jour dans mon esprit : qu'avait-il fait à ma fille ? Le souvenir de cet instant dans le couloir continue encore aujourd'hui à me pétrifier, quelle que soit mon activité de l'instant. Toutes les cellules de mon corps voulaient gravir cet escalier et confronter Yuko à cette découverte. Je voulais la frapper, pour lui faire cracher la vérité et lui sortir Sato du corps et de nos existences. Avait-il fait ça en toute conscience ? L'avait-il recherchée délibérément ? Pourquoi ? Qu'était-elle pour lui ? Aucune explication logique et sensée ne me venait à l'esprit. Mes pensées se bousculaient à l'image du souffle d'un typhon, incontrôlable, se levant soudain pour mieux retomber et disparaître. Rien de tout cela n'était la faute de ma fille, me dis-je. Quoi qu'il pût arriver, la responsabilité en incomberait à Sato.

J'entendais Yuko à l'étage qui fredonnait un chant traditionnel. Pourquoi ne m'étais-je pas montrée plus curieuse quand elle s'absentait pendant des heures ? Pourquoi n'avais-je pas remarqué la léthargie si lourde d'ennui qui pesait sur elle le matin et son regain d'activité dès que changeait la lumière en début d'après-midi ? Avec le recul, tout devenait clair comme de l'eau de roche, ses joues rouges quand elle se précipitait devant le miroir du couloir pour se brosser les cheveux, les petites frivolités qu'elle affichait – encore un trait nouveau et déconcertant de sa personnalité –, ses lèvres prêtes à fournir l'explication d'un nouveau départ soudain.

Que pouvais-je faire pour mettre ma fille à l'abri de tout danger ? Elle avait été égarée loin du droit chemin mais elle avait été corrompue par une force extérieure, ma fille était une enfant loyale. Il fallait absolument arrêter Sato, le mettre à nu en le privant de son pouvoir, de son emprise sur elle. J'allais l'effacer à jamais de nos existences, c'était mon devoir de mère. J'essaie toujours de me convaincre que tout ce qui avait suivi, je l'avais fait pour elle exclusivement, jamais pour d'autres raisons, mais qui sait ? Peut-être est-il trop facile de couvrir les actions viles sous les dorures de nobles intentions. J'arrachai son esquisse du carnet, je la pliai et restai là, à attendre dans le noir le retour de Kenzo. L'hésitation n'était pas de mise, j'allais tout révéler à mon mari. Il fallait qu'il sache. Il voudrait bien sûr agir immédiatement et je serais contrainte de l'en dissuader en prêchant la patience.

Je n'eus que vingt minutes à attendre avant qu'il n'entre dans la pièce. Ses journées de travail étaient longues et il était toujours fatigué. Depuis le tournant du siècle, la marine japonaise avait pris des proportions formidables. Des vaisseaux qui jadis se construisaient à l'étranger étaient désormais assemblés dans nos chantiers navals. Le Japon était devenu téméraire, ignorant les restrictions maritimes, snobant les négociations avec l'Ouest, s'étendant sur de nouveaux territoires. L'intérêt que manifestait le pays pour le continent asiatique avait crispé ses relations avec les autres puissances mondiales et divisé les militaires de la nation. Kenzo avait certainement déjà entrevu ce qui attendait notre pays à un horizon proche, le sang qui allait accompagner chaque nouveau lever de soleil. Il me regarda, agenouillée près de la table, l'esquisse posée devant moi.

— Pourquoi restes-tu dans le noir ? demanda-t-il avant d'allumer une lampe. Amaterasu, qu'est-ce qui ne va pas ?

Il s'assit à côté de moi, se saisit de la feuille de papier.

— C'est quoi, ça ? C'est un dessin de Yuko ?

Je sentis la furie remonter en moi.

— Pourquoi as-tu ça devant toi ? C'est Sato.

— Je l'ai trouvé dans le sac de Yuko. Je ne comprends pas. Comment se connaissent-ils tous les deux ?

Mon mari fut trahi par son silence.

— Toi ? C'est toi qui les as présentés l'un à l'autre ? Pourquoi, Kenzo ? Pourquoi as-tu fait une chose pareille ?

Il secoua la tête, complètement incrédule.

— J'ai croisé Sato par hasard dans la rue. Nous avons pris un verre. Nous avons bavardé. Nous avons repris un verre, puis encore un autre. C'était bon de le revoir. J'avais oublié combien j'appréciais sa compagnie. Tant de temps avait passé, je n'y ai vu aucun mal. Une rencontre qui ne portait pas à conséquence.

— De quoi avez-vous parlé ?

— Du travail, des amis de l'université, je ne sais plus, de golf.

— Et Yuko ?

— Elle ne dormait pas bien, souviens-toi. Elle ne mangeait plus. Je lui ai dit que nous nous faisions du souci pour elle. Il m'a dit de la lui envoyer, il l'examinerait.

La question m'échappa malgré moi.

— Pourquoi ? Tu sais ce qu'il apprécie. Tu connais ses goûts.

— Ce dessin ne signifie rien. Il y aura forcément une explication.

— Kenzo, tu vas m'obliger à te le dire ? Tu ne comprends donc pas de quoi il s'agit ?

Il secoua la tête.

— Il y aura forcément une raison.

— La raison est évidente.

Kenzo repoussa le dessin et se prit la tête entre les mains. Il releva les yeux, comme s'il se souvenait qu'il aurait dû être furieux face à une telle offense.

— Où est-elle ?

— Dans sa chambre.

— Il faut que ça s'arrête immédiatement, grogna-t-il en se remettant debout.

Je saisis sa main pour l'arrêter.

— Attends.

— Attendre quoi ? Nous devons immédiatement informer Yuko que nous sommes au courant. Nous devons l'envoyer loin. Chez ma sœur. À Fukuoka.

— Et Sato ?

Il ne répondit rien.

— Tu le laisserais s'en tirer sans le punir ?

— Bien sûr que non. Je vais lui parler.

— Lui parler ?

Il se hérissa.

— Et tu voudrais que je fasse quoi ?

— Nous devons faire comprendre à Yuko la portée de l'acte de cet homme. Il faut absolument qu'elle voie au-delà du fantasme dont elle est prisonnière. Qu'elle comprenne ce que cela signifie pour nous comme pour l'épouse de Sato, pour nos amis, tes collègues, les langues de vipère de la ville. Sinon nous perdrons notre fille. Elle nous rendra responsables quand nous les séparerons. D'une façon ou d'une autre, elle trouvera le moyen de revenir vers lui, même en rampant. Il aura gagné. Ce sera nous, l'ennemi.

Je songeai à tous les mensonges que j'avais servis aux gens au fil des années, ceux qu'il avait fallu que je fabrique comme ceux qui sortaient si aisément de ma bouche, autant de fictions que Kenzo était heureux de faciliter si cela devait signifier que je serais sienne. C'est Sato qui devait imposer de force cette rupture. Pas nous.

— Mais nous ne pouvons pas le laisser…

— Ce sera fini, très bientôt. Fais-moi confiance. Les dégâts sont faits. Nous irons voir une marieuse et nous lui trouverons un mari, ce que nous avions prévu de faire si elle avait refusé d'aller en apprentissage.

Il se frotta le front.

— Je ne peux pas rester assis ici et me comporter comme si je n'étais au courant de rien. Et je ne peux pas supporter l'idée qu'il la touche.

Je lui pris la main.

— Nous réussirons. Nous devons nous montrer patients.

— Comment pouvons-nous continuer à laisser cette situation se poursuivre sans intervenir ?

— Kenzo, voici pourquoi : et si elle croit qu'elle est amoureuse de lui ?

Il fut incapable de répondre et je repliai le dessin.

— Va dîner quelque part ce soir. Essaie de ne pas trop boire. Nous réglerons cette histoire. Fais-moi confiance.

Lorsque Yuko finit pas descendre pour le dîner, je lui dis que son père avait été retardé à son travail. Je la détaillai sous toutes les coutures pendant le repas. Ma paisible enfant s'était épanouie depuis cet été-là, sans que nous en connaissions la raison, jusqu'à ce fameux jour. La fleur d'hiver explose au sortir du bourgeon glacé, délicate, certes, mais pleine de défi. Pourquoi n'avais-je rien vu ? J'aurais dû veiller au grain de plus près, être plus attentive. Elle me sourit tandis que nous picorions notre nourriture, me raconta une histoire sur une amie, très certainement un mensonge. Elle fronça le sourcil en ne me voyant pas réagir.

— Tu vas bien, mère ?

— Il y a eu tellement de déjeuners et de réunions de charité, j'ai le sentiment que je t'ai négligée, parvins-je à dire avec un petit sourire.

— Non, pas du tout, dit-elle. Ne te fais pas de souci. J'ai aimé cet été. Je me sens...

— Oui ?

— Vivante, répondit-elle en rougissant.

Finalement, Yuko se serait peut-être un jour rendu compte que Sato avait profité de son jeune âge, simplement parce qu'elle était disponible, parce qu'elle était belle. Peut-être aurait-elle appris qu'elle n'était pas sa première infidélité, peut-être même pas sa plus jeune. Il aurait fini par la jeter ainsi qu'il l'avait fait avec tant d'autres avant elle. Mais mon regret est le suivant : si je n'étais pas intervenue pour tenter de les séparer si brutalement avec une telle véhémence, peut-être qu'avec le temps elle en serait arrivée à juger les faiblesses de Sato et aurait rompu avec lui le plus naturellement du monde, et oui, peut-être, juste peut-être, que si cela s'était produit, elle aurait survécu.

Dettes et devoirs moraux

On : *les gens contractent une obligation sociale et psychologique lorsqu'ils reçoivent une faveur de personnes en position supérieure. Le concept de* on *dérive de la philosophie chinoise et de la société féodale japonaise. Le guerrier samouraï remplissait ses obligations envers son seigneur sur le champ de bataille, au péril de sa vie si nécessaire. Fils et filles accomplissent des actes de* ko *(piété filiale) et prennent soin de leurs parents vieillissants. Les relations humaines sont conditionnées par un réseau complexe de responsabilités et d'obligations mutuelles.*

Nous n'eûmes à attendre que deux jours, Kenzo et moi, avant que Yuko ne se trahisse. Elle enfila ses sandales, une excuse toute prête aux lèvres, et dit au revoir. Je regardai le mince rectangle de son kimono gris disparaître à ma vue au-delà du jardin avant de me lancer à ses trousses dans la descente de la colline. Depuis l'auvent d'un boucher, la voyant grimper dans un tram, je hélai un taxi et dis au chauffeur qu'il aurait droit à un supplément pour une course sortant de l'ordinaire. La cité filait devant mes yeux dans un bariolage de couleurs, marbrée de soleil et illuminée d'ombres. Une fois le centre-ville dépassé, après Chinatown, c'est dans une rue commerçante pleine de bruit et de pauvreté que je vis Yuko s'engager. Elle longea une rangée d'étals qui offraient poulpe cuit, arachides beurrées et pois verts wasabi frits avant de disparaître dans un immeuble, entre un bar à nouilles shinchi et un magasin de réparation de vélos. Qu'il ose l'emmener là, dans ce quartier de Nagasaki où les enfants couraient nus et où des femmes édentées, depuis longtemps chassées là comme autant de rebuts des bordels plus lucratifs de Maruyama, vendaient des colifichets ou leur propre corps. Qu'il ose la traiter comme une des putains de la ville. Je me fis le vœu que Sato le paierait.

Le chauffeur s'arrêta devant l'immeuble et je lui demandai d'attendre. J'appelai et une femme âgée apparut. Ma présence sembla l'amuser.

— Ouais ? Vous êtes perdue ?

Je scrutai l'obscurité du couloir pour tenter de voir au-delà.

— Je cherche une fille, répondis-je.

Elle éclata de rire.

— D'un genre particulier ?

Elle cria derrière elle et je vis arriver un homme torse nu, un phénix tatoué sur la poitrine et les bras.

— Makito, qui est disponible en ce moment ?

J'ouvris mon sac à main, en soie, fermé par un cordon noué.

— Je ne suis pas acheteuse. Je veux juste savoir où va la fille en kimono gris.

La vieille regarda l'argent que j'avais dans la main.

— Je veux juste le numéro de la chambre, c'est tout.

Sur un signe de la femme, l'homme disparut.

— Vous n'allez pas nous attirer d'ennuis, dites-moi ?

Je lui répondis que non. Je voulais juste ce simple renseignement et je repartirais. Elle me détailla de la tête aux pieds.

— Habituellement, les épouses ne veulent pas savoir. Appartement 15.

Je dis au chauffeur de me conduire chez Mitsubishi. Les odeurs et les cris des collecteurs de rue récupérant les excréments pour les fermiers des collines cédèrent la place à la puanteur des fumées métalliques éructées par les usines en briques rouges du lieu de travail de Kenzo. La réceptionniste me jeta des regards curieux quand je lui déposai un mot destiné à Kenzo. Aux yeux de beaucoup, Kenzo et moi formions un couple étrange. Ils ne voyaient pas ce que je lui trouvais et ne sauraient jamais ce qu'il voyait en moi. Je rédigeai l'itinéraire qui lui permettrait de rejoindre l'endroit où se trouvait Yuko et, sous l'adresse, j'ajoutai : « Ramène ma fille à la maison. » Je tendis le papier à la jeune femme et sortis.

Lorsque Kenzo rentra à la maison en compagnie de Yuko une heure et quelque plus tard, elle courut dans sa chambre, les yeux rougis de larmes. Il alla au meuble à boissons, se versa un verre, gagna la fenêtre et me tourna délibérément le dos. Sa voix resta neutre, comme si elle sortait d'un lieu où toute émotion avait été annihilée. Il déclara qu'il avait fait ce que je lui avais dit. Il n'avait pas frappé, il n'avait pas attendu poliment, il était entré dans la chambre sans prévenir et les avait trouvés tous les deux comme prévu. Il s'interrompit et but une gorgée.

— J'attendais que Sato se rhabille quand j'ai remarqué une bouteille vide de saké sur le rebord de la fenêtre. J'ai pensé qu'à sa sortie de la chambre je pourrais briser le verre, lui enfoncer la bouteille dans le cou, lui faire mal.

C'est bien ce qu'un père devrait faire pour réparer un tel affront, n'est-ce pas ? Mais je n'ai pas pu. Dis-moi, cela fait de moi quel genre d'homme ?

Je lui dis que le pleutre, c'était Sato, pas nous. Pourquoi Kenzo devrait-il se punir alors même que c'était le docteur qui avait tort ? Il fit non de la tête.

— Nous avons fait une mauvaise action aujourd'hui. Comment pourrons-nous jamais être les mêmes, Yuko et moi, dorénavant ? Comment cette famille pourra-t-elle jamais être la même ?

Je m'approchai de lui et posai ma main sur son épaule.

— Toutes les douleurs finissent par disparaître, avec le temps. Nous surmonterons ce mauvais moment. Nous redeviendrons une famille digne de ce nom. Ce que nous avons fait était la seule possibilité, il fallait le faire. Je regrette la douleur que cela a causée mais je n'en regrette pas l'issue. A-t-il accepté nos exigences ?

Kenzo confirma d'un signe de tête, finit son verre et dit qu'il devait retourner au bureau. Je le regardai partir et me rendis dans la chambre de Yuko. Assise sur un siège de fenêtre, elle se détournait, le corps vrillé, immobile comme une statue.

— Je n'ai pas envie de parler, mère.

Je m'agenouillai à ses pieds.

— J'ai une chose que je dois te dire, ensuite je m'en vais.

J'expliquai à Yuko que l'accord entre son père et Sato était un arrangement de compréhension mutuelle. Je lui dis que le docteur était d'accord. Il voulait sauvegarder son mariage et sa réputation, Kenzo et moi voulions protéger notre fille du scandale, il ne devait plus y avoir le moindre contact entre eux deux, plus jamais. Il avait promis de quitter la ville. À cet instant, elle se tourna vers moi et me regarda, les yeux pleins de haine et de colère. Chose que je pouvais supporter aussi longtemps qu'elle était en sécurité. Je continuai mon prêche. L'arrangement convenait à tout le monde. Avec le temps, elle comprendrait. Toute disgrâce pour la famille avait été contenue. Nous avions fait ce qu'il fallait faire.

— Comment l'as-tu découvert ?

Quand je voulus lui prendre la main, elle eut un mouvement de recul.

— Le dessin, Yuko.

Elle se mit à pleurer et me supplia de la laisser seule. Je n'insistai pas.

Nous fîmes tous de notre mieux pour tenter d'effacer cette après-midi de nos mémoires mais l'humiliation brûla bien plus longtemps chez Yuko et son père, peut-être de façon indélébile. J'étais convaincue que la mortification de Sato et de Yuko était nécessaire. J'avais besoin que Kenzo voie le genre d'homme qu'était son ancien ami, il fallait qu'il soit le témoin direct de la dépravation du docteur, et quelle meilleure manière que de lui en mettre les preuves sous les yeux ? Il fallait arracher Yuko à Sato. Sinon comment pourrions-nous le chasser de nos vies si l'un de nous continuait à entretenir une image romanesque de lui ? Toutes ces années plus tard, je n'osais pas affronter ce que Yuko avait écrit à propos de cette journée mais ma couardise m'obligea à revenir à cette page.

La pensée de voir mon père debout dans l'embrasure de la porte m'est insupportable. Je n'ai pas eu droit à un seul regard de sa part, il ne pouvait pas, il ne voyait que Jomei qu'il fixait avec furie comme s'il n'en croyait pas ses yeux. Je me dis qu'il nous a simplement entrevus un bref instant, ne distinguant que les contours de nos corps, rien de plus. Je me dis qu'il n'a pas réussi à les combler de nos chairs et de nos membres dans l'ombre, de nos muscles tendus, de la texture et du contraste des cheveux sur la peau. Je me dis qu'il n'a rien vu de tout cela. Sinon comment pourrai-je jamais le regarder en face ? Père n'a pas prononcé un mot. Il s'est contenté de faire coulisser les portes derrière lui et il a attendu dans l'autre pièce. Jomei a commencé à se rhabiller et m'a rassurée : inutile d'avoir peur, nous n'avions rien fait de mal mais quoi qu'il pût arriver, il en prendrait toute la responsabilité. « Cio-Cio-san, m'a-t-il dit, je ne te laisserai pas partir. » Les dernières paroles que j'aie entendues de sa bouche.

Il s'est rendu dans la cuisine pour parler avec père tandis que je ramassais mes vêtements. Lorsque finalement j'ai eu le courage d'aller les rejoindre, Père était seul, assis à la table. Je me suis assise face à lui et j'ai fait glisser ma main sur le plateau jusqu'à ce que mes doigts ne soient plus qu'à deux centimètres de l'extrémité des siens. Il a retiré sa main et l'a posée sur sa cuisse. Je voulais le supplier de m'accorder son pardon mais je suis restée là, immobile sur ma chaise, paralysée par la honte. Quand il s'est levé pour se diriger vers la porte, j'ai été incapable de bouger. « Père, je l'aime. » Il s'est détourné de moi et j'ai compris qu'il pleurait. « En ce cas, tu es une imbécile, tu n'es qu'une enfant. » Je me suis mise à pleurer à mon tour. « Je ne suis plus une enfant. Lui aussi m'aime. » Il a essuyé ses larmes. « Oh, Yuko, non, il ne t'aime pas. S'il t'aimait, il serait encore ici. » Il a ouvert la porte. « Rentrons à la maison, nous ne parlerons plus de cela. » Je voulais rattraper Jomei, lui crier de revenir, l'obliger à dire la vérité à Père. Je l'ai cherché dans la rue. Père ne pouvait pas avoir raison, Jomei devait être là quelque part, mais je me trompais. Je ne me remettrai jamais de la perte de Jomei. Sa mort ne saurait me causer plus de souffrance.

La fin d'un premier amour peut prendre des allures d'opéra dramatique mais elle se montre aussi physiquement. Je pouvais supporter ses larmes et son silence, son retrait dans sa coquille. Je pouvais supporter de voir ma fille trop mal pour manger, dormir ou parler. Il fallait que ce fût fait. Je la sauvais des griffes de Sato et elle ne pourrait jamais savoir pourquoi. Cela aussi, je pouvais le supporter. J'étais convaincue que la plaie se cicatriserait suffisamment, avec le temps. Si seulement j'avais eu présente à l'esprit l'angoisse de mes propres jeunes années, si je m'étais montrée plus douce et plus gentille avec elle, peut-être que son engouement pour Sato n'aurait pas duré aussi longtemps.

Je suis prise au piège d'un présent perpétuel, mon passé m'a été arraché. Si les heures s'écoulent, je ne les sens pas. Si les jours cèdent la place aux nuits, je ne vois pas les couleurs changer dans le ciel. Le temps est une prison. Enfermée dans la cage de ma maison, je me glisse et me faufile sans bruit comme un serpent, sans jamais me réchauffer à un soleil d'hiver trop froid. Père ne réussit pas à me parler, mère ne peut que me regarder comme une chose répugnante qui aurait pollué le foyer. Des projets me concernant suivent leur cours, j'en ai la certitude, vu les chuchotements derrière les portes, les regards accusateurs, les dîners en famille dans le silence. Je bats en retraite dans ma chambre et me torture en envisageant ce qui reste possible. Où est Jomei ? Est-il là-bas quelque part, au long des rues, ou dans les bars, ou peut-être est-il chez lui avec Natsu ou alors il travaille tard à l'hôpital ? Autant de réflexions qui me révulsent le corps au point que j'en tremble tout entière. « Je ne te laisserai pas partir », avait-il dit. Et pourtant, il l'avait fait.

Tous les amis furent bannis de la maison, toutes les excursions annulées. Seule Misaki reconnaissait l'existence de Yuko. Elle lui laissait des tranches de gâteau devant sa porte, elle mettait des fleurs fraîches dans sa chambre.

Mme Gato est apparue dans le couloir aujourd'hui, elle a pris mes mains entre les siennes. « Comment vas-tu ? »

Je n'ai pas su quoi répondre. Elle a pressé mes doigts. « Je me souviens de toi toute petite, toujours à t'intéresser à tout et n'importe quoi. Tu pouvais contempler, je ne sais pas, moi, une feuille d'arbre, un insecte, une craquelure dans le sol, des heures durant. Je n'ai jamais su ce que tu voyais mais tu étais complètement fascinée. » Elle a posé une de mes mains sur sa poitrine. « Tu sens mon cœur qui bat ? Tu le sens ? C'est le sang qui fait battre le cœur, pas l'amour. Est-ce que tu comprends ? Nous faisons avec, petite. C'est tout, il n'y a pas d'autre solution. Nous faisons avec. » Comment puis-je faire avec ? Je ne peux pas, je m'y refuse. Je dois absolument retrouver Jomei. À quoi bon vivre sans lui ?

Un mariage arrangé

Miai-kekkon : *jusqu'à la fin de la Seconde Guerre mondiale, la plupart des mariages étaient arrangés.* Nakodo *(la marieuse) facilite les échanges d'informations entre les deux familles. La tradition veut que l'homme envoie des cadeaux (habituellement une bague de fiançailles et de l'argent) à la femme, lorsque sa demande est acceptée. Cette cérémonie d'engagement est appelée* yuino.

Mes enquêtes furent discrètes mais je savais que la nouvelle se propagerait bientôt que nous cherchions un mari pour Yuko. À Nagasaki, Mme Kogi était l'entremetteuse la plus chaudement recommandée, avec un réseau de contacts impressionnant. Ses arrangements étaient bien assortis et elle ne faisait pas traîner les choses. Je la détaillai du regard pendant qu'elle consultait ses notes. Avec son kimono noir, ses cheveux remontés en chignon serré sur le haut du crâne, ses lunettes rondes à monture d'écaille bas sur le nez et les relents d'antimite qui émanaient de sa peau, elle offrait d'elle l'image convenue d'une veuve se préoccupant peu de vanité personnelle, sa seule concession à la frivolité se limitant à ses sourcils rasés peints au khôl trop haut sur le front. Yuko était assise face à moi, à côté de la marieuse. Une théière et trois tasses en poterie rouge décoraient la table basse devant nous. La fenêtre à l'opposé de la pièce laissait filtrer un rai de soleil qui tombait sur notre brûleur d'encens et j'avais très envie d'allumer ce bâtonnet de musc doucereux pour masquer l'odeur de Mme Kogi que Sato nous avait contraints à recevoir dans notre foyer. Elle m'écouta la tête inclinée sur le côté, modèle parfait d'une interlocutrice sincère pleine d'empathie.

— Le temps presse, madame Kogi. Mon mari insiste sur le fait que nous ne voulons pas rabaisser nos espérances d'un parti de bon niveau, mais néanmoins, nous serons heureux d'envisager d'autres choix que les candidats les plus évidents.

— Naturellement, naturellement, dit-elle. Je comprends.

Elle murmura un merci quand je lui proposai plus de thé.

— J'ai un jeune homme qui pourrait peut-être convenir.

— D'une famille de Nagasaki ?

— D'une des îles. Iwo Jima.

Yuko pâlit.

— Je ne suis pas sûre que…

Mme Kogi couvrit d'une main papillonnante le médaillon qui reposait sur son buste plat.

— Yuko, très chère, vous ai-je parlé de mon mari ?

Yuko ne répondit rien et Mme Kogi gloussa.

— Mon Manabu, si beau quand il était jeune, et intelligent aussi, et fort. Tenez, regardez.

Elle ouvrit le médaillon et montra une photographie de son mari, décédé depuis cinq ans. Un homme féroce, large front et long menton, nous fixait.

— Manabu était un homme des îles. L'adjoint de notre maire est un homme des îles. L'assistant du chef de la police est un homme des îles.

J'imaginai aussitôt que Mme Kogi avait créé ces faits de toutes pièces à la juste mesure de l'affaire qu'elle traitait.

— Loin de moi l'idée de vous manquer de respect, dis-je.

— Je vous prie de m'excuser, madame Takahashi, ce n'était nullement ce que je sous-entendais. Simplement, ce jeune homme est tout à fait remarquable. Ces hommes des îles n'ont rien des frivolités du mâle urbain. Il vient de terminer avec succès ses études d'ingénieur et a trouvé un poste au service des mines de Mitsubishi. Une bonne et forte personnalité. Paisible, réservé. Solide, comme mon Manabu.

— Et il s'appelle comment ?

— Shige Watanabe.

— Une photo ?

— Je crains que M. Watanabe ne soit nouveau chez moi, il ne m'a pas encore fourni de photographie mais je vous assure qu'il a un bon visage, solide et honnête.

Ce mot, encore une fois. Solide. Je m'imaginai un chou géant embelli par une paire de lunettes.

— Et son père ?

Mme Kogi caressa son médaillon.

— Sa mère appartient à la famille Kawano, les imprimeurs près de Dejima.

Je connaissais la boutique Kawano. Nous avions à la maison des estampes qui venaient de chez eux et que Yuko avait copiées quand elle était enfant.

— Très bien. Et le père ?

— Il est pêcheur.

Elle dut percevoir mon souci.

— Une union d'amour, de ce que je sais, madame Takahashi. Je crois savoir qu'ils se sont trouvés à un âge avancé. La mère s'était fait un petit nom comme artiste. Je me suis laissé dire qu'elle était bien plus mariée à son travail qu'au mariage à proprement parler, en dépit de sa beauté apparente. C'est alors qu'elle a rencontré son mari. On me dit qu'il y a de l'argent à se faire dans la collecte d'oursins de mer.

— Ils se sont enfuis ensemble ?

— Il est certain qu'ils ont choisi une voie peu traditionnelle pour leur mariage.

— Et les Kawano n'y ont vu aucune objection ?

— Ils n'avaient plus vraiment grand-chose à dire.

— C'est plutôt choquant, madame Kogi. Je ne suis pas sûre que s'associer à un tel scandale puisse être un atout.

En voyant l'esquisse d'un sourire titiller les lèvres de l'entremetteuse, je compris qu'elle avait évalué très justement la transaction qui nous occupait. Nous cherchions à accélérer la vente.

— L'affaire remonte à bien des années et la petite ville qui est la nôtre s'est depuis largement trouvé matière à répandre ses ragots. Je puis vous assurer une fois encore que Shige Watanabe n'a rien de l'impétuosité que ses parents avaient pu naguère manifester. Il requiert mes services, j'imagine, afin de dissiper ses propres craintes. Sincèrement, c'est un homme respectable.

— Et disposez-vous d'autres options disponibles ?

— Toujours, mais je suis certaine que vous trouverez en Watanabe un beau parti. Et étant donné vos espoirs d'un mariage au printemps...

Elle laissa mourir sa voix et sourit, avant d'ajouter :

— Préféreriez-vous que je cherche ailleurs ?

— Il n'est peut-être pas celui que nous espérions mais il semble effectivement une possibilité.

Notre conversation terminée, je demandai à Yuko d'accompagner Mme Kogi jusqu'à un rickshaw. J'attendis son retour, prête à la bataille. Elle s'assit face à moi.

— Mère, ces arrangements ne sont pas nécessaires.

— Ton père estime qu'ils le sont.

— Je ne peux accepter ça.

— Tu te l'es imposé à toi-même.

— Je ne veux pas épouser ce Watanabe.

— Ne sois pas ridicule. Quoi ? Penses-tu qu'un autre soit prêt à te demander pour sienne ?

— Ils recrutent des infirmières à la faculté de médecine.

— C'est lui qui t'a mis ça dans la tête, ce docteur marié ? Pourquoi t'arrêter en si bon chemin si tu es tellement déterminée à salir notre famille ? J'ai entendu dire que les bordels de Maruyama eux aussi recrutaient.

Elle baissa la tête.

— Cet homme, ton fameux docteur, avait besoin d'une putain, rien d'autre, mais il était trop paresseux et trop arrogant pour s'en trouver une par des moyens plus ordinaires. Nous devrions tous remercier le ciel si ce Watanabe, ce fils de pêcheur, consent à te prendre.

— Je ne l'épouserai pas.

Je me penchai en avant et lui saisis le menton.

— Tu as promis à ton père.

Je la regardai dans les yeux et caressai son doux visage.

— Fille, pourquoi l'as-tu laissé te toucher ? Si tu te soucies de moi, de ton père, de ta famille, tu oublieras Sato. Sois juste reconnaissante que cet ingénieur daigne te trouver à son gré.

— J'aime Jomei, mère.

— Tu prends ça pour de l'amour ? Ce n'était pas de l'amour. Les femmes ne sont pas sur cette Terre pour aimer. Quelle folie que tout ce romanesque. Ce docteur t'aurait détruite et nous t'avons sauvée, Yuko. Je ne fais qu'une seule requête à ma fille : qu'elle daigne rencontrer cet ingénieur. Pas pour nous, Yuko. Mais pour toi.

Mes paroles peuvent paraître bien dures. Je m'interroge maintenant sur les autres choix qui auraient été possibles. Je retourne aux années d'avant 1936, lorsque Yuko parlait de devenir imprimeuse d'estampes. Et si elle était devenue apprentie immédiatement ? Quelle vie aurait-elle eue ? Se serait-elle aussi enfuie avec un pêcheur sur une île ?

Je m'étais convaincue que Yuko n'avait pas besoin d'un métier, le mariage lui suffirait car le rôle d'une épouse à la maison était important. Je voulais lui éviter d'avoir à travailler parce qu'elle n'aurait pas d'autre choix, si ce n'est celui de mourir de faim. Je n'appréciais pas du tout la satisfaction, la nécessité et la liberté qu'apportait un métier. Je ne considérais que ma propre existence : c'est un ingénieur qui m'avait apporté une stabilité émotionnelle et financière. Pourquoi ce Shige Watanabe ne parviendrait-il pas à faire la même chose pour ma fille ? À mesure que j'avançais dans la lecture du journal de Yuko, je me rendais compte que j'étais alors si préoccupée par mes propres projets que je n'avais pas vu que Yuko jouait sa partie personnelle.

J'ai commis une erreur en parlant à mère des postes d'infirmière. Elle n'en est que plus déterminée à me marier, sans doute terrifiée que je puisse retrouver Jomei d'une façon ou d'une autre. Elle veut que le mariage devienne ma nouvelle prison après celle-ci. Elle me répète encore et encore que Jomei a quitté Nagasaki mais je ne la crois pas. Effectivement, moi, il pourrait peut-être me quitter, mais son travail, sa vie, cette ville ? Elle veut tuer tous mes espoirs de retrouvailles. Mais si mère a raison, si Jomei ne m'a jamais aimée, j'ai besoin de l'entendre me le dire, lui et non elle. En son absence, je continuerai à croire ce qu'il m'a dit. Il reviendra pour moi.

Je lui écris des lettres mais comme je ne suis jamais autorisée à sortir seule, je ne dispose d'aucun moyen pour les lui porter. J'ai besoin d'une excuse pour quitter la maison. La réponse serait peut-être de jouer le jeu des projets de mère ? Aujourd'hui, je lui ai dit que j'acceptais de rencontrer ce Shige Watanabe. Elle m'a répondu qu'elle l'inviterait à dîner à la maison mais j'ai trouvé l'idée insupportable. J'ai demandé que la rencontre se déroule ailleurs que chez nous et elle a insisté pour que je sois accompagnée d'un chaperon. Au moins, en ville, libre d'arpenter les rues, je peux continuer à croire en la possibilité de revoir Jomei. Il y a forcément une raison pour expliquer qu'il ne m'ait pas contactée.

Beauté tranquille

Yugen : *la simplicité dans l'élégance*
est un des concepts esthétiques traditionnels
de la poésie japonaise, souvent considéré
comme un terme définissant une beauté idéale
à laquelle aspirent tout particulièrement
les poètes et les romanciers de l'époque médiévale.
Par la suite, il devint une sorte de terme critique utilisé
dans les commentaires sur la littérature
classique japonaise. Le sens qu'il recouvre aujourd'hui
offre plusieurs nuances : le subtil et le profond,
le simple et l'élégant, le bon goût et le gracieux.

Je m'assis sur le tabouret en bois entre une femme bossue souffrant d'ostéoporose à ma gauche et Yuko à ma droite. Elle avait rassemblé sa chevelure haut sur sa tête en nœud lâche et humide mais quelques mèches s'en étaient échappées et descendaient en serpentins sur ses épaules. D'autres femmes, nues et mouillées, étaient assises dans les bains sous les nuages de vapeur qui grésillaient du sol au plafond dans la pièce carrelée. Les fenêtres surélevées en verre dépoli au-dessus de nos têtes étaient décorées de dragons verts et de grues blanches volant au-dessus de ginkgos aux couleurs orange de l'automne. Des miroirs reflétaient la lumière du jour sur les nuages crachés par la chaufferie. J'emplis un seau d'eau chaude au robinet face à nous.

— Laisse-moi te laver le dos.

Yuko se pencha en avant et je glissai le pain de savon sur ses épaules et le long de son échine avant de frotter d'une serviette en coton rêche.

— Donne-moi ton bras.

Elle leva la main, nos doigts s'entrelacèrent et elle ferma les yeux en s'abandonnant à mon contact. La chaleur me faisait tourner la tête et mon cœur battait la chamade.

— Ça me rappelle quand tu étais tout bébé. Tu ne pleurais pratiquement jamais. Je me faisais tellement de souci. Les bébés ne sont-ils pas censés pleurer ?

— Tu étais née si prématurément. Pendant des semaines, nous avons cru te perdre. Il est bien possible que mes craintes de jadis ne m'aient jamais quittée, c'est peut-être elles qui m'ont rendue trop protectrice.

Elle leva les yeux vers moi. Je ne m'étais pas rendu compte à quel point nous étions similaires physiquement, seul le poids des années distinguait nos deux corps nus. Cette différence me rendit acerbe à l'endroit de ma propre vanité.

— Enfant, tu étais tellement réservée. Je te croyais timide mais ce n'était pas du tout de la timidité, n'est-ce pas ?

— Veux-tu que je te lave le dos ? répondit-elle d'une voix neutre.

— Non, répondis-je en songeant à ses mains sur le corps de Sato.

La vieille femme à côté de nous se lavait les pieds, la seule partie de son corps déformé qu'elle pouvait atteindre facilement.

— Excusez-moi, aimeriez-vous que ma fille vous lave ?

La vieille dame se retourna.

— Merci beaucoup, c'est très gentil.

Yuko accepta le savon et le linge qu'elle lui tendait et posa la lavette sur les épaules en dôme de la femme.

— Pas besoin de faire ça doucement, petite. Récure bien à fond.

Je me souviens encore de la posture de cette vieille dame, bras tendus les mains sur les genoux, les orteils crispés sur le rebord de la rigole d'évacuation des eaux sales. Elle devait probablement être plus jeune que je ne le suis aujourd'hui mais elle avait l'air d'un autre âge, rabougrie par la vie. Est-ce ainsi que les gens me voient aujourd'hui quand ils me regardent, ce déguisement de la vieillesse, les taches hépatiques, les veines apparentes, les yeux mouillés ?

Je me lavai les jambes, des chevilles aux genoux, puis les cuisses. Des volutes d'air frais s'enroulaient autour de mes pieds et mes mollets, remontant jusqu'à mes hanches et sur mes seins. Je frissonnai sous leur caresse.

Yuko me regardait quand je tendis le bras pour reprendre du savon.

— Tu ne parles jamais de ton enfance.

Un bruit de voix du quartier des hommes nous arriva par-dessus la cloison qui nous séparait.

— Vraiment ?

— Oui, vraiment.

Elle vida l'eau de son seau et ouvrit le robinet d'eau froide.

— C'est certainement parce qu'il n'y a rien à en dire.

— Tu ne dis jamais où tu as grandi, tu ne parles jamais de ta famille. Tu ne parles jamais de votre rencontre à père et à toi.

Peut-être se sentait-elle enhardie par ce lieu public.

Je me lavai l'entrejambe puis rinçai la lavette à côté d'une bonde métallique où s'emmêlaient des touffes de poils.

— Je grossis.

— Non, dit la vieille femme en lâchant un *tst-tst* de reproche du bout des lèvres.

— Croyez-moi, vous auriez dû me voir quand j'étais jeune, dis-je avant de siffler.

— Moi aussi, vous auriez dû me voir, répondit la vieille en riant. Ce corps que j'avais.

— Vous avez toujours une belle silhouette, dis-je comme pour la gronder.

La femme agita la main en l'air et gloussa.

— À l'époque, les hommes, et ils étaient nombreux, attendaient leur tour pour venir frapper à la porte de mon père, avec des cadeaux, des demandes en mariage, des larmes et des poèmes. Oh, tellement de poèmes. Et toujours quelques abominables haïkus. Il était obligé de les chasser à coups de balai. C'est vrai.

Nous éclatâmes de rire toutes les trois. Même Yuko. Elle souleva les mèches de cheveux gris et lava le cou de la vieille femme.

Je me demandai combien il me resterait de visites aux bains publics avec ma fille une fois que nous lui aurions trouvé un mari. J'avais toujours chéri ces heures passées dans les sentō, en particulier quand j'avais son âge. J'y allais deux ou trois fois par semaine en compagnie de mon amie Karin. Nous écoutions les bavardages des femmes à propos de maris rabat-joie ou d'amants décevants et à notre sortie dans l'air frais du jour, la peau nous piquait, toute blanchie et renouvelée. Ces visites faisaient plus que me nettoyer. Je me retournai vers la dame âgée.

— Ma fille veut que je lui révèle tous les secrets de ma jeunesse. Dois-je les lui dire, grand-mère ?

La vieille femme gloussa et fit de son mieux pour se redresser.

— Il vaut mieux que les secrets restent ce qu'ils sont, des secrets. Le passé est le passé. Rien de bon ne peut sortir de ce ratissage de charbons déjà consumés.

Je trempai un linge propre sous l'eau du robinet et le pressai au-dessus de mes seins.

— Écoute la sagesse qui parle, Yuko. Tu ferais bien de suivre son conseil.

Yuko rendit le savon et le linge à la dame.

— Et voilà.

— Merci, c'est très gentil. On oublie, n'est-ce pas ? dit la vieille avec un sourire.

— Que voulez-vous dire ?

— Le réconfort d'une main humaine.

Je posai la main sur son épaule.

— Célébrez ce moment avec nous, grand-mère. Ma fille rencontre un homme aujourd'hui.

La vieille dame tapa des mains.

— Un mari ?

— Peut-être, peut-être, si ma fille est d'accord.

— Vous voulez un conseil ?

Yuko, toujours polie, se plia en deux pour être au niveau de la dame.

— Bien sûr.

— S'il débarque avec un haïku, fuyez et rentrez à la maison. Pas de poésie.

Cette fois Yuko ne sourit pas.

— Viens, ma fille, nous devons nous préparer.

La vieille femme leva son linge en l'air, à l'image d'un drapeau blanc sur un poteau déformé de muscles et d'os.

— Bonne chance, bonne chance.

Nous gagnâmes les vestiaires où la vapeur de la piscine chaude s'attardait sous le plafond. J'étais surprise que Yuko ait accepté aussi aisément de rencontrer Watanabe, une reddition qui à son tour avait conduit à beaucoup de petites autres capitulations. Son journal révélait sa ruse tranquille.

Je sentais le martèlement de mon cœur et la chaleur de ma peau brûlante. Je me sentais presque ivre, droguée comme une esclave soumise. Mère utilisait un linge pour essuyer sa peau mouillée et sécher ses cheveux en les tapotant. J'ai regardé le kimono couleur aubergine qu'elle avait choisi pour moi. Le tissu ne s'ornait d'aucun motif, rien de vulgaire ou de voyant, quelque chose de simple, une toile vierge sur laquelle ce Watanabe pourrait dessiner ses esquisses au gré de ses désirs. J'ai accepté les exigences de mère mais elle ne sait pas pourquoi. Les rencontres arrangées avec cet homme me donneront du temps et l'occasion, je l'espère, de poser ma candidature à l'école d'infirmières. L'argent est un vrai problème. Je n'ai pas encore les moyens de m'offrir un loyer ni de quoi manger mais lorsque j'aurai trouvé une solution, je quitterai la maison, et si j'en ai le courage, je me mettrai à la recherche de Jomei. Quoi qu'il dise, j'ai besoin de le retrouver. Jusque-là, je me soumettrai aux souhaits de mère. Elle est plus facile à manipuler quand elle croit que c'est elle qui maîtrise la situation.

Yuko ne se trompait pas, elle m'avait dupée. Nous étions en train de nous habiller, mais à cet instant, je n'avais aucune idée des plans qu'elle avait échafaudés. J'étais beaucoup trop absorbée par ce qui nous attendait dans l'immédiat.

— Sois polie avec cet homme.

J'enfilai ma combinaison qui colla à mes cuisses humides.

— Ne nous mets pas dans l'embarras.

J'enfilai ensuite mon kimono blanc de dessous sur mes épaules.

— Si ce Watanabe ne convient pas, nous te trouverons quelqu'un autre.

Je nouai un ruban autour de mes hanches.

À chaque nouvelle instruction qu'elle me donnait, elle recouvrait le portrait de celle que j'étais avant de nouvelles touches, bien propres, de son pinceau.

Je montrai mes dents.

— Et n'oublie pas de sourire. S'il est un talent que possèdent la plupart des femmes, c'est la capacité de masquer leurs préoccupations.

J'inclinai bas la tête, haussai les sourcils, ourlai mes lèvres en un sourire enjôleur de courtisane.

— Tu vois ?

Les femmes japonaises

Yamato-nadeshiko : *bien qu'il soit très rare que les jeunes Japonais d'aujourd'hui utilisent ce terme, il était jadis souvent employé comme synonyme d'une femme japonaise. C'était en particulier le cas quand l'accent était mis sur ses vertus traditionnelles de modestie, d'obéissance, de patience et, plus encore, de bravoure et de détermination lorsqu'elle devait affronter des difficultés.* Yamato *est un autre terme pour Japon,* nadeshiko *est une plante bien connue pour son adorable fleur et sa tige mince et pourtant solide.*

Je n'accompagnai pas Yuko à son rendez-vous avec l'ingénieur, je me fis remplacer par l'entremetteuse. En l'état, les présentations seraient déjà suffisamment gênantes et gauches ; inutile d'y ajouter ma présence. Le ressentiment de Yuko à mon égard risquait d'obscurcir son jugement sur Watanabe. Je la laissai devant l'établissement de bains et la regardai, chaussée de ses socques en bois, s'éloigner à pas prudents sur le dallage de pierre. Mme Kogi l'attendait au bas de Dutch Slope, écrivait-elle. La brume s'accrochait au chemin et couvrait jusqu'aux genoux le kimono de la marieuse dont les cheveux scintillaient de givre quand elles se dirent bonjour. Cinq bonnes minutes s'étaient écoulées quand Mme Kogi leva les yeux et salua du geste un homme qui s'avançait vers elles, de plus en plus grand à mesure qu'il s'approchait. Il arriva jusqu'à elles.

C'était donc lui, l'ingénieur d'Iwo Jima en costume et pardessus. Il a une tête de plus que moi, des épaules larges et un visage carré aux larges aplats sans expression. Il a incliné la tête en guise de salut et, quand il l'a relevée, il avait les joues rouges. Il s'est présenté et j'ai répliqué : « Et qui d'autre pourriez-vous être ? » Mme Kogi a gloussé sottement en disant que mon impolitesse s'expliquait par ma nervosité. Watanabe a rétorqué que ma réaction était compréhensible vu les circonstances pour le moins inhabituelles. Ridicule, a-t-elle répondu, pour elle, c'était la procédure normale. Après un bref coup d'œil dans ma direction, il a souri : « Mais peut-être pas pour Yuko ? En ce qui me concerne, il est certain que cette rencontre est pour moi une grande première et je n'ai guère l'habitude d'être soumis à un examen aussi détaillé. Comment s'habiller ? Que dire ? Que ne pas dire ? Un vrai champ de mines. » Interloquée, Mme Kogi ne put que jouer la surprise, ses sourcils dansant la gigue tout le temps de l'explication de Shige. J'ai essayé de ne pas rire devant son numéro mais je crois qu'il a compris que je le trouvais comique parce qu'il a souri à son tour.

Ils remontèrent les dalles de pierre du sentier étroit et raide et Shige fit de son mieux pour entretenir la conversation de banalités. Il craignait que Yuko n'eût froid, elle lui dit que tout allait bien. Il hésita avant de lui dire dans un flux de paroles trop rapides :

— Votre kimono est des plus seyant.

Gêné peut-être par sa propre audace, il tourna la tête et inspecta ses arrières.

— Il semblerait que nous ayons perdu Mme Kogi.

Yuko regarda à son tour. Trente mètres derrière eux, l'entremetteuse était pliée en deux, les mains sur les genoux.

— J'espère qu'elle s'en remettra, dit Yuko, un sourire prudent mais plein de malice au coin des lèvres.

Watanabe a ri avant de répondre : « Vous avez raison. Sinon plus personne ne se mariera à Nagasaki. » Ayant certainement noté mon malaise à ces paroles, il a incliné profondément la tête, comme s'il passait aux aveux. « Vous savez ce que je me suis dit ? Ceci n'est qu'une promenade avec un ami que vous n'avez pas vu depuis bien longtemps. Un camarade d'école. Nous nous sommes perdus de vue depuis des années, peut-être ? » « Et cela ne ferait-il pas de nous des étrangers, malgré tout ? » lui ai-je demandé. Il a souri. « D'accord. Que diriez-vous de vieilles connaissances qui auraient besoin de reprendre contact ? » Je me suis sentie soulagée à l'idée que lui aussi trouvait les circonstances bizarres. « Ainsi donc, monsieur Watanabe… » Il a levé la main. Je devais l'appeler Shige, après tout, nous étions de vieux amis. « Donc, Shige… » Le fait de l'appeler par son prénom m'a paru d'une telle intimité que j'en ai rougi.

Yuko s'enquit de sa santé et lui, à son tour, demanda comment elle allait. Elle ne trouva rien d'autre à lui répondre que « Plutôt pas mal », ce qui l'amusa, lorsqu'ils s'arrêtèrent devant une maison à bardeaux de bois style western peinte en vert olive. Il se retourna vers elle.

— Nous avons beaucoup de chance, ne croyez-vous pas, de vivre ici, à Nagasaki ? Nous avons fait des avancées prodigieuses. Songez un peu : le Japon complètement fermé pendant plus de deux siècles, quand, en 1859, notre port a été choisi parmi d'autres pour ouvrir notre pays au monde. Vous imaginez ? Tous ces jeunes hommes de Grande-Bretagne, de France, d'Amérique, qui viennent ici, font le commerce de notre thé, nos soieries et nos algues, ils se font beaucoup d'argent, bien sûr, ils nous vendent armements et navires, oui, ils prennent des libertés avec nos choix politiques, peut-être, mais ils aident le Japon à devenir ce qu'il est aujourd'hui. La fin du shogounat, notre marine, les chemins de fer, les phares maritimes, notre sidérurgie lourde, c'est extraordinaire, Yuko, mais c'est notre cité qui a aidé à démarrer tout cela. Nous avons tellement de chance d'être ici.

Elle ne put s'empêcher de sourire devant son enthousiasme et il lui demanda si elle se moquait de lui.

— Non, mais à vous entendre, nous n'aurions jamais réussi à y parvenir par nous-mêmes.

Il secoua la tête.

— Il n'était pas dans mes intentions de suggérer une telle chose. Mais pouvez-vous imaginer, Yuko, faire ce qu'ils ont fait ? Lorsque vous voyez tous ces navires à quai aux abords des docks, pourriez-vous imaginer qu'un jour, abandonnant tout ce que vous avez connu jusque-là, vous embarquiez pour un pays inconnu et y bâtissiez quelque chose en partant de rien ?

Après tant de jours de désespoir et de tristesse, son enthousiasme donnait le vertige. Yuko contempla la mer et plus loin encore, jusqu'à l'horizon. Elle était incapable d'imaginer une vie au-delà de Nagasaki. Son existence s'était limitée à son île de Kyushu, quelques visites à sa tante à Fukuoka au nord de Nagasaki, des dégustations d'anguille fumée et de porc caramélisé à Kagoshima au sud, des excursions à la journée dans des villages de pêcheurs à l'est et à l'ouest et à Iwo Jima. Le reste du monde restait une carte plane épinglée au mur du bureau de son père. Kenzo lui faisait prendre conscience des marques de l'emprise japonaise sur d'autres territoires : la Corée, Taiwan, Port-Arthur, Tsingtao en Chine, les îles Marshall, Carolines et Mariannes, et aussi la Mandchourie, mais là, c'était différent. Elle comprenait que le monde ne se limitait pas à des bases navales ni aux empreintes de brodequins de soldats sur un sol étranger. Si elle devait partir, demanda-t-elle à Shige, où lui suggérerait-il d'aller ? Il lui parla de l'Asie, de l'Europe et de l'Amérique.

— Pensez à tous ces Japonais qui vivent déjà à Hawaï ou sur la côte Ouest de l'Amérique. Le Grand Ouest sauvage ? Viendriez-vous, Yuko ?

Mme Kogi fondait sur eux avant qu'elle ait pu répondre.

— Ah, vous, les jeunes, cette énergie que vous avez, lâcha-t-elle d'une voix d'asthmatique.

Shige sourit aux deux femmes.

— J'ai une suggestion. Pourquoi ne pas monter jusqu'à la maison de Thomas Glover ?

Le bungalow du négociant écossais avait été construit au-dessus des fronts de mer de Oura et Sagarimatsu. Avec sa véranda en bois, un toit en forme de trèfle à quatre feuilles et les têtes de démon sur les tuiles rouges, la demeure offrait une vue magnifique au-dessus de la baie jusqu'au chantier naval Mitsubishi. Yuko songea à monter jusqu'à ce promontoire, elle pensa à cette brève bouffée de liberté qu'elle risquait d'éprouver au spectacle de cette vaste étendue d'eau s'étalant jusqu'à ces territoires inconnus.

— J'aimerais bien, dit-elle.

Il acquiesça, ravi.

— J'ai entendu dire qu'une représentation de *Madame Butterfly* est prévue ici cet été.

Il rougit, peut-être gêné que sa remarque puisse être perçue comme une invitation. La rumeur voulait qu'une liaison amoureuse eût été l'inspiration de l'intrigue de cet opéra, l'histoire de Cio-Cio, une jeune fille enceinte qui, abandonnée par un mari américain, avait été conduite au suicide. La marieuse leva une main, ses doigts papillonnant au-dessus de son médaillon en or.

— Cette pauvre Cio-Cio, quelle tragédie.

Le nom m'a surprise : j'étais de retour à Chinatown, dans la chambre moisie, Jomei, sa main sur mon épaule, qui le murmurait à mon oreille. N'était-ce qu'une simple coïncidence ou mère avait-elle raison ? Jomei m'avait-il vue uniquement comme quelque jouet de plaisir dont on use un moment avant de l'abandonner ? Que serait-il arrivé si père n'était pas venu ce jour-là ? Avais-je espéré que Jomei quitte sa femme et m'épouse ? Et si, comme Cio-cio, j'étais tombée enceinte ? Que me serait-il arrivé, que serait-il arrivé à l'enfant ? La distraction que Shige avait pu être, même l'espace de quelques petits instants, était rompue. Mme Kogi emplissait le vide de ses pépiements, mais au bout d'un moment, Shige a dû comprendre que mon silence était plus qu'un accès de timidité.

Il demanda à Yuko si elle se sentait bien. Elle détesta le piètre mensonge qu'elle lui servit mais aucun autre ne se présenta à son esprit : elle avait mal dormi mais le remerciait pour leur belle journée.

— Je vous prie de m'excuser, madame Kogi, je ne pourrai pas manger de gâteau avec vous.

La marieuse força un sourire pincé à ses lèvres.

— Je suis désolée que vous ne vous sentiez pas bien, Yuko.

S'ensuivit un temps de silence lourd et pesant, Shige essayant apparemment de jauger la situation après ce qui venait de se passer.

Shige m'a lancé un regard et demandé : « Pourrions-nous refaire ça une autre fois ? » Je me suis tournée vers lui, cet ingénieur. Il n'était pas aussi déplaisant que je l'avais craint, il était même beau. Néanmoins, l'idée de mariage est ridicule. La fièvre de Jomei ne partira jamais, je le porterai en moi toujours. Ce Shige ne sera jamais de taille, il n'est qu'un satellite lointain comparé au soleil de Jomei, mais le docteur a disparu et je n'ai pas eu de ses nouvelles. Pas un mot. Une telle indifférence, une telle cruauté. Que reste-t-il ? Mère dit que le mariage n'est pas affaire d'amour mais de commodité et que l'amour véritable, celui qui dure, se construit avec les années. Elle a peut-être raison et, même si elle a tort, il faut qu'on me laisse plus de temps. Peut-être existe-t-il une autre vie au-delà de Jomei, au-delà de cet ingénieur, une vie destinée uniquement à moi et que nul autre que moi ne saurait limiter. J'ai donc répondu à ce Shige Watanabe que j'acceptais de le rencontrer à nouveau. Il a souri et répondu que pour lui aussi, ce ne serait pas si mal.

Partager un parapluie

Ai-ai-gasa : *à l'époque féodale, hommes et femmes en relations intimes n'étaient pas censés se montrer proches l'un de l'autre en public, sans même parler de bras entrelacés ou de mains tenues. Une des rares occasions où ces gestes étaient permis était les jours de pluie, quand ils pouvaient jouir de l'intimité d'un parapluie partagé. En conséquence, si un homme proposait un parapluie à une femme, son geste était souvent interprété comme l'expression implicite de son amour pour elle. Depuis lors, un homme et une femme amoureux se décrivent comme partageant un parapluie.*

C'est ainsi qu'avait commencé l'histoire de Yuko et de Shige, sur les pentes de Dutch Slope. Si Sato était Iwo Jima et Chinatown, Shige était Nagasaki. Yuko et lui se retrouvaient en quelque lieu bien connu, se débrouillaient pour distraire Mme Kogi d'une part de gâteau dans un café et partaient se réfugier dans quelque endroit isolé. Il lui racontait l'histoire de sa propre ville et elle s'émerveillait de constater qu'elle en savait si peu, tant elle était ignorante d'un lieu pourtant familier.

J'ai marché sur les galets, longé les bâtiments et regardé l'arrivée des navires, et je ne sais rien.

Shige donnait vie à ce lieu. Au passage des boutiques vendant lanternes, lunettes ou ombrelles, il faisait apparaître comme par magie des étrangers attirés là par le commerce, l'industrie, l'aventure. Chrétiens de l'Ouest et Chinois de l'Est avaient marqué l'architecture de la ville de leur empreinte et leurs ossements emplissaient le sol. Yuko écoutait ses récits et, sous le couvert du bois, du métal et de la pierre, commença à mieux apprécier les fondations humaines qui soutenaient ces structures matérielles. Shige lui parla des commerçants portugais du XVIe siècle, de la montée du christianisme puis de son interdiction, des marchands hollandais et chinois autorisés à entrer à Nagasaki mais contraints de vivre dans des enclaves bien délimitées afin de prévenir la contrebande, la diffusion de la Bible et la déchéance des moralités publiques. Des maisons bâties pour les Chinois à Juzenji-Go en 1689, il ne restait quasiment rien hormis de rares pierres, un fossé, quelques portes à claire-voie. Yuko essayait de comprendre ce qu'il avait dû en être d'habiter la ville, contrainte à un isolement forcé. Shige ouvrit un livre d'histoire et se mit à lire.

— Tenkohodo fut construite pour la déesse de la mer, Maso.

Il dessina un cercle de sa main.

— Tous les bâtiments étaient entourés par trois anneaux de contention : une clôture de deux mètres, une douve vide d'eau et une autre clôture de bambou.

Yuko imaginait ces marchands payant un loyer pour vivre de cette façon, coupés du reste du monde, en restant néanmoins des intermédiaires obligés, expédiant et réceptionnant leurs marchandises. Construite pour les Hollandais en 1636, l'île artificielle de Dejima s'étirait en forme d'éventail sur soixante mètres d'est en ouest et deux cents mètres du nord et sud. Pour franchir le pont d'accès, un ticket de passage était exigé. Yuko imaginait les navires croisant au large l'arc de pierre circulaire s'avançant dans la mer. Elle voyait les miroitements du cuivre, de l'argent et de l'or, elle sentait les textures, céramiques et laques, soie grège, peaux de requin et bois. Elle avait aux narines les parfums des épices et, sur la langue, le goût des étranges nouvelles nourritures, biscuits sucrés et chocolat, bière, café amer, jambon et vinaigre.

Les semaines passaient mais elle ne parvenait toujours pas à se libérer du siège de Sato. Été et automne repassaient en boucle dans sa tête comme une bobine de film pleine d'images de sable et de mer, de Chinatown et de leur dernière après-midi. Elle avait beau rager et s'enrager contre sa propre faiblesse, elle continuait à penser à lui.

Stupide, stupide, oublie, oublie.

Elle rédigeait des prières sur des morceaux de papier, brûlait de l'encens, visitait les temples accompagnée par Mme Goto, et chaque fois, ses vœux étaient les mêmes : exorciser cet homme de son esprit et de son corps. Mais il restait.

Mon imagination est mon ennemie. Je me tourmente de savoir où il se trouve et avec qui. Je vois d'autres femmes, je les vois se donner à lui comme je l'avais fait. Je m'emplis la tête des paroles de mère. Il ne m'aimait pas. Il a vu combien j'étais faible et il a pris sans penser plus avant et sans regret. Mère dit que Jomei ne me pleure pas. J'ai été une distraction, une marionnette juste bonne pour jouer. Oublie-le.

Au cours de ces après-midi de liberté en compagnie de Shige, elle cherchait Sato dans les visages des hommes de la rue comme dans les silhouettes des corps sortant des restaurants et des bars, et elle le voyait partout et nulle part.

Tandis qu'elle luttait contre la contagion de Sato, Shige la taquinait.

— La Société de Jésus, voyons voir, eh bien, le bâtiment était jadis Maria-en.

Il cessa de lire.

— Encore en train de rêver ?

— Je pensais, c'est tout.

— À quoi ?

— À ce que vous disiez. Tous ces gens ici dans cette ville, toutes leurs histoires, toute leur joie, toute leur douleur.

Voyait-il combien elle se languissait d'un autre homme que lui ? Un fait qui la préoccupait tant elle craignait de prendre Shige au piège d'un mensonge. Elle ne pensait pas à l'amour ni à la passion, son parent plus impétueux le plus proche. Elle ne songeait qu'à la gentillesse de Shige, à ses attentions, à la façon dont il prononçait son nom comme si c'était un plaisir à ses lèvres. Sa compagnie était un réconfort et ils se partageaient Nagasaki comme monnaie d'échange. Ce qui n'était pas rien. Elle commença à s'intéresser à des détails de lui, cette façon qu'il avait de se frotter le sourcil droit quand il était préoccupé, les légères meurtrissures à ses jointures à cause de la boxe qu'il pratiquait pour rester en forme, la puissance de ses mains, si différente des minces doigts de chirurgien de Sato.

Un jour, sous un ciel aux nuages bouffis charriant leur poids de pluie, ils marchaient autour du temple Sofukuji à Kajiya-machi construit jadis pour des résidents chinois. Après plus de trois cents ans, deux lions en pierre en gardaient toujours l'entrée rouge. Dans la salle principale, ils étaient arrêtés à côté d'une statue de Bouddha doré en robe quand Shige avait pivoté vers elle, constatant une fois encore combien elle semblait distraite.

— Vous n'avez pas l'air d'être vous-même.

Yuko sentit monter son agacement.

— Comment le sauriez-vous ? Nous ne nous connaissons pas.

Shige ne répondit rien, il s'avança simplement jusqu'à une inscription en or sur une bannière bleue au-dessus de leurs têtes.

> « Si l'on se gagne quelque mérite, recommencer encore, et encore. Toujours chercher à le renouveler, comme une première fois, car le mérite grandit en joie. »

— Ce sentiment me plaît, dit-il en souriant. Le bonheur doit se gagner par de bonnes actions.

Il accrocha son parapluie à son bras et sortit un paquet marron de sa poche de costume.

— J'ai un cadeau pour vous.

Il la regarda ôter le papier et découvrir une boîte de crayons accompagnant un carnet à dessin relié en vélin crème.

— Votre mère a dit que vous aimiez le dessin. J'ai pensé que vous aimeriez faire quelques esquisses au cours de nos excursions.

Yuko n'avait plus dessiné depuis Iwo Jima mais elle le remercia, touchée et dans le même temps attristée par son cadeau. Elle alla jusqu'à un arbre couvert de centaines de prières inscrites sur des morceaux de papier blanc pliés. Rédigées à la main, ces requêtes d'amour, d'enfants ou de prospérité étaient nouées aux branches qui ployaient bas sous le poids de tous ces désirs. Tous les matins, la pluie transformait certaines de ces missives en barbouillis d'encre, mais celles qui étaient sous la strate supérieure mouillée étaient sèches et abritées. Yuko en toucha une des doigts.

— Avez-vous jamais senti que votre vie échappait à votre contrôle ?

— Naturellement, répondit-il, avec gentillesse.

— Vraiment ?

— Bien sûr, en cet instant même, pour commencer. Je ne voudrais pas que vous soyez ici contre votre gré.

— Et si c'était le cas ?

— Ça l'est ?

— Bien sûr que non.

Ils passèrent devant des lanternes rouges et jaunes et s'arrêtèrent devant un gigantesque chaudron fabriqué des centaines d'années auparavant pour nourrir les victimes de famine.

— Le mariage est...

— Peut-être serait-il préférable de ne pas en parler maintenant ? dit Yuko.

Il acquiesça sans mot dire.

— Voulez-vous que nous changions de lieu ? Si vous avez le temps, nous pourrions aller jusqu'à la cathédrale ? Vous pourriez peut-être dessiner ?

Leurs pas ne firent aucun bruit sur les dalles quand ils quittèrent le temple rouge. Shige leva la tête et, même si la pluie n'avait pas encore commencé à tomber, il avait ouvert son parapluie et Yuko marcha à son côté, le plus près l'un de l'autre qu'ils se soient jamais trouvés jusqu'à ce jour.

Il m'a donné suffisamment d'espace et seuls nos coudes se touchent mais il se rapproche, il réfléchit à la grande question. Je sais que le moment n'est plus bien loin où je devrai choisir entre l'homme gentil et bien vivant debout face à moi et le fantôme du docteur. Lorsque les premières gouttes se sont mises à tomber, je n'avais qu'une seule question en tête : est-ce que Shige représente les trois anneaux de contention, clôture, douve et bambou, ou pourrait-il être le monde au-delà ?

Une société très masculine

Danson-johi : *alors même que Amaterasu-omikami, la divinité principale de la mythologie japonaise, est une déesse, le Japon est un pays androcentrique, comme en témoigne toute son histoire. Les religions importées justifiaient les institutions sociales dominées par le sexe masculin. Les femmes étaient considérées comme inférieures et leur sujétion aux hommes allait de soi. Comme l'implique un ancien proverbe, les femmes ne pouvaient avoir de volonté personnelle car elles devaient obéir à leurs parents dans leur enfance, à leurs maris une fois mariées et à leurs fils quand elles étaient âgées.*

Sato avait consenti à notre ultimatum, il en avait fait la promesse à Kenzo mais il refusait de partir. Les conditions étaient pourtant simples : ne jamais revoir Yuko ni lui parler, ne jamais parler de leur liaison et quitter Nagasaki. Il n'y avait pas à se méprendre sur ces termes, la confusion n'était pas possible. Nous savions qu'il serait plus que réticent à satisfaire cette dernière exigence mais que pouvait-il y faire ? S'il ne quittait pas la ville, l'avions-nous prévenu, nous mettrions tout le monde au courant, sa femme, l'hôpital, nos amis mutuels. Il serait ruiné, sinon personnellement au moins professionnellement. Nos menaces n'avaient rien d'hystérique, nous avions bien insisté sur ce point : nous étions déterminés, le docteur ne pouvait pas rester à Nagasaki. Quand j'écris nous, je veux parler de Kenzo. Je n'osais pas affronter Sato en personne, face à face, tant je brûlais de violence retenue, un catalogue de fantasmes féroces auxquels je risquais de donner libre cours si je me trouvais en sa présence. Je voulais lui faire mal physiquement pour la douleur infligée à Yuko, et si cela n'était pas possible, je voulais dans tous les cas être libérée de lui à jamais.

Cependant, à mesure que les semaines passaient et que l'air se chargeait des premières senteurs de printemps, je prenais conscience de mon erreur : j'avais eu tort de laisser Kenzo se charger de cet ultimatum. Il avait dû bredouiller, ou alors hésité, ou impliqué un sous-entendu qui autorisait de fait le docteur à mettre nos menaces en doute. Comme notre ville était petite, avec son cercle claustrophobe de gens aisés, sa présence dans nos murs ne fut pas bien difficile à établir. Rien n'avait changé pour Sato sinon qu'il ne pouvait plus disposer de Yuko à sa guise. Il n'avait pas été puni. Je regardais Yuko qui m'aidait à planter des amaryllis dans le jardin, il était prévu qu'elle rencontre Watanabe un peu plus tard. Nous nous étions attendus à plus de résistance de Yuko à l'égard de l'ingénieur et, sans la presser à convoler, nous osions entretenir des espoirs, sans rien en dire. Son journal m'apporta la preuve que nous ne nous trompions pas, à mon grand soulagement.

J'ai déjeuné avec Shige aujourd'hui dans un restaurant d'udon. Nous étions assis côte à côte sur un banc. Il avait des billets pour un concert la semaine suivante et désirait savoir si j'aimerais l'accompagner. À ma grande surprise, c'est avec plaisir que j'ai accepté, et pas seulement pour la musique. La serveuse nous a apporté deux bols de soupe fumante et je lui ai demandé comment s'était passée sa journée. Il a répondu qu'il se mourait d'ennui dans son bureau : il aimait être sur le terrain. Il déclara qu'il risquait d'être envoyé dans une des îles voisines. « Mais ce ne serait que pour quelques mois », se dépêcha-t-il d'ajouter avant de rougir, comme s'il venait de se trahir en reconnaissant devant moi qu'il avait réfléchi à la manière dont son avenir risquait de m'affecter. Il a bruyamment avalé une nouille avant de me demander : « Et vous alors, Yuko. Quels sont vos projets d'avenir ? Désirez-vous avoir un métier ? » J'ai éprouvé une bouffée de gratitude en l'entendant me poser cette question. Je lui ai dit que par le passé j'avais voulu être artiste mais que je voulais désormais devenir infirmière. Shige a bu une gorgée d'eau avant d'acquiescer. « Cela me paraît une belle ambition. » Nous avons échangé un sourire et, pour la première fois depuis des semaines, j'ai compris que je n'avais pas regardé alentour à la recherche du visage de Sato comme à l'accoutumée, dès que j'entrais dans un nouvel endroit. Ce soulagement d'être libérée du docteur, ne serait-ce que pour un instant. Durera-t-il ?

À leur sortie du restaurant, ils s'arrêtèrent près d'une boutique vendant de l'encens qui, sous la fumée de bois de santal qui montait d'un brûleur, proposait de petits plateaux alignés sur une table. Une feuille de papier voleta à proximité et Shige se pencha pour la ramasser, un tract ouvrier dénonçant le capitalisme, les hommes politiques corrompus, la suppression des syndicats, l'occupation de la Mandchourie. Il y avait des années que le pays bouillonnait de violence, des ministres assassinés, des figures publiques tuées, des marxistes arrêtés, la police militaire en patrouille dans les rues, au pays comme dans les territoires à l'étranger. Nagasaki était loin de Tokyo mais les décisions politiques se répandaient vite par les réseaux de routes, de chemin de fer et de ferries.

Shige roula le tract en boule.

— Ah… toutes ces ambitions en terre étrangère… dit-il en agitant la main qui tenait le papier. C'est moins une question d'assimiler d'autres cultures que d'utiliser le sabre pour imposer la leur par la force. J'ai entendu parler des sacrifices que nous sommes censés faire pour construire ce grand empire qui doit être le nôtre mais qu'en est-il de nous autres, vous, moi, les gens ordinaires ? Qu'en est-il des responsabilités personnelles d'un individu envers lui-même, envers sa famille ? Vous ne pensez pas qu'elles sont plus importantes que notre dette de sang envers le Japon ?

Elle ne s'était pas attendue à un débat politique. Yuko lui expliqua ce que son père lui avait dit : nous étions un exemple édifiant pour nos frères et nos sœurs en Asie et nous devions faire tout ce que nous pouvions pour le Japon. Une armée forte construit une nation moderne. Il soupira.

— Peut-être. Parfois je crains que la frontière ne soit très mince entre la libération d'un pays et son invasion. Où tout cela se terminera-t-il ? Pouvez-vous imaginer d'envoyer un fils à la guerre, Yuko ?

Avant qu'elle ait pu répondre, Mme Kogi sortit de la boutique de gâteaux et ils se mirent à marcher.

Je me suis autorisée à imaginer un enfant de cet homme et j'ai été surprise de constater que cette pensée ne m'effrayait en rien. En revanche, je craignais pour l'avenir du petit. Je me suis arrêtée pour me tourner vers lui. « À vous entendre, la guerre est inévitable. » Il m'a répondu qu'il espérait vraiment se tromper. « Je ne veux pas qu'un enfant naisse dans un monde comme celui-là. » Il a hoché la tête, il était d'accord. Moi non plus, Yuko.

J'ignorais tout de cette acceptation prudente de Watanabe par ma fille. Elle me tolérait mais la proximité que nous avions naguère partagée avait été détruite par Chinatown. Ne sachant pas qu'elle éprouvait des sentiments sincères pour Shige, ma conviction restait entière, Sato devait absolument être éliminé. Il rôdait aux frontières de nos existences, trop proche et trop accessible pour ne pas être une menace. Et si leurs deux chemins se croisaient de nouveau le temps passant ? La cité n'était pas assez vaste pour que l'on s'y perdît mais, au fil des années, Sato m'avait fourni suffisamment de munitions pour que je le contraigne à partir. À cet effet, il me suffit de lui envoyer un petit mot : *Retrouvons-nous au cimetière de Kyogamine, demain à midi, Amaterasu.*

Je m'habillai avec soin pour cette journée. Je choisis un kimono bleu marine, brodé de hérons en vol, et j'attachai mes cheveux d'une barrette de perles haut sur la tête. Pour mieux m'ancrer à ma vie avec Kenzo, je mis le pendentif en coquille d'huître dorée qu'il m'avait offert peu de temps après notre mariage. Avant de quitter la maison, je vérifiai dans le miroir de la chambre les rides et les ombres qui s'étaient installées lentement mais sûrement sur mon visage. J'en cachai autant que possible par un peu de poudre puis je pris un taxi jusqu'au cimetière.

Proche de l'hôpital, l'endroit présentait un autre avantage : il était discret, Sato pouvait venir m'y retrouver sans être vu tant l'endroit semblait laissé à l'abandon, à croire que, depuis des années, aucun visiteur n'y était venu ni même y avait songé. Pour rejoindre le cimetière, il fallait franchir une grille en fer orangée par la rouille et emprunter un petit chemin de terre sous un caroubier noir. Un mur effondré en délimitait le contour, les croix en granit et les stèles funéraires en marbre ombragées par des grenadiers. C'est là que les fossoyeurs de la ville inhumaient les chrétiens mais aucun enterrement ne s'y était déroulé depuis longtemps. Les noms des négociants hollandais et portugais étaient encore visibles sur les tombes en ruines. Le sentier s'enfonçait ensuite parmi les arbres jusqu'au pied de la colline située dans le coin le plus éloigné avant de remonter au milieu des tombes taillées dans le sol en terrasses de plus en plus élevées.

Kyogamine s'encastrait dans le cimetière Higashi. Là, les ossements chrétiens cédaient la place aux restes des marchands et des nobles japonais. Au sommet, je choisis de m'asseoir sur une pierre tombale elle aussi effondrée, chauffée par les rayons du soleil, et contemplai Nagasaki en contrebas, croissant indéfiniment à l'image de quelque insecte métallique géant vers l'intérieur des terres. Je sus que le docteur était arrivé quand une tourterelle des bois battit des ailes et s'envola de sa branche. Mon cœur se mit à battre quand je me retournai pour le regarder approcher. Nous ne nous étions plus revus depuis presque dix-sept ans. Des années qui lui avaient été douces, il portait bien les marques du temps. Toujours mince, il s'avançait lentement, de cette même démarche arrogante. Mon désir lui aussi était là mais je savais que je mourrais de honte s'il le décelait. Aussi posai-je les mains sur la dalle mortuaire pour ne rien en laisser paraître. Il me fallait absolument rester impassible. Il s'installa à mon côté. Pas un mot ne fut échangé jusqu'à ce qu'il pose sa paume sur mes doigts. Il me regarda mais ne dit toujours rien. J'arrachai ma main, il n'allait certainement pas m'amadouer aussi facilement. Je me préparai au combat tandis qu'il allumait une cigarette car je savais comment purger nos vies de sa présence. Nous faisons des choses abominables, d'abord et avant tout parce que nous le pouvons, les occasions d'y être vraiment contraints sont rares.

— Quand pars-tu de Nagasaki, Jomei ?

Il rit à ma question.

— Je ne pars pas. J'ai changé d'avis.

Je le regardai fumer.

— Kenzo t'a exposé nos exigences très clairement.

— Un peu extrême, tu ne penses pas ? dit-il en s'étirant le dos.

— Pourquoi nous infliger pareille chose, Jomei ? Je ne parle pas de moi. Pourquoi faire ça à Kenzo ?

— Ce n'était pas prévu, soupira-t-il.

— Yuko est une gamine.

Il écrasa son mégot sur la tombe.

— C'est une femme. Elle savait ce qu'elle faisait. Celle qu'elle était n'a rien à voir dans l'histoire. Le lien qui s'est établi a été malheureux, c'est tout.

— Malheureux ? As-tu la moindre idée de ce que tu as fait ? Nous en informerons Natsu.

Il s'étira en arrière. Le calme incarné.

— C'est votre choix.

— Tu ne nous crois pas ?

— Si, mais je ne quitterai pas Nagasaki.

— Dois-je le répéter ? Nous dirons tout à Natsu, à ton patron. Quel sera leur sentiment en apprenant que tu as couché avec une jeune patiente ? Tu te souviens de ton serment professionnel et de tes vœux de mariage ?

Il éclata de rire.

— Si seulement tu étais aussi intelligente que tu le penses. Je t'admire, Amaterasu, je t'assure. Tu as travaillé tellement dur, tu as laissé ton passé derrière toi et regarde aujourd'hui où tu en es, épouse d'ingénieur qui vit dans l'aisance, avec une maison à toi et un statut social élevé dans notre ville. J'en suis heureux pour toi. Tu as obtenu ce que tu voulais. C'est formidable mais je me demande ce que penseraient toutes ces admirables épouses si elles connaissaient seulement tout le chemin que tu as parcouru pour te sortir d'où tu venais. Seraient-elles aussi impressionnées que je le suis, crois-tu ? Je pourrais leur poser la question.

Je feignis la même indifférence.

— Je ne croyais pas que tu t'abaisserais jusqu'au chantage, Jomei.

— Eh bien, je pourrais te dire la même chose. Ne parlons pas de chantage. De persuasion, peut-être.

Sous le soleil bas, son profil se fondait dans la lumière.

— Je vois. Alors, pourquoi es-tu venu ici aujourd'hui ? À quoi bon ?

— Par curiosité... et je voulais aussi te présenter mes excuses. Non pas à propos de Yuko, comprends-le bien.

Il s'éclaircit la gorge et me fit face.

— Je voulais te dire combien je regrette ce qui s'est passé. Je n'ai jamais eu l'occasion de le faire à l'époque.

Je touchai mon collier.

— C'était il y a bien longtemps, Jomei. Je ne t'en veux pas, je te le promets.

— Amaterasu, as-tu seulement jamais songé que Yuko et moi sommes amoureux l'un de l'autre ?

Je serrai les poings.

— Ne sois pas ridicule. Comment peux-tu dire une chose pareille ?

Il se leva et mit les mains dans ses poches.

— Je suis marié à Natsu, oui. Je connais mes responsabilités et je serai toujours là pour Yuko si elle a besoin de moi. Je veux que tu le saches. Alors informe Natsu si tu le dois et moi, je parlerai à ce groupe de sorcières que tu appelles tes amies, si tu m'y obliges. Qu'il en soit ainsi.

Comment osait-il songer une seconde à nous dicter notre conduite ?

— Jomei, Jomei, dis-je en m'obligeant à sourire, tête penchée, comme si j'avais pitié de lui. Tu ne comprends donc pas ce qui est en train de se passer ici ?

Je contenais ma voix, basse mais forte.

— Je ne dirai pas seulement à Natsu ce qui est arrivé avec Yuko, je dirai également à Yuko tout ce qui s'est passé jadis, quand je n'étais guère plus âgée qu'elle. Je lui dirai tout... *absolument tout.*

Je me levai et m'approchai de lui.

— Je me demande bien comment elle réagira à cette nouvelle.

Le visage grimaçant de furie, il sortit les mains de ses poches et me saisit par les épaules.

— Tu ferais ça à ta propre enfant ?

— Avec joie, répondis-je.

Il me lâcha comme si je l'avais contaminé.

— Alors, quand as-tu dit que tu quittais Nagasaki ?

Je le revois encore debout près de cette tombe effondrée, défait par sa propre lâcheté. Il nous avait tous abusés avant de nous laisser tomber : Kenzo, Yuko, Natsu et, oui, même moi. Kenzo et lui avaient été des amis très proches pendant de longues années. Des restes de ce lien devaient encore subsister, non ? Qui irait séduire sans vergogne la fille d'un ami et sans même se préoccuper des conséquences ? Sato parlait d'amour mais c'était juste un imbécile qui avait exploité Yuko. Il avait plus du double de son âge, il n'avait aucun droit à abîmer la jeune vie de ma fille par son cynisme en abusant de ses années d'expérience pour ne lui laisser que des regrets. Et en dernier lieu, moi aussi, je me sentais trahie. Je voulais le faire fuir au plus loin, pas uniquement pour Yuko. Pour moi aussi. C'était là le ver qui rongeait mon propre cœur pourrissant.

Conjecture

Saashi : *ce mot peut se traduire librement par « compréhension », « sensibilité », « considération ». Au Japon, il s'agit d'un concept important régissant les rapports entre individus. En termes de modestie et de sincérité, deux principes que les Japonais estiment particulièrement, parler de soi directement n'est pas bien vu. On attend des gens qu'ils devinent ce que les autres ont l'intention de dire. S'ils ne sont pas suffisamment perceptifs et osent poser des questions indiscrètes sur des points restés en suspens, ils sont considérés comme grossiers.*

Le ciel était toujours sombre quand je me levai et j'enfilai un des cardigans en laine marron de Kenzo par-dessus ma chasuble et mon pantalon tout fripés. Une tasse de café fumait dans l'air froid quand je traversai le salon. La lampe était restée allumée toute la nuit, petit réconfort contre l'obscurité. Le monde extérieur me paraissait flou, couvert de givre. Ces quatre murs, ces douze cadres noirs, l'enveloppe marron étaient tout ce qui m'importait. Je m'assis et pris l'enveloppe. Lorsque cet homme était parti la veille au soir, je l'avais longuement contemplée en finissant ma bouteille, mais je savais alors, même au travers des brumes de l'alcool, que j'allais avoir besoin de garder la tête claire. Mes mains tremblaient quand je brisai le sceau. À l'intérieur, quelqu'un avait glissé des paquets de lettres serrés par un élastique. J'en sortis un et je vérifiai les sceaux. Chaque lettre avait été scellée d'un hanko rouge : Jomei Sato. Je me rassis, le cœur au bord des lèvres, sans plus comprendre. Jamais le docteur ne se hasarderait à m'écrire. Nous avions fait en sorte de couper toute possibilité de communication.

Je saisis la première enveloppe du paquet ; sa colle était si vieille qu'elle s'ouvrit d'elle-même sans le moindre effort. Une date, *9 août 1946*, et son nom. *Yuko*. Je poussai un cri dans la pièce vide. C'était quoi ? Pourquoi Sato irait-il écrire à ma fille un an après sa mort ? Il savait qu'elle avait été tuée. Je le lui avais dit. J'ouvris d'autres lettres de mes mains tremblantes. Chaque année, le 9 août, il lui avait écrit une lettre. Pourquoi venir me tourmenter par le biais de cette correspondance fantasmée ? Pourquoi maintenant alors que je n'avais plus la force de le combattre ? Et jusqu'à quel point Natsu était-elle aussi impliquée ? Je détestai l'idée qu'il fût de nouveau celui qui tirait les ficelles mais quel autre choix me restait-il sinon de prendre cette première lettre ? La voix du docteur résonna en écho au travers des années et la pièce s'emplit de ses inflexions graves au débit assuré.

Ainsi donc, tu veux savoir ce que j'ai fait pendant les journées qui ont suivi la bombe ? Tu peux imaginer que la réponse est évidente. Je t'ai cherchée, partout où j'ai pu, mais il y avait tant de blessés qui avaient besoin du peu d'aide que j'étais à même de leur apporter. J'étais posté à Fukuya où le supermarché avait été transformé en hôpital improvisé. Le sol était glissant, couvert de sang, les salles pleines de créatures à peine humaines, leur peau aussi noire que du charbon de bois, des fragments de métal, de verre et de bois enfoncés profondément dans leurs chairs, certains éclats vibrant dans leurs poumons au rythme de leur souffle. Je me sentais plus croque-mort que médecin, j'administrais de la morphine aux mourants quand j'en avais suffisamment à ma disposition. L'idée que tu puisses faire partie des blessés m'était insupportable. Je suis allé dans les centres de premiers secours : le premier hôpital d'Urakami, l'école de Shinkozen et le poste de police d'Ibinokuchi, en espérant que toi aussi, tout comme moi, tu soignais des patients. Rien. Je me suis rendu à l'hôtel de ville temporaire à plusieurs reprises afin de savoir si on avait signalé ta présence quelque part mais je n'ai jamais eu de nouvelles de toi. Des photographies et des adresses avaient été affichées sur les murs et les clôtures. Je les scrutais en détail à la recherche d'informations mais tu avais disparu. J'ai fouillé ta maison. J'ai même parlé à ta mère. Pour te dire à quel point j'étais désespéré. Elle m'a dit que Hideo et toi étiez morts. Je lui ai répondu que je ne la croyais pas. Elle m'a demandé pour quelle raison toi, tu aurais dû être sauvée, alors que tant d'autres étaient perdus. Le monde ne te devait aucune protection particulière. Elle a dit que c'est moi qui t'avais tuée, c'est moi qui t'avais mise sur le passage de Pikadon. J'ai refusé de croire que tu étais morte, alors même que la ville tout entière témoignait du contraire. Tant de lieux avaient été rayés de la carte : les bureaux municipaux, le tribunal du district, le bâtiment du service des eaux, l'hôpital de la faculté de médecine, mais il m'était impossible de renoncer à la possibilité de toi vivante. Si moi, j'avais survécu, pourquoi pas toi ? Cela n'avait aucun sens à mes yeux.

À mesure que la contagion se propageait, nous pensions n'avoir affaire au départ qu'à une épidémie de dysenterie. Nous avons expérimenté des moyens grossiers pour la contenir. Tous les jours je passais vérifier les nouveaux arrivants pour voir si tu étais du nombre. Je faisais tout mon possible pour ces gens parce que je croyais qu'un jour je te trouverais peut-être parmi eux. Et lorsque je leur injectais du glucose ou du chlorure de calcium ou que je leur donnais des vitamines ou du sang neuf, je le faisais aussi pour toi. À force de les examiner, j'ai appris à lire les signes d'une mort imminente : les cheveux, les taches noires, les gencives qui saignent, les convulsions et je craignais que tu ne sois en train de vivre la même chose quelque part.

Je ne t'ai pas trouvée mais je n'ai pas non plus renoncé. Sache-le. Je suis toujours à ta recherche avec l'espoir qu'un jour tu puisses revenir. Même aujourd'hui, lorsque je remarque la silhouette particulière d'une femme de passage dans la rue, je me surprends à la suivre et j'attends qu'elle se retourne tant je veux revoir ton visage. Pas d'ossements humains à retrouver, pas de tombe à visiter, rien qui prouve que tu sois morte, seuls restent la constance de ton absence et mon amour.

Je crus sentir le jasmin et portai la lettre à mes narines, mais ce reste de parfum n'était qu'une bouffée de souvenir. Le jour où Sato était venu chez nous, un vase de ces fleurs se trouvait dans ma chambre. Kenzo était parti, il cherchait toujours Hideo et j'étais beaucoup trop mal pour l'accompagner. Mon mari m'appelait son miracle. Tant de gens emportés, non pas par les flammes des exécuteurs mais par les maladies que l'air charriait. J'avais dû avaler un peu de ces poisons mais pas suffisamment. Misaki avait enlevé ma chemise de nuit souillée et lavé mon corps mais j'étais trop malade pour être gênée par ma nudité. Elle me passait une compresse mouillée et froide sur le bras quand elle s'est arrêtée, alertée par un bruit, avant de se lever et de crier :

— Monsieur Takahashi ?

Pas de réponse. Après avoir remonté un drap sur moi pour me couvrir, elle cria une nouvelle fois :

— Qui est là ?

Des bruits de pas pressés résonnèrent dans la montée d'escalier puis sur le palier du couloir, mais avant même qu'elle n'atteigne la porte restée ouverte, Sato la bousculait à son passage. Elle s'accrocha à son bras.

— Dehors. Comment osez-vous ? Dehors !

Il portait encore sa blouse de médecin et sa voix se brisa dans sa gorge quand il dit :

— S'il te plaît, dis-moi qu'elle est vivante.

— Je vais chercher de l'aide, me dit Misaki en se tournant vers moi.

Je regardai le visage de Sato, pâle et pas rasé, des cernes sombres sous les yeux, et j'ai dit à Misaki que c'était inutile.

— Sato, je te dirai ce que tu veux savoir mais peux-tu m'accorder une minute avant que nous parlions ?

Il sembla paralysé l'espace de quelques secondes puis quitta la pièce. Misaki m'aida à enfiler une chemise de nuit propre et disparut vers le rez-de-chaussée. Je le regardai rentrer dans la chambre, étourdie par la fièvre et ébranlée par sa présence. Je détestais l'idée qu'il me voie aussi faible. Comment osait-il introduire son chagrin dans notre maison sans y avoir été invité ? Qui était-il pour la pleurer en ce lieu ? Vu les dernières paroles que nous avions échangées avant Pikadon, il avait dû se sentir au désespoir pour oser venir me trouver à mon domicile.

Il s'assit sur le siège devant la fenêtre et posa sa tête au creux de ses mains.

— Dis-moi qu'elle est vivante, et ensuite, je m'en vais.

À cet instant, je ressentis peut-être pour lui un frémissement de sympathie. Apaiser sa douleur atténuerait la mienne, mais il m'avait demandé l'impossible, la seule et unique confirmation que je ne pouvais lui donner. Je lui fournis le détail de la poignée de faits dont je disposais en les martelant un à un comme autant de clous dans un cercueil dont nous n'aurions jamais besoin et qui ne la contiendrait jamais. Yuko était allée à la cathédrale où nous étions convenues de nous retrouver. J'avais été retardée. Elle n'était jamais rentrée à la maison. Hideo non plus. Que me restait-il de plus à lui dire ? Rien. Il était médecin, il avait vu la ville, son air si épaissi par ses morts qu'on pouvait en goûter la poussière dans sa bouche. Mais Sato rejetait obstinément ce qu'il ne parvenait pas à supporter comme vérité. Il dit que Yuko ne pouvait pas avoir disparu : elle aidait les survivants, ou alors elle était peut-être malade dans un centre médical quelconque, ou peut-être encore lui avait-on fait quitter la ville. Il proposait tant d'éventualités possibles, que j'avais toutes déjà passées en revue. Comment lui dire que je savais qu'elle était morte tant je sentais le vide d'elle, cette vacuité au fond de moi, là où une mère porte l'âme de son enfant ? Il m'arrivait parfois de la sentir comme on sent un membre fantôme toujours douloureux malgré son amputation, mais je savais que ce n'était qu'un mirage de l'esprit. Elle était morte, et son fils avec elle.

9 août 1947. Dans sa lettre suivante, Sato écrivait qu'au mois de décembre précédent il avait accepté un poste au centre de convalescence pour les enfants de la bombe A, géré par l'ordre de la Sainte Mère de l'Immaculée Conception. Il avait pris le ferry pour l'île Fukae, à cent kilomètres de Nagasaki. Le foyer pour enfants avait ouvert six mois après Pikadon et abritait quatre-vingts orphelins, ou des enfants dont les familles restaient introuvables. L'essentiel de son entretien était assuré par les quêtes des églises et les généreuses donations des femmes de Sioux Falls, Dakota du Sud, membres de l'Église des baptistes institutionnels de la première amitié. Le centre était supervisé par les chevaliers de la Sainte Mère et Sato avait accepté son poste pour au moins une année. Il envisageait de séjourner longuement dans ce centre tout en poursuivant ses recherches à Nagasaki.

Il écrivait que sa première vision de la maison aurait beaucoup plu à l'œil artiste de Yuko, par « sa canopée d'arbres dénudés couverts de givre blanc, les extrémités de leurs branches teintées d'orange au soleil d'hiver ». Une allée gravillonnée longeait une fontaine de carpes bondissantes figées dans le marbre blanc puis un sentier coupait la pelouse en deux moitiés bordées de rosiers buissons ravagés par le gel, leurs fleurs brunes pourries sur les tiges. Bâti dans le style européen, le bâtiment disposait de trois niveaux sous un toit en ardoises. Quelqu'un avait commencé à recouvrir les boiseries d'une peinture grise qui s'écaillait, à l'exception d'un carré de blanc sous l'une des fenêtres du rez-de-chaussée. Une véranda sous avant-toit courait sur toute la longueur de la façade et un treillis de lierre couvrait la majeure partie du pignon droit de la maison.

L'intérieur du foyer d'accueil était un labyrinthe de couloirs sombres aux lampes tamisées qui desservaient huit chambres, sept salons et les cuisines. Les nonnes vivaient au dernier étage avec les enfants plus âgés. Le premier étage était réservé aux plus jeunes, et les deux enseignants résidaient dans le pavillon d'été jouxtant une mare étouffée par une prolifération d'algues rouges. Nombre d'enfants avaient été blessés par la bombe et leurs besoins étaient tels que l'annexe de la cuisine au sous-sol faisait office de salle de soins. C'est là qu'on trouvait Sato. Il était arrivé à l'heure du déjeuner et la mère supérieure l'avait emmené dans le réfectoire. Les enfants étaient assis en rangs silencieux et mangeaient des udon, les nouilles japonaises, trop cuites, dans des bols ébréchés. Un garçon en particulier avait attiré son attention, ou plutôt, les brûlures qu'il avait subies.

J'ai déjà vu des blessures graves par le passé mais les siennes exigent un cœur solide. Les nonnes l'appellent Ko. Un nom optimiste pour ce gamin : comment peut-il incarner le bonheur, la lumière et la paix ? Il n'a pas dit un mot depuis son arrivée. Son mutisme ne relève pas d'un handicap physiologique, j'en suis certain. Pikadon a laissé son empreinte, non pas seulement dans les membres brisés et les chairs brûlées, mais également bien cachée dans les os, les muscles, les fibres et les jeunes esprits. Je soupçonne que ma vie sera désormais entièrement consacrée aux observations et aux recherches médicales à entreprendre. Et c'est toi, Yuko, qui me pousses vers l'avant. Je n'arrive toujours pas à croire que tu aies disparu. Si seulement j'avais vu ton corps ou t'avais tenue une dernière fois dans mes bras ou si je pouvais dire ici, c'est ici que ma Yuko est enterrée, est-ce que cela m'aurait aidé ? L'amour persiste, il ne meurt jamais. Il continue à grandir au point que je me demande certains soirs si je suis capable d'endurer la douleur. Et parmi tant de questions qui ne trouveront jamais leurs réponses, il en est une qui me taraude plus que tout : pourquoi ton dieu t'a-t-il prise en me laissant en ce bas monde ?

Je repliai la lettre et la glissai dans son enveloppe. Sato faisait ce qu'un si grand nombre d'entre nous avaient fait, il pleurait une perte qui ne serait jamais reconquise mais son chagrin était en essence plus dangereux : d'une certaine façon, il essayait de garder Yuko en vie par le biais de ces lettres. La résurrection des morts ne peut jamais s'accomplir si l'on se contente de prendre ses désirs pour la réalité. La pratique de la médecine ne le peut pas non plus. La chair pourrit ou brûle en un instant mais, d'une façon comme de l'autre, nous ne sommes plus. Pourquoi Yuko serait-elle l'exception ?

Ses années d'après guerre furent marquées par l'étude et l'expérimentation, l'analyse et les conjectures. Le Sato que j'avais connu n'avait jamais manifesté un tel engagement dans sa profession. À notre première rencontre, il arborait son uniforme de médecin avec légèreté mais Pikadon avait affiné son regard et sa concentration, affûté les talents qu'il avait acquis dans sa jeunesse avec trop de facilité. Vingt-quatre des enfants exigeaient des soins médicaux permanents, essentiellement sur les brûlures et les blessures par compression qui ne guérissaient pas de façon satisfaisante. En 1948, il écrivait :

Le travail est solitaire. Je nous imagine travaillant ensemble. Je t'imagine assise à côté de moi, annotant mes réflexions ou faisant la différence entre les brûlures faites par contact direct ou par les flammes. Je nous vois dressant la carte des fissures de peau endommagée afin d'expliquer la topographie de la bombe. J'ai épinglé une carte de Nagasaki au mur de mes quartiers de nuit. Mes informations sont grossières et non confirmées, de simples statistiques dont la moitié relève de la devinette mais je les inscris sur le papier et les ajoute à mes listes.

Le nombre estimé de blessés avait été enregistré quelque part mais Sato n'y avait pas accès. Le plus près qu'il pût s'en approcher, il le devait à un groupe d'Américains, médecins, ingénieurs et scientifiques, venus en visite dans l'hôpital ce 1er septembre. Ils lui avaient serré la main, s'étaient promenés autour des lits de ceux qui attendaient de mourir, avaient pris des notes et des photos, demandé à voir les dossiers médicaux pendant que des interprètes traduisaient ce qu'ils lisaient. Mais quand il avait demandé si ces experts venus d'Occident connaissaient le moyen de guérir ce qu'ils avaient libéré, ces gens n'avaient rien répondu. La cargaison de précieux renseignements qu'ils avaient emportée avec eux fut censurée par les autorités américaines, répartie entre divers ministères et classée dans des dossiers. Sato avait écrit à la Commission des blessés de la bombe atomique pour qu'elle l'aide à avoir accès aux statistiques officielles mais il n'avait jamais reçu de réponse. Il essayait aussi de se souvenir des récits de patients sur leur lit d'hôpital et des indices qu'ils lui avaient fournis. Il était aux premières loges pour constater de visu comment les radiations détruisaient les mécanismes de défense du corps et ses myriades de cellules et combien cet état de fait se corrélait avec la fréquence des infections, la mauvaise cicatrisation, le taux élevé de mortalité.

Lorsqu'il faisait venir les enfants dans son service, tandis qu'il soignait les blessures en voie de guérison ou vérifiait de vieilles cicatrices, il cherchait les signes d'une contamination à long terme, des maladies non encore détectées transportées par les artères et les os. Les nonnes l'ignoraient mais il conduisait des tests visant à trouver des cancers, dans les poumons, la thyroïde et le sang. Il essayait d'établir la courbe à laquelle obéissait cette maladie au moyen des traces directes qu'elle laissait derrière elle. Deux fillettes abandonnées par leurs familles avaient été cruciales pour ses recherches :

Izumu et Kasumi, âgées respectivement de trente-deux et trente-six mois. Il mesura leurs têtes et leurs membres ; examina leur tonus musculaire et les caractéristiques de leurs visages, l'angle du front, la distance entre les yeux. Il prit des photos de leurs membres et de leurs visages. Ses observations, estimait-il, suggéraient que les deux fillettes montraient des signes d'une croissance anormale du cerveau. Les deux bébés n'avaient pas été les seuls à être empoisonnés dans le ventre de leur mère ce jour-là. Il n'essayait pas de rédiger un rapport détaillé sur l'emplacement où Pikadon avait frappé mais sur l'endroit où la bombe risquait de nous mener par la suite. C'est cela qui le garda sur l'île : il y cherchait des choses qui n'étaient pas toujours visibles. Il disait à Yuko qu'il avait commencé à écrire un livre, dont il expliquait qu'il établirait un tableau exhaustif des conditions médicales des fœtus contaminés par les radiations dans l'utérus.

Arrivé en 1949, la routine de son existence était devenue « rassurante par sa banalité ». Il se levait la plupart du temps très tôt, longeait un carré d'arbres dont les branches cassantes étaient garnies de poupées suspendues fabriquées par les enfants. Des poupées qui se résumaient en tout et pour tout à des balles enveloppées de carrés en coton marqués des contours passés d'un visage, elles se balançaient dans la brise « aux crissements des arbres chantant une berceuse du matin. Tu vois le poète que tu continues à faire de moi ? » Il poursuivait jusqu'au rivage où il contemplait le lever du soleil laissant à nouveau filtrer un peu de couleur dans l'île avant de rentrer pour les opérations chirurgicales de la matinée. Dans l'après-midi, il travaillait à sa recherche et après le repas du soir, tandis que les nonnes s'agenouillaient dans un silence contemplatif, il rédigeait de nouvelles notes dans sa chambre.

Je reconnais que le quotidien de l'orphelinat ne connaît guère de drames, c'est vrai, mais un incident marquant s'est produit il y a deux mois de cela. Lors d'une promenade matinale, j'ai trouvé le garçon Ko debout près de la mare, complètement nu et couvert de vase ocre. Il était mouillé comme s'il venait de s'y baigner, malgré ses eaux toujours congestionnées par les algues brunes qui avaient tué tous ses poissons. Sa peau était couverte de vase rouge. Je l'ai appelé par son nom et il s'est tourné vers moi en me montrant la mare du doigt.

— Je ne comprends pas. Qu'est-ce qui ne va pas, Ko ? lui ai-je demandé.

Il s'est mis à pleurer.

— Que se passe-t-il, Ko ? Où sont tes vêtements ?

Il a regardé l'eau une fois encore.

— Je ne comprends pas, Ko.

Il a ouvert la bouche avant de faire une chose extraordinaire : il a parlé. D'une voix haut perchée, une voix de garçon plus jeune que son âge.

— Miki est dans l'eau. Aidez-la, s'il vous plaît.

Je lui ai demandé qui était Miki.

— Mon amie.

Jamais je n'avais entendu parler d'une Miki. Il a commencé à s'agiter.

— Aidez-la, aidez-la.

Je lui ai dit d'attendre et je suis parti chercher le concierge. La mare a été draguée ce matin-là sous les yeux de Ko, enveloppé dans une couverture, avec sœur Abe à ses côtés. Ko frissonnait en regardant le gardien et son fils remonter les filets vides dans la barque. Je lui ai expliqué à quel point j'étais désolé mais il n'y avait personne sous l'eau. Il a secoué la tête, plus furieux que triste.

— Miki est dans l'eau.

Sœur Abe a passé le bras autour de ses épaules.

— Ko, il n'y a pas de Miki. Personne de ce nom ne vit avec nous.

Il s'est immobilisé à ces mots et la nonne lui a relevé le menton pour l'obliger à la regarder dans les yeux.

— Tu parles, Ko.

Il l'a regardée, intimidé.

— Je ne m'appelle pas Ko.

Elle a fait glisser un doigt sur son visage.

— Qui es-tu alors ?

Il a contemplé la mare morte.

— Miki.

Puis de nouveau, il a cessé de parler.

Que dire de Ko ? C'est mon visiteur le plus régulier et, à l'exception des deux fillettes, mon cas le plus curieux. Nous restons assis dans un silence cordial tandis que j'inspecte ses brûlures et remplis mes formulaires. Un médecin d'Amérique a effectué sur lui un peu de chirurgie réparatrice et il est très impatient de recevoir mes rapports sur l'évolution post-opératoire. On parle d'interventions supplémentaires, peut-être aux États-Unis, même si les problèmes de logistique rendent la chose difficile. Le dossier de Ko est plein d'évaluations médicales. Les premières notes ont été rédigées à son admission à l'institut commercial de Nagasaki le 18 septembre. Ses brûlures ne viennent pas du rayonnement thermique de l'explosion mais d'un incendie localisé. Cependant sa survie est une chose rare. Quatre-vingt-dix pour cent des survivants exposés au souffle de la bombe étaient décédés avant le quatorzième jour. Quand je pense à ce dont nous disposions pour le soigner. Il n'y avait pas d'huile d'oxyde de zinc et nous utilisions tout ce qui nous tombait sous les mains pour traiter les brûlures : huile de colza, huile de cuisine, huile de ricin, même de l'huile pour moteurs. C'était la même chose dès qu'il fallait désinfecter les brûlures. Nous prenions ce que nous pouvions trouver : teinture d'iode, Mercurochrome, désinfectant, solution d'acide borique. La vie de Ko a été grandement améliorée par ce médecin américain, c'est une certitude, mais nous autres humains, nous aimons tellement créer nos propres Frankenstein.

Qui pourrait être cette Miki ? Je ne peux que l'imaginer. Une sœur perdue, une amie imaginaire, peut-être même ce qu'il aimerait être. Des jours plus tard, j'étais installé sur un banc dans le jardin de façade de l'orphelinat. Des enfants jouaient à la balle au chasseur sur la pelouse, sœur Abe et Ko étaient assis sous la véranda, à l'abri du soleil. Ko regardait les gamins courir sur l'herbe quand ses yeux se sont portés plus loin, au-delà d'eux, au bout de l'allée gravillonnée. Je l'ai imité sans rien voir de particulier, hormis les habituelles fleurs, les buissons et la grille. Il s'est tourné vers la nonne et j'ai vu alors ses lèvres remuer. La nonne a souri et lui a pris la main.

Il s'appelle Hideo. Il ne se souvient pas de grand-chose d'autre pour l'instant, pas plus du nom de ses parents que de l'endroit où il habitait ni de l'école qu'il fréquentait. Il n'a ni frère ni sœur. La mère supérieure a retransmis ces maigres renseignements au bureau central de Nagasaki. On lui a répondu que le registre des disparus serait à nouveau consulté ainsi que d'autres archives pour de possibles candidats mais personne ne croyait à une issue heureuse. Nous ne savons même pas combien de personnes se trouvaient dans la ville à ce moment-là. Peut-être deux cent quarante mille, peut-être plus, peut-être moins. Combien de Hideo, de l'âge estimé de Ko à l'heure de Pikadon, avaient été portés disparus et combien de parents restaient encore en vie pour les trouver ? Huit semaines plus tard, j'ai eu la réponse à ma question : vingt-trois.

J'ai parcouru la liste que le bureau central de l'église nous avait envoyée. J'ai lu la première page et attaqué la deuxième ; il n'en resterait plus qu'une ensuite. Et tu étais là. Devant moi. Une nouvelle fois. J'avoue que j'ai pleuré en lisant la date de naissance, le nom de l'école, du père et de la mère et des plus proches parents : Hideo Watanabe ; 22 février 1938 ; école primaire Yamazato ; Shige et Yuko Watanabe (née Takahashi) ; Kenzo Takahashi (grand-père), Corporation Mitsubishi (service construction navale). Je crois que c'est en cet instant que la pensée a pris forme, un noyau d'espoir, de possibilité. À mesure que les jours passaient, cette graine a commencé à grandir dans mon esprit avant d'éclater pour se frayer un chemin jusqu'à la lumière et ainsi devenir plus qu'une pousse de possibilité : une nouvelle vie fragile mais réelle dans un sol mort. Cet Hideo pouvait-il être ton Hideo ? Ta mère m'avait dit qu'il était mort mais aurait-elle pu se tromper ? Et si elle s'était trompée sur Hideo, qu'en était-il pour toi ?

J'ai attendu que sœur Abe amène Ko dans mon bureau. Elle lui a tenu la main tandis que je lui expliquais que nous essayions d'en savoir plus sur sa famille. Je lui ai dit que nous disposions d'une liste de garçons tous prénommés Hideo, portés disparus le jour où il avait été blessé. Il existait une chance pour qu'il soit parmi eux. Pouvions-nous lui lire les renseignements fournis pour tenter de savoir s'ils éveillaient en lui des choses familières ? Il n'a rien dit et j'ai commencé à lire les noms. Au cinquième, il s'est mis à pleurer. Sœur Abe a dit alors que nous devrions peut-être arrêter mais j'ai demandé d'en essayer encore un et quand j'ai prononcé le nom de l'école primaire Yamazato, il a relevé les yeux. Je te promets que je n'exagère pas sa réaction.

— Reconnais-tu l'école, Hideo ?

Il a séché ses larmes et s'est niché tout contre la nonne.

— Te souviens-tu du nom de ta mère ?

Il a réfléchi un instant.

— Je l'appelais maman.

Sœur Abe l'a embrassé sur le sommet de sa tête.

— Peux-tu te souvenir du nom que lui donnaient les autres ?

Il a relevé les yeux vers la nonne.

— Puis-je m'en aller, s'il vous plaît ?

Elle s'est tournée vers moi et j'ai dit :

— Nous avons tout le temps. C'est difficile, Hideo, je le sais. Ne te tracasse pas. Cela pourrait nous aider à retrouver tes parents.

Il s'est laissé glisser au bas de la chaise et a touché le poignet de sœur Abe.

— Miki dit que nos parents sont morts mais qu'ils vont revenir.

La nonne a souri en l'emmenant.

— Miki m'a l'air très gentille.

Au cours des jours et semaines suivants, un espoir docile et malléable a remplacé mes preuves si fragiles. J'étudie ses manières et ses façons d'être, les signes du garçon qu'il était avant ce traumatisme. Il y a des moments où je commence à te voir en lui. Et pourquoi pas, Yuko ? Pourquoi pas ? Mais alors je me secoue brutalement. Le miracle serait trop grand pour ce monde-ci. Il n'est très certainement qu'un autre orphelin, rien de plus. Cela serait beaucoup plus facile à concevoir, tu ne crois pas ?

J'interrompis ma lecture. Sato avait toujours été un imbécile, bien trop ignorant des dégâts qu'il infligeait par ses rêveries et ses désirs. Ici, il s'était surpassé, en se prenant pour un dieu face à un garçon inconnu. Pourquoi faire endosser un passé à un enfant qui n'était pas le sien ? Mon petit-fils ne serait pas le seul Hideo à avoir perdu ses parents. Ce garçon aurait pu être retrouvé dans nombre d'écoles détruites ce jour-là. Si Sato voulait donner son identité à ce Ko, il aurait pu prendre n'importe quel nom sorti du registre des personnes disparues, mais non, c'est celui de notre Hideo Watanabe qu'il avait choisi. Et pour quelle raison ? Pour soulager son propre chagrin et non pas pour aider un orphelin abandonné parmi tant d'autres. Beaucoup trop d'autres. Son égoïsme était obscène.

L'homme m'avait déclaré qu'il repasserait en fin d'après-midi. Que lui dire de ces lettres ? Je me sentais souillée par leur contenu. Je voulais éradiquer ces mots de mon esprit, me purifier de Sato mais, comme toujours, sa séduction trompeuse ne laissait aucun répit et, avec mon café froid depuis bien longtemps à côté de moi, je poursuivis ma lecture.

En 1950, écrivait-il, l'église était parvenue à contacter onze des familles sur la liste. On leur a demandé de fournir des détails concrets susceptibles d'aider à prouver l'identité du garçon : une tache de naissance, des marques ou autres caractéristiques spécifiques à leur fils, petit-fils ou neveu. On est allé jusqu'à faire venir certains parents dans l'île afin qu'ils y rencontrent leur enfant possible. Sato leur expliquait les blessures de Hideo et la mère supérieure les emmenait à un endroit d'où ils pouvaient le voir discrètement à distance. S'ils manifestaient le moindre désir ou un signe de reconnaissance quelconque, on leur amenait Hideo, ils le dévisageaient et lui posaient des questions auxquelles il refusait ou semblait incapable de répondre. « Tu nous reconnais ? Où habitons-nous ? As-tu des frères et sœurs ? » Un processus qui pouvait paraître grossier et inefficace. Les couples commençaient à s'agiter, ils toussotaient, cherchaient la mère supérieure du regard avant de baisser la tête, à la suite de quoi elle les remerciait d'avoir accepté ce long voyage et leur présentait ses excuses pour leur avoir fait perdre leur temps. Ils prenaient le premier ferry en partance et un nom de plus se voyait rayé des listes.

Puis Sato mentionnait un nom qui était resté absent des lettres – ce qui pouvait se comprendre. Il disait que son épouse lui rendait régulièrement visite sur l'île. Elle s'était prise d'affection pour les enfants et se sentait particulièrement émue par Ko, ou Hideo, le nom qu'on lui donnait maintenant. Elle admirait son stoïcisme silencieux et la façon dont les autres gamins acceptaient ses brûlures.

Pardonne-moi de te parler de mon épouse mais tu comprendras mes raisons. Elle est venue marquer de sa présence la date anniversaire de Pikadon, avec nous. Je l'ai vue qui étudiait ma carte de la ville, feuilletait mes carnets de notes, lisait mes fiches pleines de gribouillis de circonstance. Elle disait que mon travail était devenu une obsession, me demandait quand je rentrerais définitivement à la maison.

— Ta place est en ville.

Nous parlions des enfants, de ce qu'il allait advenir d'eux. Soudainement, comme si cette pensée venait de lui traverser l'esprit, elle m'a demandé s'il serait difficile d'en adopter un. Elle a posé sa question comme si de rien n'était mais je crois que sa vie solitaire à Nagasaki lui avait donné tout le temps nécessaire pour réfléchir sérieusement au problème. Un enfant aurait pu aider notre couple au fil des années, c'est bien possible. Ce qui est sûr, c'est qu'un enfant m'aurait incité à rentrer au bercail plus tôt. Natsu est une femme bien et elle ferait une bonne mère. Je réalise qu'il est cruel de ma part d'être toujours absent mais je ne pouvais pas pleurer une autre femme sous ses yeux. Notre séparation était une nécessité, un acte de bonté pour ainsi dire, mais j'ai compris que si je devais retourner à Nagasaki et y rester définitivement, je ne pouvais pas laisser Hideo là-bas, moins encore s'il existait une chance qu'il soit ton fils. J'ai répondu à Natsu que j'avais déjà quelqu'un en tête. Elle ne m'a paru guère convaincue, elle craignait que Hideo ne se sente mieux chez lui ici même, au centre, protégé, en toute sécurité, loin de tous ces regards inquisiteurs. Elle a passé la main sur la carte.

— Est-ce que les gens, les inconnus, iront regarder au-delà de ses cicatrices ? Quand on ne voit pas quelqu'un comme un humain, il est plus facile de le blesser.

Je lui ai répondu que s'il existait une ville à même de l'accepter, ce serait la nôtre. Ce que je veux te dire se résume à ceci : je regarde au-delà de ses cicatrices et tout ce que je vois, c'est toi.

J'ai abordé le sujet de l'adoption avec la mère supérieure qui a essayé de cacher sa surprise. Je lui ai expliqué que les chances de retrouver les parents de Hideo s'amenuisaient de jour en jour, de semaine en semaine. Pour une part, nous avions la responsabilité de le protéger des déceptions ultérieures. Elle a regardé la liste des parents possibles de Hideo.

— N'est-il pas de notre devoir envers lui de faire des recherches exhaustives ?

Je lui ai offert une cigarette, qu'elle a déclinée.

— Ma mère, j'aurais dû vous le dire plus tôt mais je connais une des familles de cette liste, les Watanabe, en dernière page. Ils n'ont pas survécu. Il est probable que les recherches autour des autres familles se révèleront également infructueuses. Je veux offrir à Hideo un avenir, la stabilité.

Elle m'a demandé s'il y avait d'autres survivants de la famille Watanabe et je lui ai expliqué que mon épouse avait fait des recherches. Les grands-parents maternels avaient quitté le Japon, pour une destination inconnue. Aucun autre membre de la famille n'avait laissé de renseignements pour être joint.

— Et vous pensez que cet Hideo est bien Hideo Watanabe ?

J'ai laissé passer un temps de silence avant de répondre :

— Je pense que nous ne le saurons jamais.

Que faire d'une colère à laquelle on ne peut donner libre cours ? Kenzo et moi avions donné aux autorités les renseignements nécessaires pour nous contacter mais uniquement à notre adresse de Nagasaki. Nous avions jugé inutile de laisser nos coordonnées en Amérique. Mais on aurait pu nous retrouver, si besoin était, non ? Et si l'orphelinat nous avait contactés ? Aurions-nous cru à cette éventualité ? J'ai le sentiment qu'à ce moment-là l'espoir était mort si rapidement et si absolument. Par sa lettre, Sato m'obligeait à affronter la joie et la souffrance de nous voir réunis avec Hideo. Comment s'en serait-il sorti dans ce pays, avec ces cicatrices et la raison qui les expliquait ? Comment aurions-nous réussi à assumer notre nouveau statut, nous les grands-parents redevenus parents ? Je n'imaginais que de bonnes choses. Je le voyais assis en classe vêtu de son maillot de base-ball, jouant dans la rue avec ses amis, en colonie de vacances l'été, en route pour l'université. Nous lui aurions parlé de ses parents, de leur rencontre, de leur amour, des sacrifices qu'ils avaient faits pendant cette guerre. Il aurait bien mieux compris celui qu'il avait été, d'où il était issu, peut-être ce vers quoi il se dirigeait. Cet Hideo Watanabe aurait été un mélange de passé japonais et d'avenir américain. Nous aurions tiré un si grand réconfort à sa présence. Nos vies dans ce nouveau pays auraient pris plus de sens ; tous trois ensemble, nous aurions connu ce que nous étions censés être après Pikadon : une famille.

Mais le docteur et son épouse nous avaient privés de l'occasion de savoir si oui ou non c'était bien notre Hideo. Lors de la visite suivante de Natsu sur l'île, ils étaient partis se promener dans les bois en compagnie du jeune garçon et avaient trouvé un coin à l'ombre pour leur pique-nique.

Nous lui avons expliqué que nous avions essayé de notre mieux de retrouver sa vraie famille mais en vain. Il a demandé pourquoi et je lui ai répondu que l'explication la plus vraisemblable était celle de Miki, que ses parents n'avaient pas pu être retrouvés, ils avaient disparu. Je lui ai montré une liste de noms.

— Il est probable que ce sont là tes parents, Hideo, lui dis-je en pointant ton nom et celui de Shige.

— Est-ce qu'ils vont me retrouver ?

Natsu a pris sa main dans la sienne.

— S'ils le peuvent, je suis sûre qu'ils le feront. Mais d'ici là, nous nous sommes dit que tu pourrais peut-être aimer vivre à Nagasaki avec nous.

Il a porté une main à son visage.

— Et les gens diront quoi en voyant ma figure ?

Natsu a passé un bras autour de ses épaules pour le tirer contre elle.

— Nous leur dirons simplement que tu as été blessé mais que tu vas mieux désormais. Nous leur expliquerons combien tu as été courageux, combien tu es intelligent, combien nous sommes fiers de toi.

La journée touchait à sa fin, l'heure de quitter l'île approchait et Sato put constater combien Hideo était inquiet à l'idée de ce départ. Il avait été si chouchouté à l'orphelinat. Les autres enfants semblaient presque aveugles à ses cicatrices. Sur l'île, son travail scolaire avait gagné en qualité et il avait repris confiance en lui. Natsu et le docteur s'inquiétaient de savoir comment il s'adapterait à la vie trépidante d'une ville, aux regards des inconnus, à ses nouveaux compagnons de classe mais ils étaient convaincus que Hideo aurait un avenir à Nagasaki.

L'île avait été un bon endroit pour cicatriser nos blessures, les miennes comme les siennes, mais nous ne pouvions pas nous cacher ici pour toujours. En tant que médecin, j'ai fait bien peu d'actes bons dans ma vie. Lui peut en être un. Je l'aimerai comme mon fils et je l'élèverai comme tel. Il aura une bonne vie. Il sera l'enfant que je n'ai jamais eu. Je ne peux pas chasser de mon esprit l'idée qu'il existe un lien entre toi et Hideo. J'imagine qu'il est ton fils, non seulement pour te garder tout proche mais aussi pour repousser d'autres souvenirs. Et même si je ne trouve pas les marques de toi dans son visage, sa présence est ce qui me rapproche le plus de toi aujourd'hui.

Je consultai ma montre et poursuivis ma lecture. Je voulais savoir comment Hideo s'était adapté à sa vie citadine. Avait-il dû se battre, avait-il été tourmenté par les petites brutes à l'école, avait-il aspiré à la sécurité et l'isolement de l'orphelinat ? Le 9 août 1951, Sato et Natsu l'avaient emmené à une commémoration de la bombe. Le jour de l'anniversaire, des foules entières s'étaient rassemblées près des restes de l'hypocentre. Les survivants se blottissaient sous des parapluies pour s'abriter de la chaleur. Les gens arboraient des guirlandes de grues en papier et portaient des colombes en papier. Ils écoutaient, tête baissée, tandis qu'hommes et femmes montaient sur le podium et parlaient de compensation, de tolérance, d'assistance médicale. Un groupe d'anciens prisonniers de guerre coréens était debout, silencieux, près d'une fontaine. Hideo fut enthousiasmé par le spectacle, inspiré, disait le docteur, c'était son mot. Sato expliquait que c'était la seule date du calendrier à laquelle Hideo pouvait être accepté, reconnu, serré dans les bras de quelqu'un comme autre chose qu'un simple objet de pitié : il était un témoignage, un avertissement, une volonté en vie.

Nous nous tenions près d'un groupe de veuves toutes de noir vêtues, les cheveux tirés en arrière, les yeux mouillés de larmes avec, devant elles, des enfants ténébreux, d'une fraîcheur estivale dans leurs habits blancs, chemise de coton, short et chapeaux de paille. Au milieu de bâtiments de plain-pied qui avaient été reconstruits sur les ruines, nous avons suivi du regard une procession de femmes qui dansaient, vêtues de kimonos pêche et corail. Ensuite est arrivé un dragon dansant en soie noir et or dont des hommes maintenaient le corps ondulant en l'air à l'aide de longs bâtons. Quelques moines bouddhistes ont suivi, tout en blanc de la tête aux pieds, puis, vers la fin du défilé, des survivants qui tenaient en l'air des panneaux en toile sur lesquels était inscrit le mot « Paix ». Ensuite, nous sommes partis nous promener près de la rivière, sa surface éclatée par les rayons du soleil. Nous avons suivi les lignes de tram jusqu'à Tsukimachi et je me suis retrouvé à courte distance de l'endroit où tout avait commencé pour nous. Ç'a été plus fort que moi, il fallait que j'aille voir. Il fallait que je voie ce bâtiment encore une fois.

J'ai dit à Natsu et Hideo que je connaissais un raccourci pour éviter les foules et la circulation. Nous avons longé les alignements de restaurants proposant champon et sara udon, leurs lanternes rouges immobiles dans la chaleur de l'après-midi. Les femmes s'abritaient du soleil sous des ombrelles. Elles bavardaient en avançant parmi les rideaux de gouttes de pluie qui tombaient des fils étirés par-dessus la rue depuis les balcons. Les ménagères marchandaient les anguilles vivantes qui s'entortillaient dans des baquets en bois, reniflaient la peau meurtrie des melons amers pour vérifier leur maturité, faisaient le tri parmi les paniers de gombo chinois couleur de citron vert et d'aubergines violacées dodues. Les fruits pourris abandonnés dans la poussière rendaient l'air plus âcre tandis que des hommes en tablier accrochaient des canards plumés à des esses et accueillaient les passants en leur dévidant les prix d'achat du jour. Tu te rappelles ce spectacle, Yuko ? Tu te rappelles ce qu'il signifiait pour nous ? Un détail avait changé. L'appartement n'était plus là. Une salle de pachinko avait pris sa place. N'existe plus que la mémoire du temps que nous avons passé là-bas. Je repense au dernier après-midi que nous avons passé ensemble dans cette chambre, ton père debout dans l'embrasure de la porte me disant de partir. Je me hais pour n'être pas resté, pour avoir accepté son ordre sans combattre, sans lui dire ce que nous signifiions l'un pour l'autre. La famille qui me restait, Natsu et Hideo, marchait devant moi et je me suis senti indigne de cette seconde chance. Je ne mérite pas de voir le fardeau de ta perte adouci par la présence de Hideo. Mais lui m'autorise à créer de nouveaux souvenirs. Il est l'épave vivante que je retire des flammes du 9 août.

Je connaissais l'appartement auquel Sato faisait référence et j'étais contente que cette façade complètement noircie ait disparu. Ce taudis aurait-il survécu mais pas Yuko que ç'aurait été par trop cruel. Hideo avait apaisé le chagrin du passé de Sato. Ce cadeau nous avait été refusé, à Kenzo et à moi. Je m'étais délibérément éloignée de Nagasaki de manière à ce que la ville ne puisse plus me tourmenter, mais même dans mon sanctuaire américain, Sato continuait à me faire faire ce que j'avais réussi à éviter pendant si longtemps : regarder en arrière. Pour l'essentiel, j'étais parvenue à ne m'attacher qu'aux bons souvenirs de la vie que nous avions abandonnée, les journées passées à dessiner en compagnie de Yuko enfant, les matinées à la regarder essayer de jouer du shamisen pendant que son professeur se désespérait en silence de sa maladresse, nos petites sorties ensemble dans les magasins pour aller choisir un cadeau à Kenzo, la joie de l'entendre chanter pour elle-même dans le jardin, sa voix tremblotante dans les aigus. Malgré leur désespoir, ces réminiscences étaient tendrement supportables si j'essayais de ne pas m'attarder sur elles trop longtemps. Il arrivait parfois que des souvenirs plus rudes se fraient un chemin en force, mais s'ils osaient aller jusque-là, j'avais entraîné mon esprit à riposter. Va faire ces courses, nettoie ce placard, et si tout le reste échoue, verse-le-toi, ce verre.

Les lettres du docteur me tiraient vers le passé, m'obligeant à déterrer tout ce que j'avais voulu garder caché, mais je ne parvenais pas à m'arracher à sa version du temps enfui que nous avions en partage. Je voulais présenter ces lettres à la lumière sombre de ma propre souvenance. Il avait posé la même question que celle qui me hantait. Pourquoi étais-je encore ici alors que Yuko avait disparu ? Pourquoi nous fallait-il survivre ? Je ne pouvais pas répondre mais si j'avais cru en un dieu, ma divinité aurait été vengeresse : elle aurait considéré ma mort au côté de ma fille comme une issue trop facile. Mon châtiment devait impérativement m'être dispensé à perpétuité, sans amnistie aucune, et mon existence était mon sac et mes cendres. Sato avait dû aboutir à une conclusion différente. Peut-être pensait-il qu'il avait été gardé en vie pour sauver ce garçon. En retour, ce Ko, ou Hideo, quel qu'il puisse être, le sauverait. Oui, je voyais bien les raisons pour lesquelles Sato avait besoin que Hideo soit le fils de Yuko, alors que je sentais tout le contraire : mon petit-fils était trop pur pour un monde qui nous aurait gardés en vie, Sato et moi, mais en réclamant ma fille. Seuls les charognards, les menteurs et les tricheurs survivaient. Les meilleurs d'entre nous étaient morts jeunes en ce temps-là.

Humilité

Kenkyo : *la modestie est un des plus importants concepts de la vertu au Japon. On attend des gens qu'ils se montrent humbles et modestes quelle que soit leur position sociale. Ils sont censés modérer l'étalage de leurs capacités, talents, savoirs ou richesses de manière appropriée. Une trop grande assurance, l'agressivité et l'ambition sont toutes plus ou moins découragées et la considération envers autrui est encouragée.*

Son coup à la porte fut timide, peu assuré, à croire qu'il s'attendait à ce que je l'ignore. J'ouvris le battant en échangeant avec lui des saluts prudents, timides sans le secours du whiskey. Il entra, ôta ses chaussures et gagna la cuisine en chaussettes. Lorsque je le rejoignis, il s'était installé dans le fauteuil de Kenzo.

— J'ai préparé du thé et il y a des beignets, sinon je peux vous faire un sandwich. Vous devez avoir faim.

— S'il vous plaît, ne vous donnez pas tout ce mal pour moi.

Il semblait épuisé.

— Comment s'est passée la conférence ?

Il défit son nœud de cravate.

— Parler en public en Amérique peut être une épreuve. Les gens ne veulent pas vous voir leur faire la leçon ni les malmener en leur assenant les malfaisances de la bombe atomique, mais vous avez en même temps le devoir de leur dire clairement, voici ce qui est arrivé, et non votre opinion sur ce qui s'est passé. Et il arrive parfois que les gens trouvent ça – il montra son visage – un peu trop.

Je ne sus que répondre aussi posai-je tasses et soucoupes sur la table, j'apportai un couteau pour les beignets et deux serviettes quand je me rendis compte que je n'avais pas mis d'assiettes à dessert. J'allai les chercher dans le placard le plus près de la porte. Même ces petits gestes obligés me mettaient dans tous mes états, une tâche aussi simple que de préparer le service pour deux personnes au lieu d'une seule devenait une véritable épreuve. Je m'assis face à lui, son visage si proche de moi, ses paupières rouges sans cils, ses crénelures semées de taches jaunes et roses, les cicatrices des incisions chirurgicales. En dépit de son absence d'expression, son visage était fascinant. Si la beauté est synonyme d'uniformité, il aurait dû être un objet de révulsion mais la peau détruite à l'entour de ses yeux semblait les rendre simplement plus brillants, plus inquisiteurs.

— Le contenu du paquet vous a-t-il été d'une aide quelconque ?

Je répondis aussi honnêtement que possible.

— Ce sont des lettres de Jomei. Il parle de votre orphelinat et de l'adoption d'un garçon prénommé Ko. C'est vous, non ? Et d'une fille du nom de Miki.

— Ko, c'est moi, oui. Mais Miki… eh bien, comment puis-je vous l'expliquer ?

Il me fit le récit de son arrivée à l'orphelinat, parla du docteur qui y travaillait avant Sato et le faisait dormir seul, en isolement, dans son service. On se faisait du souci pour ses infections et on ne voulait pas que sa présence soit un sujet d'alarme pour les autres enfants : ses blessures étaient considérées comme trop affreuses. Il n'aimait pas se retrouver seul au sous-sol le soir. Il s'était vite convaincu qu'un démon errait dans les couloirs quand tout le monde était couché et croyait que cette créature voulait le ramener au jour de Pikadon ou, en tout cas, l'emporter dans les montagnes. Une nuit, il avait entendu le craquement du parquet et s'était dit, cette fois, c'est la fin, en expliquant que ç'avait été presque un soulagement. Il était si seul et au moins le démon lui serait une compagnie. À qui manquerait-il s'il ne comptait pas sa nonne préférée, sœur Abe ? Les enfants s'en ficheraient. Ils n'en sauraient rien. À ce stade de son traitement, ses brûlures ne pouvaient pas être exposées au soleil et pour eux, il était à peine plus qu'une rumeur. Il observa la poignée de la porte qui bougeait avant de se baisser une fois le pêne dégagé et il songea alors, le voici, je suis prêt. Sauf qu'aucun monstre n'apparut mais une fillette, qui jeta un œil dans la salle. C'était Miki. Un peu plus jeune que lui, des cheveux courts et des genoux écorchés. Elle passait lui rendre visite presque toutes les nuits, même quand on l'autorisait à dormir avec les autres enfants. Elle grimpait dans son lit et ils se murmuraient des choses à l'oreille, rêvaient et planifiaient des aventures. Il ajouta que parfois, ils se faufilaient dehors, couraient les bois ou nageaient dans la mare, ou alors ils s'allongeaient sous l'arbre aux poupées où Miki lui racontait des histoires. Miki n'avait jamais peur, elle ne croyait pas aux démons, Pikadon les avait tous tués. Elle lui apprit que ses parents avaient été trop près de la lumière mais ils n'étaient pas morts, juste perdus et ils allaient venir la chercher. Elle lui dit d'être patient, sa famille aussi reviendrait. Il expliqua que le jour où Miki s'était noyée dans la mare, personne ne croyait qu'elle eût existé alors qu'il ne cessait de répéter qu'elle était réelle, elle était bien entrée dans l'eau. Il termina son récit et contempla le plancher, peut-être gêné.

— Était-elle réelle ? lui demandai-je.

— Je soupçonne fort qu'elle n'a été qu'un produit de mon imagination, mais à l'époque, elle me semblait tellement réelle.

— Elle vous était un réconfort.

— C'est bête mais je continue à penser qu'elle va réapparaître un jour. Exactement comme une partie de cache-cache qui aurait mal tourné.

Nous échangeâmes un regard, ses chairs explosées face à mon esprit aigri, et sur une impulsion soudaine, j'eus brusquement envie de lui tenir la main. Pourtant, je n'en fis rien.

— Alors, comment vais-je faire pour vous convaincre que je suis bien votre petit-fils, hein ?

— C'est vrai que j'avais un petit-fils et qu'il s'appelait Hideo Watanabe. Il aurait quarante-six ans aujourd'hui mais...

Comment réussir à lui dire qu'à mes yeux Sato avait apparemment amalgamé un garçon disparu à un enfant blessé, il les avait fondus l'un à l'autre pour soulager sa conscience, atténuer sa propre perte.

— Puis-je vous demander... à quel moment vous a-t-on informé que vous aviez peut-être une grand-mère encore en vie ?

— À l'adolescence. Père m'a dit qu'il avait été proche de grand-père quand ils étaient jeunes et qu'il avait travaillé avec Yuko pendant la guerre. Il avait appris votre déménagement mais dans le chaos de l'occupation, vous rechercher s'est révélé impossible.

— Après notre arrivée ici, nous avons déménagé deux fois, en 1947 et 1956, effectivement. Mais n'existait-il pas de traces de notre passage ? Une piste à suivre ?

— Mes parents pensaient peut-être que vous nous retrouveriez ?

— Et Sato a donné les lettres à Natsu ?

— Elle ne me l'a pas dit.

— A-t-elle lu les lettres ?

— Je ne sais pas. Mère m'a donné le paquet peu de temps avant sa mort. Elle m'a appris que ces lettres étaient pour vous et, si je vous retrouvais, je devais vous dire qu'elles vous étaient adressées en toute bonne foi.

Natsu m'avait encombrée du fardeau de cet ultime devoir : sceller l'identité de son fils adopté ou la détruire. Tout ce qu'il paraissait être, tout ce qu'il avait imaginé que serait sa vie, reposait désormais entre mes mains et dans ces lettres. Il attendait de moi que je réassemble les morceaux et fasse de lui un homme complet – une requête qui ne manquait pas d'ironie. Comment espérait-il que je parvienne à remplir toutes ces années ? Le Hideo que j'avais connu n'était pas cet homme. Et ne le serait jamais.

Suicide

Shinju : *le cas le plus fréquent est celui*
de l'homme et de la femme qui se suicident
parce qu'ils sont convaincus que leur amour
ne pourra s'accomplir en ce bas monde.
D'autres cas peuvent concerner un suicide familial
après un désastre financier des parents.
Certaines gens peuvent aussi éventuellement se rabattre
sur un suicide familial pour protéger leur honneur.

Le bureau de Kenzo se limitait à un placard encombré d'étagères de livres, avec bureau, chaise et méridienne. Ouvrant sur le tronc d'un pin et des buissons, une fenêtre était noire tant elle manquait de soleil. Mme Goto conduisit Shige dans la petite pièce et lui demanda s'il désirait du thé ou du café. Shige déclina d'un signe de la tête et s'assit sur la méridienne avant de se relever pour aller à la fenêtre. Quant à Yuko, elle se tapissait dans l'ombre à l'étage. Son père sortit de la cuisine et, le voyant refermer la porte derrière lui, elle se faufila dans l'escalier avant de se glisser dans un recoin sombre tout à côté du bureau pour écouter à travers le mur. Une alcôve où elle aimait à se cacher quand elle était enfant.

Shige, s'exprimant avec humilité, déclara qu'il était venu poser une question importante et voulait savoir si Kenzo lui ferait l'honneur d'écouter sa requête. S'ensuivirent un raclement, une quinte de toux et un « Certainement ». Ensuite elle entendit un crissement de cuir et s'imagina Shige se penchant en avant. Il déclara qu'il avait eu le privilège de passer du temps en compagnie de Yuko au cours de ces dernières semaines. Il comprenait bien que Kenzo avait peut-être espéré un prétendant d'un statut plus égal au sien mais « Yuko était chère à son cœur ». La voix de Kenzo gagna en force quand il signifia à Shige qu'une aussi belle affection ne les menait nulle part, pour agréables que ses paroles aient pu être. C'était un commencement, pas une fin. Nouveau crissement de cuir.

— Monsieur Takahashi, ne me jugez pas présomptueux, s'il vous plaît, mais la raison de ma visite ici est simple : je souhaite demander Yuko en mariage et je voudrais savoir si vous voyez quelque objection à ma requête.

Depuis des semaines maintenant, Yuko n'ignorait pas que cette question était en suspens et allait inévitablement être posée, mais d'entendre ces mots la laissa sans voix, le souffle coupé. *Je me sens comme une actrice dans l'histoire de ma propre vie.* Un bruit de tiroir qu'on ouvre, d'un objet lourd qu'on pose sur la table puis quelque chose de plus léger, suivi par le glouglou d'un liquide. Yuko se représenta l'image de son père offrant un verre à Shige quand il lui dit que les rituels de passage de ce genre se devaient d'être accompagnés par un bon malt. Les deux hommes trinquèrent.

— Donc, si je comprends bien. Vous voulez épouser ma fille ?

S'ensuivit un silence, qui était peut-être un signe de confirmation.

— Et quels sont ses sentiments à votre égard, c'est la question que je me pose.

La voix de Kenzo perdit de son intensité, exactement comme s'il se détournait de Shige.

— Vous me semblez quelqu'un de bien. Vous avez une tête bien faite, c'est visible. Je ne vous embarrasserai pas en vous parlant d'amour. J'étais très amoureux de la mère de Yuko. Un amour de jeune homme, convaincu que le monde s'arrêterait si nous n'étions pas ensemble, vous voyez ?

Shige ne répondit rien.

— En tant que père, la question que je dois vous poser est la suivante : y a-t-il plus dans votre déclaration que de l'amour ? Nous sommes des esprits pratiques, vous et moi. En tant qu'employés de Mitsubishi, nous nous trouvons en première ligne des ambitions domestiques et impériales de notre nation. Les années qui nous attendent nous offriront à tous deux de belles occasions d'avenir.

— Je comprends très bien qu'une union avec Yuko ne se limite pas à sa beauté et à sa gentillesse mais, monsieur, je peux vous assurer, si vous voulez bien pardonner ma franchise, que c'est son amour que je recherche, et non pas un avancement professionnel.

— Comme je l'ai dit, vous avez l'esprit pratique. Je ne peux qu'espérer une chose, que vous ayez envisagé les autres bénéfices que vous retireriez d'un mariage avec ma fille. Mais, naturellement, comme je crains de n'être qu'un incorrigible romantique, je suis heureux que ce ne soit pas votre priorité. Néanmoins, comment procéder désormais pour faire avancer les choses de votre côté ? Dois-je lui demander de venir nous rejoindre ici ?

Shige répondit qu'il aimerait avoir la permission de sortir un moment en tête à tête avec Yuko. Un tintement de verres et Kenzo lui dit d'attendre dans le couloir. Yuko regagna sa cachette quand la porte s'ouvrit. Kenzo souhaita bonne chance à Shige en lui disant qu'il amènerait sa fille à la porte d'entrée.

J'ai attendu que Shige ait quitté le bureau. L'horloge comtoise égrenait les secondes tandis que je me dépêchais depuis ma cachette jusqu'au couloir de la cuisine avant de faire demi-tour et revenir vers l'entrée, en réglant mes pas sur le métronome de l'horloge. Shige a tourné la tête et je lui ai dit bonjour. D'une voix timide, peu assurée, une voix d'enfant dans un corps d'adulte.

Un bruit de pas résonna sur les marches et Kenzo apparut à mi-chemin de l'escalier.

— Ah, Yuko, Watanabe est ici. J'ai cru comprendre que vous vouliez aller faire un tour tous les deux. Je me trompe, Watanabe ?

Père a battu en retraite à l'étage et Shige a fini par se tourner vers moi. « Je pensais que nous pourrions aller visiter le cimetière d'Inasa. » Il savait que c'était un des endroits que je préférais pour dessiner. Comment pouvais-je refuser ?

Ils gardèrent le silence pendant le trajet en taxi. Yuko vit Shige se tortiller, son expression oscillant entre malaise et désespoir. Elle essaya bien de sourire pour le rassurer mais ses lèvres sèches ne dessinèrent qu'une grimace.

Nous aurions difficilement pu passer pour un couple d'amants.

À leur arrivée au cimetière, Shige régla le taxi et ouvrit la marche dans la boue et l'herbe mouillées en direction des pierres tombales gravées de noms hollandais. Ils s'arrêtèrent près d'une tombe taillée à flanc de colline et fermée par une rambarde en fer à l'entrée. Il toucha un des poteaux et la rouille salit ses doigts. Il s'excusa, qualifia l'endroit de morbide mais Yuko le rassura, elle le trouvait au contraire fascinant. Shige se frotta le front et lui apprit, un petit sourire aux lèvres, qu'ils marchaient dans le plus ancien cimetière étranger du Japon, détail qu'elle devait probablement connaître.

Je ne suis pas certaine de savoir si c'est par esprit pratique ou simple gentillesse que je lui ai demandé s'il m'avait amenée là pour une raison précise. Depuis notre première rencontre sur Dutch Slope, nous tournions autour de la seule question qui nous importait. Peut-être qu'en l'entendant je connaîtrais la réponse. Il s'est éclairci la gorge et s'est avancé vers moi. Nous étions debout, face à face. « J'ai voulu vous amener ici parce que je savais que vous aimiez cet endroit, mais je ne sais pourquoi, cela ne me semble pas convenable. Tous ces morts. » Quand je lui ai répondu que c'était un bel endroit, il a paru réfléchir en pesant le pour et le contre. Avant de baisser la tête et de parler à ses pieds. « Nous avons passé ces dernières semaines ensemble. Elles ont été des plus agréables. Et vous connaissez, naturellement, mes sentiments à votre égard. » Je lui ai dit que non. Ce qui a semblé le plonger dans un abîme de perplexité. « Vous devez savoir que je vous admire. » Nous étions amis, bien sûr, lui ai-je assuré. Il a fixé ses yeux sur moi. « Bien sûr, oui, des amis, mais je vois en vous… eh bien, plus qu'une amie. »

« Une sœur ? » Je ne le taquinais pas. Il fallait que je sois sûre. Cette fois, j'avais besoin de l'entendre me garantir que j'étais plus qu'un parti convenable. Comment pourrais-je savoir que j'étais maîtresse de son cœur de la même façon que Jomei avait capturé le mien ? De fausses paroles ne me servaient à rien.

Il a détourné les yeux, consterné. « Non, non. Vous avez besoin que je le dise ? Que je vous aime ? Je n'ai rien d'un poète, Yuko. Mes mots sont maladroits. » Il m'a pris la main. « Je suis heureux quand je vous vois, vous me manquez quand vous n'êtes pas là. Vous me mettez face à mes manques mais vous me montrez aussi comment je pourrais être meilleur. N'est-ce pas ça l'amour ? »

Yuko fut incapable de répondre. Sa compréhension de l'amour avait été différente, plus brutale et plus exigeante, plus cruelle aussi en ce sens qu'un jour il était là et le lendemain il avait disparu. Elle songea à ces amants condamnés qui choisissaient de quitter ce monde plutôt que de se séparer. Le pourrait-elle, elle ? Non, elle aimait trop la vie pour la rejeter. Elle avait passé ses jeunes années à capturer la beauté du vivant : la musculature tendue d'un cheval, un oiseau en vol, une mère et son enfant marchant main dans la main. Les petits instants d'un grand tout glorieux. Elle était incapable de se détourner de l'existence quelle que fût la douleur que celle-ci lui infligeait. Et elle se dit ceci : si Jomei était l'émoi et le trouble, Shige était le calme. Sa présence l'apaisait, de même que ses paroles. Il parlait simplement et en toute bonne foi.

J'ai confiance en Shige. J'ai de la chance de l'avoir trouvé. Il me donnera une liberté que je ne peux pas imaginer avec mes parents. Je vois désormais à quoi peut ressembler ma vie : un foyer, un travail, une famille. Jomei aurait-il pu jamais m'offrir la même chose ? Sans compter que si j'avais vraiment compté pour lui, il m'aurait retrouvée. Shige est un cadeau précieux alors que je croyais mon cœur mort à jamais. Va de l'avant, dit mère. Il est bien trop douloureux de vivre dans le passé.

J'ai regardé Shige dans les yeux, toujours aussi timide physiquement à son égard. J'ai pressé ses doigts en signe d'encouragement, après quoi, le monde s'est resserré, tout proche soudain. L'ombre d'une feuille tombe sur son visage, un rouge-gorge appelle quelque part derrière lui, l'air est chargé d'odeurs de champignons et de sol humide. Shige soulève ma main. Il décroise mes doigts jusqu'à ce que ma paume repose ouverte sur la sienne. Sa bouche se baisse puis ses lèvres effleurent la surface de ma ligne de vie et de ma ligne d'amour. Quand il se recule, je vois le sang battre dans une veine à son cou. Tant de vie, juste là. Je lève la tête et le temps d'un battement de nos deux cœurs, ses lèvres sont sur les miennes. Nous restons ainsi jusqu'à ce que le souffle me manque au point de devoir m'écarter. Sa question est une version détournée de sa proposition mais je sais ce qu'il me demande : « Voulez-vous vivre dans la même tombe que moi ? » Je réponds oui, et nous sourions et nous nous embrassons à nouveau et je pense, en cet instant, dans le cimetière d'Inasa, que nous sommes heureux l'un et l'autre de tout ce que l'avenir pourrait nous apporter. Et la vérité doit être dite : Jomei a disparu.

Les pêcheuses de perles

Ama : *les femmes japonaises travaillant en dehors de leur domicile ne constituent pas un phénomène nouveau, en particulier dans les villages de fermiers et de pêcheurs. Parmi les mieux connues, bien plus célèbres que leurs pendants masculins, il y a les plongeuses appelées* ama. *Elles plongent dans la mer pour collecter des coquillages tels que* awabi, *les ormeaux, et* sazae, *les turbans, ou des algues comestibles. Lorsqu'elles ressortent de l'eau, elles lâchent une profonde expiration qui sonne comme un sifflement appelé* isobue *(sifflement de plage).*

Avant de nous installer dans notre vie de couple marié, Kenzo m'emmena en vacances dans une ryokan juste aux abords de Hirado, dans la péninsule nord-ouest de Kyushu. L'histoire de la ville me rappelait Nagasaki. Sakikata Park avait jadis été le site des entrepôts en pierre construits par les marchands hollandais avant qu'on ne les oblige à partir à Dejima. Un château blanc au toit gris étagé sur trois niveaux surplombait les eaux couleur d'acier du détroit de

Corée. En compagnie d'autres touristes, nous montâmes à bord d'un voilier qui contourna la côte et s'ancra dans une baie grouillant de méduses, des cyanées bleues, venues précisément là pour se reproduire. Un autre jour, nous louâmes une voiture pour nous rendre dans un village de pêcheurs proche. Une fois sur le rivage, je m'assis à côté de Kenzo sur le sable grossier jonché de coques blanches et de planorbes vides. J'ôtai mon yukata et je m'assis en maillot de bain noir, avec un chapeau de paille crème à large bord pour abriter mon visage du soleil. Kenzo portait un caleçon de bain noir. Nous fixions la mer, il faisait trop chaud pour converser agréablement. Arriva un groupe de plongeuses de perles enveloppées de vestes de kimono courtes, portant des seaux en bois, des filets noirs et des masques. Elles s'affairèrent à ramasser des morceaux de bois et des algues sèches pour allumer un feu avant de se dévêtir pour ne garder que leurs culottes en coton blanc décorées de fleurs imprimées, jacinthes des bois, pâquerettes et silènes, sans être gênées le moins du monde, jeunes ou vieilles, par leurs seins hâlés. Gloussant et bavardant, elles crachèrent sur les hublots de leur masque avant d'attacher des couteaux à leur taille par une ficelle. Nous les suivîmes des yeux quand elles partirent en courant dans les rouleaux blancs, munies de leurs seaux qui faisaient office de flotteurs. Elles disparurent sous l'eau, des minutes entières me sembla-t-il, avant de réapparaître en libérant un sifflement d'air mort de leurs poumons, avec leur cargaison d'huîtres ou autres coquillages qu'elles tiraient vers elles en bataillant contre le ressac. Par la suite, elles vinrent se réchauffer auprès du feu crépitant. Je leur enviai leur atttitude décomplexée, la liberté et la force de leurs corps, leur acceptation du dur travail qu'elles menaient dans les eaux glacées.

Le dernier soir de notre séjour, nous étions allongés nus sur les draps froissés du futon, nos corps entrelacés mouillés de sueur. À côté de nous, une lampe à huile projetait des ombres sur le tatami et les parois coulissantes conduisant à une petite cour plantée de jeunes noyers. Kenzo glissa la main sous les draps et me dit : « C'est pour toi » en posant dans ma paume une boîte en teck huilé. J'ouvris le couvercle et je vis un pendentif en forme de coquille d'huître ouverte avec une perle blanche nichée près de la charnière. J'enfilai la chaînette en or par la tête et l'huître tomba entre mes seins. Je songeai à la plongeuse qui l'avait trouvée, au feu qui brûlait ses poumons douloureux quand elle était réapparue à la surface, à sa joie quand elle avait découvert ce gemme scintillant dans la chair du mollusque. Je songeai à la fille que j'avais été et à la femme que je pourrais peut-être devenir. J'avais le sentiment de ne pas mériter Kenzo, ni lui ni son amour, sa confiance, sa loyauté. Je craignais au fond de moi qu'une part terrible de mon être ne ruine ou n'endommage le précieux cadeau qu'il venait de m'offrir : cette perle de bonheur. Je me promis en silence d'être bonne épouse et bonne mère, libérée par le mariage tout en y étant dans le même temps confinée. C'était moi, cette impureté au cœur de l'huître qui grandissait couche après couche, gagnant en qualité et en valeur, si j'y mettais tout mon cœur.

Dix-sept années plus tard, nous étions là, nous préparant à organiser la cérémonie de fiançailles pour l'enfant que je m'étais juré de protéger dans ce ryokan. Yuko se tracassait pour les dépenses et le fardeau qu'une telle cérémonie allait faire peser sur ses futurs beaux-parents. Elle avait tenté d'expliquer à Shige que cette formalité était superflue mais il avait insisté. Lorsqu'elle était revenue à la charge en disant que ce n'était pas la peine, après tout, lui était chrétien, il n'avait rien voulu entendre. Les parents de Shige avaient pris le ferry au départ d'Iwo Jima et Mme Kogi et leur fils les rejoindraient. Nous étions agenouillés dans le salon et attendions que Mme Goto nous prévienne de leur arrivée à tous les quatre. J'ouvris l'écran coulissant et ils traversèrent la pièce pieds nus en veillant à ne pas marcher sur le bord du tatami et nous prîmes tous place dans l'alcôve, Kenzo et M. Watanabe aux places d'honneur, suivis par moi-même et Mme Watanabe puis Yuko et Shige et finalement, Mme Kogi, au plus près de l'entrée.

Shige, vêtu d'un costume comme son père, fit les présentations, le visage empourpré par l'effort. Son père, Katsu, était vêtu d'un yukata bleu marine, son visage brun et ridé par une vie en plein air, ses doigts marqués par la brûlure des cordes et d'anciennes cicatrices infligées par les couteaux à poisson. Il parlait peu mais sa voix brusque avait l'autorité paisible d'un homme qui, pour avoir affronté les mers en furie et les jours de canicule, savait que ces confrontations avec les forces de la nature étaient tout ce que nous avions à craindre. La mère de Shige, Sonoko, portait un kimono bleu pâle qui avait jadis été beau mais la soie avait perdu de son lustre et une odeur de poussière et d'humidité s'accrochait à ses fibres. Ils présentèrent leurs cadeaux sous enveloppes hexagonales, blanches à l'extérieur et rouges à l'intérieur. Le papier de riz était noué de fils d'or et décoré de motifs de grues et de tortues, signes de longévité. L'intérieur des paquets contenait de la seiche séchée, symbole de grossesse ; des algues, représentant une femme enceinte, un carré de chanvre qui souhaitait aux jeunes promis de voir leurs cheveux se griser ensemble, un éventail pour la prospérité et de l'argent. Le dernier cadeau, un théier impossible à transplanter, était le vœu que le mariage dure toujours.

Une fois les formalités terminées, nous dînâmes de plateaux de sushis, thon, vivaneau à queue jaune, calamars et crevettes, livrés par un restaurant voisin. Kenzo versa le saké et le vin de prune et l'ambiance se décontracta. Les hommes parlaient des activités du Japon outre-mer, du nombre croissant de membres des forces armées nommés à des postes habituellement occupés par des civils, tels les ambassadeurs. Ils remarquaient ces changements sans émettre d'opinion qui aurait pu paraître négative. Nous autres femmes discutions du mariage et de ses détails, où trouver la nourriture, le restaurant le mieux adapté pour une réception, le meilleur tissu pour la robe, le nom d'une bonne couturière. Je regardai Yuko en quête de signes de malaise ou de doute mais de deux choses l'une : ou elle était effectivement excitée, ou elle avait appris, à mon image, à cacher ce qu'elle éprouvait réellement. L'alcool nous faisait tous tourner la tête et glousser, même Mme Kogi. La nuit approchait quand la mère de Shige admira mon pendentif et je lui expliquai que c'était un cadeau de mariage offert par Kenzo. Elle sourit, l'air timide, les joues rosies par le vin de prune :

— Les pêcheuses de perles sur notre île ont un chant spécial pour célébrer une bonne prise. Aimeriez-vous l'entendre ?

— Chantez, chantez, dit Kenzo en tapant des mains.

Elle ferma les yeux et quand elle se mit à chanter, une voix de soprano tremblante emplit la pièce.

Entends notre chanson de la mer, Susano-o
Apaise la tempête furieuse, Susano-o

Garde notre feu bien chaud, Susano-o
Fais grossir les huîtres, Susano-o
La perle est mon enfant, la coquille mon cœur, Susano-o

Elle finit son chant, se toucha la joue et sourit à Yuko. Tout le monde applaudit mais quand Kenzo l'acclama, je poussai discrètement le saké hors de sa portée. Peut-être gênée par le silence qui s'ensuivit, Sonoko se tourna vers ma fille.

— Shige me dit que vous êtes une artiste exceptionnelle.

— Ce n'est qu'un passe-temps, dit Yuko en secouant la tête.

— Elle est trop modeste, dis-je sans pouvoir masquer ma fierté.

Sonoko tendit le bras pour prendre la main de ma fille.

— M'autorisez-vous à déjà jouer à la belle-mère importune ? Vous ne devez pas gâcher vos talents d'artiste. C'est tellement beau de pouvoir montrer au monde la façon dont vous le voyez, ses ombres, ses lumières et les espaces entre les deux. Des détails qui nous échappent dans la vie quotidienne. L'art nous rappelle tout ce que nous n'avons pas le temps de voir.

Elle inclina la tête, gênée.

— Excusez-moi. Cela vous a peut-être paru trop grandiloquent ? Venez sur l'île. Nous pourrons dessiner ensemble.

Elle m'a étudiée de ses yeux d'artiste. Que voit-elle ? M'estime-t-elle assez bonne pour son fils ? Suis-je assez bonne ?

Je me levai pour servir des gâteaux vapeur à la fraise et aux châtaignes quand Kenzo attaqua une chanson. « La perle est mon enfant, la coquille mon cœur, Susano-o. » Il passa le bras autour des épaules du père de Shige et les deux hommes chantèrent une fois encore les paroles. Nous levâmes nos verres pour porter un toast. Soudain sobre, il déclara :

— À notre perle, Yuko, et à sa coquille d'huître, Shige.

Le jeune couple éclata de rire et tous deux hochèrent la tête en guise de merci, sans souci ni préoccupation, leur garde baissée en cet instant d'ivresse et de célébration. J'échangeai un regard avec Sonoko et le sourire poli que nous partageâmes était la preuve d'une appréciation mutuelle, la reconnaissance que cette union, quelles qu'en soient les raisons, nous convenait à tous.

Piété filiale

Oyakoko : *aux temps anciens, parmi tous les codes régissant la conduite morale des enfants, la piété filiale était l'un des plus valorisés. Dès leur enfance, on leur enseignait à être obéissants et loyaux envers leurs parents. Au quotidien, ils étaient encouragés à les aider en accomplissant toutes sortes de petites besognes. Si les parents étaient trop malades pour travailler, les aînés étaient censés prendre leur place pour assurer la survie de la famille.*

Yuko choisit une robe de type occidental pour son mariage, col montant, manches longues et traîne de crêpe de soie à ses pieds. Elle avait vu le modèle dans une revue et une couturière locale en avait dessiné le patron. Dans l'image que lui renvoyait le miroir, le tissu collait à son corps frêle. Sur sa chevelure coiffée en chignon serré, un voile en tulle de soie retombait mollement, décoré de papillons en nacre. Je lui dis qu'elle était très belle, Shige serait fier.

Ce même soir, elle devrait veiller à ne pas afficher son expérience. Je regardai mon propre kimono noir, me vrillai sur place pour vérifier la fleur de prunier délicatement brodée.

— Je présume qu'il s'attend à une vierge ?

Je n'ai rien répondu. Que pouvais-je lui dire ? Nous n'avions échangé qu'un seul baiser. Mère ne me quittait pas des yeux tandis que je contemplais à nouveau mon reflet fantôme. Elle m'a dit de suivre ses recommandations. Je devais réagir, sans agir. Est-ce que je comprenais ? Elle n'avait pas idée : ce n'est pas un éveil ou une montée du désir que je crains, mais bien son absence.

J'avais suggéré d'organiser la cérémonie dans la cathédrale d'Urakami mais Shige trouvait le lieu trop ostentatoire. J'estimai que c'était là un manque d'égard pour Yuko mais je ne dis rien. Ils avaient fait le choix de l'église d'Oura. Je m'avançai jusqu'à la fenêtre de la chambre de Yuko et contemplai les fleurs blanches qui ornaient les arbres du jardin. Comme prévu, elle serait mariée avant le printemps. Je m'autorisai un bref instant de félicitations jusqu'à ce Mme Goto entre dans la chambre avec une enveloppe qu'un gamin venait de déposer à l'intention de Yuko. Lorsque celle-ci tendit la main pour s'en saisir, je sentis une bouffée soudaine d'appréhension. Je l'avertis que je ne voulais pas voir d'encre sur sa robe et m'avançai pour saisir la lettre que tenait Mme Goto. Après un coup d'œil rapide à son contenu, je hochai la tête et souris. Un ami d'école de son père lui adressait ses félicitations, expliquai-je, avant de ranger la lettre dans un tiroir de la commode.

— Tu la liras plus tard, allez, viens, nous devons y aller.

Dans la rue, Kenzo ouvrit ses bras en grand et s'avança pour embrasser Yuko sur la joue.

— Exquise, n'est-ce pas, mère ?

— Son maquillage, mari.

Il se contenta de lui baiser les doigts et montra la voiture.

— Il est temps d'aller te donner à ton promis. Qu'en penses-tu ?

Les papillons tremblaient plus visiblement à cause du vent quand Yuko se trouva entourée par une foule de passants.

J'étais bien là, revêtue d'une belle robe de mariée pour un homme que je connaissais à peine, un homme bon, oui, mais un inconnu avec une bouche gentille et des mains toujours inconnues. J'essayais d'imaginer comment la vie pourrait être. Shige et moi bâtirons un foyer ensemble, nos journées seront chargées et productives. Je vivrai dans le présent, et non le passé. Jomei deviendra un souvenir, adouci par le temps qui le guérira.

Nous arrivâmes à l'église blanche à l'intérieur de laquelle étaient assises quelques dizaines d'invités. Shige portait un smoking noir et un nœud papillon, ses cheveux peu épais soigneusement peignés luisant de brillantine. Il rayonnait en regardant Yuko tenue par la main ferme de Kenzo s'avancer vers lui, ses chaussures en satin blanc claquant sur le sol de pierre. À l'attaque grinçante de l'orgue entamant un hymne, s'ensuivit un bruissement dans l'assistance quand les têtes se levèrent pour se retourner.

J'ai vu tous ces yeux sur moi et mon esprit est devenu vide. Je ne me souviens plus de rien, ni des paroles du prêtre, ni des chants, ni même des vœux échangés ou du baiser consenti.

La réception de mariage dans un hôtel près du mont Inasa lui était revenue une fois que sa mémoire eut retrouvé toute sa clarté, même s'il n'en restait que des fragments noyés par le brouhaha des voix, le bruit des bouchons de champagne et les tintements des verres. Des invités pressaient des enveloppes bourrées d'argent dans la paume de Shige tandis que sa mère s'approchait de Yuko.

Ma belle-mère a souri et dit : « On se sent engloutie, pas vrai ? Tous ces gens, toute cette bonne volonté ? Ne vous en faites pas, ma chérie. Ils vont bientôt être ivres et oublieront que vous êtes ici. » Je lui ai souri, consciente qu'elle ne m'avait encore jamais parlé en privé. Je lui ai dit que je regrettais de ne pas pouvoir dessiner ce jour car il n'était qu'un brouillis indistinct.

Elle a paru réfléchir un instant avant de répondre. « Shige est heureux, ce qui me rend heureuse. J'espère que vous le laisserez vous rendre heureuse ? » Elle a hoché la tête et s'est éloignée pour parler à mère, qui rayonnait sur son nuage, triomphante et soulagée.

Les nouveaux mariés s'assirent sur deux hautes chaises en bout de salle et dînèrent d'un banquet d'escargots et de sashimi, de steaks et de nouilles chinoises, avec du riz aux haricots rouges. On servit encore à boire et la gaieté des invités monta encore d'un cran.

Shige s'est tourné vers moi et m'a demandé : « Comment trouves-tu ton trône, femme ? » Je lui ai répondu « peu confortable » et il a été d'accord. « Allons-y », a-t-il proposé. Je lui ai dit que nous ne pouvions pas partir comme ça. Il a ri. « Les invités n'attendent que ça. » Nous nous sommes frayé un chemin dans la masse de gens qui nous saluaient de trois hourrah en nous souhaitant une bonne vie. Au milieu des chants et des applaudissements, j'ai eu beau chercher mes parents dans la cohue, je n'ai réussi à distinguer que les barbouillis rouges, noirs et roses des visages et des habits de fête, le temps que nous sortions de cet hôtel avant de nous engouffrer dans un taxi qui attendait. Shige m'a pris la main dans la pénombre de la voiture, sa paume brûlant contre la mienne. Il s'est penché vers moi et a murmuré à mon oreille afin que le chauffeur n'entende pas ses paroles. « Tu te souviens du jour où nous nous sommes rencontrés sur Dutch Slope ? » Bien sûr, lui ai-je répondu. « Je suis amoureux de toi depuis ce tout premier instant. » Il ne me voyait pas mais j'ai quand même souri. « Je te remercie, Shige. » « Mais pour quoi ? » a-t-il voulu savoir, son souffle tendre sur mon cou. J'ai tourné ma bouche vers la sienne. « Pour celui que tu es. »

Sentiments intimes

Honne-to-tatemae : *une opinion ou un acte influencés par la sincérité des sentiments intimes d'un individu et une opinion ou un acte influencés par les normes sociales. Ces deux notions sont souvent considérés comme une dichotomie opposant sentiments et jugements intimes authentiques à ceux que régit une vie en société. Aspirant à la paix et à l'harmonie, le moi public évite les affrontements alors que le moi individuel tend vers une expression sincère de lui-même.*

Vacillant sur ses jambes dans notre jardin, Kenzo levait la tête vers la lune filtrant au travers de nuages noirs. Un héron de nuit appela dans les ténèbres. Il soupira.

— Les fleurs auront bientôt disparu, il faut attendre l'année prochaine.

Je le regardais avancer mollement vers notre porte, la démarche mal coordonnée à cause d'un trop-plein de boisson. Pour homme pratique qu'il fût, c'était un sentimental, deux traits de caractère qui m'avaient fait beaucoup de bien. Depuis mon mariage avec Kenzo, ma vie n'avait été que maîtrise, constance et loyauté. Je ne m'étais jamais égarée hors de mon chemin mais le chaos des années d'avant Kenzo continuait à résonner en moi en échos lointains. Je pensais à Shige et Yuko, seuls quelque part dans un ryokan. Je me souvenais encore de la brûlure d'un désir nouveau et aussi, parfois, de la souffrance à y consentir.

Nous gravîmes l'escalier jusqu'à notre chambre et il s'approcha d'un pas chancelant pour avoir un baiser. Je lui caressai la joue et dis que j'avais besoin d'un thé, j'étais encore trop sur les nerfs après cette journée.

— Tu étais superbe.

S'ensuivit un nouveau baiser et il sourit, apparemment satisfait par une pensée inexprimée. J'attendis qu'il eût fermé la porte coulissante de la chambre et me rendis dans celle de Yuko. La lettre d'un blanc immaculé était posée sur ses carnets à dessin, ses crayons et ses boîtes de fusains. Je n'avais pas laissé ce courrier transformer la journée en désastre. Son arrivée m'avait rassurée car elle prouvait que Sato avait obéi à ma menace et se tiendrait à distance. C'était désormais la seule façon qui lui restait d'approcher Yuko. De loin. Je retournai l'enveloppe dans mes mains. Pas d'adresse, pas de sceau, uniquement le nom de ma fille. Je m'assis près de la fenêtre et lus ses mots au clair de lune.

Ma chère Yuko,

Excuse-moi de ne pas avoir écrit avant. J'ai voulu le faire tant et tant de fois. J'ai appris la nouvelle de ton mariage et il faut absolument que je parle. J'espère qu'il n'est pas trop tard. Je ne peux pas croire que ce mariage soit autre chose qu'une union de convenance et je te supplie de trouver le courage pour ne pas aller jusqu'au bout. Sache que je t'aime. Si jamais tu doutes, alors, de tout mon cœur, je le regrette. J'ai quitté Nagasaki mais je reste suffisamment proche pour que tu puisses me contacter si tel est ton souhait. Aimes-tu autant que j'aime moi ? Si c'est le cas, écris-moi à l'adresse ci-dessous. Le destinataire est un de mes amis, il peut me transmettre ta réponse en toute sécurité, tu ne crains pas d'être découverte. S'il te plaît, pardonne-moi pour la façon dont je t'ai quittée. J'ai rompu ma promesse. J'avais dit que je ne te laisserais pas partir. Ces mots me hantent. Crois-moi, je n'avais pas le choix. Je l'ai fait pour te protéger. Mais il n'est pas trop tard pour nous, Yuko. Nous pouvons retrouver ce que nous avons été jadis. Est-ce cela, ce que tu veux ? Écris et libère-moi.

Jomei.

L'arrogance de cet homme. Comment osait-il mettre le mariage en danger ? J'avais œuvré si dur pour offrir à Yuko cette occasion d'un avenir stable avec un homme bien. Pour Yuko, ce serait un désastre, en échange de quoi ? Quelque vague promesse d'être ensemble. Typique de Sato. Statut social et préoccupation de son bien-être personnel lui venaient naturellement. Il n'aurait jamais songé à la honte de l'annulation d'un mariage ni à ce qui la motivait. Ne lui importait qu'une chose, son petit bonheur, pas celui des autres. Il ignorait ce qu'il fallait d'efforts et de sacrifices pour bâtir une vie à partir de rien pas plus qu'il ne savait ce que pouvait signifier de vivre la peur au ventre, sachant que cette sécurité pouvait vous être enlevée. J'avais suivi les règles, fait une croix sur mon passé, pour ma fille. Et lui allait détruire tout cela par quelques mots écrits à la hâte et un appel pathétique au pardon.

Je pris la lettre, descendis à la cuisine et me plaçai devant l'âtre où se consumaient encore quelques braises. Je tins le papier au-dessus des charbons blancs et regardai son bord noircir, rougir et s'embraser jusqu'à ce que les promesses de Sato aient disparu de cette Terre. Les lames de parquet grincèrent sous mon poids quand je gagnai le bureau de Kenzo. Je m'installai dans son fauteuil et plaçai une feuille de papier vierge devant moi. J'écrivis, *Jomei*, à l'encre noire. Était-ce vraiment si difficile d'imiter la voix d'une jeune fille au cœur brisé ? S'était-il donc écoulé si longtemps depuis ma propre adolescence ? Je devais convaincre Sato qu'il était futile de la poursuivre encore, pour lui il était trop tard. Yuko avait épousé Shige. Elle aurait une vie confortable et sûre, sans chaos, sans promesses rompues. Tel serait l'avenir de ma fille. J'attendis que les mots me viennent et quand je les eus en tête, je me mis à écrire non seulement pour ma fille mais aussi pour moi-même. Je lui parlai d'une blessure fossilisée en colère, d'un rejet transformé en haine, de vérités qui ne pouvaient être ignorées. Je l'avais peut-être aimé, oui, mais c'était fini. Ses actions prouvaient ce que je représentais pour lui. Rien du tout. Il m'avait laissée partir. Une décision qui avait été sienne. Il ne pouvait en rejeter la faute sur quiconque sinon lui-même. Il était flagrant qu'il ne m'avait jamais aimée et aucune promesse de papier ne saurait me convaincre du contraire. Il devait rester loin de moi. Il m'avait rendue désespérément triste mais j'avais trouvé un mari qui me serait fidèle et me rendrait heureuse. Il était stupide s'il imaginait une seconde que je risquerais de perdre un meilleur homme que lui rien que pour ses beaux yeux. Telle fut ma lettre à Sato.

Décence

Seken-tei : *un aspect du caractère national japonais*
est la culture de la honte dans laquelle
les gens craignent plus la honte que les péchés.
La peur d'être déconsidéré aux yeux de la société
donne à l'individu une raison suffisante pour s'abstenir
de commettre des actes offensant la morale publique.
Sensibles aux critiques des autres, les Japonais attachent
une grande importance au regard public
et se préoccupent grandement
de ce que le monde dit d'eux.

On sonna à la porte et je me sentis pleine d'impatience et d'espoir. Mes journées avaient été si ordonnées et tellement dénuées du moindre intérêt. Cet homme qui se faisait appeler Hideo avait apporté des possibilités d'heures inconnues et de fins inattendues. J'ouvris la porte et je le vis débordant d'énergie.

— Mettez votre manteau. Je vous invite à déjeuner.

Il attendit dehors, battant la semelle contre le froid, pendant que j'enfilais mon anorak, un bonnet mauve tricoté et des bottes fourrées. Comme je n'avais pas retrouvé mes gants, j'avais enfilé ceux de Kenzo, d'énormes mitaines en cuir noir. Je portais un sac en toile dans une main et il prit mon bras libre.

— Attention, le sol est glissant. Vous connaissez un endroit où on mange bien ?

Kenzo appréciait beaucoup un petit restau à trois pâtés de maisons et c'est là que je le dirigeai. Les conférences et les ateliers de la matinée s'étaient bien passés, me dit-il. Une station de télévision locale leur avait offert une belle couverture et il aurait peut-être droit aux infos du soir. Le lendemain serait son dernier jour de conférence. Il disposait de sa matinée mais on l'avait chargé de faire le discours de clôture avant son vol de retour au pays le jour suivant. Les heures se délavaient doucement et si peu de choses s'étaient résolues.

Arrivé au restaurant, il poussa la porte. Quelques clients tournèrent la tête vers nous avant qu'une serveuse ne nous conduise à une table du fond. Son uniforme vert lui comprima les seins quand elle nous tendit des menus plastifiés gluant de tous les repas passés.

— Voici pour vous, dis-je en lui tendant le sac. Ça appartenait à Kenzo. J'ai pensé que vous y trouveriez quelque intérêt.

Il en sortit un numéro de la revue *Life*. Kenzo en avait collectionné des piles entières, avec leurs images de Marilyn Monroe, de la reine d'Angleterre et d'Eisenhower en couverture. À sa mort, j'avais tout jeté pour ne garder que cet exemplaire du 29 septembre 1952 illustré par des danseuses blondes faisant des claquettes en collants et bas résille, avec, au-dessus de leurs têtes, la légende : *Premières photos – les explosions atomiques vues par les yeux des victimes.* Kenzo avait hésité avant de me montrer les pages intérieures. Je risquais de trouver ça trop déprimant, avait-il déclaré. Ce fut bien le cas mais dans le même temps, ces images étaient aussi une validation des raisons qui nous avaient fait quitter Nagasaki. L'horreur était réelle, elle ne devait rien à l'imagination. Cinq photographes japonais avaient pris ces clichés au cours des premières heures qui avaient suivi Pikadon mais ceux-ci avaient été interdits par la censure militaire américaine pendant toute la durée de l'occupation. Le 1er janvier 1946, l'empereur avait fait sa déclaration d'humanité. Il n'avait rien d'un dieu vivant. L'année qui avait suivi, le pays avait mis la guerre hors la loi, un moyen commode de régler des différends internationaux. En 1951, le Japon avait renoncé à sa position de puissance impériale en signant le traité de paix de San Francisco. C'est alors seulement que les images furent diffusées. Une fillette qui devait mourir après sa première gorgée d'eau, un bébé, brûlé par l'éclair de l'explosion, s'accrochant au sein de sa mère. D'autres survivants blessés attendaient désespérément un peu d'aide parmi les cadavres sous la légende *Les morts vivants*.

Hideo tourna les pages et, au bout d'un moment, releva les yeux :

— Je m'interroge parfois sur le temps.

Je ne compris pas ce qu'il voulait dire.

— Ces nuages au-dessus de Kokura ce matin-là, la fumée des bombes incendiaires qui dérivait depuis Yahata, le fait que l'équipage ait eu besoin d'un repère visuel, le fait qu'ils manquaient de carburant, le temps passé à attendre les données de l'avion d'observation, les chasseurs japonais qui se rapprochaient. Tous ces détails qui ont contraint l'avion à se détourner sur Nagasaki.

Il referma la revue.

— Ensuite, pensez aux courants aériens qui ont obligé les nuages à s'écarter au-dessus d'Urakami juste à ce moment précis, à onze heures deux du matin, de manière que Fat Man puisse être largué.

Il secoua la tête.

— Fat Man. C'est quoi, ce nom, d'abord ? Une mauvaise plaisanterie.

Il consulta le menu.

— Hideo Watanabe. Ça aussi, c'est juste un nom. Deux mots ordinaires... s'il n'y avait pas eu ces foutus nuages. Qu'allez-vous prendre, grand-mère ?

Hors de question que je me laisse manipuler aussi facilement.

— Hideo, je réussis à vous appeler par ce nom, mais la dernière fois qu'on m'a appelée grand-mère remonte à trente-huit ans. Je ne suis pas encore prête à redevenir cette personne-là.

Il acquiesça.

— Eh bien, Hideo, c'est déjà un début, au moins.

Il tourna sa tête de profil afin d'attirer l'attention de la serveuse. Son oreille gauche avait fondu, son nez s'était nanifié, aussi petit qu'un nez d'enfant, les greffes de peau avaient étiré les contours de sa bouche. Et pourtant, je constatai que ces cicatrices qui m'avaient choquée le premier jour étaient devenues moins dérangeantes au fil des quelques heures que nous avions passées ensemble. La serveuse arriva et il commanda un steak saignant. Je choisis une soupe épaisse de maïs.

Je fixai la cruche à eau en plastique jaune, les glaçons dansant la gigue à sa surface.

— Savez-vous ce qui me vient à l'esprit quand je pense à cette journée-là ? me demanda-t-il en me regardant de ses yeux si inquisiteurs. J'entends des enfants qui crient leurs derniers mots. Non pas « Mère », ou « Au secours » mais « Eau ». *« Mizu, mizu. »* Chaque fois que je bois un verre d'eau fraîche et pure, c'est ça que j'entends : *« Mizu, mizu. »*

Il regarda par la fenêtre.

— Puis-je vous poser une question, Hideo ?

Il fit oui de la tête.

— Pourquoi n'avez-vous aucun souvenir d'avant Pikadon ?

— Au départ, les médecins ont pensé que j'avais dû être assommé ou blessé au cerveau quand la bombe est tombée. Ils ont déclaré qu'il s'agissait peut-être d'une amnésie rétroactive. Mais ils s'attendaient à ce que je retrouve la mémoire, avec le temps. Lorsque ça n'a pas été le cas, ils ont décidé que ce devait être une sorte d'amnésie émotionnelle, une réaction au traumatisme. Une nouvelle fois, ils ont été convaincus que je recouvrerais la mémoire. Ce qui ne s'est jamais produit.

— Donc vous ne vous rappelez rien concernant vos parents ?

— Je me souviens d'un grand sac en toile vert, d'un navire gris. Je suis debout sur des caisses, peut-être bien dans un port. Un homme, ça doit être mon père, dit quelque chose mais je ne l'entends pas. Je vois le navire qui quitte le quai et la femme à mon côté porte un uniforme d'infirmière, elle pleure...

Il haussa les épaules avant de poursuivre :

— Je suppose que tous les enfants avaient une histoire de ce genre à raconter à l'époque. Qui sait ? Est-ce même un véritable souvenir ? Est-ce que j'imagine une infirmière parce qu'on m'a dit plus tard que ma mère l'était ? Nous nous racontons des histoires, et ensuite, elles deviennent notre histoire personnelle. Je suis incapable de dire si c'est la réalité.

— Mais vous vous souvenez de Pikadon ? L'éclair de l'explosion, la détonation ?

— Oui.

Il s'appuya à son dossier après ces mots et regarda fixement au-dehors par la fenêtre.

— Mais je ne peux pas parler de ça ici.

La serveuse nous apporta notre repas et, quand elle eut tourné les talons, il ajouta :

— Je ne suis pas sûr de la manière dont je peux prouver qui je suis. Je crois que j'espère dénicher quelque chose, un petit truc de rien du tout que vous reconnaîtrez, un détail qui confirmera que je suis bien celui que je dis être.

Peut-être parla-t-il en toute sincérité, peut-être le croyais-je, mais je ne pouvais faire confiance au docteur.

— Vous devez savoir que les lettres de Jomei sont destinées à Yuko. Pourquoi avoir fait une chose pareille ?

Il prit son temps pour digérer l'information.

— Eh bien, je peux deviner une raison, mais je ne veux pas vous bouleverser.

— Je vous en prie, ne vous en faites pas. Je suis faite d'un bois plus dur qu'il n'y paraît.

— En ce cas... Si moi, j'avais survécu, il devait penser que c'était peut-être vrai pour elle aussi. Et il gardait le registre de toutes ces années disparues.

— Mais c'est ridicule. Elle est morte. Je vous en fais la promesse. Elle est morte.

Il leva les mains.

— Je peux comprendre vos soupçons. Pas un mot des années durant, et soudain, voilà que je débarque. Je ne suis pas du tout certain de correspondre à l'image que quiconque aurait à l'esprit en se représentant un petit-fils depuis si longtemps disparu. Mais pourquoi est-ce si difficile de croire que je suis bien Hideo ? Ne voyez-vous pas combien cette rencontre est merveilleuse ? Si rare ? Un coup de chance si peu probable ?

Je m'attardai sur son visage de joueur de poker qui n'était pas plus fait pour la tromperie que pour la vérité. Je m'étais enseigné l'art et la manière de masquer mes émotions au fil des années, tout en interprétant le tressaillement d'une commissure de lèvres ou une inclinaison de la tête sur les visages des autres pour en tirer le sens caché, mais ses traits étaient un masque impénétrable. Je fixai ses yeux si clairs.

— Je ne crois pas beaucoup à la chance.

Pathos

Mono-no-aware : *un sentiment de pitié pleine d'empathie éveillé par le pathos des choses. Dans son sens plus technique, il se réfère d'une part à un élément de l'expérience ou d'une représentation artistique évoquant la compassion et/ou d'autre part à une capacité à apprécier un élément de cette nature.* Mono-no-aware *constitue une réflexion contemplative et une appréciation esthétique de la beauté naturelle et de l'existence humaine.*

Hideo arriva dix mois après le mariage par un matin de février plein de nuages couleur pêche et lilas. Ce fut un cadeau de bonheur pour nous tous, une façon pour Kenzo et pour moi d'apaiser nos rapports avec Yuko après Chinatown. De la voir qui le berçait à peine né contre sa poitrine avec une douceur infinie, je repensai au moment où je l'avais tenue, elle, dans mes bras, la toute première fois. La sage-femme m'avait passé cette petite créature miaulant et gigotant, encore tout ensanglantée. Je n'avais jamais éprouvé un tel mélange de peur, de joie et de soulagement. Cet être minuscule dépendait entièrement de moi mais je n'avais pas la moindre idée de la façon d'être mère, aucun exemple à suivre, pas de parents à qui demander conseil. J'avais avancé vaille que vaille dans mon nouveau territoire, la maternité, terrifiée quand Yuko renvoyait du lait, pleine de crainte quand je la déposais dans son berceau, bien plus soucieuse de son silence que de ses cris. J'avais fait à ce bébé tant de promesses : je lui avais promis de l'aimer, de la protéger, de me battre pour elle. La férocité de mon amour m'était arrivée comme un choc. Elle était tout ce qui importait. Je cherchais des dangers partout, prête à répondre à n'importe quelle menace. J'avais ressenti ce même besoin animal de protéger Hideo, notre merveille, ce petit être en pleurs gloussant et chancelant. Yuko était à l'aise avec Hideo, plus décontractée que je ne l'avais été avec elle, mais pour autant, elle ressentait cette peur primitive dont les mères font l'expérience. Nous ne pouvons nous empêcher d'imaginer le prédateur affamé qui attend aux abords de notre caverne.

La pluie tombe en gouttes si délicates que le monde semble vêtu de soie mouillée. Hideo dort dans son petit lit, ses poings serrés, ses paupières frémissantes. À quoi peut-il bien rêver ? De quoi a-t-il peur à un si jeune âge ? Il me fascine : sa peau, ces pieds minuscules, ses yeux qui clignent, que voit-il, qu'éprouve-t-il ? De la joie ? De l'effroi ? Oserai-je songer à son avenir, à ce que la vie pourrait lui apporter ? C'est Shige et moi qui avons choisi le prénom de Hideo. Excellent homme. Un nom si adulte pour un être si jeune, mais aucun de nous n'est bien vieux. Je n'ai que dix-huit ans, je suis déjà mère et je serai bientôt infirmière diplômée. Shige a vingt-trois ans et il est ingénieur des mines. Parfois, quand Hideo pleure, je ne peux supporter le bruit. Je le prends dans mes bras et je marche, je tourne et retourne dans la maison, le ventre noué par l'angoisse. Shige me prend Hideo des bras, il me dit de me reposer, il me dit de manger, il me dit qu'il est fier de moi. Je vois de mes yeux combien il chérit cette petite vie que nous avons sculptée en ce monde. Son bonheur est contagieux. Il sait la façon de me faire sourire, mais parfois, je me sens envahie de tristesse. Le soir, quand la maison est silencieuse, ou que Hideo est au sein, c'est plus fort que moi, je pense à Jomei. J'essaie de repousser les restes de lui mais la souffrance de son départ se réembrase, une salve brutale au firmament de mon esprit. Je me dis que Shige est le seul qui soit à mes côtés en chair et en os. Mais cet amour que j'ai pour lui et mon enfant m'effraie de manière différente. J'ai déjà perdu une personne que j'aimais. Et si je devais les perdre tous les deux aussi ? La douleur serait impossible. À cette simple pensée, je ne respire plus tant je suis effrayée. Aujourd'hui, j'ai écouté des hommes à la TSF parler de l'incident chinois et ai demandé à père ce qui arrivera. Il dit : ne t'en fais pas, nous serons en sécurité. Mais des soldats meurent et ce sont les ambitions de notre pays qui les tuent. De nouveaux volontaires partent outre-mer pour accomplir leur devoir, d'autres jeunes hommes sont incorporés dans le service actif. Je prie pour que notre famille soit épargnée. Mais pourquoi le serions-nous ? Pourquoi Dieu nous aiderait-il et pas les autres ?

Moi aussi, je regarde en arrière et je me pose des questions : savions-nous vers quoi nous nous dirigions ? L'année du mariage de Yuko, 1937, nous étions entrés dans une guerre non déclarée avec la Chine, une guerre qui faisait rage depuis la Mandchourie au nord jusqu'aux frontières de l'Indochine française au sud. Ce mois d'août là, nos troupes débarquèrent près de Shanghai et, début décembre, elles entraient à Nanking, la capitale chinoise. Kenzo lisait le journal et son front se plissait.

— La Chine est trop vaste, quel que soit le nombre de troupes qu'on y envoie, disait-il. Que va faire l'Occident ?

Il va s'appuyer au dossier de son fauteuil un sourire aux lèvres et dire : « Je t'en prie, Japon, fais comme chez toi » ?

Nagasaki était le port le plus proche de Shanghai et les émigrants japonais qui avaient fui le conflit rentraient au pays par le quai de Dejima. Ils étaient si nombreux que les autorités avaient installé à la gare ferroviaire des tentes blanches pour abriter les réfugiés. Tandis que les arrivants attendaient que commence leur nouvelle vie à côté des voies de chemin de fer, les conscrits se rassemblaient le long des rails, prêts à partir dans la direction opposée. Leurs proches saluaient leur départ en agitant des drapeaux et en criant leurs au revoir le long des quais démesurés. Les garçons aussi bien que leurs familles semblaient excités et enthousiastes devant la tâche qui leur incombait, une embellie pour la nation. Même en sûreté dans les limites de notre propre île, nous nous préparions au combat. La police militaire, la Kempeitai, prévenait les gens que les bavardages inconsidérés sur les affaires militaires conduiraient à des représailles. De nouvelles organisations devinrent des pouvoirs effectifs : on instaura un quartier général de la défense civile qui, installé à l'hôtel de ville, aidait à la préparation des populations contre les raids aériens. L'année suivante, l'Acte national de mobilisation prit effet, gérant de fait les budgets des usines et du gouvernement pour la production d'armement et nationalisant les journaux qui nous parlaient de nos victoires. On imposa le rationnement sur l'essence, le cuir et la laine. En 1939, lors de la déclaration de guerre en Europe, nous regardions les actualités cinématographiques avec Adolf Hitler s'adressant aux foules bras levés en guise de salut. Le gel des salaires arriva en force, le prix des cigarettes s'envola et leurs noms changèrent, abandonnant la langue des ennemis, Cherry et Golden Bat, pour endosser leur équivalent japonais,

Sakura et Kinshi. Le message était clair : non seulement notre gouvernement ou nos chefs municipaux mais tout le peuple japonais, même nos jeunes, devait s'unir pour une grande bataille. En 1940, on ferma les dancings. En septembre, le Japon avait rejoint les forces de l'Axe, devenant ainsi l'allié de l'Allemagne et de l'Italie, et nos troupes entrèrent en Indochine française. En décembre, l'Amérique interdit les exportations de ferraille vers nos rivages, l'année suivante, pétrole et acier furent eux aussi inscrits sur les listes de matériaux interdits. Les autorités et la presse parlaient de la sphère de coprospérité de la grande Asie orientale qui exigeait plus d'espace pour libérer la pression sur nos territoires surpeuplés. Le Japon manquait de ressources naturelles, nous avions besoin de plus de caoutchouc, d'étain et de charbon. Shige fut envoyé de plus en plus souvent à Gunkanjima, au large de la côte de Nagasaki, l'île d'exploitation minière que ses tours d'appartements et ses murs de béton faisaient ressembler à un cuirassé partant en guerre. Parfois, il restait absent des semaines durant. Entre ses départs, Yuko et lui emmenaient Hideo en sorties à la journée, construisant des souvenirs de famille, même si leur fils était trop jeune pour se les rappeler.

Hier, nous avons pris la voiture pour la péninsule de Shimabara et nous sommes allés à la plage. Hideo se mettait debout et courait comme un château branlant sur le sable plat, le visage barré par un grand sourire. Nous avions surnommé ça son visage coquin. Sans prévenir, il se mettait en route sur ses petites jambes dodues, mi-marchant mi-courant vers le bord de l'eau, la tête ballant de gauche et de droite. Nous courions à ses trousses et lui prenions les mains de part et d'autre avant de le soulever en l'air pour le faire retomber en laissant les vagues lui mouiller les pieds. Comme il riait ! Plus tard, nous avons cuit des huîtres qui crachaient leur jus sur les flammes en contemplant les colonnes de fumée du mont Unzen. Le volcan avait beau ne pas avoir connu d'éruption depuis 1792, je regardais malgré tout ses panaches noirs et fumants avec prudence. Lorsque Shige a fait ses bagages ce matin, il m'a dit de ne pas me tracasser. La mine est sûre, le travail important, comment construire sinon des navires ou chauffer nos maisons ? Il m'a embrassée, serrée dans ses bras, dit qu'il serait de retour très bientôt à la maison. Un lieu que je déteste quand il n'est pas là. J'ai père et mère, des amies à l'hôpital au besoin, mais sa solidité me manque. Sa présence me calme, elle me rappelle toujours ce que le bonheur peut être. J'entoure la date qu'il me donne pour son retour, le 14 décembre 1944.

Mais d'abord il y eut le 7 décembre et deux mots qui changèrent le monde : Pearl Harbor. L'information fut diffusée à la radio aux environs de neuf heures du matin. J'écoutai le Premier ministre Hideki Tojo nous dire qu'il allait falloir tout sacrifier à la cause de notre pays : « Nos adversaires, fiers de la richesse de leurs ressources naturelles, visent à la domination du monde. Afin d'anéantir cet ennemi et de bâtir un nouvel ordre inébranlable dans l'Asie du Sud-Est, nous devons anticiper une guerre longue. » La « Marche des Cuirassés » nous explosa aux oreilles et je téléphonai à Kenzo sur son lieu de travail pour lui demander ce que cela signifiait pour nous. Il me dit que Shige serait en sécurité, son travail sur le front domestique était vital, d'autres que lui pouvaient être envoyés outre-mer. Au cours de ces tout premiers mois, notre famille parut protégée. Shige continuait ses allers et retours à Gunkanjima alors que les enfants de nos voisins recevaient leurs ordres de mobilisation. Au début, les nouvelles furent, étonnamment, peut-être incroyablement, bonnes. On faisait des films sur nos grands triomphes à

Hawaï et en Malaisie. Lanterne à la main, nous défilions pour célébrer nos victoires et de longues queues s'étiraient devant les cinémas, les gens attendant désespérément l'annonce de nouvelles victoires. Dans les reportages d'actualités, beaux et fiers avec leurs écharpes blanches, nos pilotes faisaient leurs adieux en buvant une tasse de thé. « *Banzai* », s'écriait alors le public en les acclamant dans l'obscurité. Lorsque les images tremblotant sur l'écran montraient des soldats ennemis capturés, humiliés par leur reddition, nous nous sentions envahis d'une fierté plus paisible. Les autorités décrivaient nos forces comme « invincibles » et nos hommes étaient des « dieux militaires ». Mais nul ne pouvait nier que le prix à payer pour ces résultats semblait exorbitant : nombre d'hommes ne rentrèrent jamais à la maison. Et désormais, les États-Unis et la Grande-Bretagne tiraient sur leurs laisses comme une bête féroce à deux têtes.

De par le pays, nous faisions l'éloge de nos disparus. En signe de deuil, des bannières noires flottaient devant les foyers où un père, un mari, un fils avaient été tués, des foyers que des panneaux désignaient comme « maisons de l'honneur ». Une façon de nous rappeler qu'il fallait un grand courage pour gagner la guerre, non pas seulement de la part de nos soldats mais de tous les citoyens ordinaires. Nous suivions les règles : remonter les rideaux opaques anti-aériens, déposer nos bijoux en or, acheter encore plus de bons du gouvernement étant donné qu'un nouveau cabinet venait au pouvoir tous les six mois. Les métaux des mausolées shinto étaient collectés, d'antiques cloches refondues, les cimetières chrétiens et les temples bouddhistes pillés, les commerces privés de leurs citernes d'eau de pluie ou de leurs grilles aux fenêtres. Même les suspensoirs des moustiquaires devaient être remis aux points de collecte.

Au début de 1942, le rationnement devint plus sévère. Les magasins fermaient et le marché noir fleurissait. Les femmes échangeaient leurs kimonos contre du riz. Nous appelions ces grains notre argent blanc. Dans les rues, les gens avaient l'air négligés, stressés, plus maigres qu'ils ne l'avaient été. En lieu et place de leçons, les étudiants faisaient du volontariat. Une éducation qui leur suffisait amplement, rassurait-on les parents. Lors de leurs excursions dans les forêts voisines, ils coupaient les racines de pin pour les transformer en combustible. Nous perdions du poids, le visage marqué par des poches sombres sous les yeux, nos estomacs grouillant de faim. L'euphorie de ces tout premiers mois de succès éblouissants dans le Pacifique commença à s'affadir dans la mémoire collective. En juin, ce fut la bataille de Midway. Les avions torpilleurs et les chasseurs bombardiers américains détruisirent quatre de nos porte-avions et un croiseur. Kenzo me dit, en secouant la tête :

— Nous sommes trop exposés, Amaterasu.

Puis, un matin de printemps en 1944, Yuko fut réveillée par un coup à la porte dans la nuit, juste avant le lever du jour.

Un employé aux affaires militaires était planté devant notre porte, il tenait à la main des papiers rouges, les ordres de mobilisation. Il voulait parler à mon mari. Je suis restée dans la pénombre tandis que l'homme informait Shige qu'il devait se présenter à l'entraînement pour les officiers avant dix heures du matin, en précisant qu'il était inutile de contester l'ordre. Une adresse me serait communiquée ultérieurement. Shige était classé A quant à ses aptitudes physiques et on avait besoin de ses compétences d'ingénieur sur le front. L'homme s'est incliné et a poursuivi sa tournée vers la maison suivante sur sa liste. Nous sommes restés dans la cuisine où Hideo, alerté par le bruit, nous avait rejoints. Ses cheveux étaient tout hérissés et le pli de son oreiller s'était imprimé sur sa joue. « C'est déjà le matin ? » Shige l'a soulevé dans ses bras et fait tournoyer sur place. « C'est une journée spéciale aujourd'hui. Aide ta mère à nous organiser une grande fête. » Il est monté à l'étage pour faire ses bagages et j'ai préparé du riz rouge pour le petit-déjeuner. Je mangeais en compagnie de Hideo quand je me suis approchée du sac en toile de Shige pour y glisser, sous les rares affaires qu'il envisageait d'emporter, un senninbari que j'avais fabriqué. Mille points de broderie sur une ceinture sauraient-ils lui épargner les balles ? Les heures avaient passé trop vite et nous nous sommes tous retrouvés près des voies de chemin de fer où je disais au revoir à mon mari. « Je reviendrai, a-t-il dit. L'entraînement ne durera que quelques mois. Nous pourrons aller de nouveau à la plage à mon retour, manger des okonomiyaki, nous enivrer au vin de prune, donner un petit frère ou une petite sœur à Hideo, qu'en dis-tu ? » J'ai essayé de sourire mais j'avais l'impression qu'il avait saisi mon cœur et l'écrasait dans sa main. Hideo ne comprenait pas ce qui se passait mais ce sont mes larmes qui l'ont fait pleurer à son tour. Shige s'est agenouillé et a murmuré à son oreille : « Veille sur ta mère. » Puis il est parti. J'ai regardé mon fils, encore trop petit, trop vulnérable, et j'ai pensé : « Comment vais-je veiller sur toi ? » Je viens de trouver l'enveloppe que Shige a dû cacher sous nos draps avant son départ. Je déplie son message et colle ses mots contre ma peau. « Je te le promets, lorsque tout sera terminé, je ne te quitterai plus jamais. »

Trois mois plus tard, il revint pour dix précieuses journées avant de repartir pour le front. Je le trouvai changé, plus dur, plus distant. C'était toujours Shige, oui, mais il était soldat désormais. Un jour qu'il jouait au cerf-volant avec Hideo dans le parc, je l'observai en compagnie de Yuko, cachée dans l'ombre d'un érable. Elle me parla à mi-voix des aveux qu'il lui avait faits tard dans la nuit, du prisonnier qu'il avait été contraint de tuer pour bien prouver qu'il était prêt à combattre. Il lui avait décrit la façon dont son officier commandant avait dégainé son sabre, fait glisser de l'eau sur les deux côtés de la lame et dit : « C'est ainsi qu'il faut faire. » Il se souvenait de la colère de l'officier quand il s'était rendu compte que son sabre s'était gauchi sous la force du coup. Je demandai à Yuko pourquoi il lui avait avoué un tel geste.

— Il n'a pas eu le choix. Je l'ai trouvé en pleurs.

Choquée, par les pleurs peut-être plus que par le reste, je regardai mon gendre, qui décrochait la ficelle d'une branche.

— L'a-t-il fait ?

Elle me regarda, confirma d'un signe de tête très bref.

— Il obéissait aux ordres, lui dis-je, et la conversation se poursuivit, contrainte et forcée.

Il partagea ses derniers adieux avec Yoko et Hideo, cette fois sur le port. De nouvelles larmes coulèrent, de nouvelles promesses furent échangées, de nouveaux projets échafaudés pour son retour prochain. Nous ne le revîmes jamais, mais au moins, au début en tout cas, elle eut le réconfort des lettres de son mari.

Hideo ne cesse de demander où Shige est parti. Ses idées s'emmêlent, il veut savoir si papa est de retour sur le rocher de charbon, son nom pour Gunkanjima. Je lui explique que Shige est un soldat mais il ne comprend pas. Moi non plus. Les lettres de mon époux sont des puzzles. J'essaie de lire ce qu'il veut vraiment dire derrière ces lignes enjouées. Son ton est toujours si léger, exactement comme si, à l'image d'un enfant, il jouait à la guerre.

Il parle des bouteilles de bière Tiger bues sur le bateau qui l'avait mené à destination, de la nourriture qu'ils mangent là où il se retrouve en poste. « Honnêtement, le lézard, c'est délicieux. Une viande si rose et tendre, si juteuse au goût, mais dis à Hideo que le buffle d'eau, ce n'est vraiment pas bon. » J'ai montré certaines des lettres à père pour voir s'il pouvait y trouver des indices. Il a regardé la carte épinglée au mur de son bureau et désigné la Birmanie. « Il se trouve peut-être dans les rangs de la 15ᵉ armée. Ce serait une bonne chose. Il serait en sécurité là-bas. Ta priorité maintenant, c'est Hideo. »

En décembre, Yuko reçut une carte postale de Shige portant imprimée une liste de déclarations pré-rédigées. Il avait cerclé les plus adaptées : « Je vais très bien, j'ai confiance en la victoire, ce combat est noble. » Et griffonné de sa propre main : « Sois fière de moi comme je suis fier de toi. Je pense à toi et à Hideo toujours. Des pensées qui me donnent de la force. »

Puis six mois s'écoulèrent et elle ne reçut aucune nouvelle. Plus de lettre ni de carte postale, pas un mot des autorités militaires. Je lui dis qu'elle devait se convaincre qu'il était en vie jusqu'à ce qu'on lui dise le contraire. Les lignes de communication étaient naturellement mises en défaut à cause des combats, oui, mais certainement qu'elle aurait été informée par télégramme ou annonce de décès s'il avait été tué. Les journaux étaient pleins de nos hommes qui s'étaient sacrifiés pour notre pays. Son nom n'était jamais apparu parmi eux. Mais Yuko avait besoin de preuves de sa survie, une indication quelconque que Shige était vivant, dans les jungles, les mers ou les camps de prisonniers. « Il est mort, il a disparu », disait-elle, le corps plié en deux par l'angoisse que cette pensée faisait naître. Ces mois de silence s'étaient remplis de nouvelles défaites militaires, de nouvelles famines, de peurs grandissantes des représailles ennemies si nous échouions. Des décennies plus tard, j'appris que c'est à ce moment-là que Sato était revenu : le 4 janvier 1945.

Un esprit

Hitodama : *selon une croyance populaire,*
si l'esprit d'une personne décédée n'est pas satisfait
de la façon dont il est traité par la famille endeuillée,
il flotte à l'entour des pierres tombales la nuit afin
d'essayer de dénicher le bon endroit
pour une installation à demeure paisible.
La forme qu'il est censé prendre quand il se promène
est une boule de feu, rougeâtre, jaunâtre
ou d'un blanc bleuté avec une queue.

Que dire du moment où l'on voit un fantôme bien vivant ? La journée était ordinaire, le soleil ne brillait pas plus fort, le quartier de l'hôpital avait toujours le même aspect, mais en l'espace d'un battement de cœur, le monde de Yuko fut transformé et son destin scellé. Le choc l'ébranla par tout le corps, son sang s'accéléra au point que ses yeux doutèrent de leur vision et elle crut même devenir folle mais Sato n'avait rien d'une illusion. Il était entouré par un groupe d'infirmières qui l'écoutaient avec attention donner ses instructions. J'imaginai la panique dans les poumons de ma fille, l'explosion dans son ventre, le hurlement dans son esprit quand elle le reconnut. Elle attendait qu'il relève la tête mais il consulta son porte-bloc, sourit à un patient et alla au chevet d'un autre.

Il faut qu'il me voie. Serais-je devenue tellement invisible ? Avais-je tellement changé ? Finalement, il a relevé les yeux et s'est arrêté de parler. Nous étions chacun à une extrémité de la salle, tout juste sept mètres à parcourir mais huit années de séparation. J'ai eu l'impression d'être au bord d'un précipice à fixer les vagues en contrebas avec une envie folle de me laisser tomber. Recule, Yuko, recule. Un pas, puis un autre, encore et encore, jusqu'à me retrouver à l'extérieur de l'hôpital, le souffle haletant, respirant par à-coups, mon cœur si vivant soudain que j'ai craint qu'il ne s'échappe de ma poitrine. J'ai dépassé un écran de buissons, enjambé des branches tombées sur un sol de mousse humide. J'ai entendu derrière moi des bruits de pas et un bruissement de feuilles mais je ne me suis pas retournée et j'ai continué à avancer jusqu'à une clairière dans un enclos d'arbres. J'ai attendu qu'il arrive, terrifiée et dans le même temps complètement excitée. Je le vois, debout devant moi comme si nous n'avions jamais été séparés. Amour, désir, souffrance, ce tout me submerge. Jomei est là. Non pas dans ma tête. Mais bien ici. Je ne peux plus dire un mot, je peux juste le fixer de tous mes yeux. Sa bouche, son grain de beauté, cette beauté de lui, si cruelle. « Est-ce toi ? » Il n'a rien dit. Je m'avance jusqu'à lui. « Es-tu réel ? » J'ose le toucher, je tiens ma main ouverte sur sa poitrine. « Tu es resté parti si longtemps. » Je pose la tête contre son épaule, m'autorise ces quelques instants fugaces puis je pense à Shige. Je me force à me raccrocher à la plus infime possibilité qu'il soit encore en vie. Je m'écarte. « Ce que nous avons été ne peut plus être. Tu comprends ? » Il semble blessé par mes paroles quand il s'adresse à moi. Il est incapable de me regarder. « Je n'avais pas la moindre idée que tu étais infirmière. Si j'avais su, j'aurais... » Il secoue la tête et je ferme les yeux. Lorsque je les rouvre, il est reparti. J'écoute les bruits du monde au-delà de cette barrière d'arbres. J'entends un rire de femme, le grondement de la circulation, des signes de vie. Je dis une prière à mon mari. « S'il te plaît, Shige, donne-moi de tes nouvelles. Rappelle-moi que je suis toujours ton épouse. Dis-moi que ces serments importent toujours. »

Au cours de ces tout premiers jours, Yuko garda ses distances de la même façon que lui mais tous deux étaient comme des animaux en cage rôdant autour de l'enclos. Elle le surprenait parfois qui la regardait, la fixant des yeux sans ciller comme si elle était une énigme impossible à déchiffrer. Pourquoi ne l'avait-il pas contactée ? Pourquoi n'avait-il pas donné de ses nouvelles ? Pourquoi était-il de retour maintenant ? Les langues allaient bon train et les ragots firent rapidement le tour des services. Sato avait été posté à l'étranger pendant deux ans, il s'était retrouvé quelque part dans le Nord et avait rejoint la faculté de médecine qui manquait désespérément de personnel qualifié. Sa réputation l'avait précédé et les infirmières bavaient littéralement devant le beau docteur au sourire désarmant et aux manières de séducteur.

Je compte les jours à mesure qu'ils finissent. Il y a deux semaines que Jomei est revenu. J'essaie d'ignorer ce besoin désespéré d'être à ses côtés. Et je parcours les listes des décès dans le journal afin de me rassurer que l'absence de Shige sur ces pages est un signe qu'il est toujours en vie. Il faut qu'il le soit, pour Hideo, pour lui, pour moi. Chaque jour qui passe où je n'ai pas vu son nom, je me dis pour moi-même : Reste fidèle, aie foi, sois forte. Mais certains jours, tout ce que je peux imaginer se limite à un corps pourri abandonné dans une jungle. Ce matin, tandis que Hideo se préparait pour l'école, il a demandé : « Il est mort, papa ? » Je l'ai regardé, choquée par une question aussi directe.

Quelle question dans la bouche d'un fils ! Que pouvais-je répondre ? « Non, il est juste très loin quelque part et se conduit en brave, c'est un soldat. » Hideo s'est gratté le nez. « Le papa de Tadashi est mort. » Je lui ai passé ses vêtements. « Tadashi doit être triste. » Il a acquiescé et enfilé son slip tant bien que mal. Lorsque je suis arrivée à l'hôpital tard dans la matinée ce jour-là, j'ai entendu dire que Jomei avait été appelé au camp de prisonniers de guerre près de la fonderie. Il avait besoin d'une assistante et les volontaires ne manquaient pas. J'ai observé l'infirmière choisie qui s'entretenait avec lui avant qu'elle ne disparaisse dans les vestiaires pour se changer et récupérer ses affaires. Il est sorti du bâtiment et moi, simple limaille face à cet aimant en marche, je l'ai suivi. « Emmène-moi à sa place, Jomei », lui ai-je dit. Il s'est retourné, sur ses gardes. « Pourquoi ? Tu m'as dit clairement de rester à l'écart. » Je ne pouvais pas lui parler de toutes ces nuits solitaires que j'avais passées ni de celles à venir. Je ne pouvais pas lui parler des cauchemars qui m'assaillaient à la pensée que Shige était mort. Je ne pouvais pas lui dire que mon corps avait oublié le contact de mains étrangères. Je me suis contentée de répondre : « J'ai besoin de me sentir heureuse aujourd'hui, Jomei, rien que pour quelques heures. Jadis, le temps passé avec toi me rendait heureuse. Voyons si c'est toujours vrai. » Il m'a jaugée du regard, sans dire un mot. Je ne sais pas ce qu'il a vu.

À leur arrivée au camp 14 à Fukuoka, les prisonniers s'étaient regroupés debout derrière les clôtures grillagées, émaciés et brûlés par le soleil. Certains grommelèrent quelques épithètes à l'adresse de Yuko, d'autres sifflèrent, mais la plupart les observèrent en silence. Sato et Yuko passèrent à côté de deux hommes occupés à vider les latrines sur les plants de tomate des officiers, leurs fruits aussi gros que des pommes. Deux cents prisonniers étaient arrivés quelques jours auparavant, tous survivants du naufrage d'un cargo qui les transportait au Japon. Les blessés avaient besoin de soins avant de rejoindre les autres prisonniers de guerre qui travaillaient à la fonderie Mitsubishi. Le commandant du camp conduisit Yuko et le docteur jusqu'à une salle d'examen et on leur amena leur premier patient qui boitait à cause d'une hernie, un jeune Britannique au nez couvert de taches de rousseur. Sato s'adressa à lui en anglais et le jeune homme commença à se dévêtir. Ses joues s'empourprèrent quand il jeta un œil à Yuko. Il s'allongea avec précaution sur la table et elle lui posa une gaze sur les yeux. Des gouttelettes de sueur perlaient au-dessus de sa lèvre supérieure. Elle lui prit la main, serra ses doigts osseux et Sato commença à opérer.

Je ne sais pas comment je suis parvenue à ne pas trembler en passant les instruments et en administrant les médicaments. Nous avons travaillé en silence, synchrones l'un avec l'autre. J'ai pris plaisir à regarder ses mains à l'œuvre et à écouter son anglais primaire. Quand avait-il appris cette langue ? L'après-midi a été un moment parfait, un rêve exaucé et accompli après huit années d'espoir. Le crépuscule était tombé à notre départ du camp. Nous avons attendu devant les grilles l'arrivée du taxi et Jomei m'a demandé s'il pouvait en profiter pour me déposer quelque part. Je n'avais rien planifié de ce qui est arrivé ensuite. Je suis sûre que c'était parfaitement spontané. Hideo restait chez mes parents cette nuit-là et je disposais de quelques heures de liberté. Accepterait-il de boire un verre avec moi ? « Je pensais que nous pourrions être amis », lui ai-je dit. Il a sorti une cigarette de sa poche et répété les mots en allumant son briquet. « Des amis ? Pouvons-nous être amis ? Tu crois vraiment que c'est concevable ? » Je lui ai répondu que oui, si nous nous en donnions la peine.

« Que penserait ton mari ? » Je me suis sentie pleine de honte en entendant ces mots. Qui était-il pour me juger ? J'ai commencé à m'éloigner mais il m'a rappelée. « OK, un verre. Je connais un endroit tranquille. »

Ils prirent un taxi pour Maruyama dont les immeubles et les pavés lui parurent plus sales que dans son souvenir. Les lanternes des bars faisant office d'enseignes brillaient encore mais leurs enveloppes en papier étaient déchirées, crasseuses, bancales. Ils passèrent à côté de prostituées qui montraient leurs kimonos rouges de dessous en interpellant un groupe de matelots étincelant dans leurs uniformes blancs de la marine puis empruntèrent une allée moins fréquentée jusqu'à une porte noire décorée d'un chrysanthème blanc. Le bruit assourdi d'un gramophone commença à s'insinuer au travers des murs à mesure qu'ils montaient l'escalier. Ils arrivèrent à une porte décorée d'une affiche de Greta Garbo en Mata Hari.

À l'intérieur, à côté d'un petit comptoir en bois, se tenaient deux hommes coiffés de perruques blondes, vêtus de robes du soir en satin rouge marquées de taches de sueur aux aisselles et chaussés d'escarpins dorés tout éculés. Le plus petit et le plus rondelet des deux se précipita pour accueillir Sato. Yuko eut droit à un regard critique et il se présenta à elle sous le nom de Greta. Son ami se faisait appeler Simone. Greta ouvrit la marche, passa à côté des autres clients, des ouvriers de chez Mitsubishi et des marins en permission, et leur trouva une table près de la scène. Une vieille dame en uniforme de soldat américain déposa devant eux deux bouteilles de bière. Les premières mesures de *« I Can Get a Kick Out of You »* se déversèrent au sortir d'un haut-parleur tandis que Simone et Greta gagnaient l'estrade d'un pas traînant. Elles se mirent à martyriser les paroles de la chanson dans un anglais approximatif tout en levant la jambe comme des danseuses de cancan d'un bout à l'autre de la scène. Le public applaudit et Greta chauffa la salle, s'assit sur le genou de Sato et lui passa un boa à plumes autour du cou. Une autre chanson, « *You're The Top* », fut suivie par d'autres bières mal brassées, trop légères et sans corps avec un goût de moisi, mais suffisamment alcoolisées pour donner l'illusion d'être ivre. Le spectacle de cabaret se conclut sur un grand vacarme avec « *What a Joy to be Young* » avant que Simone et Greta ne disparaissent derrière un rideau en lamé argent déchiré sur un côté.

J'ai demandé à Jomei comment il avait déniché cet endroit et il m'a répondu que c'est Greta qui l'avait entraîné là alors qu'il passait dans la rue. Comment Simone et elle avaient-elles évité d'être dans le collimateur de la Kempeitai ? Il l'ignorait. Il a dit que nous pouvions aller ailleurs si je ne me sentais pas à mon aise. Non, je lui ai répondu que j'aimais bien ce bar tant il était éloigné de ma propre vie. Il a commandé d'autres boissons et je l'ai regardé verser le liquide jaune trouble dans deux verres. Je me suis demandé si l'homme qui était devant moi était bien différent de celui que j'avais connu à Chinatown. Moi, j'avais tellement changé, alors pourquoi pas lui ? J'étais une toute jeune fille alors et Jomei une nouveauté excitante. Ce soir-là, de sortie en ville, entre rires et boissons, j'ai ressenti une excitation similaire. L'espace de quelques heures, je pouvais être jeune à nouveau et non plus une mère, une infirmière ou une épouse qui pouvait très bien être veuve. Je voulais m'enivrer, me perdre moi-même. Nous avons vidé nos verres et je nous ai resservis. Au cours des années passées, je m'en étais bien souvent représenté, des soirs comme celui-là. Jomei et moi ensemble, encore une fois, ce qu'il pourrait advenir, les sensations que je pourrais y trouver. Je m'étais imaginé un mélange de joie, de crainte et de désir de revanche. Nos retrouvailles seraient la preuve que nous n'aurions jamais dû nous séparer. Seul problème, nous étions différents. Je ne suis pas Cio-Cio-san. Je ne suis même pas Yuko Takahashi. Je suis Yuko Watanabe. Je me suis délibérément souvenue que l'homme assis face à moi dans ce bar minable m'avait abandonnée. Comment pouvais-je ne pas être en colère ? Mais ce que j'éprouvais était plus complexe et je me sentais plus incline au pardon. Et lui alors ? Peut-être n'éprouvait-il rien. J'ai repris un verre. L'alcool me déliait la langue. Nous avons bavardé comme deux commères, à décider de quel médecin avait une liaison avec quelle infirmière. Nous savions l'un et l'autre qu'il valait mieux ne pas aborder les sujets fâcheux en nous cantonnant à des propos futiles.

Elle lui parla de sa formation d'infirmière, du jour où on lui avait tendu une jambe amputée dans un seau : elle s'apprêtait à jeter le moignon sanguinolent aux ordures quand un gardien avait pointé le doigt vers l'incinérateur. Elle s'était sentie flattée quand Jomei avait ri, plus encore quand il lui avait dit qu'elle était douée pour ce métier. Ensuite, ils étaient passés à de petites anecdotes concernant Hideo, le jour où il s'était coincé un pois wasabi dans une narine, le matin où elle l'avait trouvé se préparant à saisir une grosse scolopendre noire, attiré par ses pattes jaunes, sans savoir que sa piqûre était douloureuse, l'expression de son visage la première fois qu'il avait mangé une prune au sel. Rire lui faisait du bien, toute sa tension s'envolait. Yuko sentait qu'elle se dénouait comme un œillet sauvage au lever du jour, rose et frêle sur sa tige solide. Jamais ils n'avaient parlé de Shige.

Sans y faire attention, ils se surprirent à évoquer Iwo Jima, le couple âgé qui se chamaillait perpétuellement sur le ferry les conduisant sur l'île, le bruit des poux de mer en procession sur les rochers. Yuko fit la grimace. « Il devait y en avoir des millions. » Sato claqua la table d'un air amusé et parla plus fort pour se faire entendre alors que le deuxième acte du spectacle se déroulait sur la scène. « Et tu te souviens de l'oursin ? Cette façon que tu avais de serrer ta jambe, "Suis-je en train de mourir, Jomei ? Tu en sûr ?" » Elle fit la moue. « Jamais je n'ai dit une chose pareille. » Elle rit malgré tout, se rappelant le plaisir qu'elle avait ressenti quand il l'avait portée dans ses bras. Mais Iwo Jima ne concernait pas seulement Jomei. L'île appartenait aussi à Shige. Yuko se leva, s'excusa et se rendit aux toilettes. Elle scruta son reflet dans le miroir. Son visage était rouge de tout l'alcool bu, ses yeux injectés de sang. « Souviens-toi de celle que tu es », se dit-elle. « Souviens-toi de la souffrance que cet homme t'a infligée. » Elle revint à la table, soudain plus sobre.

Jomei m'a paru plus calme, plus sombre, plus silencieux. Nous nous sommes regardés. Je ne pouvais pas éviter ma question plus longtemps. « Veux-tu que l'on parle de ce qui s'est passé ? » Il s'est accordé un long moment avant de répondre. « Est-ce si important aujourd'hui ? » Ses mots m'ont mise en colère. Comment pouvait-il se montrer aussi indifférent ? J'ai insisté. « Et si notre liaison n'avait pas été découverte ? Que se serait-il passé ? » Il a fait la grimace en engloutissant encore un verre. « C'est impossible à dire. Il est probablement préférable de ne pas trop y penser. » Comment l'aurais-je pu ? Où nos vies nous auraient-elles entraînés si Chinatown ne s'était jamais terminé de cette façon ce jour-là ? Je me sentais stupide d'avoir espéré une sorte d'explication, la démonstration de quelque regret. Mère avait raison, semblait-il. Je ne comptais pas pour lui. J'ai essayé de cacher ma peine, souri et hoché la tête. « Tu as raison. Il vaut mieux laisser le passé là où il est. Et regarde-nous aujourd'hui. Deux vieux amis qui rattrapent le temps perdu. » J'ai choqué mon verre contre le sien. En retour, j'ai eu droit à un autre de ses sourires tristes et circonspects. « Je suis simplement surpris que tu veuilles encore me parler. » Pourquoi m'y serais-je refusée ? J'avais tant de questions à poser. À son tour, il m'a semblé désorienté. « Quand je t'ai vue ce premier jour dans la salle d'hôpital, j'ai repensé à la lettre, à ta colère. Je croyais que tu serais furieuse. » Le cœur au bord des lèvres soudain, je me suis penchée en avant et d'une voix assez forte pour couvrir le rire de Greta, j'ai demandé : « Jomei, mais de quoi parles-tu ? Quelle lettre ? » Il a articulé ses mots lentement comme s'il ne pouvait pas croire qu'il devait les répéter. « La lettre que tu m'as envoyée après le mariage. » « Comment aurais-je pu t'envoyer une lettre ? J'ignorais où tu étais. » Il ne nous a fallu que quelques secondes, à lui comme à moi, pour comprendre ce qui s'était passé. Mère. Quand je lui ai demandé ce que la lettre disait, il s'est contenté de prendre sa tête entre ses mains pendant un long moment. « Ça n'a pas d'importance. C'est du passé. Oublions ça. » Je l'ai regardé, consternée. « Si tu ne me le dis pas, c'est à elle que je poserai la question. » Il a réfléchi une seconde avant de me prendre la main. Mon désir était à l'image d'une ampoule qui grésille dans l'obscurité en reprenant vie. « Tu ne peux pas. Si tu le fais, elle saura que je suis de retour à Nagasaki. » Nos doigts se sont entrelacés. « Ni toi ni moi ne voulons cela, je me trompe ? »

Sato se leva en chancelant et en lui disant qu'il la raccompagnerait chez elle. Elle se raccrocha au rebord de la banquette pour se stabiliser et regarda alentour. La perruque de Greta avait glissé plus encore vers l'arrière de sa tête tandis qu'elle chargeait les verres sales sur un plateau avec d'infinies précautions. Ils se dirigèrent vers la porte et Simone agita un torchon en guise d'au-revoir. À l'extérieur, les rues étaient mouillées de pluie avec, pour seul bruit, leurs pas sur les pavés. Ils prirent l'itinéraire longeant la rivière jusqu'à la porte de Yuko, masquée par un mur. Sato releva la tête sur la maison à un étage et soupira, à croire qu'il se résignait à être découvert une seconde fois.

— La lettre que je t'ai écrite, c'était des excuses pour la façon dont j'étais parti. Je voulais que tu saches combien je regrettais.

Yuko s'appuya contre sa porte.

— Et tu as cru la lettre que tu as reçue en retour ?

— Pourquoi ne l'aurais-je pas crue ? Les sentiments qu'elle exprimait venaient du fond du cœur. Ta mère n'a pas laissé place au doute. J'ai cru que tu me haïssais.

Elle soupira.

— Et que serait-il arrivé si j'avais lu cette lettre ? Serions-nous ici aujourd'hui, de cette même façon ?

Le regard de Sato se perdit dans l'espace.

— Il est trop tard pour poser ces questions.

Yuko se disait qu'il avait l'air triste et furieux tout à la fois. Que pouvait-il espérer de plus ? Que pouvaient-ils espérer de plus l'un et l'autre ? Huit années ne comptent pas pour le monde mais pour le cœur humain, ce n'est pas rien.

— Où es-tu allé, Jomei ? Où as-tu appris l'anglais ? À l'étranger ?

Il fit non de la tête et contempla le sol comme s'il luttait contre lui-même, ne sachant pas si le moment était bien choisi pour passer aux aveux.

— Peut-être te le dirai-je un jour, Yuko, mais pas ce soir. Pas maintenant.

Elle avait une toute dernière question à lui poser.

— Je t'aimais, Jomei. J'ai appris à me l'interdire au fil des années. C'est tout au moins ce que je croyais. Lorsque je n'ai plus eu de nouvelles de toi, j'ai décidé que mère avait raison, je ne signifiais rien pour toi. Tu ne m'as jamais aimée. Est-ce la vérité ?

Sato secoua la tête et lui prit le menton dans sa main, douce et tendre parce que chargée de vérité.

— Yuko, comment peux-tu dire une chose pareille ? Je n'ai jamais aimé que toi.

Ni ma lettre et ni leur séparation forcée, pas plus que le mariage et même la guerre ne pouvaient empêcher ce qui arriva ensuite.

Nous nous sommes embrassés sur le pas de la porte, prudemment, doucement. Nous n'avons plus échangé la moindre parole. Nous nous étions retrouvés. J'ai pris sa main et je l'ai conduit dans la maison jusqu'à ma chambre. J'ai bien sûr pensé à Shige mais j'ai contraint mon esprit au silence assez longtemps pour ne plus voir que Jomei devant moi. Je ne pouvais pas lui résister, je n'ai jamais pu. Il est ma drogue, mon opium. Chinatown et Iwo Jima me semblent des pays étrangers. Nous ne sommes plus ceux que nous étions alors. Nous sommes tout neufs et différents. Il est revenu et j'en suis reconnaissante. L'aube se lève et Jomei vient de partir. Nous n'avons pas parlé d'amour quand nous nous sommes quittés. Nous ne parlerons plus d'amour quand nous nous reverrons. C'est inutile. Il est le secret que je brode en mon cœur.

Un éveil

Satori : *dans la philosophie bouddhiste, l'illumination spirituelle équivaut à atteindre à une sagesse transcendantale par le biais d'une vision intuitive personnelle. Selon les sectes zen, c'est l'accomplissement du Bouddha intérieur inhérent aux êtres humains. Elles sont convaincues que cette sagesse accomplie conduira l'individu à une libération vis-à-vis du karma et de la souffrance* (bonno) *ou à l'état de nirvana* (nehan), *qui est le but ultime du bouddhisme.*

Je savais par ses lettres que Sato avait appris son anglais en Chine. Rien d'étonnant qu'il n'ait pas révélé à Yuko où il était parti après Nagasaki. Son silence prouvait tout bonnement le lâche moral qu'il était. Les aveux à une femme morte n'ont aucun sens. En 1937, lui et Natsu étaient repartis dans sa ville natale de Kumamoto, à quelques heures de distance à l'est de Nagasaki. Son beau-père lui avait trouvé un poste à l'hôpital où il se spécialisa en immunologie, plus particulièrement dans la transplantation d'organes. Quatre années s'écoulèrent avant que la guerre ne le rattrape : on l'avait alors expédié à Shanxi au nord de la Chine et intégré à une équipe médicale préparant les docteurs en partance pour la ligne de front. Parmi les appelés, certains n'avaient jamais vu de blessures par balle ni eu à traiter des épidémies de masse, dysenterie, typhoïde ou tuberculose. On attendait de Sato qu'il les aide à être prêts pour le champ de bataille.

À mon premier jour dans la salle d'opération, mon supérieur, Masaru Hayashi, m'a dit que nous allions revoir quelques opérations chirurgicales fondamentales, sous les regards attentifs d'un groupe de dix docteurs. Il tiendrait le bistouri et je serais son assistant. Deux gardes ont amené un prisonnier chinois dans la salle, un jeune gars habillé en fermier. L'infirmière lui a dit de s'allonger sur la table avant de lui injecter un anesthésique dans la moelle épinière. « Vous sentez vos jambes ? » lui a-t-elle demandé mais il n'a pas répondu. Ensuite, elle a essayé de lui donner du chloroforme et c'est peut-être à cet instant qu'il a compris ce qui allait arriver. Il a commencé à se débattre et plusieurs des hommes présents l'ont maintenu jusqu'à ce qu'il se calme. Puis nous avons entamé nos procédures, d'abord en lui enlevant l'appendice puis une jambe avant de finir par lui lacérer les intestins avant d'essayer de réparer les dégâts. Après son décès, nous avons laissé les observateurs pratiquer des dissections. Mes mains tremblaient lorsque je me suis récuré, un détail qui n'avait pas échappé à Hayashi et je me suis senti gêné. À son départ pour la cantine, il m'a confié : « Ça devient plus facile, ne vous en faites pas. » Yuko, il avait raison.

Cela aurait pu être sa guerre sans l'arrivée, début 1942, d'un visiteur qui répondait au nom de général Shiro Ishii.

Sato lui avait fait visiter les installations de l'hôpital et, un mois plus tard, arriva une lettre : ainsi qu'on lui commandait, il prit le train pour la ville de Harbin. Dans les rues encombrées de charrettes à cheval, la puanteur du fumier était omniprésente tandis qu'il rejoignait la gare routière, longeant d'opulentes façades de pierre sculptée et des dômes scintillants bâtis pendant la domination des tsars russes. Le long des champs de sorgho rouge, le trajet jusqu'au village de Pingfang lui prit une heure. À l'intérieur d'un bâtiment de pierre jaune avec toit en tuiles rouges à l'aspect parfaitement inoffensif, un professeur d'Osaka lui fit visiter son domaine : les recherches de la division une concernaient la peste bubonique, le choléra, l'anthrax, la typhoïde et la tuberculose ; la division deux s'intéressait aux expérimentations sur le terrain et en temps de guerre ; la division trois était l'usine qui produisait les agents biologiques destinés aux obus d'artillerie ; la division quatre fabriquait d'autres agents pathogènes ; la division cinq supervisait la formation ; les dernières divisions étaient responsables de l'équipement.

Le professeur apprit à Sato qu'il serait placé en division une. Il ouvrit un classeur bourré de dossiers et expliqua que les patients qui leur arrivaient, tous classés dans les catégories « anti-Japonais acharné » ou « incorrigible », étaient destinés à être déportés. La plupart étaient des civils chinois mais il leur arrivait parfois d'utiliser des soldats ennemis. On avait raconté aux gens du cru que le site était un château d'eau ou une scierie. Le professeur tambourina sur le classeur métallique : « Ce sont nos petits rondins », dit-il. Sato avait fini dans ce qui était officiellement connu sous le nom de service de prévention des épidémies et de purification des eaux – armée de Kwantung. Ses collègues et lui l'appelaient l'unité 731. C'est là que son savoir en immunologie et en transplantation d'organes fut éprouvé jusqu'à ses limites. Si Shanxi avait été sa descente aux enfers, Pingfang était sa destination finale.

Au départ, il ne pratiqua que sur des animaux. Il administrait des piqûres de cyanure, d'acide nitrique et de nitrate de strychnine à des lapins et notait leurs convulsions. Mais un mois après son arrivée, on lui remit un laissez-passer qui l'autorisait à pénétrer dans deux bâtiments au centre d'une cour intérieure séparée du reste du complexe médical par une grille en fer. Là il trouva des savants experts en bactériologie venant d'universités prestigieuses qui lui montrèrent leurs études, expliquant ce qu'ils avaient appris et quelles hypothèses ils escomptaient mettre en pratique ensuite. Il observait des chercheurs qui cultivaient des bactéries ou élevaient des puces. Il aidait les techniciens, nus sous leur blouse blanche qui, dans une salle obscure, tentaient à l'aide de flashes à lumière rouge de convaincre des puces de gagner les ténèbres du cylindre qui leur était réservé. Les parasites devaient ensuite être libérés dans les cages de rats infectés par la peste bubonique. Par la suite, des prisonniers seraient sélectionnés pour prendre leur place. Chaque soir, comme il prenait des bains désinfectants, sa peau puait, comme blanchie à l'eau de Javel, mais son esprit pouvait difficilement être stérilisé aussi aisément.

Je me disais que c'était de la science et que les avancées faites bénéficieraient à toute l'humanité. Les grandes percées en médecine exigeaient des mesures extraordinaires. J'essayais de voir les prisonniers cobayes de la même façon que des rats de laboratoire. Mais je ne pouvais pas échapper à cette question : comment vivre avec les souffrances que nous infligions ? Comment affronter le souvenir des cris de « démons japonais » des prisonniers quand on venait les chercher ? Comment vivre avec tout le savoir acquis ? Je me suis promis qu'un jour tout cela prendrait fin. J'emporterai tout ce que j'avais appris et je partirais. Ce que j'ai fait mais je n'ai jamais réussi à oublier. Qu'aurais-tu dit si je t'avais révélé celui que j'étais vraiment ce soir-là, sur le pas de ta porte ? Tu n'aurais pas pu aimer cet homme-là et donc je t'ai caché le démon de Pingfang. Mais je ne peux rien défaire de mes actions malfaisantes. Le monstre, c'est moi.

À ses jours de congé, il prenait l'autocar jusqu'à un lieu où il pouvait oublier le travail qu'il faisait pour son pays. Les clients choisissaient leurs femmes parmi les photographies affichées sur une véranda en bois. Elles portaient toutes des noms de fleurs : Pivoine, Chrysanthème, Lotus, Fleur de prunier. Ils avaient même une Occidentale dans ce palais du plaisir, Rose. À sa première visite, il l'avait trouvée allongée sur un futon crasseux, roulée en boule, en position fœtale. Elle avait tressailli quand il frappa à la porte et, à son entrée, remonta ses genoux encore plus haut. Ses plantes de pied nues étaient noires à cause du trajet qu'elle avait fait, ses mollets épais maculés de poussière. Il ne voyait pas son visage mais devant ses cheveux marron sale, lâches et pleins de nœuds, il imagina des poux déposant leurs œufs parmi ces follicules non lavés. Il alla à la fenêtre et alluma une cigarette. L'odeur de tabac la réveilla et elle se tourna lentement. Il fut incapable de lui donner un âge mais apprit par la suite qu'elle avait trente-quatre ans. Elle avait deux enfants quelque part, vivants, espérait-elle. La malnutrition creusait ses joues et sa bouche s'étirait en un pseudo-sourire, une grimace de femme affamée. Un nez long et mince, un front et des yeux trop grands pour sa tête comme une mouche, mais malgré la faim qui la rongeait, son corps était resté ferme.

— Cigarette, dit-elle, d'abord en anglais, avant de répéter en japonais.

— Tu parles japonais ?

Elle ouvrit sa paume et il s'approcha d'elle pour lui donner celle qu'il avait à la bouche.

— Tu t'appelles Rose ?

Elle réfléchit un moment et fit non de la tête. Elle montra du doigt la poche de Sato qui lui tendit une autre cigarette. Elle la prit, quitta le lit et posa son petit trophée sur le rebord de la fenêtre, où elle se percha pour regarder au travers des lambeaux d'un rideau orange.

— Je m'appelle Alva.

— Alva.

Ils fumèrent en silence et, sa cigarette finie, elle défit les boutons de sa robe, jadis décorée d'un motif de roses à peine écloses dont la couleur avait viré au gris depuis bien longtemps. Elle se leva et tira le tissu au-dessus de sa tête. Ses seins et ses hanches étaient marbrés de meurtrissures, jaunes, vertes, violacées et noires, des marques de dents étaient visibles dans la chair de son dos. Elle le tira par le bras jusqu'à son lit sordide, un lit dont il n'oublierait jamais l'odeur, un mélange de sueur, de sang et d'autres hommes. Elle prit sa main et pressa ses doigts entre ses jambes jusqu'à ce qu'elle soit suffisamment mouillée et prête pour lui. Lorsqu'il eut terminé, elle se dirigea vers un seau d'eau, essora un linge et se lava le bas du ventre.

— La prochaine fois, apporte-moi un paquet de cigarettes.

Bien que préoccupé par les maladies dont les autres hommes étaient porteurs, Sato était incapable de résister à l'étrangeté de cette femme. Il ne tenait pas à ce qu'on lui rappelle son pays. Il lui acheta des cigarettes et des médicaments et, un jour, une nouvelle robe trouvée dans un étal de rue. Alva ne l'avait jamais portée. Elle lui avait expliqué qu'elle la mettrait le jour où elle quitterait le palais de plaisir. Elle voulait être jolie pour ses enfants, si jamais elle les retrouvait. Il n'en eut jamais la confirmation. Il quitta Pingfang à la mi-1943, d'abord pour rejoindre Tokyo puis finalement Nagasaki au début de 1945. Mais il portait la Chine en lui, hanté par les hurlements des prisonniers, le personnel gainé de combinaisons de sécurité blanches, la grille qui ouvrait sur l'enclos des salles expérimentales.

Des rumeurs des actes sinistres commis là-bas refirent surface après guerre, et de longues années durant, Sato s'attendit à être poursuivi en justice pour ses actions. Mais les autorités n'étaient jamais venues le chercher, pas plus lui que beaucoup d'autres. Ils en savaient tous trop, leurs connaissances en matière de guerre bactériologique étaient trop importantes. À leur retour de Chine, nombre d'entre eux se virent proposer des postes d'importance dans les hôpitaux, les universités et les laboratoires de recherche, au Japon comme aux États-Unis. Certains n'eurent pas cette chance. En 1946, il apprit par les journaux que Hayashi avait été emprisonné pour crimes de guerre. Devant la photo de cet homme inoffensif aux lunettes rondes cerclées de métal avec sa moustache parfaitement taillée, il songea : « Pourquoi toi, Masaru ? Pourquoi pas moi ? » Je commençai à comprendre la raison pour laquelle Sato s'était caché cinq années durant dans l'orphelinat après la guerre. Non par crainte d'être exposé au grand jour mais par culpabilité. Tous ces enfants, ses études, peut-être Hideo plus que le reste, avaient été pour lui autant de tentatives de réparer ses fautes mais pourraient-elles jamais combler la perte de tous ces rondins dans la scierie ? Il attendit 1968 pour publier ses recherches relatives aux effets de la bombe atomique sur les enfants-victimes. Il voulait que ses études de cas remontent à un passé lointain, vingt et une années au total, de manière à présenter un travail définitif, rigoureux, indiscutable. Si son livre était à ses yeux une nouvelle tentative de rédemption, il parut étrangement indifférent au piètre accueil reçu par l'ouvrage à sa sortie. Il en conclut en toute logique qu'il ne pouvait pas forcer les gens à se confronter aux conclusions qu'il avait tirées à partir de son expérience hospitalière, de ses radios, de ses échantillons médicaux. Des experts avaient défilé pour rejeter ses données en arguant du fait que ses cas cliniques, les deux enfants marqués à vie, auraient de toutes les façons développé ces mêmes symptômes sans l'épisode du 9 août 1945. Les quelques voix qui s'étaient levées pour le soutenir furent réduites au silence. Lui comprenait cette réaction négative.

Oui, nous pleurons nos morts, nous faisons campagne pour une meilleure santé publique en demandant que les survivants de Pikadon reçoivent des compensations financières, mais à l'évidence, la résistance est forte dès qu'il faut accepter cette idée que les effets à long terme de cette journée continuent à habiter nos squelettes et nos enfants. N'est-il pas plus facile de contenir l'horreur d'une seule et unique journée ? Comment pourrions-nous faire défiler aux yeux du monde ces bambins devenus adultes en disant : « Regardez bien, voici l'héritage de la bombe » ? Qui étais-je pour m'autoriser à faire ça ?

En 1970 – il venait d'avoir soixante-quinze ans – il commença à souffrir de suées nocturnes, de poussées de fièvre et de douleurs dans les muscles. Natsu l'obligea à subir des examens. Résultat : leucémie.

Naturellement que je m'interroge – ai-je toujours porté en moi ces cellules malades depuis le premier jour, ce 9 août 1945 ? Cette fin m'était peut-être destinée de toute éternité. Tant d'autres survivants ont été la proie de cancers multiples et je m'étais toujours dit que j'allais tomber malade plus tôt. Natsu et Hideo veulent que je combatte la maladie de façon agressive. J'accepte sagement de suivre les séances de chimiothérapie et de radiothérapie mais je ne m'investis pas vraiment dans la bataille. Ma maladie a eu un effet collatéral, cependant, peut-être pas si inattendu. La semaine dernière, j'ai trouvé Natsu qui cherchait les papiers d'adoption que nous avions fait enregistrer vingt années auparavant. Il ne m'a pas fallu l'interroger bien longtemps pour connaître ses raisons. Hideo ne voulait pas me perturber, aussi était-il allé la trouver avec de nouvelles questions ayant trait à sa famille biologique. Je ne me sens pas offensé. Je comprends sa motivation. Elle m'a demandé : « Aurions-nous pu en faire plus quand il était tout jeune ? Et s'il avait de la famille là-bas, quelque part en ce vaste monde ? Nous l'avons empêché de les retrouver. » Trop de décennies s'étaient écoulées, lui ai-je assuré. Les recherches aboutiraient vraisemblablement à un échec. Mieux valait ne pas lui offrir de faux espoirs.

Mais voici la vérité que je ne dirai qu'à toi seule. Oui, bien sûr, après la guerre, j'aurais pu rechercher Amaterasu et Kenzo avec plus de conviction. J'aurais pu passer toutes ces années à tenter de joindre des relations communes, à écrire aux journaux ou aux organisations anti-atomiques, à contacter les services d'immigration ici et à l'étranger. Mais c'est avec joie que je n'ai rien fait de tout ça. Je me suis contenté de mener à bien les démarches officielles nécessaires pour l'adoption et je me suis arrêté là. Je punissais ta mère. Je gardais Hideo rien que pour moi, délibérément. Elle t'avait empêchée de me revoir, j'allais l'empêcher de revoir son petit-fils.

Je me disais qu'avec le temps, quand Hideo commencerait à être connu pour ses engagements pacifistes, elle entendrait parler de lui et viendrait jusqu'ici à sa recherche. Nous n'avions jamais caché son nom de famille. Comment pourrait-elle rester si loin de lui ? Je suis heureux pour nous trois qu'elle ne soit pas revenue. Son jugement aurait été absolu et définitif, tel qu'il avait toujours été, à tous égards. Elle l'aurait réclamé pour sien ou aurait refusé de croire qu'il était son petit-fils. Je me devais de le protéger absolument, dans les deux cas de figure. Je me devais de le protéger d'elle.

Le soleil levant

Hinomaru : *un cercle rouge sur fond blanc symbolisant le soleil levant représente également le drapeau national japonais. Il fut officiellement choisi comme emblème national japonais par le gouvernement meiji en 1870 parce qu'il était un des symboles d'autorité accordés par le shogounat précédent de Tokugawa. Le symbole est très populaire au Japon.*
Hinomaru-bento *est un déjeuner préemballé avec un abricot japonais mariné au vinaigre en son milieu.*

Lorsque je quittai le restaurant en compagnie de Hideo, une ambulance passa dans la rue toutes sirènes dehors. Nous prîmes la direction de la gare. Je m'éclaircis la gorge, tant ma question me gênait. « La lettre parle de la maladie de Jomei. Est-il décédé ? » Hideo confirma de la tête. Il m'expliqua qu'il avait eu beaucoup de mal à regarder l'homme qui l'avait élevé terminer sa vie dans de telles souffrances. Je lui demandai quand. « Il y a dix ans. » J'avais pensé si souvent à ce que je pourrais éprouver à l'annonce de la mort de Sato mais pour autant, je ne criai pas victoire, ce fut même tout le contraire. Je me sentais flouée, en quelque sorte. Que faire quand l'ennemi est défait mais pas de votre main ? J'étais ravie que son agonie eût été douloureuse mais la mort ne fait pas de différence, ceux qui le méritent le moins quittent eux aussi ce monde dans d'abominables souffrances.

Les victimes de Sato l'auraient certainement compris à leur dernier souffle. Natsu avait dû trouver les lettres parlant de Pingfang et je présume qu'elle les avait lues. Qu'avait-elle ressenti à la lecture de cette avalanche de mots destinés à une autre femme ? À moins qu'à un moment de remords, une sorte de confession sur son lit de mort, il ne lui ait révélé ce qu'il avait fait ? Dans un cas comme dans l'autre, d'instinct, sa première réaction avait dû être de brûler ces lettres. Quel risque que de les garder pour ensuite me les remettre. Avait-elle craint ce que je pourrais peut-être faire de toutes ces informations ?

Je m'arrêtai dans la rue pour reprendre mon souffle.

— Donc aujourd'hui vous n'avez plus de famille ?

— Eh bien, les parents d'Angela vivent à Chicago.

Il remarqua mon air perplexe.

— Père ne parle pas d'elle ?

Je lui dis que non. Il sortit de son portefeuille la photographie d'une Occidentale trapue aux cheveux couleur de riz mûr. Vêtue d'un maillot de bain à motifs de tournesols, elle était assise près d'une piscine et riait, avec tout à côté deux enfants en maillot eux aussi, souriant à l'objectif de toutes leurs dents.

— Voici mes enfants, ici, Benjiro, que nous appelons Benji, et là, Hanako.

Je m'attardai avec diplomatie sur le mélange de sang américain et japonais dans leurs gènes mais ne vis guère de ressemblance avec Yuko chez aucun des deux.

— Ils sont beaux, vos enfants. Comment avez-vous rencontré votre épouse ?

— Angela est enseignante, comme moi. Elle est venue travailler dans mon école pour une année sabbatique. Nous sommes devenus amis. Je l'ai emmenée à des réunions pacifistes, je lui ai montré la campagne, nous avons pique-niqué sur la plage. La fin de l'année est arrivée et je me suis rendu compte que je ne voulais pas qu'elle rentre chez elle.

Un temps de silence.

— Donc vous lui avez demandé de rester ? lui demandai-je.

Il rit.

— Nous nous sommes mariés en 1972. Père est mort quelques mois plus tard.

Je regardai de nouveau la famille de Hideo. Pourquoi avoir attendu aujourd'hui pour me parler d'eux ? Lui aussi devait avoir ses doutes à mon sujet. Pourquoi s'en irait-il partager ses enfants, cette vie avec une inconnue ? Sa compagnie avait été une oasis bienvenue dans le désert de mon petit monde. C'était la vérité, je crois qu'il le savait. Nos dernières heures ensemble touchaient à leur fin. Quel cadeau ce serait de donner à cet homme une identité, et à moi un petit-fils. Mais jamais, à aucun moment, je n'avais pensé : Oui, te voilà, c'est bien toi, mon Hideo. Natsu m'avait chargée d'une tâche impossible. Comment pouvais-je mettre l'empreinte d'un enfant de sept ans sur cet homme adulte ? Je lui rendis sa photo, glissai la main dans mon sac et lui présentai à mon tour une image noir et blanc de Yuko et de Hideo assis sous un arbre, souriant à l'objectif.

— Pourquoi ne la prenez-vous pas ?

— Je ne pourrais pas, elle est à vous.

Cet homme était vraiment gentil. Étaient-ce ses cicatrices qui l'avaient rendu tel ou le devait-il à Sato ?

— Je vous en prie, gardez-la pour le moment.

— Je vous remercie. Quand a-t-elle été prise ?

— Hideo avait six ans. Shige venait de rentrer à la maison après sa formation militaire. Il est reparti deux jours après que cette photo a été prise.

Il consulta sa montre et hésita.

— J'ai du temps devant moi avant de reprendre mon train de retour. Nous pourrions bavarder un peu plus longuement, si vous le désirez.

Apercevant mon reflet dans la vitre, je reconnus une femme solitaire et faible, sans plus rien d'important désormais dans sa vie pour emplir ses journées. Se sentait-il désolé pour moi ?

— Tout ce que je sais, c'est qu'il est mort en Nouvelle-Guinée. Guère plus.

Nous nous trouvions à côté d'un bar sans fenêtres, avec juste une enseigne au néon qui disait : BAR. Je savais que j'aurais besoin d'un verre pour lui parler.

— Entrons là, si vous voulez.

À l'intérieur, une lampe verte brillait au-dessus d'une table de billard. Deux clients coiffés d'une casquette de base-ball étaient assis au comptoir, le dos arrondi, penchés au-dessus de leur bière. Derrière eux se trouvaient des toilettes pour hommes et un poster de Cupidon sur un préservatif, avec la légende : *Don't Aid Aids* – N'aidez pas le sida.

— Cela vous va ? me demanda Hideo.

— Il est certain que ce bar a du caractère.

Il rit et j'appréciai la sensation depuis si longtemps disparue d'avoir amusé quelqu'un. Jadis, ce talent me venait naturellement. Nous suspendîmes nos manteaux aux patères métalliques avant de choisir deux tabourets près de l'entrée. Un barman, au cou marqué de cicatrices d'acné avec de longs cheveux oxygénés vaguement permanentés, hocha la tête à notre adresse et nous commandâmes une bière et un whiskey. Nous trinquâmes. Je repensai au 9 juillet 1946, le jour où Kazuyoshi était venu nous parler de Shige alors même que nous faisions nos bagages avec l'intention de démarrer une nouvelle vie. Nous n'avions reçu aucune nouvelle de notre gendre mais nous continuions à entendre des récits d'hommes détenus dans des camps de prisonniers et de soldats qui refusaient de se rendre. La possibilité qu'il fût vivant existait toujours.

Kazuyoshi se tenait devant notre porte, en cravate et costume sombre qui semblait avoir été taillé pour un corps plus petit et plus replet. Premier lieutenant de la 20e division de la 18e armée, il avait été recruté sur notre île de Kyushu en même temps que Shige. Ils étaient devenus amis et appartenaient au contingent de cent soixante-dix mille hommes envoyés en Nouvelle-Guinée. Mal à l'aise, il nous expliqua que seuls dix mille étaient rentrés au pays et il en faisait partie. Une honte à ses yeux, aurait-on dit. Il s'excusa d'avoir mis si longtemps à nous retrouver mais il avait été détenu comme prisonnier de guerre avant de tomber malade à cause de la malaria et il venait tout juste de se remettre. S'il venait à mourir, Shige lui avait demandé de donner une lettre à Yuko. Il rougit jusqu'à la racine des cheveux. Il était également désolé d'apprendre la nouvelle concernant notre fille. Glissant la main dans la poche, il sortit une petite boîte en bambou qu'il nous tendit.

— Elle appartenait à Shige. Je ne sais plus qu'en faire désormais.

Nous l'invitâmes à entrer pour partager avec nous des légumes à la vapeur et un bouillon. Le repas terminé, j'apportai à table le peu d'alcool que je pus dénicher et je versai trois tasses de saké. Il nous remercia tous les deux et but. Je nous resservis.

— S'il vous plaît, que lui est-il arrivé ?

Sa bouche trembla. Je jetai un œil à Kenzo, qui leva sa tasse pour l'encourager à poursuivre.

— Buvez et racontez-nous.

Lorsque la bouteille fut pratiquement vide, il demanda :

— La vérité ?

Mon mari acquiesça.

— Shige ne voudrait pas moins.

Il se mit à parler d'une voix si basse que nous dûmes nous pencher en avant.

— Au cours de ces dernières semaines, la mort était partout. Des amis et des inconnus tués par la faim, les maladies, les balles de l'ennemi ou de leur propre main et par ces rivages infâmes. Il y avait des cadavres partout, nous n'avions pas le temps de les incinérer, nous allions de l'avant, c'est tout. Nous savions ce qu'on attendait de nous, une sorte de bataille de la dernière chance, un ultime sacrifice. Mais Shige me chuchotait à l'oreille : « À quoi bon ? Pourquoi mourir dans un lieu étranger ? » Il fallait nous rendre, rentrer à la maison. Il n'y avait aucune honte à cela, disait-il. Parfois, la nuit, nous entendions l'ennemi qui nous appelait. Toujours le même homme, qui s'exprimait dans un japonais parfait, le dialecte de Tokyo. « Rendez-vous et vous serez traités avec toute la considération qui vous est due ainsi que l'exigent les lois internationales. Vous avez bien combattu mais la bataille est perdue. Nous avons de la nourriture, des médicaments, des couvertures. Avancez-vous et vous serez bientôt en sécurité auprès de vos familles. » Ce refrain s'est poursuivi des jours durant. Puis une nuit, Shige m'a tendu la lettre et il s'est mis debout. Avant même que je puisse l'arrêter, il a laissé tomber son fusil et s'est mis en marche. Certains l'ont regardé partir, d'autres ont suivi.

Kazuyoshi s'interrompit, regarda la bouteille et se versa un autre verre.

— Le coup de feu est passé au-dessus de mon épaule gauche et la balle l'a touché à l'arrière de la tête. Il a dû mourir instantanément. Il n'a pas souffert, j'en suis certain.

Kazuyoshi se tut. Mon mari prit son temps pour trouver ses mots.

— Merci d'être venu ici aujourd'hui. Nous vous sommes reconnaissants.

Notre invité hocha la tête.

— Shige était un homme bien, un excellent soldat, c'était mon ami.

Après son départ, nous restâmes assis côte à côte en fixant la petite boîte en bambou. Finalement, Kenzo s'en saisit et souleva le couvercle. Il en sortit une feuille de papier plié et me la tendit.

— Je ne peux pas, Amaterasu. Tu dois le faire.

Je l'ouvris délicatement, veillant à ce que tous ces plis et déchirures ne se désintègrent en poussière. Shige s'était servi pour écrire d'un crayon émoussé, ses lettres étaient épaisses et sans relief.

Yuko,

J'ai rompu notre promesse. J'avais dit que plus jamais je ne te quitterais. J'ai essayé de toutes mes forces de revenir vers toi. Je suis désolé de vous avoir déçus, Hideo et toi, mais je trouve quelque réconfort à la pensée qu'une part de moi vit en lui. Ne le laisse pas m'oublier. Merci pour tout le bonheur que tu m'as apporté. Je voulais passer ma vie à repayer cette dette de gratitude. Puisque je ne le pourrai plus désormais, promets-moi que tu retrouveras ta joie de vivre. Ne laisse pas cette guerre définir ta vie. Sois heureuse, Yuko. Nous sommes ici pour aimer, alors aime.

Ton mari, Shige.

Je relevai les yeux et vis apparaître le visage de Kenzo, ses joues mouillées de larmes, avant qu'il ne disparaisse dans le lointain pour céder la place à Hideo, assis dans ce bar sombre, la musique brassant l'air au sortir d'un juke-box.

— Vous l'avez toujours, cette lettre ?

Je confirmai, d'un hochement de tête.

— Me permettriez-vous de la lire ? Je voudrais juste la voir, je ne tiens pas à la garder.

Je tendis spontanément le bras pour lui prendre la main mais il se recula devant mon geste.

— Je sais ce que vous allez dire. Et si je ne me trompe pas ? si je suis bien Hideo Watanabe ?

L'aiguille d'une horloge posée tout à côté d'une rangée de bouteilles d'alcool suspendues à l'envers avança jusqu'à trois heures douze.

— Ce n'est pas bientôt l'heure de votre train ?

Il regarda mon verre vide et fit signe au barman.

— Je prendrai le suivant. Amaterasu, je comprends vos soupçons et votre prudence, je vous l'assure, mais ce contre quoi je me débats, c'est votre résistance absolue à l'idée que nous puissions être de la même famille. Pourquoi ne pas vouloir que... ce miracle, disons... s'accomplisse ? Cette armure que vous portez... je ne sais pas comment la percer.

Le barman remplit nos verres devant nous et Hideo but une gorgée de bière.

— Apparemment, ma belle gueule ne fait plus son effet.

Je me surpris à rire à ses paroles. Comme lui d'ailleurs.

— Dites-m'en un peu plus sur Angela et les enfants.

Sachant pertinemment qu'il satisfaisait à un petit caprice de ma part, il commença à esquisser le tableau de leurs vies. Il me dit que Benji ressemblait plus à sa mère : débordant de vie, impétueux, un petit plaisantin. Hanako était plus paisible, plus sensible. Elle était l'aînée, neuf ans. Lui, sept. Leurs disputes étaient terribles mais ils s'aimaient avec férocité. J'écoutai, acquiesçai et je souris, en repensant à ma propre enfance. Personne n'était au courant de ma vie avant mon mariage. Pas même Kenzo. En tout cas, pas toute la vérité, rien que des extraits judicieusement choisis. Au contraire de Sato, je n'avais pas éprouvé le besoin de confesser mon passé même si je ne pouvais l'oublier.

Profession : artiste en divertissement

Geisha : *vers la fin du* XVII*e siècle,*
les geishas *avaient remplacé une ancienne classe de*
« courtisanes » versées dans les arts de la musique et de
la danse qui les avait précédées. Le mot geisha
n'est plus chargé aujourd'hui des implications sexuelles
souvent suggérées par son usage en anglais.
Vêtues d'un kimono et coiffées à l'ancienne mode
japonaise, les geishas *distraient un groupe d'hommes en*
jouant du shamisen, elles chantent, dansent,
servent nourriture et boissons, et, un sourire gracieux
aux lèvres, entretiennent également leurs invités
de conversations gaies et plaisantes. Parmi elles,
certaines ont fait de belles études et, intellectuellement,
savent se montrer suffisamment stimulantes
pour distraire des hommes d'affaires de haut niveau.

J'avais quinze ans quand mère m'emmena au Bar Le Printemps. Père était décédé d'un mélange impossible de silicose et d'alcool de riz et elle-même aimait trop le saké. Elle disait que nous avions besoin de cet argent et qu'il n'y avait aucune honte à faire ce travail. Elle, elle était trop vieille mais moi, j'avais l'âge parfait. En temps utile, peut-être aurais-je la chance d'être présentée à un homme convenable, au contraire d'elle. Elle ne cessait de se plaindre du sort cruel que le destin lui avait infligé en lui faisant croiser la route de mon « bon à rien » de père. Au cours de leurs disputes d'ivrognes, la voix chargée et pâteuse, au milieu des tasses qui volaient, j'avais appris qu'ils n'avaient jamais eu l'intention de convoler mais ma naissance imminente les y avait contraints. Sa beauté avait été sa malédiction, me disait-elle, elle avait attiré sur elle les attentions de ce panier percé mais la mienne pourrait m'ouvrir d'autres portes.

Nous habitions près de Maruyama, le quartier aux lanternes rouges de Nagasaki connu sous le nom de Shian Bashi, ou le pont de l'Hésitation. Quiconque désirait une nuit de plaisir devait franchir ce premier point d'entrée. Une fois la chose faite, il emprunterait, libéré de toute culpabilité ou pas, Omoikiri Bashi, Le pont de la Décision. En sécurité parmi les rangées de maisons en bois où les femmes se prélassaient sur les balcons, les visiteurs du quartier disposaient d'un choix de divertissements : maisons à thé, bars ou dancings. Les clients ne venaient pas uniquement du Japon mais aussi de Malaisie et d'Europe, de Chine et d'Inde. Des négociants et des matelots, des marins de la marine marchande, des ouvriers du cru et des diplomates étrangers qui buvaient, bavardaient et passaient des marchés derrière les portes en papier de riz appelées shogi. Les *modan garu*, ou filles modernes, des années folles n'avaient pas encore fait leur apparition, pas plus que les filles des cafés, en kimonos et tablier, si rapides à la besogne, la bouche pleine de mots séducteurs, mais les hommes trouvaient suffisamment de variété pour se distraire. Il y avait les geishas, versées dans la pratique d'instruments de musique et de la danse ; des femmes qui savaient rire et remplir les verres ; des concubines à aimer aussi bien que des prostituées qui n'attendaient pas ce genre d'engagement. Des filles ayant abandonné leurs zones rurales pauvres ou des ouvrières du textile – bas salaires et discipline de fer – se dirigeaient vers cette partie de la ville, autant de cibles faciles pour les trafiquants qui les emmenaient jusqu'aux docks pour ensuite les expédier par mer jusqu'aux bordels de Shanghai.

Il pleuvait des cordes le jour de notre arrivée au bar. Assise sur une des banquettes en velours bordeaux, la Mama-san était plongée dans un livre de comptes. Elle était probablement plus vieille que mère, mais avec ses cheveux luisants coiffés en chignon haut, son maquillage soigné et sa silhouette mince, son âge véritable restait un élégant mystère. En nous voyant, elle consulta sa montre et referma son livre en nous faisant signe d'approcher. Mère la salua d'une profonde courbette et dit :

— Voici ma fille, Amaterasu.

Mama-san remarqua son kimono taché et ses cheveux pas lavés puis me détailla de la tête aux pieds comme un maquignon sur un marché à bestiaux. Elle montra la banquette face à elle et nous prîmes place. Elle posa des questions à mère, se fit confirmer mon âge, mon niveau d'études. Elle m'examina une nouvelle fois, me demanda de tourner le visage de profil puis de sourire avant de froncer le sourcil lorsque je m'exécutai. Est-ce que je savais servir un verre ? Allumer une cigarette ? Soutenir une conversation ? Mère répondit que j'apprenais vite. Mama-san rétorqua que ce serait à elle d'en juger puis hocha la tête, comme si sa décision était prise. Au départ, elle me prêterait une somme d'argent afin que je m'achète des kimonos et des produits de maquillage. Elle exigeait une hygiène rigoureuse, précisa-t-elle en regardant mère.

Je devais aller aux bains plus d'une fois par semaine. Elle connaissait un médecin qu'elle pouvait recommander si je tombais malade. Si elle découvrait que je recevais des clients privés à mes moments de liberté, je serais virée. Elle voulait que tout soit clair concernant ces sanctions. Mama-san me dit de revenir le soir même, j'aurais ainsi l'occasion d'observer comment se passaient les choses depuis la cuisine, où on avait vue sur le bar.

À mon retour quelques heures plus tard, Mama-san s'était perchée devant le comptoir en acajou de façon à garder un œil discret sur la plupart des tables, à l'exception des quelques-unes installées dans une petite arrière-salle plus intime. Dès leur arrivée, les filles passèrent la saluer avec le plus grand respect, un arc-en-ciel de kimonos de toutes les couleurs, des coiffures brillantes en chignons compliqués qui laissaient la nuque nue et des visages fortement poudrés. Sous les lumières tamisées, elles miroitaient comme un banc de carpes koïs se tortillant les unes sur les autres pour un peu de nourriture. Certaines remarquèrent ma présence debout derrière le rideau de perles en verre qui séparait la cuisine de la salle, et j'entendis leurs chuchotements et leurs petits rires étouffés avant qu'elles ne se mettent à nettoyer les verres et à préparer des cruchons de saké. L'une d'elles, guère plus âgée que moi, s'approcha. Elle se présenta sous le nom de Karin et me dit que je n'avais rien à craindre, inutile de paraître aussi effrayée. J'aurais vite pris le pli du travail et des clients. Puis arrivèrent les hommes et avec eux la fumée, le bruit, les transactions en catimini sous les halos de lumière tamisée. La plupart restèrent dans le bar mais quelques-uns se dirigèrent vers le petit réduit sur l'arrière pour n'en ressortir que longtemps après.

J'observai les filles souriantes qui servaient les boissons et allumaient les cigarettes de client en client, voletant autour du bar aussi légères que des papillons libérés de leur cocon. Les hôtesses portaient la main à leur bouche en gloussant lorsque leurs compagnons ivres enhardis par l'alcool leur claquaient les cuisses sous leur kimono s'ils l'osaient ou alors leurs propres jambes si le courage leur manquait. Elles pouvaient contenir leurs élans d'un coup d'éventail sur le bout du nez ou en s'éloignant prudemment pour aller remplir leurs verres. Je vis des enveloppes passer de main en main, des cadeaux s'échanger, des arrangements se chuchoter à voix basse.

Un peu plus tard, un homme vêtu de l'uniforme de cavalerie vert foncé des Kempeitai arriva avec une femme à son bras, accompagné à son entrée par une bourrasque de brise nocturne. À son bras gauche, il avait le brassard blanc de la police militaire mais ne portait pas de katana. Mama-san se tortilla sur son siège et se leva pour le conduire à une table réservée en ordonnant aux filles encore inoccupées de leur apporter à boire. Tandis qu'elle s'empressait autour de lui avec force courbettes, je regardai la femme, en kimono doré brodé de carpes koïs rouges et blanches, ses cheveux remontés haut sur la nuque, son visage sans trace de maquillage.

Le couple s'installa et l'homme en uniforme étudia la ligne de cou de sa compagne, le carré de peau nue entre ses cheveux et le col du kimono. Il lui dit quelque chose et elle pivota en lui lançant un regard faussement courroucé qu'elle prolongea plus longtemps que nécessaire avant de se détourner, comme si le bar présentait soudain un nouvel intérêt. Elle passa la salle en revue et m'aperçut, à moitié cachée derrière mon rideau de perles. L'homme ne la quittait pas des yeux et, tournant la tête à son tour, ils me soumirent tous deux à un examen détaillé jusqu'à l'arrivée d'une fille chargée d'un plateau de verres et d'en-cas au maïs qui me masqua à leur vue. J'en profitai pour me reculer vers le fond de la cuisine, mais quelques minutes plus tard, le rideau se mit à tinter à l'entrée de Mama-san.

— Quelqu'un veut te rencontrer, m'annonça-t-elle.

Mon cœur fit un bond dans ma poitrine. Je ne voulais pas aller dans la salle, avec tous ces yeux qui détailleraient ma triste tenue et mes socques sans oublier le parfum bon marché que j'avais dû mettre sur l'insistance de ma mère. Mama-san ouvrit un placard et inspecta son visage dans un miroir brisé accroché à l'intérieur d'une porte.

— Une simple première présentation, rien de plus. Même cachée, tu as réussi à attirer l'attention d'un client. Et ce n'est pas n'importe qui.

Lorsque je m'avançai vers eux, l'homme tenait le poignet de la femme tourné vers lui et suivait du pouce une ancienne cicatrice, peut-être le souvenir d'une petite blessure d'enfance. La femme sourit et ses sourcils se relevèrent quand elle s'adressa à lui.

— Peut-être pas bonne, mais je peux être méchante.

— As-tu été méchante, petite ?

— Très, répondit-elle, le sourcil froncé soudain, la mine faussement boudeuse.

Elle releva la tête et sourit.

— Oh, ta petite invitée.

Elle tapota le siège à côté d'elle et je m'assis. Elle sentait la pivoine.

— Quelle douce petite chose tu fais. Quel âge as-tu ?

Je lui dis.

— Si jeunette. Je me souviens de cet âge. J'étais un peu plus jeune que toi quand j'ai commencé à travailler. Et tu t'appelles ?

Elle écouta et sourit.

— Un nom des mieux venus. Je suis Kimiko et voici le capitaine Sakamoto.

C'est à cet instant que j'ai dû lever les yeux. Il s'appuyait au dossier de la banquette et m'observait au travers d'un brouillard de fumée, un sourire amusé aux lèvres. Il n'était pas beau. Mais j'appris bien vite qu'il n'avait pas besoin de l'être tant sa richesse et sa position lui assuraient les meilleures tables et les meilleures filles dans les bars et bordels de Maruyama.

Kimiko me servit un verre.

— Tiens, petite, tu dois avoir soif.

Elle me l'offrit et je portai le liquide à mes lèvres. Aussitôt, je me mis à tousser et à cracher, sous les rires de Kimiko.

— Je suis navrée, j'aurais dû te le dire. Ce n'est pas de l'eau. Mais si tu tiens à travailler ici, il te faudra t'y faire.

Elle me resservit d'une autre carafe et me présenta ma nouvelle boisson.

— Cette fois, c'est de l'eau.

Je savais que Mama-san me surveillait, je savais que j'aurais dû sourire mais je ne pus que baisser la tête et contempler la table.

— Aimes-tu mon kimono, Amaterasu ? Un cadeau de Sakamoto. C'est quelqu'un de très généreux.

Elle but un peu de saké.

— Capitaine, aimez-vous la robe d'Amaterasu ?

Il tapota sa cigarette dans un cendrier.

— Tu la taquines, Kimiko ?

Celle-ci alluma une cigarette.

— Loin de moi cette idée. Je pense que tu es très belle, Amaterasu. Un papillon de nuit qui danse trop près des flammes. Vous n'êtes pas d'accord, Sakamoto ? Notre nouvelle petite amie n'est-elle pas adorable ?

Le capitaine, obscurci par une brume de fumée, leva son verre en guise de toast mais ne dit rien.

Subordination

Ue-shita : *entre tous les modèles de comportement régissant les rapports humains que les Japonais sont censés connaître, un des plus importants concerne la relation liant un supérieur et son subordonné. On attend d'un subordonné qu'il se montre respectueux envers son supérieur, ce dernier manifestant à son égard une attitude paternaliste.*

Avec l'argent que Mama-san m'avait prêté, j'achetai trois kimonos de couleurs différentes, ambre, bleu turquoise et rose corail. Jamais je n'avais rien possédé d'aussi exquis et, en passant ma main sur la soie, je commençai à comprendre combien les beaux objets pouvaient changer notre perception de nous-même autant que celle du monde extérieur. Lors de ma rencontre suivante avec le capitaine, je portais mon kimono ambre. Assise sur un tabouret à côté de la cheminée, mère m'avait regardée m'apprêter pour ma soirée au bar. Depuis un mois, je travaillais, avec un seul jour de repos par semaine. Mama-san m'avait recommandé de mettre un minimum de maquillage et de me coiffer en chignon tout simple. Ma jeunesse était la seule décoration dont j'avais besoin, disait-elle. Dans le miroir, je voyais mère en reflet : elle regardait le kimono avec un sourire de déplaisir qui étirait les traits de son visage prématurément rougi, ridé par un trop-plein d'alcool et trop peu de repos. Elle but de nouveau et j'eus droit à son récit favori, à savoir qu'elle aurait elle aussi pu être quelqu'un, si mon père ne l'avait pas prise au piège de ce mauvais quartier de Nagasaki. Pauvres que nous étions, elle parvenait malgré tout à imaginer une autre fin à son existence, avec une force de vie suffisante pour encore entretenir des rêves. J'étais pour elle l'occasion de nous sortir toutes deux de ce lieu que nous étions forcées d'appeler maison. Elle parlait de mettre de côté tout ce que j'allais gagner et de déménager dans un meilleur quartier. Le bar Le Printemps était notre tunnel de sortie vers la liberté, un tunnel qu'elle espérait que nous prendrions ensemble.

Je regardai autour de moi nos misérables quartiers de vie, humides et si étriqués, les assiettes encore à moitié pleines de nourriture et les piles de linge sale entassées près du futon où je dormais, dans la pièce commune. Elle me voyait comme sa porte de sortie alors qu'en vérité je ne voulais qu'une chose, lui échapper. Ne me voyait-elle pas prendre mes distances ? L'aisance financière, la classe, la culture pouvaient se contrefaire, voire même s'acquérir – à en croire les hôtesses qui avaient fait naître cet espoir en moi –, mais je craignais de finir comme mère si elle persistait à s'accrocher à mes basques. Au moment de partir pour la nuit, je lui donnai un peu d'argent. Pour elle comme pour moi, les soirées devenaient plus agréables si elle pouvait s'autoriser quelques heures dans la cahute qui se donnait le nom de bar au bas de notre rue.

J'arrivai au Printemps et ramassai les verres de la nuit précédente. Une des filles, une langue de vipère prénommée Akiko, commença à m'asticoter à propos de Sakamoto. Les hôtesses avaient remarqué l'intérêt que me portait le capitaine et me taquiner à ce sujet était devenu leur nouveau jeu. Avec un air de conspiratrice, Akiko sourit à sa comparse boulotte, Mika.

— Hé, Ama, comment il est, ton capitaine ? Il a déjà passé commande ? Tu es tout à fait son type. Il aime sa viande crue et saignante.

Akiko et Mika éclatèrent de rire au moment où Karin apparut à la porte. Mika prit une crevette frite d'un bol et se mit à manger bouche ouverte.

— Ne t'en fais pas, Amaterasu. Kimiko est plus maquerelle que maîtresse par les temps qui courent, elle sera ravie de pouvoir prendre un peu de repos.

Karin les chassa et Akiko s'éloigna en faisant la moue.

— T'es pas marrante, Karin. Dis à Amaterasu qu'elle devrait être reconnaissante que le capitaine s'intéresse à elle. C'est un homme puissant et riche, rien à voir avec les marins ivres ou les ouvriers d'usine.

Mika s'essuya les doigts sur une nappe.

— Ouais, dis-lui, Karin, elle devrait être reconnaissante.

Elle jeta un œil en douce à Akiko.

— Peu importe qu'il sente le soja fermenté, que sa peau ressemble à du tofu mouillé ou qu'il se trimballe plus de lard qu'un cochon de ferme.

Karin se saisit d'un plateau de verres sales.

— Eh bien, tu as au moins ça de commun avec lui, Mika.

Mika se renfrogna mais avant qu'elle ait pu répliquer, Mama-san entra dans le bar. Je suivis Karin dans la cuisine et l'aidai à empiler les verres dans l'évier.

— N'écoute pas ces filles, Amaterasu. Elles sont jalouses, c'est tout.

J'allumai le fourneau.

— Je ne comprends pas pourquoi.

— Tu pourrais avoir celui que tu veux ici, Ama, si tu apprends à jouer le jeu comme il se doit. Ne prends pas cet air réservé et timide. C'est déjà arrivé. J'ai entendu parler d'hôtesses qui vivaient dans de beaux appartements, exactement comme des épouses, il ne leur manque que le nom. Pourquoi pas toi, Ama ? Ou moi ?

— On croirait entendre un conte de fées.

Elle éclata de rire.

— Peut-être, mais imaginons par exemple qu'un certain client arrive ici ce soir et demande ta compagnie.

Mama-san m'avait fait clairement comprendre que je n'étais pas encore prête pour aller m'asseoir avec les clients. Je passais mes soirées à diverses corvées de ménage ou à préparer des en-cas peu compliqués aux clients affamés. Lorsque j'en avais l'occasion, j'étudiais les hôtesses, le rythme de leur voix, leur posture, la façon dont elles resservaient les verres avec une attention gracieuse et enjouée.

— Je ne suis pas capable de distraire un client.

Karin lissa son kimono.

— Mama-san ne te garde pas loin des tables parce que tu n'es pas prête. Elle te garde pour le plus offrant. Tu es son trophée le plus récent. Profites-en un maximum tant que ça dure.

À quel moment les espoirs d'une vie différente se cristallisent-ils en véritables projets ? Était-ce arrivé ce soir-là ou plus tard ? Je sais que je n'étais pas restée à rien faire, ne sachant trop comment j'allais réagir si le capitaine faisait son apparition. Les heures s'écoulèrent jusqu'à ce que les clients regagnent leur bercail en titubant. J'étais soulagée qu'il ne soit pas venu. Le bar se vidait et Mama-san commença à renvoyer quelques-unes des hôtesses chez elles. Je travaillais dans la cuisine quand elle apparut à mon côté. Elle soupira en regardant ce que je préparais.

— Trop de noix et de noisettes, ce n'est pas un zoo ici, il n'y a pas de singes à nourrir.

Elle passa une main sur sa coiffure soigneusement mise en forme puis versa un verre de saké qu'elle me tendit.

— Avale ça. Sakamoto est arrivé.

Je soulevai un bord du rideau et le vis à travers la fumée, une cigarette pendant à sa bouche, un demi-sourire aux lèvres. Je me retournai vers Mama-san.

— Ne prends pas cet air crispé. Contente-toi de suivre ses indications. Et souviens-toi, souris.

Je m'avançai au travers des volutes de fumée et passai à côté de silhouettes indistinctes sous les lampes tamisées. Il se leva à mon arrivée, me dit de m'asseoir et me servit un verre de saké. Je le remerciai quand il me dit :

— Laisse-moi jouer à l'hôtesse ce soir.

En premier lieu, il me demanda ce qui m'avait fait venir au Printemps – ma mère trouvait que c'était une bonne idée, lui dis-je – puis si j'aimais ce travail. Ce à quoi je répondis que j'avais l'impression d'être une chauve-souris, ces soirées jusque tard dans la nuit, les journées passées à dormir, les heures de préparation.

— Je ne me souviens plus de la dernière fois que j'ai vu le soleil.

Il voulut savoir ensuite comment je trouvais les clients. J'hésitai et il répondit à ma place.

— Vieux et ivres ?

Sa réponse me fit rire, plus exactement, je savais déjà qu'il fallait rire à une plaisanterie. Il voulut aussi savoir si les hommes se comportaient convenablement. Je lui dis que les autres filles m'enseignaient la manière de tempérer leur excitation et il me fit signe de remplir son verre à nouveau.

Il se rapprocha de moi.

— Permets-moi de te révéler un secret, mais si je te dis ce secret, ce sera contre paiement. Ce que je t'offre, c'est un joyau de sagesse. Me promets-tu de me repayer cette gentillesse ?

Je gloussai comme me l'avaient appris les filles et dis oui.

— Bien. Un prêté pour un rendu. Voici le secret que tu dois connaître. Ici, ce sont les hôtesses qui commandent, pas les clients. Ces hommes et leurs portefeuilles sont à ta merci. De simples marionnettes. C'est toi qui tires leurs ficelles, ne l'oublie pas. L'amour et les bars ne font pas bon ménage. Tu mélanges les deux et tu te retrouves le cœur brisé. Essaie de garder un cœur de pierre. Les hommes qui viennent ici ne cherchent pas l'amour, ils veulent boire et embrasser de jeunes et jolies filles dans le cou. Ils ne cherchent pas d'épouses. Tout ceci n'est qu'un fantasme. Tu vois les hommes qui fréquentent ce lieu ? Certains se sentent esseulés, d'autres ont envie de boire, d'autres encore ont faim, mais pas de nourriture. Sache-le bien, ils feront n'importe quoi pour se gagner tes affections. Ils t'offriront des cadeaux et, n'en doute pas une seconde, ils te diront aussi qu'ils n'ont jamais vu pareille beauté, jamais ils n'ont ressenti un tel amour. Ne les crois pas.

Il but un peu de saké.

— Accepte leurs cadeaux mais tu dois toujours mettre leurs paroles en doute. Moi, tu peux me croire quand je dis que tu es très belle. Cette couleur est exquise, elle te sied parfaitement.

Aujourd'hui encore, vieille que je suis désormais avec trop d'années derrière moi, je me souviens de cette conversation. Il me disait tout ce que j'avais besoin de savoir sur le quartier des plaisirs de la ville, mais il ne faisait aucun doute qu'à l'instar de trop d'autres jeunes filles avant moi je m'imaginais naturellement que ces règles ne s'appliqueraient pas à moi. Aussi, tout en remerciant Sakamoto pour ses gentils conseils et ses compliments, je ne les appréciais guère. Il m'inspecta en détail, comme un chaland entré dans une boutique avec l'intention d'y faire un achat. Il sortit une nouvelle cigarette d'un étui en or et la mit à ses lèvres.

— Permettez-moi, s'il vous plaît.

Je lui pris son briquet mais j'étais maladroite et mes doigts tremblaient : il me prit la main pour la stabiliser.

— Tu dois m'appeler Tetsu.

Il se laissa aller en arrière, le dos collé au dossier, regarda la salle et s'étira.

— Amaterasu, j'ai faim, aurais-tu la gentillesse de me préparer un peu de bouillie de riz ?

J'acquiesçai et je m'éclipsai discrètement, craignant d'avoir dit ou fait quelque chose qui lui avait déplu. J'écartai le rideau de la cuisine où Mama-san comptait une liasse de billets. Elle releva la tête quand je me dirigeai vers l'évier.

— Sakamoto désire manger quelque chose.

Elle consulta l'horloge murale derrière elle, lâcha un petit bruit de dents serrées mais poursuivit ses calculs tandis que j'ouvrais le placard pour y prendre le riz. Une minute, guère plus, s'était écoulée quand une odeur de tabac filtra dans la pièce. Quand je tournai la tête, le capitaine était là, dans la cuisine, sans dire un mot, à côté de Mama-san. Elle ouvrit la bouche comme pour dire quelque chose puis, se ravisant, ramassa ses billets avant de courber la tête et sortir, me laissant seule avec Sakamoto. Il s'approcha de l'évier et y laissa tomber sa cigarette qui s'éteignit en grésillant sur le fond mouillé. Il sourit.

— Mes excuses, je n'ai plus faim. Mon humeur a changé, j'ai envie d'autre chose. Une bonne action en mérite une autre en retour, tu n'es pas de mon avis ? Voudrais-tu t'agenouiller pour moi, Amaterasu ?

Je me souvenais que j'avais repoussé le riz en disant :

— Je ne comprends pas.

Il répéta sa question.

— J'aimerais que tu t'agenouilles, là où tu es, sur le sol.

J'ai dû regarder les lames du parquet.

— Mais... je vais salir mon kimono.

Il se rapprocha.

— Je t'en achèterai un autre, encore plus joli.

Il fit courir sa main le long d'une caisse de bouteilles de saké vides empilées à côté de l'évier.

— Mais Mama-san ?

— Ne t'en fais pas, petite. Je vais te montrer ce qu'il faut faire. Maintenant, veux-tu bien te mettre à genoux pour moi ?

Le capitaine se mit devant moi et je sentis son haleine chargée d'alcool. Il me caressa le visage.

— N'aie pas peur.

Je distinguais les pores de son nez, les veinules rouges en toile d'araignée sur ses joues.

— Je ferai le professeur. Agenouille-toi.

Je ne songeai même pas à dire non. Peut-être aurais-je pu. Peut-être aurais-je pu m'enfuir en courant jusqu'à la maison et dire à ma mère que j'allais trouver un autre métier. Peut-être aurais-je pu rembourser Mama-san d'une façon ou d'une autre. Peut-être aurais-je pu vivre comme avait vécu ma mère et m'engourdir les sens au saké bon marché. Tous ces choix s'offraient peut-être à moi mais là, à cet instant, dans cette petite cuisine, seule en compagnie du capitaine, ils ne me vinrent pas à l'esprit. Aussi me mis-je à genoux. Et comme promis, le capitaine me montra ce que je devais faire. Je n'ai plus jamais porté ce kimono couleur d'ambre.

L'araignée-pute

Jorogumo : *créature mythique de la période Edo*
du Japon (1603-1867).
Une araignée, habituellement tisseuse
de toile orbitèle, se voit accorder des pouvoirs magiques
lorsqu'elle atteint l'âge de quatre cents ans.
L'araignée grandit alors en prenant la forme
d'une belle jeune femme
qui attire les hommes dans un endroit tranquille
en jouant d'un luth japonais appelé biwa.
Ensuite elle attache sa victime à l'aide de fils de soie
et la dévore. Parfois elle prend aussi la forme
d'une femme portant un bébé, qui peut être son sac
à œufs. Ce mot est également le nom d'une espèce
d'araignée appelée Nephila clavata,
ou d'araignées orbitèles telles que l'araignée Joro.

Le capitaine fit envoyer quantité de cadeaux à mon domicile et chaque paquet était la marque d'une nouvelle leçon par lui dispensée à laquelle j'avais consenti. Mère me regardait quand je les recevais et son silence rancissait l'air de la pièce tant elle était envieuse. Elle mit au clou la majeure part des bijoux et des fourrures mais me laissa garder un collier en corail. Le présent arriva dans une boîte en écaille de tortue avec une unique rose blanche et elle parut en comprendre la signification. Je n'avais pas encore seize ans mais Sakamoto m'avait offert une éducation complète et son amitié améliora notre niveau de vie. La table était plus belle et la nourriture de meilleure qualité mais mère en exigeait plus. Elle voulait savoir quand nous pourrions emménager dans une maison plus grande. Pour cela, il suffisait que je pose gentiment la question au capitaine et il s'en chargerait, disait-elle. Mère ne comprenait rien au jeu qui se jouait. Ni l'un ni l'autre, nous ne désirions dissiper l'illusion que ce contact physique était plus qu'une banale transaction bon marché. Oui, si je faisais montre de patience et d'intelligence, je pourrais peut-être me hausser au-delà de mon statut de compagne de Maruyama mais le contraindre dans son rôle de protecteur serait la ruine du conte factice que nous filions : un homme et une femme amoureux. Pourquoi accepter de m'installer à demeure alors qu'il y avait tant d'autres hôtesses pour aiguiser ses appétits ? Je passai ces premiers mois à m'efforcer de rassasier son désir afin qu'il ne veuille plus que moi. J'étais une enfant mais les enfants apprennent vite et Sakamoto n'hésitait jamais à me montrer la vraie nature de ses goûts.

Bien sûr que je n'étais pas amoureuse du capitaine, il ne me plaisait même pas, mais j'appréciais sa présence dans ma vie, ce que son intérêt à mon égard, sexuel et donc financier, pourrait signifier pour moi au cours des années à venir. Notre compagnonnage était une entreprise à bénéfices mutuels. Il incarnait ma porte de sortie, je pourrais grâce à lui voler de mes propres ailes. Plus il recherchait ma compagnie, plus les autres hôtesses me dévidaient leurs récits de femmes mythiques habitant des appartements grandioses offerts par leurs amants de Maruyama. Certaines avaient des enfants et, de fait, étaient devenues des épouses, d'autres avaient économisé suffisamment d'argent pour se payer leurs propres bars ou commerces. Toutes les hôtesses voyaient bien ce que Sakamoto tenait en main : la clé pour ouvrir des portes au-delà du quartier des plaisirs. Oui, il m'avait réclamée alors que j'étais trop jeune mais je refusais de me voir en victime. Il cherchait sa satisfaction, moi, je cherchais les bienfaits qu'il pouvait m'apporter.

Le timing était important. Sa compagne, Kimiko, avait disparu, mais pour suffisante que je devenais, je soupçonnais malgré tout que sa disparition n'avait pas grand-chose à voir avec moi. Je percevais que l'intérêt du capitaine avait sa date de péremption non exprimée et commençais à soupçonner qu'à un moment donné Sakamoto se fatiguerait de moi comme il s'était fatigué de Kimiko. Tant que son attention m'était exclusivement réservée, je devais lui montrer le respect et la considération qui lui étaient dus, et ce serait folie de ma part que de mettre son patronage en danger en acceptant un autre client dans mon lit. Rares étaient les hommes qui bénéficiaient d'une estime plus grande et tous lui enviaient et recherchaient ce qu'il avait ou possédait. J'appris à éconduire les admirateurs trop insistants qui, en toute diplomatie, cherchaient à grignoter ses restes. L'équilibre était difficile à maintenir pour ne pas blesser leurs ego tout en continuant à encourager leurs attentions. J'aurais pu disposer d'un plan B, un autre homme sur lequel me rabattre, mais Sakamoto était le mieux placé et le plus à même de me sortir des rues de Maruyama loin de ma mère. Il me suffisait pour cela de faire en sorte qu'il juge ma compagnie la plus agréable qu'il pût trouver dans les bars de nuit. C'est la raison pour laquelle je tolérais ses mains, sa bouche et d'autres parties de son anatomie.

Dans la chambre, je satisfaisais à tous ses caprices de prédilection. Je devenais bonne actrice, me disais-je. Je feignais le désir au point d'en arriver quasiment à me convaincre de mon amour pour lui. Mes aspirations à autre chose que les attentions du capitaine, j'appris à les cacher, sous des couches d'insouciance et de désintérêt délibéré pour les choses graves en me faisant aussi légère qu'un papillon chinois porté par une brise d'été.

Entre mon temps de travail dans le bar et celui que je consacrais au capitaine, je visitais les établissements de bains de la ville en compagnie de Karin. Nous accrochions nos kimonos à des patères et achetions à une employée un savon et une petite serviette avant de chercher des tabourets libres voisins. Nous échangions des commentaires futiles sur les clients, ceux que nous appréciions, ceux qui avaient les mains baladeuses, ceux qui ne tenaient pas l'alcool. À cet effet, nous avions inventé un système codé. Sakamoto était *dango*, chausson ; Mama-san était *kitsune*, renarde ou gardienne bienveillante ; Akiko était *mimi-kaki*, cure-oreilles, tant son rire de crécelle transperçait les tympans comme un coup de poignard. Karin était originaire de Sasebo, dans la pointe nord-est de l'île de Kyushu, et sa famille travaillait dans les terrains houillers qui alimentaient la base navale. Elle y était tombée amoureuse d'un métallurgiste et s'était enfuie à Nagasaki. Lorsque je lui demandai ce qu'il était advenu de lui, elle secoua la tête avec chagrin. « Je ne sais pas, je me suis réveillée un matin et il n'était plus là. » Mama-san l'avait trouvée qui traînait devant un restaurant, sans argent pour s'offrir de quoi manger, et l'avait prise chez elle. Tout en papotant sur les vies imaginaires qui pourraient être les nôtres en dehors de Maruyama, je versais des seaux d'eau sur ma peau et j'en essuyais la salive de Sakamoto, sa sueur et son sperme.

De nouveau propres, Karin et moi nous promenions sur le port avant de reprendre le travail. Nous nous avancions jusqu'au bord de l'eau pour contempler le coucher du soleil. Nichées entre les réverbères et les palettes de marchandises, les araignées Joro attendaient dans leurs toiles orbitèles brillant comme de l'or à la lumière mourante du soleil couchant. Karin détestait ces créatures mais j'adorais leur beauté, leurs ventres marqués d'un éclair de rouge et leurs pattes rayées de jaune et de bleu foncé, leur témérité sans vergogne comparée aux araignées marron ordinaires qui se dépêchaient sur le sol au plus vite. J'admirais leur patience et leur ruse et je commençais à comprendre ce qu'il fallait de persévérance et de sollicitations pour inciter leurs glandes cachées à libérer la soie et en bâtir une habitation qui était aussi un piège. Je pensais à la Jorogumo, cette séductrice à laquelle il était impossible de résister. C'était celle qui faisait des hommes un festin, et non l'inverse. Pourrais-je être elle ? Je m'habillais pour mon travail en kimonos brillants et tentais d'envisager un avenir différent. Sois irrésistible, patiente et résolue, me disais-je. Deviens une araignée Joro.

Une année s'écoula et le capitaine continuait à préférer ma compagnie, mais pas suffisamment pour me libérer du bar. Quand il ne venait pas au Printemps, d'autres clients recherchaient mes attentions. Un soir, un professeur de littérature qui se croyait de plus en plus amoureux de moi à mesure qu'il s'imbibait de brandy, s'affala en avant, ses muscles trop ramollis par l'alcool et murmura :

— Comment va ma Clarisse ce soir ?

Je lui demandai ce qu'il voulait dire et il se contenta d'un sourire narquois pour toute réponse. Lors de sa visite suivante, il m'apporta un livre, *Clarissa Harlowe*, de Samuel Richardson, dont il avait marqué une page, une citation soulignée au crayon.

— Voici la réponse, ma princesse en cage : « Je ne suis qu'une énigme, pour qu'il y gagne en conséquence et moi en douleur. »

Je lui demandai si le livre était une histoire d'amour et il rit.

— Tout dépend de votre point de vue, dit-il.

Je compris qu'il se moquait de moi. Le désir non payé de retour a parfois cet effet-là.

— Dans tous les cas, Amaterasu, vous devez être experte en amour. Vous le voyez fleurir ici tous les soirs.

Ce que je voyais au bar n'était pas l'amour. Les hôtesses étaient payées pour être substituts d'épouses, de maîtresses ou même de mères, sauf que les hommes à notre charge, nous les nourrissions de saké et non de lait maternel. La plupart des conversations se limitaient à des sous-entendus sexuels ou des plaisanteries paillardes. Nous passions des heures à écouter les malheurs de nos clients et à hocher la tête avec sympathie tout en emplissant verre après verre, de manière qu'ils abandonnent leurs tentatives maladroites de séduction et oublient les griefs et les chagrins qui les avaient conduits jusqu'à notre porte. Je répondis au professeur que je n'avais pas la moindre idée de ce que c'était, l'amour, mais comme il semblait rendre les gens plus malheureux qu'heureux, j'estimais qu'il était préférable de l'éviter. Il secoua la tête en marmonnant entre ses dents :

— Ma douce petite, vous ne savez rien. L'amour est émerveillement, arcs-en-ciel, soleil sur une cascade, rosée sur un pétale, cheval sauvage galopant sur une plage déserte. Quelle triste petite chose vous faites. Je vous montrerai ce qu'est l'amour ailleurs que dans ce bar sordide.

Je lui répondis que ce serait charmant mais qu'il devait comprendre que je n'étais que le fruit de son imagination, un esprit de la nuit évoqué par l'alcool au coucher du soleil, car je n'existais plus à la lumière du jour. Je remplis son verre et il me demanda si j'étais heureuse, ce à quoi je répondis aussi légèrement que je le pus :

— Pourquoi ne le serais-je pas ? Vous êtes ici pour me tenir compagnie et me parler d'amour, même si ma malédiction est de ne jamais le connaître.

— Vous êtes admirée, c'est vrai, mais reconnaîtrez-vous l'amour quand il arrivera ? L'autoriserez-vous à pénétrer votre vie ?

Il reposa son verre de brandy.

— Je suis ivre. Je dois vous abandonner à ces bêtes infâmes, chère princesse.

Le professeur se leva avec des précautions infinies et se dirigea vers la sortie, sans doute en quête d'autres Clarisse dans les bars avoisinants. Il heurta à son passage un homme qui venait d'entrer et leva la main en signe d'excuse. C'est ainsi que le professeur attira mon regard sur le nouveau venu, lequel retint mon attention bien au-delà de son simple aspect, son port et ses traits réguliers. Comment décrire ce saisissement brutal ? D'un coup, il n'y eut plus que le silence et je me sentis aspirée dans le vide en le suivant des yeux qui s'avançait vers Mama-san. Il n'était pas accompagné de chevaux sauvages ni d'arcs-en-ciel, juste d'un compagnon, un peu moins grand que lui et plus corpulent. Si je n'avais pas vu cet homme ce soir-là, que serait-il arrivé ? Sakamoto m'aurait-il installée dans un appartement ? Serais-je devenue une autre mama-san ? Aurais-je fini à l'image de ma mère ? Je ne saurais le dire. Un nouveau client venait d'entrer et sa présence s'inscrivit de façon indélébile dans mon existence. Je ne connaissais pas son nom. Plus tard, ce même soir, il se présenta. Jomei Sato. Son ami ? Kenzo Takahashi.

Jour sacré

Ennichi : *les vieilles gens croient*
qu'en rendant visite à un mausolée
ou à un temple de services religieux
en ce jour sanctifié elles recevront en retour
des faveurs divines spéciales. Les citadins moins
religieux apprécieront ces journées au cours desquelles
les marchands ambulants installent leurs étals de fête.
Le 8 de chaque mois est observé comme étant ennichi
de Yakushi Nyorai (dieu de la médecine),
le 18 comme celui de Kannon (déesse de miséricorde),
le 24, celui de Jizo (gardien des enfants) et le 28,
celui de Fudo (dieu du non-mouvement).

C'était leur toute première visite, les signes ne mentaient pas. Cette manière de feindre la nonchalance alors qu'ils s'attardaient près de la porte d'entrée, la façon dont l'un balayait la salle du regard tandis que l'autre ne savait que fixer ses chaussures. Mama-san cacha sa surprise quand je lui fis signe que je me chargeais d'eux. Karin se joignit à moi et nous allâmes au-devant des arrivants pour les conduire à une des tables les moins courues près de la cuisine. Tant que le budget dépenses d'un nouveau venu n'était pas justement évalué, la règle voulait qu'on réserve les meilleures tables aux hommes susceptibles de s'offrir le meilleur saké. À première vue, ces deux-là devaient avoir les moyens mais les hôtesses savaient mieux que quiconque que ce n'était pas forcément un signe d'aisance financière. Après leur avoir apporté à boire, ils nous donnèrent leurs noms et leurs occupations : deux étudiants fraîchement diplômés, le premier en médecine, le second en mécanique marine. Je m'occupai de Sato et Karin de Takahashi. Je n'avais encore que seize ans mais j'étais suffisamment versée dans l'art de la conversation pour bavarder avec la plupart des clients avec assurance et légèreté. Certains, plus âgés, mieux éduqués et plus sombres aussi, étaient plus difficiles à dérider mais il y avait longtemps qu'aucun client ne m'avait intimidée. Sato était différent. Jamais je n'avais ressenti la moindre attirance pour un homme dès son entrée dans notre établissement et ce désir était une sensation toute nouvelle et dérangeante. Je lui versai un verre.

— La médecine est une belle profession. Votre famille doit être fière.

Il sourit, taquin, presque perfide.

— Et j'imagine que votre famille doit être fière de vous également ?

Son ton me déplut mais je n'étais pas payée pour m'en offusquer.

— C'est la première fois que vous venez. Les délices de Maruyama seraient-elles une nouveauté pour vous ?

— Non, dit-il en trinquant avec son ami. Mais c'est la première visite de Kenzo ici présent. Tu vois, Kenzo, je te l'avais dit, non ?

Son compagnon rougit en jetant un œil timide à Karin.

— Donc, mesdames, j'ai promis à mon ami un moment agréable, de l'alcool et de belles femmes ainsi que le meilleur shabu-shabu de la ville. Lorsque vous en aurez terminé ici, il faudra vous joindre à nous. Prêter l'oreille aux radotages de tous ces hommes doit vous ouvrir l'appétit.

Je ris, la force de l'habitude.

— C'est très généreux de votre part, mais je crains que nous ne soyons encore ici pendant que vous dormirez du sommeil du juste.

J'eus droit à un nouveau regard espiègle.

— Y a-t-il de la place pour deux dans votre chambre ?

Je fis mine de consulter ma montre.

— La plupart des clients attendent au moins dix minutes avant de poser cette question.

— Pardonnez mon manque d'originalité, répondit-il en riant.

Je commençai à remplir son verre une nouvelle fois quand Akiko s'approcha de nous et se pencha pour me chuchoter à l'oreille que le capitaine était arrivé et requérait ma présence. Je me retournai vers une table du fond et quittai mon tabouret pour qu'elle prît ma place.

— Messieurs, ce fut un plaisir. J'espère vous revoir bientôt. Je crains de ne devoir vous laisser pour le moment.

Ils se levèrent tous les deux pour me saluer d'une courbette. J'avais déjà fait demi-tour quand Sato prit ma main et la porta à ses lèvres.

— Ce fut un délice, vraiment. Je suis sûr que nous partagerons un shabu-shabu un jour.

Je traversai la salle et j'allai m'asseoir au côté de Sakamoto. Le capitaine toucha mon collier en corail.

— Je n'aime pas te voir parler à d'autres hommes.

— Tetsu, c'est mon travail, dis-je en lui allumant sa cigarette. Sinon, comment paierais-je mes factures ? En plus, ce ne sont que des gamins.

— Je n'aime pas la façon dont ils te regardent.

Il mit alors la main sous la table avant de relever le bord de mon kimono, puis, forçant mes cuisses, la poussa délibérément plus haut, jusqu'à ce que je lui tapote le bout du nez d'un doigt en le grondant :

— Vilain Tetsu. Pas ici.

— Ici, répliqua-t-il.

Notre table était en coin mais je craignais de voir le regard de Sato sur moi si je tournais la tête vers le comptoir. Et cette pensée me faisait honte. Le capitaine m'embrassa dans le cou puis, agacé par l'obstacle du kimono, enleva sa main.

— Demandons à Mika de venir à notre table ce soir.

— Tu es sûr ? soupirai-je. Je la déteste tellement.

— Elle n'est pas si mal. Tu n'as aucune raison d'être jalouse. En outre, ne suis-je pas gentil avec toi ?

Mika vint à notre table gloussant tant qu'elle pouvait, les joues roses et les lèvres mouillées, prête à tout pour satisfaire son maître, à l'image d'un chien libéré de sa laisse. Elle profita d'un instant d'inattention du capitaine pour me lancer un regard de satisfaction. Elle voyait, tout le monde le voyait : les affections du capitaine étaient en train de changer d'objet.

Il s'écoula une bonne heure avant que Sato et Kenzo ne se lèvent et se dirigent vers la sortie. Le docteur était trop beau pour cette foire à la viande. Il n'avait aucun besoin de venir s'asseoir parmi les hôtesses et s'entendre dévider des fadaises et de prétendus compliments. À elle seule, sa beauté aurait suffi à tenter n'importe laquelle de ces dames à enfreindre les règles de Mama-san en acceptant de rencontrer un client en dehors de son bar. Dommage qu'il ne fût pas plus âgé, ou plus riche, sinon il aurait été un substitut parfait pour le capitaine. Sato salua Mama-san d'une courbette et il était sur le point de sortir du bar quand il tourna la tête, rien qu'un instant, et sourit. Le capitaine ne vit rien de cet échange silencieux, au contraire de Mika. Une bouffée de crainte et d'euphorie m'envahit alors, exactement comme si je plongeais dans une eau froide sous un beau soleil brillant au-dessus de ma tête. Une sensation de vie intense. Mais aussitôt passée cette seconde d'exaltation, je retombai dans la pénombre du Printemps, une chute fracassante aussi brutale que mon emballement.

Plus tard dans la nuit, longtemps après que j'eus quitté le bar en compagnie de Sakamoto et trouvé une chambre dans une auberge toute proche, j'étais allongée à côté du capitaine. Je le contemplais qui ronflait et se grattait les plis et les bourrelets, bienheureux comme un porc dans sa fange. Je réfléchissais à la question du professeur. Reconnaîtrais-je l'amour quand il se présenterait ? Jusqu'à la veille au soir, je n'avais pas osé imaginer ce que je pourrais éprouver. Ma tête, jadis si pleine de stratagèmes destinés à garder mon *dango* bienheureux, s'emplissait de l'image de Sato : son grain de beauté, sa bouche, sa promesse un peu bête d'un shabu-shabu ailleurs qu'au Printemps. C'était ça, l'amour ? Ou juste le désir ? Peu m'importait. Sato était trop jeune, trop inconnu, trop imprévisible pour que je risque mon avenir en misant sur lui.

Un esprit élevé

Iki : *un idéal moral et esthétique élaboré par les roturiers citadins à la fin de la période Edo. Il idéalise non seulement une beauté urbaine et courtoise, chic ou bourgeoise, mais également la vie sophistiquée d'une personne qui apprécie les plaisirs sensuels. Une dame possédant* iki *sera d'esprit élevé et toujours prête à faire des sacrifices pour son amant.*

Je le revis un mois plus tard. Les averses de la mousson avaient tenu la plupart des clients à bonne distance du bar mais lorsque la pluie finit par diminuer d'intensité, la porte s'ouvrit bruyamment et son visage apparut de sous un journal roulé dégoulinant d'eau. Il regarda les banquettes vides et je crus une seconde qu'il venait de lancer une fusée lumineuse au-dessus du comptoir. Il sourit et s'approcha de moi.

— Votre capitaine n'est pas là ce soir ?

Seule à ma table, je devais ressembler à un marchand derrière son étal attendant le chaland et sa prochaine vente.

— Il n'est pas mon capitaine mais il doit venir bientôt.

— Puis-je vous tenir compagnie jusqu'à son arrivée ? me demanda-t-il en montrant la place libre.

— Mais bien sûr. Ce serait un plaisir.

Que pouvais-je dire d'autre ? Et il est aisé de dire la vérité.

Sato s'assit près de moi, trop près, mais je ne m'écartai pas et craquai une allumette. Il se pencha vers moi, une cigarette à la bouche. Il aspira sa première bouffée et regarda la salle.

— Vous menez une vie bien curieuse, Amaterasu.

— Vraiment ? dis-je avec un sourire. Comment cela ?

— Toutes ces belles jeunes femmes coincées ici avec tous ces vieux. Quel gâchis.

Je secouai la tête en faisant mine de protester.

— Nos clients sont attentifs et généreux. Nous avons de la chance de passer du temps auprès de messieurs aussi charmants et raffinés.

Il hocha la tête, peut-être pour manifester son accord.

— Je n'avais pas vu les choses de cette façon, dit-il en jetant un œil à mon collier. Et cet officier des Kempeitai est j'imagine le plus délicat des compagnons ?

Cherchait-il à m'embarrasser ? J'avais besoin de me calmer les nerfs et allumai une cigarette avant d'inspirer profondément pour apaiser mon ventre. Que dire du capitaine ? Je me revis nue tandis qu'il versait du saké mêlé de paillettes d'or sur mon corps au point que mes tétons jaunes scintillaient comme des grains d'or dans la chambre. Je le sentis me lécher jusqu'à la dernière goutte et me répéter que j'étais son chrysanthème en faisant couler le liquide glacé sur mon échine avant d'ouvrir mon corps avec douceur. Que dire de cela ?

— Le capitaine et moi sommes amis, rien de plus.

— Et est-ce cela que vous voulez, Amaterasu, être son amie, sans plus ?

Quelle remarque, banale et cruelle tout à la fois. Que savait-il vraiment des choix qui m'étaient offerts ? Certainement pas grand-chose.

— Vous ne pouvez pas juger ce que vous ne comprenez pas.

Il réfléchit avant de répondre.

— J'ai vécu une vie de privilégié, je le sais très bien. Mais j'ai bien conscience que nous sommes parfois contraints à faire des choses que nous aurions préféré éviter.

— L'argent fait de nous des juges si compatissants, lui répondis-je avec un petit rire amer que je détestai.

— Pardonnez-moi, Amaterasu. Je suis jeune, il est vrai, mais pour autant, je comprends bien que pour vous il ne s'agit que d'un travail et rien de plus. Je sais à quel point notre compagnie doit vous lasser à force de vous complaire à nos pauvres plaisanteries en titillant nos ego fragiles.

Il décolla un brin de tabac de sa lèvre et je me surpris à imaginer une fois encore la sensation d'embrasser cette bouche.

— Si vous en aviez l'occasion, seriez-vous prête à quitter tout cela un jour ?

— À vous entendre, on pourrait croire que j'essaie de m'échapper, lui répondis-je avec un sourire.

— Et ce n'est pas le cas ?

Il me fut impossible de répondre et il hocha la tête comme s'il comprenait ma circonspection.

— J'aimerais croire qu'en dehors de ce lieu vous attend un bel amant. Je vous vois marchant tous les deux dans un parc, le soleil sur votre visage, ou sous la pluie, selon ce que vous préférez. Vous vous rendez à un concert ou dans un restaurant. Il vous a acheté un petit cadeau de rien, que vous chérissez pourtant.

Je secouai la tête d'un air enjoué.

— Pour un homme de science, vous parlez comme un poète.

— Je n'ai rien d'un sentimental, je vous le promets. J'ai beau être un nouveau client ici, je sais, pour autant, qu'il est impossible de ne pas s'attacher à vous, les filles.

Il me regarda comme si j'étais seule dans la salle.

— Je me demande simplement ce qui advient quand votre vie de fille est terminée.

Même si j'avais pu lui répondre, je n'en eus pas le temps. Le capitaine venait d'entrer et Sato, lisant l'inquiétude sur mon visage, tourna la tête. Sans mot dire, les deux hommes conclurent un accord tacite et le docteur ramassa ses cigarettes.

— Merci pour votre compagnie, dit-il.

Mama-san s'avança vers Sakamoto afin d'éviter tout embarras potentiel et Sato se retourna sur moi, l'image même de la décontraction.

— Dites-moi, Amaterasu. Vous verriez-vous en train de vous promener dans un parc ?

Puis, après un temps de pause :

— Avec moi ?

Je ne pouvais pas lui dire ce que je pensais vraiment.

— Mama-san n'autorise pas les rencontres privées.

Sato me tança d'un petit *ts-ts-tst* dents serrées.

— Quelle cruauté. J'imagine que la lumière du soleil doit vous donner une allure bien différente. J'aimerais beaucoup voir cela.

Il s'inclina devant moi, mais avant de partir, m'offrit une dernière petite pique.

— Le parc de Kazagashira est très beau à cette époque de l'année. Le mardi à midi est particulièrement plaisant, me suis-je laissé dire.

Il frôla au passage les épaules du capitaine qui, s'il était en colère, n'en laissa rien paraître. Il demanda à Mika de nous rejoindre mais elle ne resta que quelques minutes avant qu'il ne lui dise quelques mots à l'oreille et la libère. Je quittai le bar en compagnie du capitaine peu de temps après. Plus tard, alors que je croyais qu'il en avait terminé avec moi, on frappa à la porte. À la lumière glauque qui partage la nuit du jour, je vis entrer une femme qui s'approcha. Je reconnus Mika et j'étais sur le point de me lever quand Sakamoto me retint par le poignet.

— Si toi tu es capable de te faire de nouveaux amis, Amaterasu, moi aussi. Ce n'est que justice, tu ne trouves pas ? Sommes-nous toujours amis, toi et moi ?

Il sourit, d'abord à moi puis à Mika avant de tirer le drap qui couvrait nos corps.

— Eh bien, petite, pourquoi ne pas le prouver ?

Un parent imbécile

Oyabaka : *ce terme fait référence à un parent qui aime tellement son fils ou sa fille que, pour ne pas lui déplaire, il se comporte en imbécile à son égard. Par exemple, certains pourront acheter tous les jouets dont l'enfant manifestera le désir et ce, en dépit de leurs difficultés financières éventuelles. Nombreux sont ceux qui acceptent de sacrifier leur bien-être personnel pour celui de leur progéniture. De la même façon, ils ne sauraient punir l'enfant si celui-ci se comporte mal, même s'ils ont bien souvent conscience qu'il leur faudrait sévir.*

Ce premier mardi passa mais je n'allai pas au parc, ni le deuxième ni le suivant. Puis un soir réapparut au bar un visage d'un passé encore récent tandis que Mika régalait le capitaine de quelque plaisanterie salace, son front de plus en plus luisant à mesure qu'elle la racontait. Elle s'interrompit quelques secondes avant la chute lorsqu'une femme ivre à la démarche chancelante s'approcha de notre table. Il me fallut un moment pour comprendre qu'il s'agissait de Kimiko. La perte du patronage du capitaine avait laissé des traces. Disparu le kimono en soie dorée, remplacé par un vêtement bon marché en coton bleu et sa peau semblait incrustée de poussière. Sakamoto ne dit rien, il lui signifia simplement de s'asseoir et quand elle s'affala à côté de moi, je ne sentis émaner d'elle que les relents de sueur et d'alcool bon marché exsudés par sa peau. Comme à l'accoutumée à son poste au comptoir, Mama-san n'en perdait pas une miette et, un moment, le capitaine se tourna vers elle pour lui adresser une sorte de message silencieux entendu d'avance.

Le capitaine faisait tourner son étui à cigarettes sur la table.

— C'est un plaisir, Kimiko.

Elle pouffa sans ouvrir la bouche et se servit un verre.

— Je n'en doute pas une seconde.

— Qu'est-ce qui t'amène ici ?

— C'est la meilleure, celle-là. C'est moi qui t'ai amené ici, ou l'aurais-tu oublié, petit Tetsu ? Petit petit Tetsu, psalmodia-t-elle en lui agitant un doigt devant la figure.

— Tu devrais rentrer chez toi.

Elle éclata de rire.

— Chez moi ? Chez moi, dis-tu ? C'est où chez moi, petit menteur, petit Tetsu ?

Elle pivota vers moi.

— Et c'est ça qui explique pourquoi je n'ai plus de chez moi ?

Elle secoua la tête, étudia mon visage et rit.

— Je te reconnais. Le petit papillon de nuit avec ses socques aux pieds. Mais regarde-toi aujourd'hui !

Elle but un autre verre et secoua la tête avec tristesse.

— Je me demande s'il a déjà inscrit quelqu'un sur sa liste pour te remplacer. Mais qui ? dit-elle en faisant mine d'examiner la salle en détail. Voyons voir… Oh, celle-là, Tetsu ? Non, tu as raison, trop vieille. Qui d'autre ?

Elle sourit à Mika et siffla en se claquant la cuisse.

— Mais dis-moi, tu n'es pas un peu forte, toi ? dit-elle avant de pointer le doigt sur Sakamoto. Je ne savais pas que tu les aimais d'un gabarit aussi substantiel, Tetsu.

Mama-san s'approcha de notre table, sa voix aussi mélodieuse qu'un carillon de bambou en plein vent.

— Ma chère Kimiko, c'est si bon de te revoir. Il y a si longtemps. Nous avons eu beaucoup de requêtes pour ta compagnie. Tu as déçu beaucoup de clients par ton absence.

Kimiko ferma une paupière cette fois encore et regarda le capitaine.

— T'ai-je manqué, Tetsu ? demanda-t-elle en se mettant à sangloter. Nous avions fait un pacte, tu te souviens ? Nous nous étions fait des promesses, tu te souviens ?

Le capitaine se leva et nous signifia, à Mika et à moi, de faire de même. Quand Kimiko but appuyée au dossier, l'alcool dégoulina sur son menton. Sakamoto pencha la tête au plus près de la sienne mais je réussis à entendre ses paroles :

— Reviens dans ce bar encore une fois et je ferai en sorte que tu perdes tout. Tu seras si désespérée que tu ouvriras les jambes au premier débris malade traînant sur les quais qui voudra de toi. Si ce n'est déjà fait.

Il s'éloigna puis, se ravisant, s'immobilisa et parla d'une voix assez forte pour que tout le monde l'entende.

— Tu me dégoûtes.

Il m'offrit son bras et nous étions sur le point de sortir quand je me retournai. Mama-san était assise à côté de Kimiko, une main posée sur son épaule. Une fois dehors, le capitaine fit signe à son chauffeur d'aller chercher la voiture mais j'étais incapable de bouger. Il s'arrêta alors et pivota vers moi.

— Amaterasu ?

— Qu'est-il arrivé à Kimiko ?

Il me répondit d'un air soudain exaspéré :

— Elle avait des espérances trop grandes et en voulait toujours plus. Elle était devenue fatigante. Voilà tout.

— Je vois, dis-je, en trouvant le courage de lui poser ma question : De moi aussi, tu te fatigueras ?

Il vint jusqu'à moi, me prit le coude.

— Ma douce, comment pourrais-je me fatiguer de toi ? Allez, viens, laisse-moi te prouver combien tu me fatigues.

Sa prise se resserra sur mon bras mais je ne bougeai pas.

— Amaterasu ? dit-il, à voix basse, plus un avertissement qu'une question.

— Mika saura te distraire ce soir puisque tu apprécies tant sa compagnie.

D'abord surpris, la colère l'emporta et il m'attrapa par le cou en me poussant contre un mur.

— Ne sois pas si ingrate. On y va.

Je me frottais le cou quand mon attention fut attirée par un homme qui s'approchait. Lorsque son visage apparut à la lueur d'un réverbère, je songeai une seconde à faire non de la tête pour l'avertir de ne pas s'arrêter mais c'était trop tard.

— Amaterasu, quel plaisir. Puis-je vous accompagner à l'intérieur ?

— Tout va bien, dit le capitaine sans même se retourner.

Sato arriva à côté de lui.

— Ici, les pavés sont glissants. Prenez mon bras.

Je les regardai tous les deux et là, dans ce coin obscur de la ville, pris ma décision. Je bousculai au passage le capitaine et retournai dans le bar en compagnie du docteur. Si Sakamoto allait se plaindre auprès de Mama-san, je savais que je serais virée mais en cet instant, au côté de

Sato, je m'en fichais : à mes yeux, il valait bien cet acte de témérité. Je cherchai Mama-san mais Karin m'apprit qu'elle était partie avec Kimiko en emportant un rouleau de billets de banque sortis de sa boîte à finances. Je me retournai vers Sato, assis à la place tout juste libérée par le capitaine, et me sentis à la fois nerveuse et soulagée en le rejoignant. Nous restâmes à la table, enveloppés d'un silence pesant, chargé de tous les non-dits qui rebondissaient entre nous. Les particules d'air alentour semblaient s'être déplacées et l'atmosphère nous rapprochait plus que ne le laissait supposer la distance entre nos deux corps. Il sourit et je priai le ciel qu'il ne parle pas du capitaine.

— Vous devez être affamée, non ?

Il ne se trompait pas.

— Buvons ici, ensuite nous chercherons un endroit où nous sustenter tout en bavardant sans…

Il leva la main et embrassa le bar du geste.

— Sans tous ces faux-semblants. Cela vous plairait-il, Amaterasu ?

Pendant notre souper tardif, il m'interrogea sur mon enfance et, ma garde presque entièrement baissée, je glissai quelques allusions à ma vraie vie, peut-être pour le tester et voir ses réactions. À la fin de la soirée, il héla un taxi et me proposa de nous retrouver la semaine suivante aux jardins botaniques. Cette première visite au parc fut suivie de beaucoup d'autres. J'adorais ces moments car jamais encore je ne m'étais trouvée en compagnie d'un homme avant la tombée de la nuit. Nous marchions doucement à côté d'enfants qui jouaient avec des sacs de haricots ou tentaient de chatouiller les carpes kois cachées sous les feuilles de nénuphar. Alors même que nous n'avions pas échangé un seul baiser, je pris sa cour amoureuse pour un signe de bon augure tant je voulais y voir une grande sincérité d'intention et une profondeur d'attachement alors même qu'elle n'était que le témoignage de sa patience. Un jour que nous étions assis sur un banc de pierre avec, entre nous, un pique-nique de tofu et de poulpe, il me présenta une petite boîte, plus petite que ma paume. Nichée à l'intérieur, je trouvai une petite clé en laiton.

— Elle ouvre la porte d'un appartement... bon, pas un appartement à vrai dire, juste deux chambres, mais relativement propres et discrètes.

Il regarda alentour, et l'espace d'un instant, j'aurais pu croire qu'il allait rougir.

— J'ai pensé que ce serait bien d'avoir un lieu où nous retrouver.

Je me saisis de la clé, légère comme une plume dans ma main.

— Ce n'est pas loin d'ici.

Kimiko, Mika et Karin auraient peut-être compris ce que signifiait cette clé en laiton mais je choisis de la voir comme une promesse non exprimée. En glissant la boîte dans mon sac à main, j'osai imaginer qu'elle valait plus que ses quelques grammes de métal. C'est le destin qui avait fait entrer Sato dans le bar, n'était-il pas vrai ? Comment pourrait-il ne pas être mien ? Nous prîmes un rickshaw jusqu'à Chinatown, longeant les étals offrant des chaussons à la vapeur jusqu'à un restaurant orné d'une fresque d'hirondelles bleues. L'appartement se trouvait dans le même immeuble à l'étage. Parquetée de bois, la pièce principale disposait d'un lit en fer à l'occidentale garni d'un matelas nu à rayures blanches et bleues. Un bureau en bambou était placé sous la fenêtre avec une chaise en pin. La cuisine occupait la pièce voisine avec, en guise de mobilier, une petite table carrée pleine de rayures et une autre chaise. Sato me regarda faire le tour du propriétaire.

— C'est un peu primitif, je sais, dit-il.

— La salle de bains ?

— À partager, dans le couloir.

J'acquiesçai, et apparemment, ce fut la seule réaction dont il eut besoin. Il s'avança jusqu'à moi, posa les mains autour de ma taille à l'emplacement du nœud de mon obi et rit.

— Je n'ai pas la moindre idée de la façon dont on défait cette chose, dit-il.

C'est ainsi que Sato devint mon nouveau Sakamoto.

À cause de mes nuits au bar et des visites à domicile que devait faire Jomei le matin, nos seuls moments d'intimité se limitaient à deux heures l'après-midi dans l'appartement. Je ne vivais que pour ces rencontres, décomptant les heures qui me séparaient du moment où nous serions seuls. Ces chambres étaient mes échappées, loin du bar et loin de ma mère, un lieu que je pouvais appeler mien, enfin. Même si nous n'y passions que quelques heures par semaine, ce fut plus fort que moi. Je remplis les pièces de vases de cristal garnis de roses crème, dénichai dans un magasin d'antiquités deux gravures sous cadre, un cheval et un héron, achetai des draps en fin coton blanc et une lampe-vitrail à carrés mauves, verts et jaunes. J'essayais ainsi de recréer un foyer. Deux mois durant, j'eus le sentiment d'y parvenir, jusqu'à l'arrivée de Sato une après-midi alors que j'étais debout sur une chaise à essayer de suspendre des stores dans la chambre. D'un bleu très pâle orné d'un motif de fleurs roses couvertes de neige.

— Peux-tu m'aider ? lui demandai-je sans réfléchir.

Il contempla les stores puis balaya la chambre du regard comme s'il la voyait pour la première fois. Devant son air agacé, je sentis un pincement au cœur.

— Laisse, pour l'instant, me dit-il.

Je descendis de la chaise, m'avançai vers lui et l'embrassai sur la joue. Il saisit une petite horloge de voyage posée sur le bureau, un cadeau de Karin, et la reposa. Tout à côté, sur un morceau de papier, j'avais écrit mon prénom à côté de son nom de famille et je sentis mon cœur battre la chamade. De honte. L'avait-il remarqué ? Il sourit d'un air absent puis parut se rappeler quelque chose.

— J'ai oublié de te dire. Je ne peux pas venir vendredi. J'ai un déjeuner.

— Je ne peux pas t'accompagner ? lui demandai-je avec un sourire de coquette. Je saurai me comporter au mieux.

Il m'agrippa par la taille et me fit tournoyer jusqu'à me donner le vertige.

— À quoi cela servirait-il ? Je ne veux pas te voir te comporter au mieux.

Me prenant les mains, il me fit reculer vers le lit mais je me libérai de sa prise, non par agacement mais parce que j'étais préoccupée.

— Pourquoi ne puis-je pas venir ? Je sais comment me tenir.

Il soupira.

— Ce déjeuner est une invitation officielle de la part d'un chirurgien, à son domicile, avec sa famille. Ce sera d'un ennui mortel.

Il s'assit sur le lit et tapota le matelas.

— Nous n'avons que deux heures. Ne les gaspillons pas.

— Eh bien, quand pourra-t-on aller déjeuner quelque part ?

— Bientôt, gémit-il. Cet endroit ne nous suffit-il pas ?

— La chambre te plaît ? lui demandai-je, peut-être pour le mettre à l'épreuve, en montrant ce que j'en avais fait.

— Très jolie, comme toi.

Il tapota à nouveau le matelas et sourit.

— Viens à côté de moi.

Je jetai un œil à l'horloge, le gentil cadeau de Karin.

— Pourquoi ne puis-je pas vivre ici à temps complet ?

— Quelle mouche te pique aujourd'hui ?

— Après tout, le loyer est payé.

Il balaya une fois encore la chambre du regard.

— Je ne pense pas qu'il soit convenable de vivre ici.

J'aurais peut-être mieux fait de me taire mais là, dans cette chambre, soudainement, stupidement, j'éprouvai le besoin d'expliquer pourquoi j'avais acheté ces stores et rempli cet appartement trop vide, pourquoi j'avais besoin de plus qu'une clé en laiton, pourquoi je chérissais le cadeau de Karin et pourquoi, enfin, je m'imaginais ce que ce serait de m'appeler Amaterasu Sato.

— Il y a une chose que je dois te dire.

Son inquiétude était visible, à croire qu'il sentait ce qui allait arriver.

— Ne la dis pas.

— Quoi ?

— C'est inutile. Ne vois-tu pas, Amaterasu ? Tout ce qui importe, c'est nous dans cette chambre, rien de plus. Approche, laisse-moi te montrer combien il m'importe d'être ici.

Connaissait-il les mots que je voulais lui murmurer ? Alors que je me déshabillais pour lui, connaissait-il les mots que je répétais dans ma tête ? Je les avais déjà répétés mille fois à la maison, devant le miroir, en rougissant, alors que je ne m'adressais qu'à mon reflet. Je m'accrochai à lui, sentis la dureté de son corps contre le mien et me promis de trouver le courage de lui entonner bientôt mon incantation secrète à haute voix. *Je t'aime, Jomei Sato. Je t'aime, Jomei Sato. Je t'aime, Jomei Sato.* Lui avouer enfin cette vérité douloureuse qui me brûlait les lèvres tant je voulais la lui dire.

Désaveu

Kando : *au cours de la période Edo,
lorsque le système familial était entièrement patriarcal,
le parent pouvait déshériter un fils désobéissant,
prodigue ou délinquant. Le déshérité devait revêtir
un kimono en papier* (kamiko) *avant d'être chassé
de la maison.* Kando *impliquait généralement
une sanction morale aussi bien qu'économique,
car le déshérité était marqué à jamais
par la disgrâce qu'il avait apportée à sa famille
et on lui interdisait tout contact avec elle.*

Pendant ces six mois en compagnie de Sato, Karin s'était trouvé elle aussi un compagnon, un homme politique de l'hôtel de ville. J'avais remarqué qu'il n'était pas venu au bar depuis un bon moment et un matin, alors que nous marchions dans les rues vides après notre garde de nuit, je lui en demandai la raison. Karin éclata en sanglots et m'avoua que son compagnon avait fui en réponse à la fâcheuse situation dont il était la cause. Elle me dit qu'elle avait déjà pris sa décision quant à ce qu'elle ferait. Elle était trop jeune pour être mère et trop pauvre. Accepterais-je de l'accompagner ?

Peut-être avais-je eu plus de chance que Karin. Peu de temps après ma première nuit avec lui, le capitaine m'avait envoyée chez un docteur, lequel m'expliqua qu'il allait me poser un objet qui empêcherait la grossesse. Il appelait ça un pessaire ou « voile d'utérus ». Karin, de son côté, cajolait son politicien pour qu'il achète des préservatifs mais celui-ci refusait fréquemment d'ouvrir son paquet de Heart Beauty. Aussi dévorait-elle à la place des graines de grenade, après qu'une des filles lui eut parlé de leurs vertus contraceptives. Dans les maisons de bains, il nous arrivait de discuter d'autres méthodes. Mais en vérité, c'est l'avortement qui, bien qu'illégal, devenait souvent la méthode de contraception chez les hôtesses, même si ce faisant, elles encouraient la prison et mettaient leur santé en danger. Lorsque Karin s'était rendu compte de sa situation, elle avait essayé des remèdes de bonne femme : éponges trempées dans l'alcool, purgatif à l'aloès, eau presque bouillante puis, finalement, elle avait trouvé une sage-femme à la retraite qui tenait son commerce illégal dans un quartier de la ville que les officiels de la mairie avaient tendance à éviter.

Nous avancions main dans la main dans les rues pavées, le long de maisons qui n'étaient guère plus que des cahutes bâties de plaques en bois pourri et en métal noirci. Les enfants qui jouaient dans la poussière, les vieilles qui balançaient leurs eaux de cuisson dans les rues, jusqu'à un *gaijin* blond sur une bicyclette grinçant de partout relevèrent les yeux à notre passage comme s'ils connaissaient tous notre profession. Même sous nos châles, nous détonnions dans le cadre tant il était visible que nous étions des filles de Maruyama laissant dans leur sillage les effluves de bars et de chambres à louer devenus leur parfum. La maison qui était notre destination ne se différenciait guère des cahutes longées en chemin. Une fillette de sept ou huit ans répondit à la porte. La pièce intérieure était basse de plafond, avec un trou à feu au centre de la pièce et une lampe à huile posée sur un tabouret en bois. La gamine disparut dans une pièce du fond et revint en compagnie d'une femme âgée vêtue d'un tablier gris. Karin s'accrocha à moi puis suivit la femme qui referma la porte derrière elles. J'ôtai mon châle et je m'assis à côté de la petite qui jouait avec une poupée de chiffons souillée de graisse.

L'opération terminée, Karin ne cessa de grimacer tout le long du chemin jusqu'à son logement. Lorsque je l'aidai à s'allonger sur son futon, elle était fiévreuse et saignait. Je caressai ses cheveux moites et posai un linge frais sur sa nuque en regardant de temps à autre sous la mince couverture. Elle me dit que la femme l'avait prévenue qu'elle saignerait un peu mais, constatant que le sang n'arrêtait pas de couler, je lui suggérai d'appeler le docteur du bar. Elle essaya de s'asseoir et me prit la main.

— Non, s'il te plaît, non. Mama-san me jettera dehors.

Au matin, elle était presque inconsciente. Je n'avais plus le choix. Sato m'avait dit qu'en cas d'urgence on pouvait le contacter à l'université. Je rédigeai un petit mot et payai un gamin pour lui remettre ma requête. S'il était en colère à son arrivée, il n'en montra rien. Il examina Karin, me dit qu'elle avait une infection et expliqua de quels médicaments il avait besoin. Il veillerait Karin en attendant mon retour.

— Je suis désolée, Jomei. Je ne savais pas à qui demander. Si Mama-san l'apprenait, Karin serait renvoyée. Et elle n'a nulle part où aller.

— Pourquoi l'homme qui a fait ça ne peut-il pas s'occuper d'elle ?

— Les hôtesses sont là pour divertir. Nous ne sommes pas payées pour créer des problèmes.

Après mon retour, il attendit que la fièvre de Karin tombe puis je le raccompagnai jusqu'à l'entrée du logement. La propriétaire sortit de sa chambre et jeta un œil mais je fis fuir cette sorcière. Les derniers rayons du soleil inondèrent le couloir, nous baignant de lumière orangée. Je dis à Sato combien je lui étais reconnaissante, jamais je ne pourrais payer ma dette pour sa gentillesse. Il leva la main comme pour me toucher et parut y réfléchir à deux fois avant de se raviser.

— Parfois, je peux presque oublier ce que tu fais, ce que tu es, ce que je suis pour toi.

Il se retourna vers la porte de Karin.

— Et ensuite, je me souviens.

Je le regardai partir sans rien répondre. J'aurais dû parler. J'aurais dû lui dire qu'il était plus qu'un client, tellement plus. *Je t'aime, Jomei Sato.* Pourquoi ces mots étaient-ils si difficiles à prononcer ? Pourquoi avais-je hésité ? La sincérité de mon aveu aurait-elle eu la moindre importance ?

À mon retour, la chambre était empuantie, imprégnée des relents métalliques de chiffons ensanglantés et j'y trouvai Karin assise sur son lit.

— Sato dira quelque chose ?

— Tu peux lui faire confiance.

Ses yeux étaient pleins de larmes.

— Je regrette de m'être laissée toucher par cet homme. Il m'a dit que je comptais pour lui mais qu'il ne m'aimerait pas toute grosse. Qu'il n'était pas sûr que le bébé soit de lui.

Elle contempla le plafond.

— Je lui ai dit que je redeviendrais mince. Il m'a répondu que le problème ne venait pas de lui, c'était moi qui aurais dû prendre mes précautions. Jolie plaisanterie, non ?

Karin se gratta le cuir chevelu du bout des ongles et je m'agenouillai près de son futon.

— Qu'est-ce que tu vas faire ?

Elle secoua la tête mais nous connaissions toutes les deux la réponse. Après avoir soudoyé la propriétaire pour nous assurer qu'elle ne parle pas de la visite de Sato, nos vies continuèrent comme si de rien n'était. Deux jours plus tard, elle était de retour au bar, expliquant son absence pas des maux de ventre. Karin souriait, elle riait, sans rien afficher de sa gêne ni de sa douleur, n'était que même s'ils restent invisibles, certains événements laissent leur marque à jamais. Naguère papillon étirant en grand ses ailes brillantes au soleil, elle les repliait dorénavant tout contre elle de sorte que les clients ne voyaient plus les couleurs qu'elle cachait en son for intérieur. Elle parlait souvent de son fœtus perdu, son enfant d'eau comme elle l'appelait. Elle achetait de petites statuettes, les habillait de bavoirs et de bonnets rouges et les emportait dans les temples. Parfois, plutôt que d'utiliser ces figurines, elle y laissait des galets ronds bien polis. Elle croyait que ces offrandes allaient soulager sa tristesse mais elle se trompait. Son enfant d'eau laissa sa marque sur moi aussi mais je ne blâme pas Karin pour ce qui était arrivé. J'avais choisi de faire appel à Sato, j'avais choisi de lui montrer ma vie telle qu'elle était et non comme je voulais qu'elle fût, une chambre pleine de roses et de gravures de chevaux et de hérons. Au cours des journées qui avaient suivi sa visite à Karin, j'attendis au bar, je passai à l'appartement et visitai les parcs, lui envoyai de petits mots à son lieu de travail, mais Sato avait disparu. À l'image d'une apparition créée par un magicien, une minute il avait été là, la minute suivante, plus rien. Je me disais qu'il avait simplement besoin de temps pour s'adapter à cette vision plus vraie de celle que j'étais et qu'il reviendrait. Je n'eus pas à attendre trop longtemps. Je l'aperçus deux ou trois semaines plus tard, le soir de Shoro-Nagashi. Le 15 août 1919.

Mama-san nous avait donné, à Karin et à moi, deux heures de liberté, sachant que les bars seraient vides pendant que des milliers de gens se rassembleraient dans les rues. Ce festival ne ressemble à aucun autre au Japon. Les familles accueillent le retour de leurs décédés du monde des esprits ou les accompagnent pour leur départ. Joie et chagrin défilent côte à côte dans les rues au rythme des tambours dans les parfums d'encens qui se consument. Nous étions dans la foule et regardions la procession de barques d'herbe et de bambou fabriquées pour l'occasion à l'intention des morts, certaines aussi grosses que de vrais navires. Des hommes revêtus de draps blancs portaient ces embarcations festonnées de lanternes jusqu'à la mer où ils les déposaient sur l'eau avant de les pousser dans les ténèbres. Les esquifs lumineux s'éloignaient au rythme des vagues tandis que les endeuillés déposaient à leur tour des offrandes de fruits sur des tapis tressés qu'ils abandonnaient à la nuit. La cité tout entière était un flamboiement de couleurs, de dragons dansants et d'hommes enivrés à l'alcool de riz. Entre les cris, les appels suraigus aux esprits, les explosions de pétards et les gongs, le tintamarre était tel qu'il aurait fait fuir les chats sauvages et réveillé les morts. Nos disparus ne peuvent rester en repos. Ils ne peuvent pas nous ignorer. Ils doivent partir ou nous revenir. Nous sommes trop bruyants pour qu'ils nous ignorent.

Karin et moi bousculions les gens pour essayer de dénicher un bon emplacement tout à côté d'un étal qui vendait du caramel grillé. L'odeur de sucre brûlé emplissait l'air, mêlée aux relents de soufre des pétards. Un des hommes de la procession, une main ensanglantée, la figure dégoulinant de sueur, s'approcha de Karin en chancelant et lui cria : « Hé, ma belle, épouse-moi », avant de lui offrir une bouteille entamée de vin de prune. Je me détournai ainsi que Karin en gloussant et c'est à cet instant, au milieu de ces rues vibrant de musiques et de voix, sous cet air chargé de fumée, que je le vis. Ce n'était pas son fantôme entrevu sur le visage d'un autre, non, c'était bien lui. Quelle joie de le reconnaître en cette seconde malgré ma surprise. Il se dirigeait vers nous quand je constatai qu'il n'était pas seul. Une fille l'accompagnait, plus grande que moi et peut-être un peu plus âgée. Sans réfléchir, je levai la main pour le saluer et il releva les yeux. J'attendais un sourire mais je ne vis qu'une expression de fureur. Karin avait dû le remarquer elle aussi et me tira le bras avec l'intention de nous écarter de son passage mais j'étais paralysée par l'expression de son visage, ce masque de colère qui se changea en dégoût. Je ne savais plus que faire ni où me diriger. La marée humaine était trop dense pour pouvoir nous faufiler à l'écart du couple, mais pis encore, elle nous poussait directement sur leur passage. Il n'était plus qu'à un pas ou deux quand il murmura quelque chose à l'oreille de la fille qui éclata de rire et, quelques secondes avant qu'ils n'arrivent jusqu'à moi, ils disparurent tous deux entre des étals à nourriture avant de se joindre au défilé. Karin me demanda si j'allais bien et chercha un mouchoir dans son sac, craignant que je n'éclate en sanglots, mais j'étais trop choquée pour pleurer. Je baissai les yeux et me vis comme il avait dû me voir. Trop éclatante, trop peu discrète, trop bon marché. Comment décrire cet instant d'humiliation ? Comment dépeindre la douleur de se sentir ainsi rejetée ? Après tous ces mois, après tout ce que j'avais risqué pour lui et espéré de sa part, je ne méritais même plus d'être reconnue et saluée. C'était ça, Jomei Sato.

Un guerrier samouraï sans maître

Ronin : *à l'époque féodale, il arrivait fréquemment que les guerriers samouraïs perdent leur seigneur lors d'une guerre ou d'un soulèvement social. Ces guerriers samouraïs sans maître étaient appelés* ronin. *Parce qu'ils étaient pauvres, ils devaient travailler. Beaucoup d'entre eux enseignaient la lecture et l'écriture aux enfants. Grâce à leur contribution, dit-on, l'alphabétisation du Japon à l'époque était bien plus développée qu'en Europe.*

Je me méfie de la nostalgie qui se plie trop aisément à nos désirs ou à nos humeurs mais j'autorisais parfois mes souvenirs, pour douteux qu'ils fussent, à me ramener au bar d'avant Sato, à l'époque où la lueur sourde des lampes était le seul signe du temps qui passait, de l'énergie dépensée ou des vieilles plaisanteries qui ne se partageaient pas uniquement pour combler le silence. Mais Sato avait fait une chose cruelle : il avait apporté avec lui la lumière dans ce trou noir de survie et, avec la même aisance, s'était retiré dans les ombres. Sakamoto était lui aussi absent du bar désormais, au grand déplaisir de Mama-san. Jamais elle n'avait demandé pourquoi il avait disparu mais elle apprit d'autres tenancières qu'il avait élu domicile deux portes plus loin. Je pensais que Mama-san allait me rendre responsable de la perte d'un client privilégié et me demander de partir. L'idée ne me déplaisait pas : il s'était passé trop de choses, trop d'occasions m'avaient filé sous le nez, trop d'années d'apitoiement sur moi-même pendant mes soirées en solitaire, mais tout ce que je savais faire se limitait au métier d'hôtesse. À l'image de Karin, je n'avais nulle part où aller. Je ne voulais pas finir comme Kimiko ou ces autres femmes sur les quais qui s'offraient en échange de quelques pièces, un repas chaud ou un bref refuge.

Sato et Sakamoto partis, d'autres admirateurs commencèrent à renifler sur leurs traces. Basho Arai n'était pas si mal. Grosse tête, petit menton et doigts osseux, peut-être, mais il n'était pas dénué de charme. Il aimait à parler politique, les paupières mi-closes, une main agitant en l'air sa cigarette comme quelque chef d'orchestre ivre de musique. Ce soir de septembre, son sujet était la conférence de paix de Paris qui s'était déroulée un peu plus tôt cette année-là et le traité de Versailles.

— Nous avons les îles allemandes, Shandong, Jiaozhou. Ce qui déplaît peut-être à l'Amérique et à la Chine mais elles sont à nous. Savez-vous ce que cela signifie, Amaterasu ? Nous sommes désormais une nation de premier ordre. C'est bien, hein ?

Je souris devant son enthousiasme.

— Tokyo, vous dis-je, c'est là qu'il vous faut être, lui répétai-je.

— Pourquoi, ma douce ?

— C'est là que se passe tout ce qui compte, mon ami.

— Pas ici ?

— Ici ? fis-je, en allumant une cigarette. Ne soyez pas bête, dis-je d'un ton dédaigneux.

Il me frôla le genou.

— C'est entendu, j'irai à Tokyo à condition que vous veniez avec moi. Vous pourrez être mon assistante. Pensez à toutes les histoires que nous écrirons ensemble.

Je fis semblant de pianoter sur la table comme sur un clavier, ma cigarette pendant à mes lèvres.

— Comme ça ?

— Parfait. Pourquoi pas ? Maintenant, apportez-moi un peu de ragoût. J'ai besoin de me dégriser. J'ai un article à rédiger.

Je me levai, étourdie par tout l'alcool bu et, m'approchant de la cuisine, vis Mama-san parler à quelqu'un près de l'entrée. Je fus surprise de le voir, cet autre client perdu. Il s'avança vers moi, timidement.

— Quel plaisir de vous revoir, Kenzo.

Il s'inclina, lissa ses cheveux.

— Bonsoir, Amaterasu, cela fait trop longtemps.

— Tout à fait, répondis-je en montrant la banquette la plus proche. Asseyez-vous, je vous prie. Vous nous avez manqué.

Il réfléchit un instant.

— Le travail est très prenant. Nous avons tellement de commandes de bateaux que bientôt les navires seront plus nombreux que les gens. Vous devriez descendre jusqu'aux docks. Je pourrais vous faire visiter nos installations.

— Votre patron vous donnerait son autorisation ?

Il sourit.

— Eh bien, disons que je suis mon propre patron et que je m'en accorde la permission.

J'éclatai de rire et il parut enchanté par ma réaction. Puis il s'éclaircit la gorge et prit un air embarrassé.

— Jomei vous adresse son meilleur souvenir.

Le simple énoncé de son prénom me fut comme un coup de poignard au cœur et je restai muette, incapable de prononcer un mot.

— Nous ne sommes pas forcés de parler de lui si vous préférez ?

— Je vous en prie, faites donc, inutile de vous tracasser.

Il étudia mon visage.

— Amaterasu, il est inutile de cacher votre déception. Sato est toujours discret mais nous sommes très amis tous les deux.

Je sentis mes joues s'empourprer à la pensée de ces deux hommes parlant de moi. Akiko déposa deux verres et une bouteille de saké sur notre table.

— Permettez-moi de vous servir. Dites à Sato, s'il vous plaît, que je vais très bien.

Il me regarda verser le saké. Je crois que mes mains ne tremblaient pas.

— J'en suis heureux, Amaterasu. Je n'aimerais pas que vous soyez triste.

Je lui proposai une cigarette, qu'il refusa.

— Jomei est mon ami, et donc il ne m'est pas très facile de vous dire cela, mais dès qu'il s'agit de femmes, ce n'est pas un homme sérieux.

Il but une gorgée de saké.

— Peut-être que son mariage changera tout cela, dit-il.

Mon visage dut accuser le coup et il ajouta immédiatement d'un air confus :

— Je suis navré. Je croyais que vous saviez.

Je levai la main comme si de rien n'était.

— Quand ?

— Il y a quelques semaines. La fille d'un chirurgien de l'hôpital.

Je fis aussitôt mes calculs : le cadeau de la clé avait dû coïncider avec le début de leur relation. Avait-il pour projet de me garder sous le coude comme maîtresse non officielle ? Combien de temps ? La grossesse de Karin l'avait certainement amené à peser les dangers encourus. Il ne pouvait se permettre de me mettre dans une situation similaire.

— Pardonnez-moi, Amaterasu. Vous n'auriez pas dû entendre cela de ma bouche.

Il donna l'impression de lutter contre quelque chose et finit par ajouter, presque comme un aveu :

— Je sais combien Jomei peut paraître charmeur mais je ne pense pas qu'il vous aurait rendue heureuse.

Je levai mon verre à ses paroles et il se rapprocha un peu.

— Parfois, il est facile de passer à côté de ce qui ferait votre bonheur.

Kenzo me prit la main.

— Vous devriez peut-être ouvrir les yeux, Amaterasu, et envisager d'autres possibilités, celles qui ont existé dès le début.

Il sourit, et pour la première fois depuis notre rencontre, je prêtai une réelle attention à Kenzo Takahashi. Et il tenait tendrement entre ses mains mon cœur blessé.

Nous nous sommes mariés le mois suivant. Nous ne voulions pas attendre, ni lui ni moi. Il voulait que j'invite ma mère à la cérémonie mais je refusai. Lorsque je fis part à mère de ma décision, je craignais d'avoir à affronter ses pleurs ou ses objections, mais non : elle se contenta de hausser les épaules pour chasser son chagrin ou sa colère à cette nouvelle. Il me fallait laisser mon passé derrière moi, je ne pouvais pas l'emmener. Je m'en débarrassai en la soudoyant grâce à l'argent que j'avais économisé en lui disant qu'il y aurait d'autres versements si elle me laissait tranquille. Les yeux fixés sur le coffret d'argent liquide posé sur ses genoux, elle dit d'une voix grave, l'air résignée, en secouant la tête :

— J'ai fait de mon mieux pour toi, Amaterasu. J'ai fait ce que j'ai pu.

— J'étais une enfant, mère.

— Et regarde-toi aujourd'hui. Future épouse d'un ingénieur respecté. Rien que pour ça, tu dois me remercier.

Le vent

Kaze : *le vent aussi bien que la pluie sont plus que de simples phénomènes naturels pour les Japonais. Il existait une ancienne croyance selon laquelle le vent était créé par les allées et venues de dieux invisibles. En conséquence, chez les anciens, tous les vents, hormis les mauvais et les méchants, étaient littéralement* kamikaze *(vents divins).*

Hideo laissa glisser le doigt le long de son verre et se servit de la condensation pour dessiner un cercle sur le comptoir en bois. Deux yeux et une bouche. Une figure souriante. Il releva la tête et nous nous regardâmes au travers des divisions du temps. J'étais le passé, lui, l'avenir. D'ici demain soir, Hideo serait dans un avion pour Nagasaki. Nous disposions de si peu d'heures pour coller des feuilles mortes sur un arbre généalogique infecté. Que pouvais-je lui dire ? Quelles parties des lettres de Sato devais-je lui révéler ? Dans une lettre de 1971, les kanji et les hiragana sur la page n'étaient plus que des murmures, l'écriture d'un homme malade. Sato y disait avoir entretenu l'espoir qu'en gagnant en âge il gagnerait en certitude sur sa vie écoulée, les choix qu'il avait faits, les erreurs, les quelques rares petits triomphes. Il avait présumé que tous se solidifieraient en constituant une sorte de version plus tendre de son passé. Mais la vieillesse l'avait tourmenté en lui apportant au contraire une compréhension des choses plus rude et moins angélique. Les années n'avaient pas atténué la douleur du regret, elles l'avaient au contraire intensifiée.

Qui savait que mon corps ragerait tant contre la lumière qui se meurt ? Maintenant que je crois approcher de ma destination, une pensée continue à me tourmenter sans répit : j'aurais dû me battre pour toi, Yuko, avec bien plus de conviction. Ou peut-être n'aurais-je jamais dû t'approcher. À ces dernières secondes, as-tu pensé à moi avec amour ou colère, ou pas du tout ? De plus en plus, je me joue et me rejoue un fantasme obscur aux heures où les médicaments ne parviennent plus à tuer la douleur. J'essaie de réécrire notre dernière rencontre de telle sorte que tu ne serais jamais partie pour la cathédrale d'Urakami ce jour-là. Je me demande ce que j'aurais dû te dire pour t'en empêcher. Je me trouvais soumis aux ordres de ta mère pour cette ultime et catastrophique fois. Elle et moi t'avons placée sur le chemin de Pikadon et c'est notre amour pour toi qui t'a conduite à la cathédrale. Comment a-t-elle vécu avec cette pensée pendant toutes ces années ?

Je t'avoue que plus d'une fois j'ai songé à mettre un terme à ma vie. Ce geste n'était pas à mes yeux une petite complaisance égoïste mais bien le seul acte honorable à faire. Qu'est-ce qui m'a arrêté ? Un petit garçon blessé que nous avons pris chez nous, appelé Hideo. La raison pour continuer, c'était lui. La raison pour lutter afin de devenir un homme meilleur. Ai-je eu tort, il y a tant d'années, de vouloir croire que cet enfant plein de cicatrices que nous avions trouvé dans l'orphelinat était ton fils ? Nous nous étions attendus à ce que sa mémoire lui revienne, mais ce fut en pure perte, et c'est alors que j'ai commencé à lui fournir les quelques petits détails dont j'étais sûr. Natsu m'a mis en garde contre mon désir de lui coller une étiquette. À quoi bon être Hideo Watanabe ? demandait-elle. Mais j'avais voulu lui donner un sentiment d'identité et d'histoire personnelles, une lignée d'ancêtres susceptible de l'inspirer. Son visage ne peut rien dire d'autre que cette unique journée, ce 9 août 1945. Moi, je voulais lui donner plus, plus qu'un seul jour. Était-ce si cruel de ma part ? Et peut-être, juste peut-être, que j'ai raison. Amaterasu saura s'il est ton fils. Peut-être n'est-il pas trop tard pour la retrouver ? Puis-je la laisser approcher mon garçon ? Est-ce que ce sera là mon dernier acte de contrition ?

Sato aurait été trop malade pour se remettre à notre recherche, à Kenzo et à moi. Non, c'est Natsu qui s'en était chargée, elle avait été la moins égoïste de nous tous. C'était la raison pour laquelle elle avait rédigé cette lettre d'introduction. Mensonges et liaisons confuses, blessures et pertes, au bout du compte, rien de tout cela n'importait plus. Elle n'avait pour seule préoccupation qu'un seul élément de notre passé commun : Hideo. Dans la pénombre de ce bar, je souris à son fils, le garçon Pikadon. Était-ce là mon petit-fils ? Ou mon Hideo s'était-il trouvé parmi les soixante-quinze mille morts ?

Je lui saisis la main et caressai ses cicatrices.

— Dites-moi, si vous le pouvez. De quoi vous souvenez-vous lors ce dernier matin ?

— Je ne pense pas que cela vous aidera beaucoup, reconnut-il en secouant la tête.

— Essayez, insistai-je, et je lui pressai les doigts.

Il acquiesça, sans jamais pouvoir me regarder en face en répondant à ma requête.

— Je jouais avec d'autres enfants. On aimait bien se servir de nos loupes pour enflammer les herbes ou les fourmis et on attendait que le soleil brûle au travers des nuages. Les enseignants travaillaient dans la rizière ou sur les abris anti-aériens de l'école. Je ne me souviens pas du bruit d'un avion au-dessus de nos têtes, mais brusquement, quelqu'un a crié de gagner l'abri. J'ai couru aussi vite que j'ai pu, mes amis derrière moi, et j'avais réussi à atteindre l'abri quand une force inconnue m'a propulsé en avant contre le mur du fond. J'ai perdu connaissance, j'ignore combien de temps et je me suis réveillé dans le noir. J'ai appelé mes amis mais ils n'ont pas répondu. Je rampais en direction de l'entrée quand j'ai vu apparaître des créatures qui sortaient des ténèbres. Ça devait être des humains mais ils n'avaient plus de peau. Ils ne pouvaient plus parler, ils faisaient juste des coassements abominables avec leur bouche. J'ai eu bien trop peur pour rester dans l'abri avec eux.

» Dehors, le ciel était violet. J'ai cherché mes amis, mes professeurs, mais tous avaient disparu. D'autres individus se dirigeaient vers l'abri, nus et gémissant, leurs torses boursouflés. Je me suis enfui loin d'eux. Dans la cour de récréation, le bac à sable était plein de corps et l'école brûlait. Tout ce que j'entendais, c'était le grondement du brasier. Je ne m'étais jamais rendu compte à quel point un incendie pouvait être tonitruant. Malgré ce bruit omniprésent, j'en ai entendu un autre, une voix dans l'incendie qui appelait au secours. Je savais que je devais me montrer courageux. Je ne me souviens plus de la manière dont je suis entré dans l'école ni comment je l'ai trouvée, mais j'ai réussi. Une fille se cachait, tapie sous un bureau. J'ai dû lui dire de sortir et de venir vers moi mais elle ne voulait plus bouger. Je l'ai peut-être suppliée quand les flammes se sont rapprochées mais elle a juste crié en appelant sa mère. Je ne suis pas parvenu à la convaincre de m'accompagner et donc je l'ai abandonnée. Je ne me souviens pas des flammes sur ma peau.

Il leva la main.

— Mais il a bien fallu que je sois à leur contact. Mon souvenir suivant, c'est que j'étais à l'hôpital.

Il s'interrompit un instant, sa voix tremblait.

— L'école avait près de mille six cents élèves avant Pikadon, seuls trois cents ont survécu. Au cours des mois qui ont suivi, ont circulé énormément de récits tous aussi abominables, des orphelins qui fouillaient les décombres en quête de nourriture ou creusaient le sol à la recherche des cendres de leurs parents incinérés, les blessures qui ne guérissaient pas, les suicides. Des enfants qui prenaient leur propre vie. Pouvez-vous imaginer ?

Il but une gorgée.

— Les gens sont navrés pour moi... mais moi, la chance m'a souri.

Il venait de décrire exactement la scène que j'avais dû affronter à l'école Yamazoto.

— Je me souviens d'un bâtiment de l'école qui brûlait. Vous aviez déjà dû être secouru et emmené ailleurs. C'est un miracle que vous ayez survécu. Vraiment.

— C'est l'abri anti-aérien qui m'a sauvé. Pas Dieu.

Pourquoi me trouvais-je dans l'incapacité d'accepter mon miracle personnel d'avoir un petit-fils ? Pourquoi étais-je incapable de lui ouvrir les bras pour le serrer contre moi et lui dire, oui, je te crois maintenant. Je sais que je ne méritais pas une telle joie. Est-ce la raison pour laquelle j'hésitais tant ? Ma culpabilité ? S'il apprenait ce que j'avais fait, comment pourrait-il ne pas me repousser ? Et comment alors pourrais-je supporter cette fin-là ? Dans le même temps, il n'était plus possible que je nous garde enfermé dans ces limbes sans savoir. Lui avait absolument besoin d'une réponse, dans un sens ou dans l'autre. Une nouvelle fois, je grappillai quelques bribes pour avoir confirmation.

— Souvenez-vous de la question que je vous ai posée quand vous êtes apparu devant ma porte ce premier matin ?

Il inclina la tête de côté.

— À propos de ce que nous avions vu dans le jardin ce dernier jour ?

J'attendis, l'espoir au cœur, mais il ne put que faire non de la tête en s'excusant. Je consultai l'horloge au mur derrière le comptoir. Son train n'allait pas tarder à entrer en gare. Tout à côté de l'horloge, on avait punaisé des cartes postales envoyées du monde entier sous un arc-en-ciel de billets de banque étrangers. Je réussis même à repérer un billet de cent yens parmi les francs, les sterling et les deutsche Marks. C'est en contemplant ce morceau de papier chiffonné que je compris qu'il n'existait qu'un seul moyen de résoudre une bonne fois pour toutes l'énigme de l'identité de cet homme.

— Hideo, je sais que vous attendez de moi que je vous dise si vous êtes ou non mon petit-fils. Je vous remercie de votre patience. Mais avant de pouvoir répondre, j'ai encore une requête, la toute dernière. Je crains qu'elle ne soit pas si facile à satisfaire.

Un médium féminin

Itako : *inspirées par les divinités, ces femmes possèdent des dons surnaturels. Elles sont censées pouvoir transmettre des messages des ancêtres à leurs descendants, faire les médiatrices entre les esprits des morts et des vivants et prédire la destinée d'une famille ou d'un individu. Avant que ces femmes ne deviennent des praticiennes indépendantes, elles vivent en compagnie de maîtres expérimentés dans l'art de ces actions magiques.*

Depuis l'aéroport jusqu'en ville, le trajet en taxi s'effectua sous une marquise d'érables qui devaient être superbes en plein été, leur couverture trouée de soleil aux feuilles couleur de citron vert éclatant de lumière. Mais ce jour-là, les branches étaient dénudées, ployant au-dessus de la chaussée sous les bourrasques. Je baissai ma vitre pour mieux les entendre craquer mais le bruit du moteur étouffait leurs mélodies. Bas sur l'horizon, le soleil illuminait le dessous des ailes des oiseaux en piqué. Je respirai enfin l'air du Japon. Unique entre tous. Si riche de possibilités. Si décapant. Cet air, combien il m'avait manqué. En pantalon beige et chandail assorti, Hideo avait pris place à côté du chauffeur tandis que je m'installais derrière, déguisée en vieille, pantalon bleu marine en gros coton, blouson violet en nylon et foulard à fleurs. Nous traversions les faubourgs de Nagasaki en direction de son cœur battant et je serrai la poignée de la portière pour ne pas tanguer le long des rues qui défilaient.

Que dire d'une ville que l'on n'a pas vue depuis presque quarante ans ? Ses deux pics, le port, Chinatown et Dutch Slope, étaient toujours là mais la modernité avait laissé son empreinte. Des salons de pachinko fleurissaient partout, avec leurs néons, la cacophonie de leurs machines et leurs billes argentées, des immeubles de bureaux tout neufs, métal, vitres et béton, se dressaient au-dessus de nos têtes et le centre avait cédé la place à un complexe commercial couvert. En dépit de ces curiosités, j'étais rentrée chez moi. Comment expliquer cette sensation ? Vous souvenez-vous de ces réveils de votre enfance, quand par un matin d'été, ouvrant votre fenêtre, d'un coup, toutes les promesses de la journée envahissaient votre chambre ? Nagasaki, c'était ça pour moi, une sensation bouleversante d'espoir. J'avais privé Kenzo d'un retour inopiné au pays et de ce sentiment de retrouvailles mais j'essayais de me convaincre que je n'aurais pu le faire avant ce jour. L'Amérique avait été un lieu où guérir au mieux de nos blessures et il m'avait fallu quatre décennies pour trouver la force de rendre visite à mes fantômes et aux lieux où ils se cachaient.

Située dans un des secteurs les plus abrupts de la ville, la maison à un étage de Hideo ne disposait que d'un seul accès possible, une remontée par des volées successives de marches en béton ou sinon une descente à pied une fois atteint le sommet de la colline. Je m'étais trop habituée aux rues planes et uniformes de ma cité américaine où toutes les adresses étaient étiquetées et connues. Ici, en taille, formes et matériaux, les maisons et les appartements étaient tous différents et s'entassaient au petit bonheur la chance, liés les uns aux autres par des garennes de petits sentiers. Avec son toit en tuiles rouges et son pignon garni de quelques galets gris, leur maison s'appuyait à un mur en pierre moussue, à côté d'une rivière qui courait parmi un mélange hétéroclite de cabanons en tôle ondulée, d'avant-toits en bois et de bâches goudronnées battant contre des huttes en briques.

Je m'arrêtai devant sa demeure et il me dit que je n'avais pas lieu d'être nerveuse... sauf que je l'étais, bien évidemment. Il sonna et j'entendis dans la maison une cavalcade accompagnée de cris de « Papa ! ». Quand la porte s'ouvrit, Benji et Hanako se jetèrent dans les bras de leur père qui les serra très fort.

— Mes petits diables. Vous m'avez terriblement manqué. Vous avez été gentils avec maman ?

Angela apparut dans le couloir en s'essuyant les mains dans une serviette à thé. Elle tendit le bras et chatouilla Benji.

— Deux vrais petits monstres, voilà ce qu'ils ont été.

Les enfants éclatèrent de rire en me regardant avec curiosité. Angela s'avança et embrassa Hideo.

— Salut, chéri, je suis heureuse que tu sois rentré, dit-elle en anglais.

Elle sourit, l'embrassa une nouvelle fois et poursuivit en japonais.

— Vous devez être Amaterasu. Nous sommes tellement heureux que vous ayez pu venir. Venez, entrez. Où est votre sac ? Les enfants vous ont fait un gâteau. C'est pas vrai, les petits ? Apportez-le au salon.

— Gâteau, gâteau, gâteau, criaient-ils en repartant au pas de course.

— Excusez-moi, mes enfants sont de vrais sauvages. Donnez-moi votre blouson. Le radiateur à huile est branché. Vous devez être fatigué et mourir de froid. Le vol est bien long.

Nous nous installâmes au salon sur des canapés beiges entourés de rayonnages bourrés de livres avec des murs garnis de dessins d'enfants. Une grande porte vitrée ouvrait sur une courette. Les enfants réapparurent et déposèrent sur la table basse un gâteau au chocolat dont le dessus marron était décoré de bonbons rouges enfoncés dans le glaçage. Hanako me regarda d'un air timide.

— C'est une coccinelle, me dit-elle, et je souris. C'est mon gâteau préféré.

Benji s'agenouilla à côté de moi quand Angela en découpa d'épaisses tranches. Hideo leur fit le récit de son voyage, sa petite fille collée à lui.

Je regardais les enfants, cherchant obstinément à retrouver en eux des signes de Yuko. Ses longs cheveux sombres libres dans le dos, Hanako portait un chandail gris sur un pantalon en velours bordeaux et se grattait une cicatrice au menton tout en mangeant son gâteau. Le visage semé de taches de rousseur avec une frange épaisse qui retombait sur ses yeux, Benji était vêtu d'un maillot de base-ball sur un jean qui menaçait de glisser sur ses hanches minces, ses lèvres barbouillées d'un glaçage marron. Il murmura quelque chose à sa mère qui lui dit :

— Pourquoi ne pas lui poser la question ?

— Tu veux voir ta chambre ? me demanda-t-il en se tournant vers moi.

Hanako se leva et me prit la main.

— Par ici, dit-elle.

Elle serrait mes doigts avec délicatesse, à croire qu'elle craignait d'en rompre les os.

J'eus d'abord droit à la visite de leur courette, à côté d'une petite cascade dont le filet d'eau glissait sur des rochers noircis de vase. Tout en se lançant une balle, ils me posaient des questions : d'où je venais, est-ce que j'aimais l'Amérique et est-ce que j'avais vu *L'Agence tous risques* ? La séance d'inquisition terminée, ils m'emmenèrent jusqu'à une porte qui ouvrait sur une petite pièce, à peine plus grande qu'un placard. J'y découvris un trou circulaire découpé dans une plateforme en bois surélevée, et Benji, se faufilant à côté de moi, regarda à l'intérieur de l'égout à ciel ouvert.

— C'est les toilettes, me dit-il.

Il m'expliqua en rigolant que pendant la mousson, Hideo était contraint de clouer une planche sur le siège pour empêcher les eaux de déborder et d'inonder la maison. Ensuite, ce fut la cuisine où Hanako frotta le carrelage d'une semelle de chaussure en frissonnant de dégoût avant de m'expliquer à son tour qu'en été le sol était couvert de limaces. Je m'étais imaginé qu'ils auraient habité une maison moderne. En toute logique, l'aisance financière de Sato et le métier de professeur de Hideo auraient dû leur permettre de trouver un logement plus confortable mais le chaos de cette maison de bric et de broc semblait convenir parfaitement à la famille.

De retour dans l'entrée, Benji m'avertit que les chats errants avaient l'habitude de se rassembler la nuit devant leur perron mais que je n'avais pas à m'inquiéter de leurs feulements. Dans la montée de l'escalier, ils attendirent patiemment que je gravisse les marches une à une avant de me montrer où ils dormaient. Ils ouvrirent une porte coulissante en papier sur une pièce carrée garnie de tatamis et d'un futon, le tout soigneusement préparé.

— C'est ici que tu vas dormir.

J'étais tout excitée à l'idée de redormir sur un futon, même si mon corps l'était beaucoup moins. Hanako me montra quelques pâquerettes dans un vase.

— Et les fleurs, elles sont pour toi.

Quand je la remerciai, elle haussa les épaules mais je vis qu'elle était contente.

— On va aller chercher ton sac.

Elle partit en courant, Benji sur ses talons, mais avant qu'elle ne referme la porte, il me dit :

— Après, on va jouer aux lutteurs de sumo, d'accord ?

— D'accord, lui répondis-je en souriant.

En fin d'après-midi, alors que nous étions tous assis au salon avant le dîner, les deux enfants déboulèrent dans la pièce en gloussant. Ils s'étaient dévêtus et arboraient chacun leur version d'un mawashi de sumotori, improvisé avec les T-shirts blancs de leur père. Hideo éclata de rire.

— Mais c'est quoi, ça ? Notre combat de sumos privé ?

Benji acquiesça, courut jusqu'à une pile de linge tout frais lavé et en sortit des chaussettes pour définir le contour d'un ring. Hanako s'approcha de moi et me tapota le genou.

— C'est toi le juge. Tu décides qui est le vainqueur.

Plus tard, Hanako s'installa sur le canapé bas à côté de moi avec un carnet à dessin, mâchonnant un crayon entre ses dents.

— Qu'est-ce que je peux dessiner ?

Après quelques secondes de réflexion, je lui suggérai un cheval. Elle s'appuya contre moi quand elle attaqua son ouvrage et je m'émerveillai de l'aisance des enfants face à de nouveaux venus. Angela jouait aux cartes avec son fils et me sourit. Je passai mon bras autour de Hanako et posai ma tête tout contre la sienne, humant l'air frais qui imprégnait ses cheveux et le parfum laiteux et sucré de sa peau. Je fermai les yeux et m'imaginai Yuko nichée de tout son poids au creux de mon bras, les heures que nous avions passées dans cette même position. Quand Hanako eut fini, elle releva les yeux vers moi, le front soucieux barré d'un pli.

— Ça te plaît ?

— C'est parfait.

Elle tint son dessin à bout de bras, admirant son ouvrage.

— Je suis plutôt bonne en dessin, dit-elle.

Elle montra l'esquisse à son père qui la punaisa au mur avant de les envoyer tous les deux au lit. Ils firent un câlin à leurs parents et je me sentis de nouveau comme une étrangère.

— Faites un baiser à Amaterasu, dit Angela.

Avant même que je puisse ouvrir la bouche pour leur dire que ce n'était pas grave, ils coururent jusqu'à moi et m'embrassèrent chacun leur tour sur la joue, leurs lèvres humides si douces sur ma peau.

Pendant ces tout premiers jours, Angela et Hideo restèrent aux petits soins, omniprésents et soucieux de me plaire. Je leur dis de faire comme si de rien n'était. Je ne tenais pas vraiment à ce qu'ils s'occupent de moi, je voulais explorer la ville à ma guise et remonter doucement vers le point où je l'avais quittée. J'avais besoin de temps pour me réhabituer à tout ce que j'avais laissé derrière moi. Un matin, je me levai tôt et laissai un mot disant que je serais de retour avant l'heure du dîner. Je pris le tramway qui passait devant Hamaguchi-machi, descendis à proximité de la poste et marchai lentement sur une distance de cinq pâtés de maisons jusqu'au mausolée Sanno, reconstruit après la bombe. Pour le rejoindre, je franchis un portail torii, un pied droit soufflé par l'explosion, l'autre encore debout, qu'on avait laissé tel quel en mémorial après Pikadon. Je traversai ensuite une allée en dalles grises et trouvai un des camphriers qui avaient survécu à tous les incendies ayant fait rage dans toute la cité. Je passai la main sur son écorce noircie et sentis notre passé partagé dans les fentes de son bois et ses fissures charbonneuses. Nous étions toujours là, lui qui continuait à croître, moi toute rabougrie, mais encore vivants l'un et l'autre. Je n'avais pas le cœur de me rendre à la cathédrale d'Urakami ni à l'école primaire Yamazato où de nouveaux bâtiments avaient remplacé les anciens. Je choisis d'aller plutôt au parc de la Paix. La statue d'un homme montant la garde comme une sentinelle protectrice se dressait à l'entrée du jardin ouvert. Kenzo m'en avait montré la photo dans le journal après la construction du site en 1955. Il avait trouvé que c'était un affront tant il était laid, mais moi, il me plaisait bien. Je m'assis sur un banc de pierre et, à contempler ce corps nu et musclé, son linge autour des reins et ses cheveux en crinière, je trouvai quelque réconfort à sa présence. Enfin, notre ville avait un gardien qui veillait sur elle, ses yeux fermés en prière, sa main droite en bronze vert pointée vers le ciel et sa gauche à l'horizontale embrassant Nagasaki. Des guirlandes de grues en papier – rouges, jaunes, blanches, orange, violettes – festonnaient les clôtures, les poteaux et les bancs. Des écoliers, tout proprets dans leurs uniformes de marin, s'avançaient vers les touristes et leur tendaient des cartes postales portant des messages de paix rédigés à la main. L'un d'eux courut jusqu'à moi et me donna une carte que je contemplai un long moment avant de me diriger vers la fontaine circulaire en pierre dont les jets blancs de brouillard d'eau montaient vers le ciel. Une eau à laquelle les mourants avaient supplié de s'abreuver. Une brochure flotta dans l'air et je me penchai pour la ramasser. J'y trouvai une carte des lieux de mémoire de la bombe atomique, sa couverture dominée par la cathédrale nouvelle version, rebâtie en 1959, si rouge, si substantielle. La grande et imposante entrée avait retrouvé sa place, ses deux grandes tours se dressant à nouveau de toute leur hauteur. Ne restait comme vestige que le clocher originel, gisant sur la berge de la rivière, soufflé à trente mètres de distance par Pikadon. « Urakami était un quartier catholique distinct depuis la seconde moitié du *xvie* siècle. Malgré la suppression du christianisme en 1613, les chrétiens ont continué à pratiquer leur religion en organisant des groupes secrets. Les villageois sont parvenus à revenir à Urakami en 1873. La construction de la cathédrale a demandé trente ans. Elle a été elle aussi exposée à la bombe atomique et détruite. Environ huit mille cinq cents des douze mille chrétiens vivant dans ce secteur ont été tués par l'explosion. »

Je relus cette dernière phrase et pensai à Yuko, une parmi des milliers. Où avait-on emporté toutes les briques fracassées, où les avait-on enterrées ? Et elle, où était-elle partie ? Était-elle enterrée avec ces briques ? Pourrais-je creuser le sol et en sortir les morceaux calcinés d'elle ? Je ne partageai pas sa foi mais j'étais attirée par les histoires de fosses à feu, de chaudrons bouillants et de crucifixions. Autant de récits de souffrances et de perte que je pouvais comprendre. Les vingt-six martyrs de 1597, les trente-sept mille paysans massacrés quarante ans plus tard, les milliers de gens arrêtés dans la ville et exilés il n'y avait pas si longtemps, ces milliers d'autres qui vivaient et travaillaient à l'ombre de la cathédrale d'Urakami, j'admirais les sacrifices qu'ils avaient tous faits au nom de cette religion, mais non, je n'étais pas croyante. Je regardai de nouveau la photographie, passai les doigts sur une ligne de fidèles s'avançant vers la grande porte en bois. Ces chrétiens qui avaient survécu, comment pouvaient-ils adorer leur dieu dans ce nouveau bâtiment, comment pouvaient-ils en franchir le seuil et ne pas s'interroger : pourquoi avons-nous survécu ? Pourquoi nous ont-ils été pris ? Pourquoi mon dieu a-t-il autorisé ça ?

Ombre et lumière

In'yo : *l'idée de ces forces duelles est une évolution de la cosmologie de l'ancienne Chine et elle explique tous les phénomènes de l'univers par l'ombre* (in) *et la lumière* (yo). *Par exemple, le jour et la nuit, la chaleur et le froid, le mâle et la femelle, tous incluent* in'yo, *le jour, la chaleur, et le mâle étant* yo.

J'avais eu besoin de trente-huit années pour effectuer mon voyage de retour. Le soleil d'hiver commençait à disparaître et des lueurs orangées apparaissaient sur les vitraux de la cathédrale. Je murmurai mes excuses à ma fille pour mon retard et franchis le seuil. La dernière fois que j'avais vu Yuko, nous nous étions retrouvées dans la cathédrale, deux jours avant la bombe. Au soleil, la façade rouge était couleur du corail blanchi mais l'obscurité de l'intérieur engloutissait la lumière. Elle s'était assise sur un des bancs du fond, les contours de ses épaules et de sa tête brouillés par le miroitement des rais dorés renvoyés par les vitraux. Je m'approchai silencieusement sur le dallage de pierre et, quand je lui touchai l'épaule, elle tourna vers moi un visage pâle aux traits tirés. Nous sortîmes de la cathédrale pour aller nous asseoir sur un des sièges en pierre à l'ouest du bâtiment en nous abritant sous la blancheur de son ombrelle. Je tentai de rompre le silence par mes bavardages. Je lui demandai comment allaient Shige et Hideo et lui dis que Mme Gato avait été un peu malade. Elle ne répondit pas, les yeux fixés au sol. J'attendis et elle finit par me dire sans oser me regarder :

— Tu sais que Jomei est de retour ?

L'effroi réapparut instantanément. Nous n'avions jamais reparlé du docteur depuis son mariage. À quoi bon remuer le couteau dans la plaie ? J'essayai de garder ma voix légère.

— Non, je ne savais pas, répondis-je. Depuis quand ?

Elle ne dit rien.

— Et vos chemins se sont croisés de nouveau ?

Je me sentis submergée par une peur panique.

— Il s'est comporté en tout bien tout honneur ?

De nouveau, son silence mais son hésitation me suffit. Elle me tendit l'ombrelle, détourna la tête et se mit à pleurer. À chaudes larmes, au point qu'elle sortit son mouchoir pour cacher son visage. J'ai honte de l'avouer mais je sens toujours monter en moi une sensation de dégoût lorsque je vois quelqu'un afficher sa détresse, en particulier quand il s'agit d'un être qui m'est cher. Les signes de faiblesse m'effraient. Je passai la main sur sa joue mouillée.

— Pourquoi me dis-tu ça aujourd'hui, Yuko ? Pourquoi maintenant ?

Une bonne minute s'écoula avant qu'elle ne recouvre son calme. Elle replia son mouchoir en carré et essuya ses yeux. Elle reprit ensuite l'ombrelle et je me serrai contre elle.

— J'ai besoin de ton aide, mère. Il faut que je fasse quelque chose et je me sens incapable de l'affronter seule.

— Faire quoi, ma fille ?

— Ce n'est pas sa faute, avant que tu ne l'accuses. De le revoir après si longtemps, c'est comme si toutes ces années, Shige, Hideo, avaient d'un coup disparu. J'ai été stupide, égoïste, je sais.

Elle soupira, prête aux aveux.

— Garder le bébé est un péché. M'en débarrasser est un péché. Que puis-je faire, mère ?

— Un bébé ?

Le mot m'échappa comme une bouffée d'angoisse. Je le répétai encore et encore avant d'enfoncer mes ongles dans ma paume pour ne pas pleurer à mon tour. Nous restâmes côte à côte en silence sous le soleil qui entamait sa lente descente derrière la cathédrale. Malgré ma gorge chargée de poussière dans cette chaleur d'après-midi qui se mourait, je trouvai finalement la force de parler.

— Est-ce que Sato est au courant ?

Yuko se tamponna le dessous des yeux du bout de ses doigts.

— Je ne le lui ai pas encore dit, mais il va bien falloir, non ?

Je concentrai toute ma peur en un bloc compact que je scellai à demeure, très loin de moi.

— Tu veux mon conseil ? Alors le voici. Tu ne peux pas garder le bébé et il ne doit jamais savoir.

— Mais je pourrais peut-être avoir l'enfant et le faire adopter ?

Je levai la tête au ciel, exaspérée.

— Je ne peux pas détruire ce bébé, mère. Qu'est-ce que Dieu dira ?

— Ce n'est pas de Dieu dont tu dois te soucier mais de Shige. C'est lui, ta préoccupation première. Lui et Hideo. Ils sont ta famille. Cette chose, cette graine dans ton ventre, ce n'est rien, tu comprends, rien du tout. La guerre finira un jour. Shige reviendra. Hideo aura besoin d'un père. Et toi d'un mari.

— Et si je pouvais prendre Hideo avec moi, recommencer une nouvelle vie ?

— Et abandonner Shige ? Tu serais capable de faire une chose pareille ?

Elle se remit à pleurer.

— Tu m'as demandé de venir aujourd'hui pour t'aider. Il y a des siècles que les femmes sont confrontées à ce problème. Il existe un village de pêcheurs plus bas sur la côte. Il y a des années de cela, il a été frappé par une tempête monstrueuse qui a battu les falaises avec une violence telle que, après le passage de la pluie et du vent, les villageois ont remarqué d'étranges objets qui ressortaient à leur surface. Des ossements, des ossements humains, des ossements d'enfants. Depuis des centaines d'années, les femmes de ce village se rendaient à cet endroit pour se débarrasser des enfants qu'elles ne pouvaient se permettre de garder à cause de leurs handicaps, de la faim, de leur parenté. Il y a des endroits où tu peux aller. Tu ne seras pas la première femme à régler ce problème.

— Et c'est aussi facile que ça ? Une petite visite au bout d'une allée et le problème est résolu ?

— Et Sato...

— Je savais que tu ne comprendrais pas.

Je lui pris la main.

— Au contraire, je comprends très bien, Yuko. Je comprends un amour comme celui-là, je t'assure. Mais il ne te rend pas heureuse. Crois-moi. Pour l'instant, tu es incapable de voir au-delà, mais tu y parviendras.

— J'ai besoin de temps pour réfléchir.

— Plus tu attendras, plus la décision sera difficile à prendre et plus il y aura de chances que tu le dises à Sato.

Je forgeai un plan dans ma tête.

— Nous nous retrouverons ici jeudi. Cela me donnera le temps de trouver quelqu'un qui pourra nous aider. Tu as bien une pause dans la matinée, à onze heures ?

Elle acquiesça.

— D'accord, deux jours, tu as deux jours pour accepter ce que tu dois faire. Nous réglerons ça, Yuko. Mais tu dois me promettre, lorsque ce sera fait, plus de Sato, fini, plus jamais. Tu as ta famille. Elle est ce que tu es.

Elle leva les yeux vers la cathédrale.

— Je ne peux pas prendre cette décision ici, pas avec Dieu si proche. Retrouvons-nous quelque part en ville après le travail. J'aurai terminé à quatre heures.

— Non, ici, c'est préférable. Jeudi à onze heures. Je t'attendrai.

Je m'étais dit que la présence de la cathédrale pouvait, qui sait, lui rappeler les vœux qu'elle avait faits à Shige.

Elle se leva.

— On m'attend à l'hôpital, dit-elle en détournant brièvement la tête comme pour contenir son émotion. Je suis désolée d'être pour toi une telle déception.

J'aurais dû la rappeler, la serrer contre moi, lui dire que jamais elle ne m'avait déçue, pas une seule fois. Comment aurait-elle pu me décevoir ? Yuko avait été la seule vraie joie de mon existence, la perle dans la coquille de mon cœur. Mais plutôt que de lui dire ces mots, je me contentai de la regarder s'en aller, son uniforme d'infirmière se rapetissant dans le crépuscule à mesure qu'elle s'éloignait pour regagner son lieu de travail. Ma plus grosse crainte était qu'elle avoue sa grossesse à Sato avant notre prochaine rencontre et qu'il la manipule pour garder l'enfant. J'étais assise sur le banc quand je fus brutalement envahie par tout le dégoût qu'il m'inspirait. Je sentis ma haine ressortir par tous les pores et me transpercer le ventre. En essayant par le passé de laver nos existences de la présence de Sato, j'avais sous-estimé sa détermination, mais il me restait un dernier argument qui empoisonnerait à jamais tout sentiment de sa part à l'égard de ma fille. Je ne voyais plus d'autre solution. Ce n'est pas mon excuse, c'est juste une tentative d'explication.

Un attachement qui ne rompt pas

Miren : *le sentiment qui s'empare d'un individu lorsque, par exemple, il est contraint de se séparer de l'être qu'il aime à cause de la pression sociale.*
Ce sentiment relève de la catégorie émotionnelle du chagrin.
On dit d'un homme qu'il est efféminé et indigne de confiance s'il est incapable d'éliminer cet attachement persistant envers sa bien-aimée après avoir décidé qu'il valait mieux la quitter.

Maruyama aux petites heures du matin ressemble à une geisha débarrassée de ses beaux kimonos et privée de son maquillage. Les bouteilles de bière vides s'entassent dans les cageots, les volets des étals de dim sum et de takoyaki sont baissés, les lanternes pendouillent et les bouches d'égout obstruées fermentent sous le jugement implacable de la lumière du jour. Fissures, taches et pourriture ne sont que par trop visibles mais la plupart des livreurs, des balayeurs ou des hôtesses regagnant leur bercail ne sont pas assez bêtes pour s'attarder de trop près au passage des contre-allées et à l'intérieur des entrées d'immeubles.

J'avais choisi un bar où les ouvriers de nuit pouvaient encore trouver une bière ou un peu de compagnie une fois leur travail terminé. Je m'installai sur un banc dans le fond de la salle, et commandai un café. Hormis les deux hôtesses aux yeux chassieux à cause du manque de sommeil, j'étais la seule cliente femme. Je surveillais la porte que franchirait Sato et, à son arrivée, je sentis dans mon ventre ce même spasme de peur, de colère et d'un sentiment indistinct que je refusai de reconnaître.

Il s'assit face à moi et examina mon visage. Même sous cette lumière charitable, je savais bien ce qu'il voyait. Les cernes gris sous mes yeux, ma peau toujours pâle après les caresses de la nuit même après toutes ces années : je restais une créature entre chien et loup, toujours blême. Il sortit de sa poche de veste un étui en argent et m'offrit une cigarette. Je refusai et il s'en alluma une. J'avais laissé mon nom et l'adresse de ce bar auprès de sa réceptionniste la veille au soir. Je ne savais pas s'il allait venir mais je n'avais pas osé aller jusqu'à l'hôpital tant je craignais que Yuko ne m'y vît. La serveuse arriva et il commanda un verre de shochu. Il tapota sa cigarette sur la table et attendit nos boissons avant de parler.

— Dis-moi, Amaterasu, je me demandais en chemin, il y a combien de temps que nous nous connaissons ?

Je sentis l'arôme des glands grillés dans le café en lui répondant :

— Ne sois pas cruel, Sato. Ne m'oblige pas à compter.

— Bêtises, dit-il, nous sommes encore jeunes, toi et moi. Toujours partants pour la bagarre.

Des brins de tabac crissèrent près de ses lèvres quand il tira sur sa cigarette et je le regardai d'un air attristé.

— Allons, Sato. Tu ne vas pas me faire croire que tu te sens nostalgique.

— Tu me connais mieux que ça, répondit-il, amusé.

— Nous nous connaissons depuis…

Je me mis à compter.

— Une, deux, trois… Non, ne m'oblige pas à faire ça.

Il se pencha en avant et me toucha la main.

— Au cours de toutes ces années, je n'ai jamais exprimé mon admiration aussi directement. Je suis resté plutôt avare de compliments.

Je retombai dans mes façons d'antan, une moue aux lèvres et un froncement de sourcils de pure forme.

— Je ne vois pas ce que tu veux dire.

J'eus droit à un demi-sourire.

— Yuko t'a-t-elle dit que j'étais de retour à Nagasaki ?

— Elle me l'a dit. Ce qui, de ta part, n'aurait pas dû me surprendre à ce point. Dis-moi, Sato. Yuko, que vient-elle faire là-dedans ? De toutes les femmes de cette ville, pourquoi reviens-tu la harceler ainsi ?

— Tu n'es pas jalouse quand même, Amaterasu ?

— Ne sois pas ridicule. Je ne suis pas ton épouse, Sato. Ma seule préoccupation, c'est ma fille, dis-je en essayant de garder une voix égale. Est-ce que tu comprends ce que tu viens de faire ?

— Je ne suis pas venu ici pour me justifier. Juste pour te dire que, contrairement à la dernière fois, je ne me laisserai plus commander comme une petite bonne aux ordres de sa maîtresse. Cette histoire entre Yuko et moi n'est pas terminée. Et peut-être qu'elle ne s'arrêtera pas là.

— Quoi ? Tu continues à penser que c'est le grand amour ? Je crois que tu n'as aucune idée de ce que ce mot signifie. Si tu continues à poursuivre Yuko, tu vas détruire sa vie, et pour quoi ? Pour tes petits besoins égoïstes ? L'amour d'un parent est lui aussi égoïste, de façon différente.

Je laissai filer un temps de silence.

— Pourquoi elle ? Toutes les autres sauf elle. Réfléchis, Sato. Réfléchis. Tu n'as donc jamais fait le calcul ? N'as-tu donc jamais repensé à la rapidité avec laquelle tout avait commencé entre Kenzo et moi, juste après notre séparation ? N'as-tu donc jamais réfléchi à l'âge de Yuko ?

Je vis distinctement un nuage de confusion assombrir son visage quand il finit par comprendre ce que je lui disais. Il écrasa sa cigarette dans le cendrier en secouant la tête.

— Amaterasu, ne fais pas ce que tu es sur le point de faire. Si tu aimes Yuko, ne dis pas ce que tu as l'intention de dire.

— Yuko bébé était toute petite. Il m'a été facile de la faire passer pour prématurée. Personne n'a jamais deviné la vérité.

Il s'appuya au dossier de son siège, complètement désespéré.

— Pourquoi me faire un mensonge aussi éhonté ? Tu ne t'en rends même pas compte, mais je sais quand tu mens. Même après toutes ces années. Tu tires une grande fierté de tes talents en matière de tromperie, mais tu mens terriblement mal.

Je sortis de l'argent de mon sac.

— Je suis désolée, Sato. Et je suis sincère en te disant ça, mais ce n'est pas un mensonge. Qui pourrait inventer pareil crime ?

Il recula, comme poignardé en pleine poitrine, les larmes aux yeux.

— Je ne te crois pas. Tu n'es qu'une pute de Maruyama, de celles qui sont capables de mentir, de tricher et de raconter n'importe quoi pour arriver à leurs fins.

Je me levai et pris mon ombrelle.

— Je retrouve Yuko à la cathédrale d'Urakami demain matin. Tu as jusque-là pour mettre un terme à cette union infâme. Sinon, je lui dis tout.

J'eus droit à un nouveau regard plein de révulsion.

— Tu ferais ça à ta propre enfant ? Je peux comprendre que tu me mentes, à moi, mais à elle ?

— Pour t'empêcher de l'approcher, Sato, je ferais n'importe quoi.

Je sortis du bar, m'engageai dans une allée, me faufilai par des ruelles si étroites que je devais forcer le passage de manière qu'il ne puisse pas me suivre – de plus en plus vite –, et lorsque mes poumons se mirent à protester, brûlants comme un brasier, au point que je ne pouvais plus courir, je m'abritai dans une entrée d'immeuble et vomis. Encore, encore et encore. Jusqu'à ce que j'aie purgé mon corps des paroles que j'avais prononcées.

Peinture à l'encre de Chine

Suibokuga : *ce style de peinture originaire de Chine fut introduit au Japon en même temps que le bouddhisme zen et perfectionné par le peintre et prêtre Sesshu (1420-1506) au XVe siècle. À l'image de bien d'autres arts et traditions japonais tels que la poésie haïku et la cérémonie du thé, il manifeste une préférence profondément enracinée, celle qui privilégie la simplicité et la subtilité.* Suibokuga *abhorre les coups de brosse superflus et les taches d'encre non nécessaires. Il s'intéresse à l'essence de son sujet, habituellement des montagnes ou des rivières, des plantes, des animaux ou autres. Diverses nuances de noir et de gris sur un fond blanc stimulent l'imaginaire du spectateur bien plus que des couleurs. L'espace blanc laissé intact ne représente pas le vide, il incarne tous les sens et tous les possibles, en conséquence de quoi sa fonction est aussi importante que l'objet peint proprement dit.*

Deux fidèles priaient tête baissée sous Jésus sur la croix. Le silence était apaisant et je n'aurais pu espérer meilleur cocon. Je sortis de mon sac le journal de Yuko ainsi que la dernière lettre de Sato datée de 1972. J'ouvris le journal de ma fille à la page de sa dernière entrée et écoutai ce qu'elle avait à me dire.

Au contraire de mère, je suis faible mais peut-être trouverai-je le courage de faire ce qui est juste et bien, si seulement je savais ce que c'était. J'aime Shige. C'est la vérité. Ces mots sont faciles à écrire. J'aime sa constance et sa loyauté. C'est un bon père. Je croyais être forcée de vivre à jamais dans la douleur du départ de Jomei mais Shige m'a aidée à me réparer. Il m'a guérie. Toujours pas de nouvelles mais peut-être que mère a raison. Je dois le croire toujours vivant. Je ne voudrais pas lui infliger de souffrance. Je ne veux pas faire de mal à Hideo. Qui suis-je si je ne puis être une bonne épouse et une bonne mère ? Que restera-t-il de moi sinon ? Mais il y a un autre aspect de ma personnalité, cette part d'ombre en moi où Jomei existe comme une tumeur qui se nourrit de moi, chaque jour plus forte, une tumeur qui finira par me dévorer tout entière, mes os, mes organes et ma chair, jusqu'à ce qu'il n'en reste rien.

Mère dit qu'il n'y a pas de choix à faire, Shige et Hideo sont ma famille. Elle m'explique que son rôle de mère et d'épouse lui avait suffi, elle ne peut imaginer le revers de cette médaille-là. Elle dit que se soumettre à la notion d'amour et à ses fantasmes imbéciles fera du mal à tout le monde. Parfois ce sont les femmes, les dégâts collatéraux, dit-elle, mais nous sommes capables de supporter les souffrances des décisions qui nous sont imposées de force. Est-ce que tuer un enfant est pardonnable si cet acte sauve deux familles ?

Tous ces mots ne signifient rien tant que je n'aurai pas revu Jomei : en dépit de ce que dit mère, je dois absolument l'informer de l'existence de l'enfant. Il se peut qu'il ne veuille plus de moi ni de cette nouvelle vie dans mon ventre, mais s'il les accepte, que faire ? Je ne peux pas avoir et l'enfant et lui sans perdre Shige et Hideo. Dès lors, la question du choix ne se posera sûrement plus ? Dès lors, je devrai sûrement rester fidèle à ce que j'ai et ne pas risquer un pari indu sur l'inconnu ? Que serait ma vie sans Shige et Hideo ? À quoi tout cela aurait-il servi ?

Avais-je agi trop précipitamment en organisant la rencontre avec Sato au bar ce matin-là ? C'était pour moi une mesure de sécurité, une manière de nous protéger contre l'indécision de Yuko car je ne voulais rien laisser au hasard. Je sortis la dernière lettre de Sato de son enveloppe. Son écriture était difficilement lisible, ses mots gribouillés en lignes obliques et inégales sur la page. Visiblement, il avait eu beaucoup de mal à les rédiger.

Je pense à l'enfant que nous aurions eu. Je ne sais pas bien pourquoi mais je vois une fille. Je l'imagine naître en pleine santé, hurlant à pleins poumons, ses petits poings serrés comme pour protester contre la rudesse de sa venue au monde. Je l'appelle Miki. Je l'imagine qui grandit et devient petite fille. Elle n'aurait ni peurs ni soucis et se délecterait de tout ce qui l'entoure. Elle rirait sans contrainte et pleurerait avec conviction. Elle ne craindrait pas ses propres sentiments, elle les embrasserait sans réserve, quitte à se battre contre eux. En t'écrivant, je vois les buissons de mon jardin qui remuent sous le poids de tous les moineaux qui y ont trouvé refuge. En sécurité au cœur des branches, ils passent leur journée à pépier comme pour se saluer les uns les autres. Leur mélodie ne manque jamais de donner du bonheur à tous ceux qui l'entendent. J'imagine Miki qui écoute, émerveillée, le buisson chantant et tente d'imiter les sons de ces minuscules oiseaux. Elle deviendrait adolescente puis jeune femme mais nous lui aurions montré toutes les merveilles bien au-delà de notre pays. Elle apprendrait d'autres langues et d'autres cultures. Elle ferait son propre chemin en ce monde, choisirait une carrière, tomberait amoureuse, aurait des enfants. Je te vois tenant un petit-fils ou une petite-fille dans tes bras. Ce ne sont pas des images qui me tourmentent. Au contraire, je trouve un apaisement certain à cet autre monde imaginé.

Et ensuite, je pense à Miki comme elle aurait pu être, infectée elle aussi par la bombe. Je sais les défis qu'elle aurait eus à vaincre, les obstacles que nous aurions dû affronter tous les trois. J'imagine des inconnus qui la regardent, se détournent, posent des questions abominables et rejettent ce qu'ils voient. Mais sa vie serait malgré tout une réussite, simplement différente, ses objectifs auraient changé mais resteraient toujours à sa portée, et notre amour pour elle serait le même que pour n'importe quel enfant, rendu peut-être plus féroce encore par notre combat pour la protéger. Et le buisson chantant ? Peux-tu concevoir sa joie devant une telle magie ? Nous aurions été heureux, d'un bonheur simplement différent.

Je pensais jadis que le fait de vous avoir perdues toutes les deux était une juste punition du destin pour ce que j'avais fait en Chine, mais moi, je la méritais, cette expiation, au contraire de toi. Et cette cruauté-là, je ne peux l'accepter. Hideo n'est en rien le rachat de mes malfaisances, c'est ma fierté quand je vois celui qu'il est, sa façon d'être et d'exister, et elle est aussi profonde et brûlante que les feux qui coulent sous le Japon. Mon corps et mon esprit se préparent à ce qui doit inévitablement advenir mais je n'ai plus de doutes le concernant. Il est ton fils, et je l'aime, Yuko. Ce fut un honneur de l'élever en ton nom et en celui de Shige. C'est un géant parmi les hommes. Sa lignée est forte et solide et nous lui avons simplement offert un abri pour qu'il puisse y grandir en sécurité. Le reste, tout ce qu'il est et tout ce qu'il sera, te revient. Et revient à Hideo, mon amour. À ton fils.

Je me mis à pleurer dans la pénombre réconfortante de la cathédrale, mes sanglots étouffés par ma main devant ma bouche. Je consens désormais à croire que Sato a aimé ma fille mais j'aurai toujours beaucoup de mal à accepter ce qui était arrivé à cause de cet amour. Je suis heureuse qu'elle n'ait pas suivi mon conseil en révélant à Sato qu'elle était enceinte : elle ne devait pas être seule à supporter le fardeau de la décision à prendre. Les jours qui avaient suivi Pikadon, quand il était venu à la maison, lui n'avait rien dit de leur discussion tant il était désespéré, à force de vouloir se convaincre qu'elle avait pu en réchapper. Je le revois debout dans ma chambre, il n'avait eu qu'une seule question à me poser :

— Ce que tu m'as dit l'autre matin dans le bar, était-ce un mensonge ?

J'avais hésité à lui dire la vérité, effrayée à la pensée de sa réaction. Le soleil inondait la pièce de ses rayons brûlants, et sous cette lumière crue et brutale, le passage du temps et nos duplicités n'avaient plus lieu d'être. Nous étions jeunes de nouveau, sans la souillure de nos stratagèmes et de nos ambitions, un jeune docteur face à une hôtesse de bar. J'avais été d'une stupidité insigne d'oser imaginer une vie avec lui. Jamais notre maison, nos enfants, notre bonheur n'avaient pris forme à mes yeux. Mais le plus grand cadeau que m'avait offert Sato était Kenzo et je lui rendis la pareille.

— Bien sûr que c'était un mensonge, Jomei. Un mensonge abominable. Je ne pouvais pas te laisser détruire la vie de Yuko.

Je ne lus aucune colère sur son visage mais bien du soulagement.

— Je t'en prie, réponds-moi, tu n'en as rien dit à Yuko ? lui demandai-je.

Quand un nuage de passage le plongea dans la pénombre, il vieillit d'un coup devant mes yeux et fit non de la tête avant de me demander :

— Pourquoi serais-je allé lui dire une chose pareille ?

Je regardai par la fenêtre un milan harceler un autre oiseau dans le ciel blanc.

— Mais vous vous êtes retrouvés, vous êtes arrivés à une décision ?

— Ça ne te regarde pas, Amaterasu.

— C'est juste que son image reste gravée dans ma mémoire, toute seule dans cette cathédrale. Je veux absolument croire qu'en ce dernier instant, même si elle ne pouvait être heureuse, elle avait trouvé un peu de paix.

Le sourire qu'il m'offrit alors fut le plus triste que j'aie jamais vu.

— Toi et moi, c'est tout ce que nous voulions pour elle. Tous les deux.

Il était sorti de la chambre et je ne l'avais plus jamais revu. La douleur aurait-elle été moins grande si lui et moi avions pu pleurer sa disparition ensemble ? Nous partagions la même perte sans partager le même chagrin. À cours de cette dernière rencontre, la seule gentillesse à notre mesure l'un envers l'autre était l'honnêteté, la fourberie n'était plus de mise après les feux de Pikadon. Le journal de Yuko et la lettre de Sato proposaient deux fins possibles. Laquelle étais-je censée croire ? S'était-elle rendue à la cathédrale ce matin-là pour me dire qu'elle gardait son bébé ou avait-elle annoncé clairement à Sato sa décision de vivre au côté de Shige ? Je ne le saurai jamais mais la première hypothèse m'est insupportable. C'est la seconde fin que je choisis de croire. Cette résolution aurait peut-être été plus facile aux derniers instants de sa vie sur Terre et j'espérais que ç'avait été son choix. Je ne peux faire plus. Juste espérer.

Je regardai une femme, à peu près de mon âge, allumer un cierge et le déposer à côté des autres qui finissaient réduits à néant. Les cierges se consument, les journaux intimes et les lettres pourrissent, les souvenirs s'amenuisent ou meurent. Lorsque je ne serai plus, que restera-t-il de ma fille ? Que restera-t-il pour prouver au monde qu'elle avait un jour existé ? Je l'avais portée avec moi au fil des années mais le prix à payer avait été lourd, et si longtemps, je m'étais sentie morte intérieurement. Je savais pourquoi Sato avait écrit à Yuko, pourquoi il lui avait recréé une autre fin, avec elle toujours en vie et mère d'une fille prénommée Miki. Il m'arrivait moi aussi de me laisser porter par l'illusion qu'elle avait survécu à Pikadon en me disant qu'elle ne m'avait pas attendue à la cathédrale. Cet espoir avait été le mien, et je le partageais avec Sato. Eût-ce été la vérité que Yuko aurait aujourd'hui soixante-trois ans et j'essaie de m'imaginer à quoi elle pourrait ressembler. J'essaie de faire apparaître sa couleur de cheveux et la pâleur de sa peau, de me représenter comme en esquisse sa taille moins ferme ou ses os et veines protubérants. Même si je me sers de mon propre visage comme d'une carte, je ne parviens jamais à me fabriquer l'image de cette autre Yuko, mais je m'obstine à vouloir deviner la vie qui aurait été la sienne si elle avait choisi Sato, sa joie d'une petite fille à venir, les sacrifices que cette Miki aurait mérités.

Les lettres du docteur et les journaux de Yuko m'avaient obligée à lâcher une bonne fois pour toutes ce fantasme créé de toutes pièces. Je n'avais plus besoin de penser à d'autres fins, sinon à la seule qui fût : ma fille m'avait été enlevée brutalement, avant que j'aie eu l'occasion de lui dire que je l'aimais et d'implorer son pardon, avant même que j'aie eu l'occasion de lui dire au revoir. Je voulais pleurer la femme des journaux intimes et des lettres, cette femme complète et entière, et non plus seulement celle qui s'était trouvée prise au piège de la cathédrale quand Pikadon avait frappé. Elle avait été tellement plus que la Yuko de cette journée-là à cette heure-là. Au fond de moi-même, elle restera toujours un bébé, une jeune fille, une amante, une épouse, une infirmière, une mère. C'était moi qui l'avais conduite à la cathédrale ce jour-là, me dis-je, mais personne parmi nous n'aurait pu deviner le destin qui devait échoir à notre ville et à ses habitants. J'entendis tinter la grosse cloche qui avait survécu au désastre, je vis les lèvres de la femme remuer en prière silencieuse et relevai les yeux vers ce charpentier ensanglanté sur sa croix. Yuko croyait que c'était le fils de Dieu. Elle était venue ici pour prier, chercher la paix de l'âme. Et si, finalement, si je devais la laisser partir, il fallait que ce fût ici.

J'agrippai le haut du banc devant moi des deux mains et je me baissai sur le prie-Dieu dont le cuir vert s'était usé sous le poids d'autres que moi. Je parlai au Dieu de Yuko dans la cathédrale et terminai la prière qu'elle n'avait jamais eu le temps de finir. Je lui demandai de bien vouloir me libérer et de me montrer comment vivre à nouveau. Je lui demandai de transmettre un message. Je murmurai mes mots, encore, encore et sans fin, tandis qu'au-dehors les néons de la ville reprenaient vie en crépitant.

Paix, Yuko. Paix, ma fille. Paix, ma belle enfant. Tu es la perle dans la coquille de mon cœur. Pardonne-moi. Je t'aime. Au revoir.

Pèlerinage

Tera-meguri : *les pèlerinages aux temples bouddhistes effectués pour des raisons religieuses se nomment* henro *ou* junrei, *le plus populaire d'entre tous étant celui des quatre-vingt-huit lieux sacrés de Shikoku. Ces temples sont tous associés à Kukai ou Kobo-Daishi (774-845), le fondateur de la secte bouddhiste Shingonshu. Cette coutume née à l'époque médiévale se maintient encore aujourd'hui grâce aux fervents fidèles de Kukai. Les pèlerins se déplacent de temple en temple, en agitant des clochettes et en psalmodiant des hymnes bouddhistes. Les noms des temples qu'ils visitent sont estampés sur leurs habits blancs ou sur les carnets qu'ils portent sur eux. Le pèlerinage aux quatre-vingt-huit lieux sacrés est censé apporter le bonheur à la fois dans ce monde et dans l'autre.*

J'étais de retour depuis deux semaines quand Hideo, devant un dîner de sukiyaki, m'annonça qu'il avait quelque chose de spécial à me montrer le lendemain matin. Angela et les enfants sourirent avec des airs de conspirateurs et Hanako gloussa quand elle prit ses baguettes.

— Ne t'en fais pas, me dit-elle. C'est une belle surprise.

Nous partagions un repas de bœuf, tofu et pousses de bambou, et j'eus beau faire, tous mes efforts, taquineries ou fausses menaces restèrent lettre morte, ils se refusèrent obstinément à me révéler leurs plans. Après m'avoir réveillée de bonne heure, Angela et Hanako me préparèrent un kimono cramoisi, brodé d'une fleur blanche.

— Nous nous sommes dit que tu aimerais le porter, me dit Angela.

Devant mon air indécis devant tous ces lacets et cordons, elle ajouta :

— Ne t'inquiète pas, nous t'aiderons.

Elles m'en enveloppèrent avant de me conduire jusqu'à un miroir dans l'entrée. Je souris à mon reflet.

— Tu es très jolie, me dit Hanako.

Hideo attendait dans l'entrée, en costume et cravate. Il me prit par le bras et m'aida à remonter les marches jusqu'au taxi qui attendait. Sur près de deux kilomètres, je ne reconnus aucune des rues empruntées mais je savais que nous nous dirigions vers l'est. Puis certains lieux commencèrent à se fondre à la carte que je gardais dans ma tête : un pont en pierre, une rangée de boutiques, un groupement de maisons sur une colline. Grandit alors en moi une sensation de territoire familier, jusqu'à un petit mausolée au passage duquel toutes ces années d'exil que je m'étais imposées disparurent comme par enchantement. La rangée d'arbres contre laquelle le taxi s'arrêta était reconnaissable entre toutes. Hideo régla le chauffeur et se dépêcha de descendre pour m'ouvrir la portière. Je sortis et me redressai avec précaution, contemplai les sommets des érables et des hêtres bleus et jetai un œil à travers leurs branches. Je tapai des mains en reconnaissant la maison. Elle n'avait pas changé. Comment était-ce possible après tant d'années ?

— Comment vous êtes-vous débrouillé ?

— J'ai quitté mon école de bonne heure, je suis venu ici et j'ai interrogé les propriétaires. Le mari est producteur de télévision à la Nagasaki Broadcasting Company et il sera au travail mais son épouse nous attend. Elle a dit qu'elle déposerait ses enfants chez leurs grands-parents mais elle devrait être rentrée.

Aussitôt la grille ouverte, dès que j'eus posé le pied sur l'allée gravillonnée, les fantômes se mirent de la partie. Je vis Hideo courant en tous sens avec son cerf-volant et, à côté de lui, Yuko assise sur un carré d'herbe, son carnet de croquis à portée de main, une coccinelle sur sa main remontant son bras tendu. Ensuite apparut Kenzo en train d'arracher les mauvaises herbes et Shige sur l'allée le jour de notre première rencontre. J'avais tellement craint ce retour chez moi à cause de tous ces souvenirs mais ils ne me firent aucun mal, bien au contraire : je me sentis l'esprit extraordinairement léger, littéralement portée par eux le long de l'allée jusqu'au dieu de la guerre chevauchant son sanglier au-dessus de la porte. Hideo frappa et une femme, proche de la trentaine, apparut sur le seuil. Elle s'inclina.

— Madame Tabahashi, c'est un vrai plaisir. Je m'appelle Izumi Fujita. Bienvenue chez vous.

Je la remerciai, nous ôtâmes nos chaussures et j'examinai l'entrée. L'horloge comtoise avait disparu mais les rayons du soleil continuaient toujours à rebondir sur les mêmes angles avant de frapper le même endroit dans le salon. Leur petit autel familial occupait la même place que le nôtre, notre mobilier noir avait été remplacé par du bois de hêtre et des rideaux en coton rose, les tatamis rafraîchis de paille jaune et gansés de soie rouge. En dépit de toutes ces différences, le sentiment des temps enfuis inonda la pièce : les rires, les larmes, les affrontements avec Yuko, la marieuse aux sourcils soulignés de khôl, Misaki et moi dans la cuisine préparant le repas, tous ces souvenirs revinrent en force devant mes yeux en une tempête de réminiscences soudaine qui me laissa d'abord en joie, puis la peur au ventre et enfin le cœur en souffrance, emportée que j'étais par un tourbillon d'exaltation et de retombées aussi brèves que soudaines. Izumi s'excusa et insista pour que nous visitions la maison. Je montrai à Hideo le bureau où Shige avait demandé la main de Yuko et l'endroit où nous étions assis quand nous avions reçu la nouvelle de sa mort. À l'étage, la chambre de Yuko était occupée par des lits superposés entourés par un parcours d'obstacles en Lego, animaux en peluche et petites voitures. Je doutais fort qu'il pût y rester des traces de notre vie passée mais je m'agenouillai néanmoins près de la fenêtre et laissai courir mes mains sur le mur jusqu'au sol. Je souris à la découverte de mon trésor. Sous la peinture crème en subsistait la trace presque effacée.

— Regardez, Hideo, venez ici, lui dis-je en touchant la silhouette d'un papillon en vol. C'est Yuko qui les a peints sur tout le mur. J'étais tellement furieuse contre elle puis j'ai vu combien il était beau, ce nuage de papillons qui remontaient jusqu'à la fenêtre avant de s'envoler dehors.

Hideo retraça de ses doigts martyrisés le contour des ailes et resta un long moment silencieux.

Une fois nos explorations terminées, nous prîmes le thé avec Izumi, qui avait des tonnes de questions à poser sur le quartier et la ville « à mon époque ». Avec diplomatie, elle ne fit aucune allusion à Pikadon et je lui fus reconnaissante de sa délicatesse. Nous la remerciâmes avec profusion à notre départ et, une fois dans le jardin, je m'arrêtai devant le margousier et tournai mon visage vers le soupçon de soleil chargé d'une promesse de printemps. J'indiquai l'arbre à Hideo :

— Regardez, vous voyez ces branches ? Cette forme en tête de dragon, là, sur la gauche ?

Il s'abrita les yeux d'une main en visière et acquiesça.

— Yuko pouvait regarder ces brindilles s'agiter des heures durant, absolument convaincue que le dragon était en train de lui parler.

Je souris, un peu gênée par l'aveu que j'allais lui faire.

— Je suis heureuse que vous soyez apparu sur le seuil de ma porte, vraiment heureuse. Quand je pense que nous aurions pu ne jamais nous rencontrer.

Puis je fis une chose qui nous choqua autant l'un que l'autre : je l'embrassai sur la joue.

— Moi aussi, je suis heureux que vous soyez ici, dit-il en me pressant l'épaule.

Je secouai la tête, j'étais aux anges.

— C'est si bon d'être à la maison.

Et c'était vrai. J'ôtai le linceul dont j'avais couvert ma cité. Nagasaki – si pleine de vie, de souffle, d'imperfections, cette ville si merveilleuse – m'avait façonnée de manières qui me stupéfiaient autant qu'elles me terrifiaient, alors même que le feu qui me brûlait se consumait pour se réduire en braises. Pendant tant d'années, j'avais été convaincue que la maison était le lieu où il était le plus difficile de vivre alors que désormais, je comprenais, enfin, que Nagasaki ne se réduisait pas simplement à Pikadon : c'était un gâteau coccinelle avec des bonbons rouges et un glaçage au chocolat, un ring de sumotoris fabriqué avec des chaussettes d'enfant, une gamine qui s'appuie sur vous quand elle dessine, un jeune baiser sur votre vieille joue. Les seuls souvenirs qui méritent qu'on s'y complaise.

Hideo regarda alentour les buissons jaunis par l'hiver.

— C'est drôle. Au cours de ces derniers jours, j'ai beaucoup réfléchi à la question que vous avez posée lors de notre première rencontre. Je ne sais pas, le fait de revenir ici, peut-être que ce retour a fait renaître une image en moi, même si elle reste bien pâle. Je ne suis pas vraiment sûr.

Il baissa la tête et haussa les épaules.

— Ce n'est probablement rien du tout. Je vois un serpent lové sur lui-même, d'un vert éclatant, qui prend le soleil sur un rocher, dans un jardin tout pareil à celui-ci. Pourquoi ne pas m'en être souvenu avant ? Vous vous souviendriez d'un tel serpent, n'est-ce pas ? C'est bien quelque chose dont un enfant se souviendrait.

Nous deux regards se croisèrent, cherchant l'un et l'autre confirmation. Je fixai cet homme, cet inconnu apparu à ma porte quelques semaines auparavant. Ce garçon avait été élevé par un homme qui m'avait causé une grande souffrance mais pourquoi ce malheur-là devait-il m'empêcher de tendre la main à ce pilier de chair, d'os et de sang debout devant moi ? Il s'était relevé d'entre les flammes, cet homme extraordinaire, il était tout à la fois le pardon, l'espoir et la paix et le meilleur de Nagasaki, le meilleur de ma ville telle qu'elle était aujourd'hui et non plus celle qu'elle avait été. J'en imaginai les millions de pulsations illuminées, maisons et restaurants, bars et bordels, salons de pachinko, hôpitaux, temples, mausolées, églises, lanternes et réverbères, tous ces clignotements qui sont comme autant d'ancrages de nos identités, ceux que nous sommes avec nos désirs, nos convictions et nos amours, ce que seront nos vies ou ce qu'elles ne seront pas. Ces rues et ces bâtiments tiennent et détiennent notre passé comme notre avenir, les êtres chers à nos cœurs et les amis que nous n'avons pas encore rencontrés, les apparitions de nos morts et ceux que nous perdons trop tôt, autant d'échos, de murmures et de mains courantes qui traversent et relient notre histoire, individuelle et commune. La vie de Hideo avait été changée par une autre lumière, si brève mais si puissante qu'elle avait laissé des traces indélébiles. Il avait pardonné Pikadon, même si la bombe avait oblitéré pour lui celui qu'il pourrait être ou aurait été. La source de nous-même est-elle vraiment si importante ? C'est ce qu'il avait pensé et je suis heureuse qu'il ait fait le long voyage pour me trouver.

J'avais devant moi un homme digne d'admiration, avec un cœur plein d'espoir et de compassion. Peu importait l'étendue des blessures, depuis les contrecoups de la perte dans cette ville cimetière jadis jusqu'aux ébranlements des mensonges que nous nous racontons tous, Hideo avait trouvé une manière de vivre au côté de toutes les indignités, graves ou mineures, calculées ou irréfléchies. Il ne s'était pas contenté de survivre, il avait prospéré. Il était notre phare dans la nuit. Ici, debout sous l'arbre dragon de ma fille, je m'autorisai à croire à ce miracle, je m'autorisai à accepter ce cadeau nourri par Sato que je devais à Natsu. Peut-être ne méritais-je pas un petit-fils comme lui, peut-être méritait-il une meilleure grand-mère, mais nous étions les seuls survivants, les seuls à pouvoir transmettre le récit de ceux qui avaient été trop tôt emportés. Je levai la main vers les sillons sur sa joue et il posa sa main sur la mienne. Lorsque je lui souris, l'amour rayonna par tout mon corps et je repoussai mes doutes une bonne fois pour toutes.

— Hideo-chan, comme c'est bien que tu te sois souvenu.

Nos deux fronts se baissèrent jusqu'à se toucher, rien qu'un instant, de la même façon qu'en ce dernier jour devant son école. Il me serra dans ses bras dans ce jardin où, à l'âge de sept ans, il avait contemplé une mante religieuse, ou un serpent vert, c'était désormais sans importance. Son existence était tout ce qui m'importait maintenant. Je lui pris ses mains rugueuses de cicatrices et les tins dans les miennes, raidies par la vieillesse, et je prononçai un mot qui n'était plus jamais sorti de ma bouche depuis tant d'années, un mot doux à mes lèvres, tendre à ma langue et si sincère.

— Petit-fils, dis-je avec un sourire.

— Grand-mère, répondit-il.

Et même si je ne pouvais pas lire sur son visage, je savais que lui aussi souriait.

L'un et l'autre, nous répétâmes ces deux mots, chéris et depuis si longtemps perdus, et lorsque les larmes se mirent à couler, nos rires les accompagnèrent et, en cet instant de joie, nous ne pleurions plus nos morts, nous leur faisions fête.

Remerciements

Ce livre a mis du temps à arriver. L'inspiration de départ m'en était venue alors que je travaillais comme enseignante au Japon après mon diplôme de l'université, l'intrigue a germé tandis que je terminais un cours d'écriture créatrice à l'université de Glasgow, les premiers chapitres ont été rédigés au Moyen-Orient et les tout derniers terminés dans le nord-est de l'Angleterre. La seule raison qui m'a permis d'arriver au mot « Fin », je la dois aux encouragements, tout au long du chemin, d'autres que moi, ma famille, mes amis et mes collègues. Sachez-le aujourd'hui, s'il vous plaît, chaque mot généreux de votre part m'a poussée à aller de l'avant.

Pour leurs conseils sages, patients et gentils, je ressens une immense gratitude envers Jocasta Hamilton et l'équipe de Hutchinson, à Tara Singh Carlson chez Penguin Group USA et à Mark Stanton, mon agent chez Jenny Brown Associates. Je n'aurais pu trouver de meilleures personnes pour m'aider à bien négocier le chemin vers la publication. Je suis également reconnaissante à Jane McCarthy pour son soutien compatissant et ses conseils avisés au fil des révisions du manuscrit. Merci à Tim Pedley et Lucy Janes pour m'avoir offert leur expertise professionnelle. Elle fut très appréciée.

Cette histoire est une œuvre de fiction mais le contexte historique et culturel du roman vient de diverses sources, parmi lesquelles les publications suivantes :

Nagasaki : Japan at War : An Oral History, Haruko Taya Cook & Theodore F. Cook ;

The Bells of Nagasaki, Takashi Nagai ;

Nagasaki Peace Trail : Mutual Understanding for Peace Nagasaki Handbook.

Je me dois de remercier tout particulièrement Bates Hoffer et Nobuyuki Honna, rédacteurs de *An English Dictionary of Japanese Culture* (1986), pour m'avoir gentiment autorisée à utiliser des extraits de leur ouvrage.

Le livre traite pour une part de la paternité et de la maternité, de ses joies comme de ses peines. Je suis heureuse d'avoir eu des parents qui m'ont enseigné la force d'âme, l'amour et le courage. Merci à Roberta et William Copleton et à mon frère, Chris, pour m'avoir inspirée au quotidien. J'aimerais également reconnaître ma dette à l'égard de deux hommes que je n'ai jamais eu l'occasion de connaître, mes grands-pères qui ont combattu pendant la Seconde Guerre mondiale. Ce livre leur est dédié.

Quelque version incomplète de ce roman n'aurait pas manqué de continuer à me faire de l'œil depuis mon écran d'ordinateur bien des années encore, sans l'intervention de mon mari. Pour reprendre ses termes, « à quoi bon écrire un livre si on ne le montre pas à quelqu'un ». Absolument. Neil, je suis heureuse que tu aies été mon premier lecteur.

Et finalement, *La Voix des vagues* est mon remerciement le plus sincère aux gens de Nagasaki, pour la gentillesse et la générosité dont ils ont fait preuve à mon égard, pour leur compassion et leur dignité face à une inimaginable tragédie et pour le message de paix qu'ils continuent à envoyer au monde. Plus jamais ça.

Les Escales

Chantel Acevedo
Lointaines merveilles

Rabih Alameddine
Les Vies de papier

Jeffrey Archer
Seul l'avenir le dira
Les Fautes de nos pères
Des secrets bien gardés
Juste retour des choses
Plus fort que l'épée

M.J. Arlidge
Am stram gram
Il court, il court, le furet

Jami Attenberg
La Famille Middlestein
Mazie, sainte patronne des fauchés et des assoiffés

Laura Barnett
Quoi qu'il arrive

Fatima Bhutto
Les Lunes de Mir Ali

Daria Bignardi
Accords parfaits

Jenna Blum
Les Chasseurs de tornades

Blanca Busquets
Un cœur en silence

Chris Carter
Le Prix de la peur

Catherine Chanter
Là où tombe la pluie

Janis Cooke Newman
L'Incroyable et Audacieuse Entreprise de Jack Quinlan

Melanie Finn
S'enfuir

Justin Gakuto Go
Passent les heures

Lena Gorelik
Tolstoï, oncle Gricha et moi

Iona Grey
Lettres à Stella

Olga Grjasnowa
Le Russe aime les bouleaux

Titania Hardie
La Maison du vent

Cécile Harel
En attendant que les beaux jours reviennent

Casey Hill
Tabou

Victoria Hislop
L'Île des oubliés
Le Fil des souvenirs
Une dernière danse
La Ville orpheline

Linda Holeman
Les Secrets d'Angelkov

Emma Hooper
Etta et Otto (et Russel et James)

Yves Hughes
Éclats de voix

Peter de Jonge
Meurtre sur l'Avenue B

Gregorio León
L'Ultime Secret de Frida K.

Amanda Lind
Le Testament de Francy

Gilly Macmillan
Ne pars pas sans moi

Owen Matthews
Moscou Babylone
L'Ombre du sabre

Colette McBeth
Á la vie, à la mort

Sarah McCoy
Un goût de cannelle et d'espoir

David Messager
Article 122-1

Hannah Michell
Dissidences

Derek B. Miller
Dans la peau de Sheldon Horowitz

Fernando Monacelli
Naufragés

Juan Jacinto Muñoz Rengel
Le Tueur hypocondriaque

Chibundu Onuzo
La Fille du roi araignée

Ismet Prcić
California Dream

Paola Predicatori
Mon hiver à Zéroland

Paolo Roversi
La Ville rouge

Sandip Roy
Bien comme il faut

Eugen Ruge
Quand la lumière décline
Le Chat andalou

Amy Sackville
Là est la danse

William Shaw
Du sang sur Abbey Road

Anna Shevchenko
L'Ultime Partie

Liad Shoham
Tel- Aviv Suspects
Terminus Tel-Aviv
Oranges amères

Priscille Sibley
Poussières d'étoiles

Marina Stepnova
Les Femmes de Lazare
Leçons d'Italie

Karen Viggers
La Mémoire des embruns
La Maison des hautes falaises

A.J. Waines
Les Noyées de la Tamise

Composition et mise en pages
Nord Compo à Villeneuve-d'Ascq

Achevé d'imprimer : en septembre 2016
en Allemagne par GGP Media GmbH à Pößneck